Liaty Pisani

*Die Nacht
der Macht*

*Der Spion
und der Präsident*

Roman
*Aus dem Italienischen von
Ulrich Hartmann*

Diogenes

Titel der zeitgleich bei
Sperling & Kupfer, Mailand,
erscheinenden Originalausgabe:
›La spia e il presidente‹
Umschlagfoto von
Bettina Wunderli

*Das erzählte Geschehen ist frei erfunden.
Jede Ähnlichkeit mit real existierenden Personen,
lebenden wie toten, ist rein zufällig.*

Für Benedicta und Cristiano

All rights reserved
Alle Rechte vorbehalten
Copyright © 2002
Diogenes Verlag AG Zürich
www.diogenes.ch
100/02/44/1
ISBN 3 257 06328 8

*Drunter hatte er die Badehose,
drüber fuhr das Hinterrad
des Einsatzwagens, im Rückwärtsgang,
dann das Vorderrad.
Im Kopf hatte er lateinische Verse,
am liebsten mochte er Catull;
eine Patrone Kaliber neun,
eine von zweien, die sein Blut suchte,
hat sie ihm genommen.
Jetzt ist Carlo Giuliani
ein schöner Name für einen Sohn
und bleibt auf der Straße.*

Erri De Luca

*Zu unserer Gesellschaft gehören heute
Männer, die speziell dafür ausgebildet
sind, ihre Mitmenschen zu töten oder
ihnen Gewalt anzutun: man erkennt
ihnen ein Sonderrecht auf Verbrechen
zu. Eine ganze Organisation schützt
sie: Die Gewalttaten und die Morde,
die sie begehen, werden als gute und
tugendhafte Taten betrachtet.*

Leo Tolstoi

Prolog

In der neunten Kammer des dunklen, eisigen Unterseeboots war noch jemand am Leben. Er hatte keine Angehörigen, denen er Lebewohl sagen mußte, keinen Menschen, der im Sonnenlicht auf ihn wartete, er hatte nur eine Aufgabe zu Ende zu führen. Dem Sterben nahe, begann er mit zitternden Händen, seine letzte Botschaft zu schreiben.

Als er dies getan hatte, steckte er das Blatt Papier in eine Plastikhülle, faltete es mehrmals zusammen und schob es unter sein Hemd, direkt auf die Haut. Sollte seine Leiche geborgen werden, dann würde man die Wahrheit über die Ereignisse an Bord des U-Boots und das entsetzliche Ende seiner Mannschaft erfahren.

Mit Mühe lehnte er sich gegen das Schott. Zusammengekauert wie ein Fötus versuchte er, dem Tod keinen Widerstand zu leisten. Nicht weit von ihm die leblosen Körper derer, die wie er die Explosion um einige Tage überlebt hatten.

Er konnte diese grauenhafte, einsame Finsternis nicht länger ertragen. Jetzt war er vollkommen betäubt von der Kälte und spürte seine Arme und Beine nicht mehr. Er wußte, daß niemand kommen würde, ihn zu retten. So schloß er die Augen und überließ sich dankbar dem Tod.

I

Als Stuart aufgelegt hatte, erhob er sich vom Schreibtisch und trat ans Fenster. Draußen war ein furchtbares Wetter, und der Regen peitschte den Fluß. Eine Möwe ließ das Dach eines Hauses im Nikolaiviertel am anderen Ufer hinter sich und flog mit einem Schrei über die Spree. Der Chef des Dienstes ging an seinen Schreibtisch zurück und rief über die Sprechanlage seine Sekretärin.

»Ist Ogden inzwischen da?« fragte er.

»Noch nicht«, antwortete Rosemarie.

»Kommen Sie bitte zu mir.«

Nach einem Klopfen trat die Frau ein und machte die Tür leise wieder hinter sich zu. Stuart sah nicht gleich von seinen Papieren hoch, und sie wartete geduldig.

Seit Stuart den Platz des alten Casparius eingenommen hatte, war viel geschehen, doch die Hingabe Rosemaries für den Dienst war ungebrochen. Drei Jahrzehnte lang hatte sie Casparius treu gedient, und diese Treue hatte sie auf seinen Nachfolger übertragen. In all den Jahren hatte sie viele Geheimnisse erfahren, die sie mit sich ins Grab nehmen würde. Rosemarie war sicherer als Fort Knox, sagten die Agenten des Dienstes.

Stuart hob den Blick und sah sie ernst an. Rosemarie

kannte ihr Gegenüber seit langer Zeit. Sie hatte miterlebt, wie er in der harten Schule von Casparius heranwuchs und Karriere machte. Doch auch jetzt, da er an der Spitze des mächtigsten unabhängigen Geheimdienstes der Welt stand, sah sie, wenn sie ihn anschaute, den Jungen von einst vor sich. Stuart war nicht sehr gesprächig. Kalt und hart wie sein Lehrmeister, doch im Unterschied zu Casparius war er ein faszinierender Mann. Bei diesem Gedanken lächelte Rosemarie in sich hinein, mit der Nachsicht einer alten Tante.

»Ich muß bis sechs Uhr in Mailand sein«, sagte Stuart. »Bitte organisieren Sie alles, so schnell es geht. Wenn Ogden kommt, sagen Sie ihm, daß ich mich, sobald ich kann, mit ihm in Verbindung setze.«

Die Sekretärin ging aus dem Zimmer und machte sich an die Arbeit. Eine halbe Stunde später verließ Stuart das Hauptquartier des Dienstes, ohne seine plötzliche Abreise zu erklären.

Als Ogden die Räume des Dienstes betrat, ging Rosemarie ihm mit ihrem üblichen Willkommenslächeln entgegen. Es war klar zu erkennen, daß sie ihn erwartet hatte, und das war ungewöhnlich. Ogden mochte sie, er schätzte ihre Professionalität und ihre diskrete und freundliche Art. Außerdem kannte er sie schon ein ganzes Leben lang und schwärmte für ihren Kaffee.

»Guten Tag, Rosemarie. Alles in Ordnung?«

»Ja, Herr Ogden, danke. Herr Stuart ist vor kurzem nach Mailand abgereist, doch er wird Sie bald anrufen.«

Stuarts Sekretärin gelang es nicht, die Verlegenheit zu verbergen, in die sie diese plötzliche, rätselhafte Abreise brachte. Vor allem, weil sie nichts dazu hätte sagen können, auch nicht zu Ogden, der in der Rangordnung gleich nach dem Chef des Dienstes kam.

»Nach Mailand? Wie das?«

Die befürchtete Frage war pünktlich gekommen. Rosemarie zuckte mit den Achseln. »Ich weiß es nicht. Die Reise war nicht geplant, sonst hätte ich davon gewußt«, erklärte sie.

»Vielen Dank, Rosemarie«, sagte Ogden knapp und trat in sein Büro. Er hängte den Regenmantel an den Kleiderhaken, knipste die Schreibtischlampe an und warf einen Blick auf die Papiere. Doch die plötzliche Abreise Stuarts machte ihm Sorgen. Er wußte nichts darüber, sie hatten am Abend zuvor sogar ein Treffen für den Vormittag vereinbart. Und es war noch nie geschehen, daß Stuart den Sitz des Dienstes plötzlich verließ, ohne zumindest ihn darüber zu unterrichten, was im Gange war.

Gegen fünf Uhr nachmittags klingelte schließlich Ogdens abgeschirmtes Telefon. Es war Stuart.

»Wie ist das Wetter in Italien?«

»Wenigstens regnet es nicht. Ich habe heute morgen den Anruf eines alten Freundes erhalten. Er wollte mich dringend sehen, und heute abend essen wir zusammen. Erinnerst du dich an Wolodja?«

Ogden antwortete nicht gleich. Seine Haltung war plötzlich angespannt und aufmerksam.

»Wie könnte ich ihn vergessen?«

»Dann verstehst du, daß ich mich nicht entziehen konnte«, sagte Stuart mit Nachdruck.

»Ein nostalgisches Wiedersehen?«

»Ich habe nicht die leiseste Ahnung. Ich soll ihn um acht treffen. Wie du dir vorstellen kannst, ist unser Freund von einem beachtlichen Sicherheitsapparat umgeben und bewegt sich äußerst vorsichtig. Im Augenblick bin ich auf der Autobahn, auf dem Weg zu einem See, bei dem einem Hemingway einfällt. Du weißt schon, *In einem andern Land*, die kleine Krankenschwester, das Hotel...«

»Wie seltsam! Warum gerade dort?«

»Er war in Wien und hat die Gelegenheit genutzt, inkognito einen Ausflug zu machen. Das scheint in Italien leichter als anderswo. Aber im Grunde weiß ich es nicht, jedenfalls hat er sich hier mit mir verabredet...«, schloß Stuart ungeduldig.

»Du bist wohl nervös, weil du irgendwelche Vorahnungen hast«, bemerkte Ogden. »Wie dem auch sei, ich habe auch ein ungutes Gefühl. Der Magdeburger Reiter bringt sicher eine Unglücksbotschaft.«

»Ganz ohne Zweifel! Außerdem konnte ich die Einladung eines ehemaligen Kollegen, der Präsident geworden ist, nicht ablehnen. Ich rufe dich an, sobald ich mit ihm gesprochen habe. Wenn ich mich recht erinnere, hatte er eine besondere Vorliebe für dich. Er wird inzwischen wissen, daß du zum Dienst zurückgekehrt bist.«

»Wolodja...«, murmelte Ogden vor sich hin. »In Ordnung, ich warte auf deinen Anruf. Bis später.«

Er stand vom Schreibtisch auf und ging zum Fenster. Es hatte aufgehört zu regnen, doch dieser ungemütliche Spätsommer ähnelte eher einem schon weit vorgerückten Herbst, es war kalt. Er zündete sich eine Zigarette an und rief über die Sprechanlage Rosemarie. Er würde auf Stuarts

Anruf im Büro warten und sich nach langer Zeit wieder einmal die Dossiers von Wladimir Sablin, dem »Magdeburger Reiter«, vornehmen. Diesen Beinamen hatte man ihm wegen seines langen, geheimnisvollen Dienstes als KGB-Offizier in Ostdeutschland gegeben. Doch dies war viele Jahre, bevor er Nachfolger von Jelzin wurde. In Magdeburg war es auch gewesen, daß der Dienst mit ihm zu tun gehabt hatte. Ogden war damals schon aufgefallen, daß Wolodja ein absoluter Profi war, der ahnen ließ, wie weit er es mit seinem eisernen Willen und seiner beachtlichen Schlauheit bringen könnte. Die Sache, bei der sie zusammengearbeitet hatten, war nicht besonders kompliziert gewesen, und deshalb fanden die beiden Männer Gelegenheit, sich kennenzulernen. Ogden hatte diesen effizienten, kalten Agenten, der doch einen gewissen Sinn für Humor hatte, hinter dem er seine Gefühle verbarg, in guter Erinnerung behalten. Damals meinte er herauszuspüren, daß Sablin sein geschundenes Vaterland aufrichtig liebte. Ein heutzutage eher seltenes Gefühl, das vielleicht nur ein Russe empfinden konnte. Doch Ogden fand Sablin sympathisch, und seit er gewählt worden war, verfolgte er mit Interesse sein schwieriges politisches Unterfangen. Und außerdem: Wer könnte Rußland besser wieder auf die Beine bringen als ein Spion seines Schlags?

Ogden dachte an Magdeburg zurück, eine sonderbare, auf ihre Art faszinierende Stadt. Vielleicht wegen der breiten, verlassenen Alleen und der imposanten pastellfarbenen Wohnblöcke im stalinistischen Zuckerbäckerstil, die – Ironie des Schicksals – den alten Hochhäusern in New York peinlich ähnelten, nur daß sie zehn Stockwerke niedriger waren. In jenen Tagen war es gewesen, daß Sablin ihm das Standbild Ottos I. gezeigt hatte, des »Magdeburger Reiters«.

Doch all dies gehörte der Vergangenheit an. Die Stadt an der Elbe beherbergte keine Kasernen mit dem aufgemalten roten Stern auf grünen, für Blicke undurchdringlichen Zäunen mehr; in ihren Straßen hörte man nicht länger den ohrenbetäubenden Lärm der Panzer, die den Asphalt auch im Zentrum zuschanden fuhren, genausowenig wie das Dröhnen der Tiefflieger, jede Nacht, selbst an Heiligabend. Die endlosen Panzerkolonnen waren verschwunden, und ihre Raupenketten zerstörten die Waldwege nicht mehr. Ogden erinnerte sich an verwüstete Gärten und eingefahrene Hausmauern, wenn die Panzer eine Kurve nicht richtig nahmen. Als Erinnerung an jene Jahre war in der Gegend eine unvorstellbare Menge von Schrott und Giftmüll verschiedener Art zurückgeblieben, ganz zu schweigen vom Kerosin, das die Sowjets auf den Boden zu gießen und anzuzünden pflegten, um die Pisten der Flugplätze zu enteisen. Die Erde war regelrecht davon durchtränkt.

Dort war viele Jahre lang die Wahlheimat des KGB-Spions Wladimir Sablin gewesen, der Deutsch mit sächsischem Akzent sprach.

Sablin bewunderte Otto I., den Magdeburger Reiter, den mutigen und listigen deutschen König, der die Monarchie gestärkt hatte, indem er sich mit der Kirche verbündete und vom Papst die Krone des Reichs empfing. Doch er liebte auch Peter den Großen, der gegen den Widerstand des Adels Rußlands Öffnung nach Westen betrieben, die westlichen Küsten der Ostsee erobert und Sankt Petersburg gegründet hatte, die Hauptstadt des Reichs.

Ogden lächelte in sich hinein. Was er, Wolodja, aus seinem Land machen würde, blieb noch abzuwarten, doch einer Sache war er sich sicher: Dieser Mann hatte genaue Vorstellungen davon, wie er seine große Mutter Rußland, den anderen Weltmächten und den Mafia-Oligarchen zum Trotz, wieder erblühen lassen würde.

2

Stuart betrat die prunkvolle Halle des *Hotel des Îles Borromées* in Stresa. Er sah sich um und betrachtete das Spiel der letzten Sonnenstrahlen auf den Glastropfen der unzähligen Kronleuchter. Es war dies eines der letzten Luxushotels des Fin de siècle. Damals gehörte der Lago Maggiore zu jenen Plätzen, wo die feine Gesellschaft den Winter verbrachte, in Hotels wie diesem oder in einer der Villen am See, die inzwischen fast alle in kleine Apartments aufgeteilt waren.

Außer Hemingway, der in Stresa – und zwar in ebendiesem Hotel – einige Szenen seines Romans *In einem andern Land* angesiedelt hatte, war auch Zar Nikolaus mit seiner vielköpfigen Familie zur Erholung hier gewesen. Amüsiert dachte Stuart, daß Sablin diesen Ort wohl gerade deshalb gewählt hatte.

Ein hochgewachsener, kräftig gebauter Mann, der kilometerweit nach FSB roch, trat auf ihn zu und bat ihn auf englisch, ihm zum Aufzug zu folgen.

Stuart wunderte sich nicht. Gewiß hatte Sablin die besten, ihm treu ergebenen Agenten des Ex-KGB um sich geschart, solche, die in der Lage waren, die Gesichter aller Feinde und aller Freunde des neuen Präsidenten zu erkennen.

Sie verließen den Aufzug im dritten Stock und gingen den langen, mit schalldämpfendem Teppich ausgelegten Gang hinunter, bis zu einer Tür, die von zwei Männern bewacht wurde. Der Agent, der Stuart abgeholt hatte, klopfte, und einen Augenblick später öffnete eine Art Klon von Stuarts Begleiter, groß und kräftig wie dieser, und ließ sie eintreten.

»Folgen Sie mir bitte«, sagte er und übernahm Stuart.

Nach dem kreisrunden, mit gelben Seidentapeten verkleideten Vorzimmer betraten sie einen Raum, der elegant, jedoch mit modernen Möbeln eingerichtet war. Das hätte Hemingway sicher nicht gefallen, dachte Stuart. Doch er war beeindruckt von dem wundervollen Blick, der sich durch die geöffnete Balkontür bot. Wie gemalt lag die Isola Bella im goldenen Licht der untergehenden Sonne. Das Wetter war besser geworden, und die klare Luft nach dem Regen ließ die Azaleen des prächtigen italienischen Parks hervortreten und das Magnolienweiß des Palazzo Borromeo besonders ins Auge fallen.

»Eine schöne Aussicht, nicht wahr, Stuart?«

Der Chef des Dienstes sah sich um, weil er nicht gleich verstand, woher diese Stimme kam. Sablin erhob sich aus einer Bergere mit hoher Rückenlehne, hinter der er bis dahin verborgen geblieben war, und ging mit ausgestreckter Hand lächelnd auf Stuart zu.

Stuart bemerkte, daß er noch immer die Figur eines Judoka hatte, und auch dem attraktiven Gesicht mit den kalten blauen Augen hatten die Jahre nichts anhaben können. Nicht einmal die blonden Haare waren grau geworden. Es war eher das Gesicht eines Aristokraten von ehedem als das eines Mannes aus dem Politbüro.

»Wirklich herrlich. Aber sag mal, Wolodja«, fuhr Stuart ironisch fort, »wie viele russische Familien könnten in dieser Suite wohnen? Drei, vier?«

Sablin lachte. Er wußte, daß die Bemerkung nicht böse gemeint war und daß Stuart damit nur auf früher anspielte. Damals in Magdeburg hatte Sablin oft die großen Wohnflächen im Westen mit denen der Menschen in seinem Land verglichen. Er hatte sich darauf eingeschossen, und die beiden Agenten des Dienstes zogen ihn oft damit auf.

Sie drückten sich die Hand, während die Bodyguards sich diskret entfernten.

»Setz dich, Stuart, ich freue mich, dich zu sehen. Ist Italien nicht ein wunderbares Land?«

»Wunderschön und voller Probleme. Die jedoch der Landschaft nichts anhaben können, jedenfalls im Augenblick nicht.«

Sablin lächelte sanft. »Oft ist der beste Schutz für das organisierte Verbrechen die Demokratie; oder besser, das, was man aus ihr macht. Für uns Russen ist es nach Glasnost leicht, die Vertreter dieser neuen Multis des Verbrechens zu erkennen, wir wissen gut, wie sie ihr Vermögen anhäufen. Bis vor wenigen Jahren, zu Zeiten der Sowjetunion, gab es bei uns keine Reichen und Mächtigen, höchstens innerhalb des Kreml. Doch hier ist es anders. Hier gibt es Politiker, gegen die wegen vieler Dinge gleichzeitig ermittelt wird, Eigentümer von Fernsehsendern, Zeitungen und wer weiß was sonst, die innerhalb weniger Jahre enorm reich und mächtig geworden sind. Das Schlimme ist, daß sie ihre Länder offen regieren wollen, wo sie sich doch damit begnügen könnten, es zu tun, ohne in Erscheinung zu treten.«

»Eure Oligarchen sind nicht anders, sie haben die Lektion in Lichtgeschwindigkeit gelernt. Du mußt zugeben, Wolodja, es läßt sich schwer ein anderes Land mit so vielen Gaunern in hohen Stellungen – im Parlament oder anderswo – finden. Ich muß dir allerdings bestätigen, daß du in letzter Zeit diese Art von Problemen recht gut in den Griff bekommen hast«, bemerkte Stuart.

»Nicht so gut, wie ich möchte. Aber du hast recht: Rußland hungert wegen dieser habsüchtigen Diebe. Und ich bin natürlich gezwungen, gute Beziehungen mit ihnen zu unterhalten, jedenfalls im Augenblick, da ja ein großer Teil von ihnen parlamentarische Immunität genießt. Außerdem bin ich, wie alle wissen, nicht durch Zauberei Präsident geworden. Gerade deshalb könnte ich den Italienern ein paar Ratschläge geben.« Sablin zuckte die Schultern, sein Gesicht sah abgespannt und müde aus. »Doch jede Nation leidet an einer chronischen Krankheit«, fuhr er mit einem angedeuteten Lächeln fort. »Bei Italien ist es der mehr oder weniger verschleierte Faschismus. Wie es scheint, sind dem Staat in demokratischen Ländern immer die Hände gebunden. Die Welt ist in einer falschen Demokratie gefangen, und das Dumme ist, daß es keine andere gibt. Ein wahrer Segen für die großen Verbrecher. Das war immer das Problem des Westens.«

Stuart schüttelte amüsiert den Kopf. »Ihr ertrinkt doch in Problemen, von der Vergangenheit ganz zu schweigen. Das wirst du zugeben müssen.«

»Gewiß, gewiß!« nickte der Russe. »Aber du weißt genausogut wie ich, bei wem mein Land sich bedanken muß, wenn es von der sogenannten Russenmafia und von den terroristischen islamischen Fundamentalisten aus Tschetschenien verwüstet wird. Um nur ein Beispiel zu nennen: Wenn der CIA zu Zeiten Präsident Carters nicht diese unglaubliche Fehleinschätzung unterlaufen wäre und sie die Mudschaheddin nicht gerade sechs Monate vor der sowjetischen Invasion in Afghanistan mit Waffen versorgt hätte, dann wäre vieles anders gelaufen. Doch statt dessen haben diese Dummköpfe, nur um der Sowjetunion zu schaden, die Grundlagen für eine fundamentalistisch-islamische Bewegung geschaffen, die nun die Welt heimsucht und immer schlimmer heimsuchen wird. Du wirst dich sicher an die Worte Brzezinskis, der rechten Hand Carters, erinnern: ›Diese geheime Operation hat die Sowjets in die afghanische Falle gelockt.‹ Und als wir offiziell die Grenze überschritten haben, am 23. Dezember 1979, schrieb dieser hochmütige Idiot an den Präsidenten: ›Endlich können wir der UDSSR ihr Vietnam schenken.‹ Und er hatte vollkommen recht. Moskau war gezwungen, zehn Jahre lang Krieg zu führen, eine Sache, die das Regime nicht durchstehen konnte und die mein Land in eine schwere Krise brachte. Die antikommunistische Allianz mit den islamistischen Afghanen und kurz darauf mit ihren radikalsten

Verbündeten in aller Welt hat viel bewirkt: das unmäßige Wachstum einer neuen weltweiten terroristischen Bewegung und die Internationalisierung, vielleicht sollten wir sagen: Globalisierung des Drogenhandels im südlichen Asien. Rußland ist das Land, das bisher die höchste Zeche für die amerikanische Dummheit bezahlt hat. Ohne das Ölgeschäft zu berücksichtigen. Doch laß uns das Thema wechseln. Ich freue mich wirklich, dich zu sehen.«

Obwohl die kleine Rede Sablins in einem ironischen Ton vorgetragen worden war, sah Stuart in seinen Augen Zorn aufblitzen, kaum gemäßigt durch das herzliche Lächeln, mit dem er ihn anblickte. In jenem Moment spürte er deutlich die Gefährlichkeit dieses Mannes, und ihm ging durch den Kopf, daß die Welt und die Amerikaner sich gewaltig irrten, wenn sie davon überzeugt waren, Rußland liquidiert zu haben, auch wenn das Land ausgehungert und von Mafia und Korruption gezeichnet war.

»Auch ich freue mich, dich wiederzusehen«, sagte er. »Du hast dich kein bißchen verändert.«

Sablin schüttelte den Kopf. »Warte noch eine Weile, und du wirst sehen, wie schnell ich altere. Das ist kein Beruf, der jung hält.«

»Doch du hast erreicht, was du wolltest, jedenfalls nach Ogdens Ansicht, der dich besser kennt als ich.«

»Gewiß«, gab Sablin zu. »Wie geht es eurem besten Mann?«

»Er ist endgültig zu uns zurückgekehrt. Aber das weißt du bestimmt.«

»Allerdings. Es freut mich, daß auch er zu eurer Stammbesetzung gehört. Er ist deine rechte Hand, nicht wahr?«

Stuart nickte und verbarg seine Verärgerung hinter einem Lächeln. »Vor euch kann man nichts geheimhalten.«

»Vor euch auch nicht«, unterbrach in Sablin.

»Offensichtlich doch. Ich habe nämlich nicht die leiseste Ahnung, warum du mich hierher bestellt hast.«

Sablin antwortete nicht gleich. Seine kalten blauen Augen blickten hinaus auf den See, wo die ersten Lichter den Berg am anderen Ufer erleuchteten.

»Zum Glück«, murmelte er in sich hinein. Dann wandte er sich um. »Es ist eine persönliche Initiative, Stuart, ganz allein meine eigene. Niemand auf der Welt darf etwas davon erfahren, jetzt nicht und später nicht, egal wie die Dinge laufen.«

Sablin starrte ihn an. Stuart hielt den Blick aus und überraschte sich bei dem Gedanken, daß es den Russen, wie kalt und distanziert sie auch sein mochten, nicht gelang, ihre Leidenschaftlichkeit zu verbergen. Sablin sah ihn weiter an, als wollte er ihm eine stille Botschaft übermitteln. Tief in seinen Augen bemerkte Stuart wieder dieses sonderbare Funkeln, bei dem er sich unbehaglich fühlte. Da begriff er, daß der Auftrag, den der Russe ihm anbieten wollte, sehr gefährlich sein würde. Er bedauerte, daß Ogden nicht bei ihm war, denn es würde nicht leicht sein zu entscheiden, ob er ihn annehmen sollte oder nicht.

Ohne zu berücksichtigen, daß es nicht ratsam war, sich Sablin zum Feind zu machen. Daß er vollkommen isoliert vom Rest seines Apparats handelte, würde für ihn selbst nur wenige Risiken mit sich bringen, viele jedoch für jeden, der den Auftrag akzeptierte. Denn mit Sicherheit wollte er jemandem auf die Füße treten. Der Dienst mußte also viel dabei herausschlagen, damit die Sache der Mühe wert war.

»In Ordnung, Wolodja, dann laß uns mal sehen, ob wir auch diesmal etwas für euch tun können.«

»Für mich, Stuart«, unterbrach ihn Sablin und legte eine Hand auf seinen Arm, »und für Rußland.«

Stuart antwortete nicht gleich. Das Unbehagen, das ihn bei angeblich noblen Gefühlen von Politikern immer überkam, fand Ausdruck in einer Grimasse.

»Ich bitte dich, Wolodja!« protestierte er angewidert. »Erspar mir die Rhetorik. Wir sind eine unabhängige Organisation, immun gegen Ideologien, und stellen uns dem Meistbietenden zur Verfügung. Vielleicht arbeiten wir für dich, wenn das Angebot interessant ist. Es muß sogar sehr interessant sein, denn ich habe den Eindruck, daß du uns etwas besonders Gefährliches vorschlagen willst. Doch sicher nicht für Rußland! Die patriotischen Gefühle überlassen wir dir, Präsident.«

Sablin lachte herzlich, und sein Gesicht erschien jünger. »Natürlich, Stuart, natürlich! Ich komme vom KGB, erinnerst du dich? Wir waren sicher keine Klosterschülerinnen. Ich wollte lediglich unterstreichen, daß nur ich euer Auftraggeber sein werde, wenn ihr euch entscheidet, den Auftrag anzunehmen. Das ist alles«, fügte er begütigend hinzu und hakte ihn unter. »Damit meine ich, daß du nur mich als Ansprechpartner haben wirst und niemanden sonst.«

Stuart machte ein Zeichen in Richtung Tür. »Und was denken sich deine Freunde da draußen?«

»Ich habe eine gute Tarnung für diese Reise nach Italien, mach dir keine Sorgen. Und was dich angeht, so bist du ein alter Freund, den ich wiedersehen wollte.«

»Dann rate ich dir, dein Geheimnis gut zu hüten und dich von ihnen zu befreien, wenn etwas durchsickern sollte. Ich bin für den FSB nicht gerade das, was man eine unbekannte Person nennt.«

»Sicher, aber ihr habt in der Vergangenheit für uns gearbeitet, und alle wissen, daß wir uns aus der Zeit in Magdeburg kennen. Jetzt gehen wir essen, und ich erkläre dir alles. Keine Angst, die Räume sind sauber, keiner wird eine Silbe von dem hören, was wir sagen.«

Stuart fügt nichts hinzu und ließ sich ins Eßzimmer geleiten. In der Mitte des Tischs stand eine große Glasschale mit Kaviar.

»Trügt mich meine Erinnerung, oder mochtest du am liebsten Beluga?« fragte Sablin, während er sich setzte.

»Deine Erinnerung trügt dich ganz und gar nicht«, erwiderte Stuart und nahm ebenfalls Platz.

3

Am Ende seines mit Wladimir Sablin verbrachten Abends stieg Stuart in den BMW, den er in Malpensa gemietet hatte, verließ Stresa und nahm die Autobahn zurück zum Flughafen.

Er hätte bleiben und im *Hotel des Îles Borromées* übernachten können, Sablin hatte ihn dazu gedrängt, weil er meinte, es wäre für die Tarnung günstig: Zwei Freunde, die sich seit Jahren nicht gesehen haben, machen sich nicht mitten in der Nacht auf den Rückweg, vor allem, wenn es sich um mehr als tausend Kilometer handelt. Doch Stuart hatte Sablins Einladung abgelehnt, weil er so schnell wie möglich zurück in Berlin sein wollte.

Auch wenn er sich den ganzen Abend über gleichmütig gegeben hatte, ohne erkennen zu lassen, wie betroffen ihn Sablins Ausführungen machten, hatte Stuart dieses Treffen doch als große Verpflichtung empfunden. Zum Schluß hatte er Sablin gesagt, er werde ihm innerhalb von achtundvierzig Stunden eine Antwort geben.

Während er durch die Nacht zum Flughafenhotel fuhr, hatte er immer noch Mühe zu glauben, daß Sablin seinen Plan tatsächlich umsetzen wollte. Doch er hätte keinerlei Grund gehabt, den Dienst in seine Geheimnisse einzuweihen, wenn er nicht vorhatte, bis zum Letzten zu gehen.

»Die russische Seele«, murmelte Stuart gerade vor sich hin, als sein abgeschirmtes Handy klingelte. Es war Ogden.

»Ich habe gedacht, euer Geheimtreffen müßte inzwischen zu Ende sein. Bist du in die Betrachtung des Sees bei Nacht versunken?«

»Nein, in die Betrachtung der Autobahn«, antwortete Stuart trocken.

»Wo zum Teufel fährst du um diese Zeit hin?«

»Ich werde im Flughafenhotel übernachten, weil ich nicht glaube, daß ich heute nacht noch einen Flug nach Berlin bekomme. Aber auf jeden Fall bin ich morgen vormittag zurück im Büro.«

»Das Terrain um den Magdeburger Reiter herum muß wirklich heiß sein«, bemerkte Ogden ernst.

»Du kannst dir nicht vorstellen, wie heiß«, bestätigte Stuart.

»Ist alles unter Kontrolle, oder soll ich irgend etwas tun?« fragte Ogden.

»Alles in Ordnung, jedenfalls im Moment. Doch wir reden morgen darüber. Abschirmung hin oder her, es ist besser, das nicht am Telefon zu besprechen.«

»Hast du den Auftrag angenommen?«

»Noch nicht.«

»Ich verstehe. Dann bis morgen. Ich halte auf jeden Fall eine Leitung frei.«

In dieser Nacht würde Wladimir Sablin den Schlaf der Gerechten schlafen, dessen war er sich sicher. Kein Alptraum, kein quälender Gedanke und keine der Sorgen, die seine Tage bestimmten, würden ihn daran hindern können, in einen langen, erholsamen Schlaf zu sinken. Nachdem Stuart gegangen war, hatte Sablin sich so gut gefühlt wie seit Monaten nicht mehr, seit das U-Boot in der Barentssee untergegangen war.

Nach jenem Ereignis, dieser menschlichen, wirtschaftlichen und politischen Katastrophe, hatte Sablin zum ersten Mal in seinem Leben den strategischen und diplomatischen Eiertanz unerträglich gefunden. Er hatte sich auf die einzig mögliche Art durchlaviert, indem er sich mit dem amerikanischen Präsidenten, mit den Militärs, mit der Duma, praktisch mit allen absprach, damit die Wahrheit nicht an den Tag kam. Und es ging wirklich nicht anders, dachte er bitter.

Er wußte genau, daß seine Männer Opfer eines verborgenen, niederträchtigen, schmutzigen Kriegs geworden waren. Sablin wußte, wie die Dinge liefen zu Beginn dieses dritten Jahrtausends, das noch widerwärtiger als die vorhergehenden zu werden versprach. Und doch hatte er den Tod jener 118 Männer nicht ertragen. Die Charkow war der Tropfen, der das Faß zum Überlaufen brachte. Sein Land war gezwungen, sich den neuen Regeln der Welt zu beugen, nach dem Zusammenbruch der alten Weltordnung. Und auch er mußte sich an jene zu Gunsten der anderen gemachten Regeln halten, wenn er wollte, daß Rußland nicht nur wieder satt wurde, sondern daß es, wenigstens zum Teil, die verlorene Macht zurückgewann. Doch wer den Untergang der Charkow verursacht hatte, der mußte unter allen Umständen sterben.

Natürlich würde es sich nicht nur um Rache handeln. Die Anschläge auf den Fernsehturm in Moskau, die Sprengstoffattentate auf Mietshäuser in der Hauptstadt, in Buinaksk und Wolgodonsk, das in einem Park ausgelegte Cäsium, die Zerstörung des größten und bestausgerüsteten russischen Unterseeboots mit seinen 118 Mann Besatzung und die anderen Attentate an der tschetschenischen Grenze waren nur einige der vielen verbrecherischen Aktionen in diesem geheimen, durch Ideologien verbrämten Krieg. Er hatte beschlossen, den Banditen so zu antworten, daß er niemandem gegenüber für sein Handeln Rechenschaft ablegen müßte. Wer sich hinter diesen terroristischen Aktionen verbarg, mußte endgültig vernichtet werden. Doch nur die Opfer seiner Vergeltungsschläge sollten ihn als Auftraggeber erkennen. Die Welt dagegen würde niemals vermuten, daß Präsident Wladimir Sablin beschlossen hatte, reinen Tisch zu machen und dabei auf gute Manieren zu verzichten.

Wie die Mafia, hatte Stuart an diesem Abend bemerkt. Und warum nicht? Der Westen mit seiner falschen Demokratie hatte nicht nur die Sowjetunion zerstört, sondern auch Rußland mit seiner Korruption angesteckt. Das Ergebnis war, daß unantastbare Kriminelle mit unschätzbaren finanziellen Mitteln und internationalen Verbindungen nicht mehr wie einst im Kreml ein und aus gingen, sondern ungestört im ganzen Land und in der Welt agierten, bei äußerst geringen Möglichkeiten der Kontrolle von seiten der Behörden. Wenn der Präsident Sablin sich den westlichen Unsitten nicht anpassen konnte, dann würde es eben der ehemalige KGB-Mann Sablin tun.

Ein Italiener hatte einmal einen Satz zu ihm gesagt, den er nicht auf Anhieb verstanden hatte. Also hatte er sich erklären lassen, was der Sinn dieser Redensart war: auf einen Schurken anderthalbe setzen. Praktisch hielten sich alle Regierungen im geheimen an diese Regel, wenn sie sich aneinander rächten. Doch dann nannte man es Politik. Er würde diesen Mafiosi, die sich so sicher waren, daß Rußland in seiner neuen demokratischen Ordnung die Hände gebunden seien, eine definitive Botschaft schicken. Er würde sich verhalten wie diese Verbrecher, nicht mehr und nicht weniger. Höchstens daß er, ganz im Sinne jener Redensart, auf einen Schurken anderthalbe setzte. Um dies zu bewerkstelligen, würde er den Dienst benutzen, eine Organisation, die aus außergewöhnlich tüchtigen Männern ohne Skrupel bestand und an deren Spitze zwei äußerst fähige Köpfe waren. Mehr brauchte er nicht. Vorausgesetzt, Stuart nahm das Angebot an. Es gab eine Bank auf den Bahamas, auf der immens viel Geld lag, das zu Zeiten Breschnews von Männern der Nomenklatura dorthin verschoben worden war. Sie würden nicht mehr in seinen Genuß kommen, sie waren tot und begraben, doch das Konto war noch da und stand dem Dienst zur Verfügung, wenn er den Auftrag annehmen sollte.

Sablin trat hinaus auf den Balkon und betrachtete ein erleuchtetes Boot, das über das dunkle Wasser des Sees fuhr. Vom Boot wehten die Töne eines alten Lieds herüber, das seine Frau Tatiana oft vor sich hin sang. Stresa hätte ihr gefallen, doch er würde ihr nicht sagen, wie schön dieser italienische See war, weil nicht einmal sie etwas von dieser Reise erfahren durfte. Auch ein Mann seines Bekanntheitsgrades konnte, mit entsprechenden Vorsichtsmaßnahmen, seine Geheimnisse wahren. Gewiß, wenn die Männer, die ihn auf dieser italienischen Mission begleitet hatten, auf den Gedanken gekommen wären... Doch sie hielten es nur für ein Wiedersehen zweier Freunde, die einmal zusammengearbeitet hatten. Vielleicht hatten sie gedacht, daß auch Präsidenten ein Herz haben. Für die Welt befand er sich in diesem Moment in Österreich und nicht am Lago Maggiore. Am nächsten Tag würde er inkognito nach Wien zurückkehren und unter dem Vorwand, daß irgend etwas dazwischengekommen sei, die für den Vormittag vorgesehene Rückreise nach Moskau hinauszögern.

Während sein Blick das erleuchtete Boot verfolgte, das über den See glitt, als schwebe es durch die Nacht, mußte er an Tschadajews Worte denken: »Wir sind ein außergewöhnliches Volk. Wir gehören zu den Nationen, die den Eindruck machen, sie seien nicht Teil der Menschheit, sondern existierten nur, um der Welt ein paar fürchterliche Lektionen zu erteilen.«

Genau das würde er tun.

4

An jenem Morgen wurde Ogden früher wach als gewöhnlich. Er wollte einen Blick auf die russischen Dossiers werfen, bevor er den Chef des Dienstes traf. Stuart hatte ihn in der Nacht zuvor ein zweites Mal aus dem Flughafenhotel angerufen, um ihm seine genaue Ankunftszeit mitzuteilen.

Er kannte ihn schon zu lange, um bei diesen kurzen Telefonaten nicht bemerkt zu haben, daß Stuart noch ganz aufgewühlt war von seiner Begegnung in Italien. Was Sablin wollte, war mit Sicherheit äußerst gefährlich und die Bezahlung entsprechend hoch. Doch sie würden es sich gründlich überlegen müssen, ob sie sich in russische Angelegenheiten einmischen, gleichgültig, wieviel Geld damit zu verdienen war.

Er hatte eine vage Ahnung, worum es ging. Sablin plante sicherlich etwas höchst Brisantes, wenn er ein so risikoreiches Treffen gewagt hatte. Falls etwas durchsickerte, würde er Probleme haben, diese Begegnung zu rechtfertigen. Offensichtlich ermöglichte ihm sein persönlicher Sicherheitsapparat eine Handlungsfreiheit, die ein anderer Präsident sich nicht hätte erlauben können. Auf jeden Fall würde er, sollte irgendwo eine undichte Stelle auftreten, mit drastischen Mitteln durchgreifen: Die Lubjanka gab es immer noch. Seine Männer würden aus Treue oder aus Angst schweigen.

Nach Ogdens Ansicht wollte der Magdeburger Reiter einen Krieg und hatte sich den Dienst als seine Privatarmee ausgesucht. Doch vielleicht war er zu pessimistisch, und Sablin würde sich darauf beschränken, sie auf der Jagd nach ein paar Schwarzkonten um die Welt zu schicken.

Gegen Mittag kam Stuart im Nikolaiviertel an. Als er ihn rufen ließ, ging Ogden in sein Büro und nahm die Unterlagen über Sablin mit.

»Hattest du eine gute Reise?« fragte er und legte die Akten auf den Tisch.

»Von Mailand bis hier eine Turbulenz nach der anderen«, sagte Stuart entnervt. »Aber wenigstens serviert Alitalia ein ordentliches Frühstück. Ich sehe, daß du die Familienalben hervorgekramt hast«, sagte er und zeigte auf die von Ogden mitgebrachten Papiere.

»Allerdings. Sicher erinnerst du dich daran, daß Sablins Frau einem Attentat entkommen ist, als er noch Premierminister war. Es wurde als Autounfall ausgegeben, doch Tatiana mußte eine ganze Weile im Krankenhaus bleiben, weil die Gefahr einer Lähmung bestand. Eine ihrer Töchter, die sie begleitet hatte, blieb zum Glück unverletzt. Eine Warnung, um Wolodjas heißen Kopf zu kühlen, und wir wissen auch, von wem.«

»Das war der zweite Unfall. Zuerst war das Feuer in seiner Datscha. Um ein Haar wären alle in den Flammen umgekommen«, ergänzte Stuart.

»Offensichtlich ist es Gottes Wille, daß Sablin Rußland erlöst.« Ogden setzte sich in den Sessel vor Stuarts Schreibtisch. »Nun sag, hat er das Kriegsbeil ausgegraben?«

Stuart richtete sich auf seinem Stuhl auf und beugte sich zu ihm vor. »Woher zum Teufel weißt du das?«

Ogden breitete die Arme aus. »Wenn man einen Anschlag auf mein Leben verübt hätte und dabei wäre, mein Land und meinen Ruf zu zerstören, würde ich das gleiche tun. Wer weiß, vielleicht ist der Magdeburger Reiter auf dem Weg nach Damaskus erleuchtet worden.«

Stuart lehnte sich zurück und machte ein skeptisches Gesicht. »Sablin ist ein Spion, der Präsident geworden ist, das Beste, was seinem verwüsteten Land passieren konnte. Was die Erleuchtung angeht, wäre ich vorsichtig...«

»Es ist schon häufiger vorgekommen, daß skrupellose Männer, wenn sie erst an der Spitze ihres Landes standen, sich als einer solchen Aufgabe würdig erwiesen haben«, sagte Ogden mit einem Hauch von Ironie. »Es ist, als sänke eine Art weltliche Gnade auf sie herab. Im allgemeinen nehmen sie ein schlimmes Ende.«

»Bei der Gnade, die auf ihn herabgesunken ist, geht es um Mord«, sagte Stuart.

»Dann habe ich ja ins Schwarze getroffen. Mafia und Oligarchen natürlich.«

Stuart nickte. »Du hättest nach Italien reisen sollen. Du wärst dageblieben und hättest bis zum Morgen Wodka mit ihm getrunken.«

»Ich mag keinen Wodka. Was hattest du denn sonst erwartet? Daß er dich bitten würde, seine Konten zu kontrollieren? Los, sag mir, wen er loswerden will.«

Stuart gab einen detaillierten Bericht über seine Unterhaltung mit Sablin. Schließlich stand Ogden auf und begann im Zimmer auf und ab zu gehen. »Ein schöner Schlamassel«, bemerkte er.

»Borowskij hat den zweiten Krieg in Tschetschenien entfacht«, fuhr Stuart fort, »ohne Wissen Sablins, indem er den inzwischen durch Alkohol und Krankheiten vollkommen vertrottelten alten Präsidenten davon überzeugte, das sei ein ausgezeichneter Schachzug, um dem Spion, der in Kürze sein Nachfolger werden sollte, mehr Charisma zu verleihen. Natürlich hatte er etwas ganz anderes im Sinn: Auf diese Weise wollte er den Neugewählten in Schwierigkeiten bringen und seine eigenen Kriegsgeschäfte erweitern, ganz zu schweigen von den kaukasischen Pipelines und dem Drogenhandel. Außerdem ist Bassajew einer seiner Männer, und der Oligarch hat für diese Operation gut 25 Millionen Dollar bezahlt. Zum ersten Aufflackern kam es im Sommer 99, in Dagestan, wo Bewohner der Region vielerorts die russischen Behörden auf verdächtige militärische Vorbereitungen von Söldnern hinwiesen, schon einige Tage, bevor sie zum Angriff übergingen. Moskau maß offenbar den Bitten der Bürger, die vergebens um die Entsendung von Truppen ersuchten, um sie vor den Terroristen zu schützen, keine Bedeutung bei. Auf diese Weise besetzten die angeblichen tschetschenischen Rebellen in aller Ruhe einige dagestanische Dörfer, und erst eine Woche später wurden russische Soldaten zur Verteidigung des Territoriums geschickt und verloren dabei ihr Leben. Das erste Gemetzel in einer langen Reihe. Von dort nahm alles seinen Anfang. Gewiß, Borowskij hatte nicht vorhergesehen, daß unser Kollege den Stier bei den Hörnern packen und die Schwierigkeiten, in die er ihn so geschickt verwickelt hatte, zu seinen Gunsten wenden würde. Doch der Krieg war nun im Gange. Nach der Rückeroberung Dagestans durch die russische Armee ging der Krieg in Tschetschenien weiter, ebenso wie die von islamischen Fundamentalisten unter der Führung von Bassajew verübten Attentate. Und nicht nur in Tschetschenien, sondern auch in Rußland.«

»Sablin hat das Spiel schnell durchschaut«, sagte Ogden, »und er hat seinen Krieg gegen die Oligarchen bei ihm begonnen und ihm den Boden unter den Füßen weggezogen. Er erträgt es nicht, daß man ihn der Duldung dieser Machenschaften verdächtigt, die Tausende von Menschen das Leben kosten. Jetzt hält sich unser Oligarch im selbstgewählten Exil in Amerika auf, aber er ist noch immer einer der reichsten und mächtigsten Männer der Welt. Kurz nachdem Sablin gewählt worden war, erkannte Borowskij, daß Wolodja nicht seine Marionette sein würde. Doch da war es zu spät. Also beschuldigte er ihn, ein autoritäres Regime errichten zu wollen, legte sein Abgeordnetenmandat in der Duma nieder, wodurch er seine Immunität verlor, ging in die Vereinigten Staaten und spielte sich als politisch Verfolgter auf. Ein geschickter Schachzug genau zum richtigen Zeitpunkt: Sablin war noch nicht soweit, ihm Handschellen anlegen zu können, und er machte sich davon. Was anderen wichtigen Leuten nicht gelungen ist, die weniger schlau waren als er. Jedenfalls rührte im russischen Parlament niemand einen Finger, um ihn aufzuhalten. Jetzt wird gegen ihn ermittelt:

Man beschuldigt ihn, illegal russisches Kapital ins Ausland verschoben und schmutziges Geld gewaschen zu haben. Doch das ist nur der Anfang. Ihm gehören mächtige Holdings, eine Pipeline, das größte russische Automobilwerk, die Giganten der Metallindustrie sowie die russische Fluggesellschaft, und er könnte also darauf pfeifen, aber für einen Mann, der im Kreml jahrelang hinter den Kulissen die Fäden gezogen hat, ist das eine unerträgliche Demütigung. Wolodja hat ihn hereingelegt, deshalb will sich der Oligarch rächen. Sablin sieht ihn als Urheber hinter den islamistischen Attentaten.«

»So ist es. Nun, was hältst du davon?« fragte Stuart. »Er bietet ein beachtliches Honorar. Ich hatte keine Ahnung, daß er über derartige Summen für Privatangelegenheiten verfügen kann.«

»Du vergißt – und dabei handelt es sich nur um eine von vielen Aktionen –, daß die Finanzkommission der Kommunistischen Partei der Sowjetunion 1991, als sie das Ende nahen spürte, über eine zypriotische Bank riesige Summen den Kassen entzogen und auf Privatkonten in der Schweiz transferiert hat. Wir haben ein diesbezügliches Dossier. Auch wenn niemand auf der Welt in wenigen Jahren so viel geraubt hat wie die russischen Oligarchen, kann Sablin doch auf gewaltige Beträge zurückgreifen, die von der sowjetischen Führung abgezweigt worden sind.«

»Das stimmt. Wie zum Beispiel die Gelder der Republiken Kirgistan und Usbekistan, die seit geraumer Zeit und bisher ohne Ergebnis versuchen, die Goldreserven ihrer Zentralbanken wieder aufzufinden. Kriminelle hatten das Gold mit aktiver Unterstützung hoher Exfunktionäre der

Sowjets unterschlagen und später auf dem Finanzplatz Zürich verkauft.« Stuart seufzte skeptisch. »Hoffen wir, daß Sablin – erleuchtet, wie er ist – es schafft, uns großzügig zu bezahlen und ein wenig Geld aufzutreiben, um die Mägen seines Volks zu füllen.« Stuarts Lächeln wirkte nicht gerade liebenswürdig. »Gefällt dir diese Vorstellung eines vollkommen geläuterten und dem Vaterland ergebenen Sablin?«

Ogden lächelte ebenfalls. »Du hast kein Vertrauen zu unserem alten Freund. Ich hingegen glaube, daß das heilige Feuer wirklich auf ihn niedergesunken ist, oder wenigstens amüsiert es mich, das zu glauben. Jedenfalls kann er sich mit dieser Unmenge Geld zwei erstklassig ausgeführte Morde leisten. Ein Angebot der Firma. Doch wenn wir nicht die gesamte Russenmafia und ihre internationalen Verbündeten auf dem Hals haben wollen«, fuhr Ogden, nun wieder ernst, fort, »dann muß der Dienst über jeden Verdacht erhaben sein, genau wie Sablin. Und es wird nicht leicht sein, für eine Aktion dieser Art eine lückenlose Tarnung zu organisieren. Was schlägt Wolodja vor?«

»Nichts. Wir haben alle Freiheiten.«

Ogden ging erneut im Zimmer auf und ab. Dann blieb er stehen und sah Stuart mit festem Blick an.

»Was hat das Faß zum Überlaufen gebracht?« fragte er.

»Was meinst du damit?«

»Mafia und Oligarchen gehören seit dem Fall der Berliner Mauer zur russischen Wirklichkeit und sind seitdem immer schlimmer geworden. Sablin schaltet sie einen nach dem anderen aus und enttäuscht damit die rosigen Hoffnungen des Clans des früheren Präsidenten und seiner Anhänger, die ihn an die Macht gebracht haben, weil sie sicher waren, mit ihm machen zu können, was sie wollten. So weit, so gut. Was Borowskij angeht, so verfügt er zwar in den USA über starke Protektion, doch würde es Sablin früher oder später sicher fertigbringen, ihn auszuschalten. Warum beschließt er dann, sich auf eine so gefährliche Art von ihm zu befreien?«

Stuart sah ihn verständnislos an. »Meiner Ansicht nach hat er sich für die schnellste und effizienteste Lösung entschieden. Er hat uns gebeten, Borowskij zu eliminieren, vielleicht seinen erbittertsten Feind, und dessen rechte Hand, den Mafioso Kachalow. Indem er uns benutzt, kann er es tun, ohne daß er politische Folgen fürchten muß. Oder so gut wie keine.«

»Genau das ist es: Dieses ›so gut wie‹ gibt mir zu denken. Diese Leute haben überall Komplizen auf hoher politischer Ebene. Wenn sie eliminiert sind, müssen die mit ihnen verbundenen Politiker sich woanders Unterstützung suchen und dabei auf jeden Fall gegenüber Sablin das Gesicht wahren und weiter gute Beziehungen mit ihm unterhalten. Deshalb müssen wir, wenn wir den Auftrag annehmen – und ich würde gut darüber nachdenken, bevor wir das tun –, das Ganze so einrichten, daß später jemand anderes beschuldigt wird. Wir müssen falsche Motive und falsche Auftraggeber erfinden, damit niemand auf die Idee kommt, den Dienst mit diesen Eliminierungen in Verbindung zu bringen. Und das müssen wir gut machen. Weißt du, was ich meine?«

Stuart nickte. »Ein *coup de théâtre*?«

»Ich sehe keine andere Möglichkeit. Wir könnten einen

inneren Krieg vom Zaun brechen, wie er bei der Mafia oft vorkommt, indem wir es so einrichten, daß der Tod des Mafioso Kachalow wie eine Abrechnung aussieht. Bei Borowskij müssen wir noch vorsichtiger sein, niemand glaubt, daß Männer wie er eines frühzeitigen natürlichen Todes sterben. Wir müssen alles über die beiden und ihre Umgebung wissen.«

»Das ist kein Problem. Uns stehen alle Archive des FSB zur Verfügung.«

»Gut. Doch wir müssen die Dossiers einsehen, bevor wir annehmen. Der Erfolg der Aktion hängt vor allem von den konkreten Möglichkeiten ab, unsere Komödie zu inszenieren. Erst wenn wir alle Einzelheiten im Leben dieser Leute ausgeleuchtet haben, wissen wir, ob die Operation durchführbar ist oder nicht. Die privaten Dossiers Sablins sind in diesem Fall aufschlußreicher als unsere. Außerdem dürfen wir, wenn wir annehmen, keine zeitliche Begrenzung haben.«

»Ich glaube nicht, daß Sablin meint, es gehe um einen einfachen Job«, bemerkte Stuart. »Aber du hast recht: Um handeln zu können, brauchen wir eine Falle. Ich werde Sablin sagen, daß er erst eine Antwort bekommt, wenn wir seine Dossiers durchgesehen haben.«

Nach einer kurzen Pause sah Stuart Ogden fragend an. »Was hast du mit der Frage gemeint, was das Faß zum Überlaufen gebracht habe?«

Ogden lächelte. »Es muß da etwas gegeben haben, das ihn dazu bewogen hat, sich auf dieses wahnsinnige Unternehmen einzulassen. Sablin ist einer der fähigsten Spione des KGB gewesen, aber zuallererst ist er Russe. Und die

Russen lieben ihr Land wirklich. Deshalb habe ich von Erleuchtung gesprochen.« Ogden setzte sich wieder in den Sessel und sah an Stuart vorbei. Er hing noch einen Augenblick seinen Gedanken nach, wandte dann seinen Blick wieder dem Chef des Dienstes zu.

»Die Charkow«, sagte er.

»Das Atom-U-Boot?«

Ogden nickte. »Wußtest du, daß Wolodjas Vater Unterseebootmatrose war?«

Stuart breitete die Arme aus. »Nun komm, wie kannst du glauben, daß das sein Motiv ist?!«

»Ich habe nicht gesagt, daß es das Motiv ist, aber es ist der Auslöser. Es kann für ihn nicht leicht gewesen sein, zu den Familien jener Männer zu sprechen, die auf dem Grunde des Meeres geblieben sind. Er hatte es geschafft, sich aus der tschetschenischen Falle zu befreien, und er hat dabei sogar – entgegen den Erwartungen Borowskijs – genau das Ansehen im Lande erworben, das er nach dem Willen des Oligarchen verlieren sollte. Und dann kam der Untergang des Atom-U-Boots. Eine weitere Falle. Wir wissen, daß Sablin mit achtundvierzig Stunden Verspätung über die Ereignisse in der Barentssee unterrichtet wurde. Und nicht nur weil die Militärs hofften, allein damit zurechtzukommen. Du erinnerst dich sicher an die Angriffe, die von den privaten Fernsehsendern und Zeitungen seiner Feinde lanciert wurden. Irgend etwas hat dann die Russen gezwungen, tagelang vor der Öffentlichkeit den Ernst der Lage und sogar die Zeit des Untergangs geheimzuhalten. Also werden wir Sablin bitten, unser Dossier über den Fall Charkow zu vervollständigen.«

»Das wird er niemals tun«, wandte Stuart ein.

Ogden zuckte die Achseln. »Wir sagen ihm, daß wir schon sehr viel darüber wissen, was ja stimmt. Er soll uns nur einige Lücken füllen. Wenn er es nicht tut, nehmen wir den Auftrag nicht an. Glaub mir, seine Entscheidung, sich zu rächen, hat dort ihren Ursprung, deshalb müssen wir alles erfahren, was er über diese Geschichte weiß. Unsere künftigen Opfer sind in die Sache verwickelt, und wenn du einmal alle Informationen, die wir haben, zusammenfügst, wird dir klar, daß alles mit den Ereignissen in Tschetschenien anfängt. Mehr darüber zu erfahren, das wird unsere kleine Garantie für die Zukunft sein. Man kann nie wissen.«

Stuart nickte. »Wie immer hast du recht. Ich werde Sablin unsere Bedingungen mitteilen, und wenn er sie annimmt, beginnen wir mit der Arbeit. Zum Glück stehen Borowskij und Kachalow auch im Privatleben in engem Kontakt miteinander. Das macht es für uns leichter.«

Ogden wandte sich zur Tür. »Solange wir auf Sablins Antwort warten, sehe ich mir einmal an, was wir über Borowskij und seinen Kumpan haben. Wenn du mich brauchst, ich bin drüben. Grüß mir den Magdeburger Reiter.«

5

Sablin hatte die vom Dienst gestellten Bedingungen akzeptiert. Und so hatte am Sitz im Nikolaiviertel die Vorbereitung dessen begonnen, was Stuart *La pièce* nannte.

Die Dossiers der Männer in Sablins Visier erwiesen sich auch für zwei Agenten auf Ogdens und Stuarts Niveau als aufschlußreich. Aus den Unterlagen ging eindeutig hervor – falls es überhaupt noch eines Beweises bedurfte –, daß keine kriminelle Vereinigung in der Welt an die Mafiabanden herankam, die aus den Trümmern der ehemaligen Sowjetunion entstanden waren.

Konstantin Kachalow, genannt »der Boss«, eine der geheimnisumwittertsten und gefährlichsten Figuren der Russenmafia und rechte Hand Borowskijs, war der zweite Mann, der eliminiert werden sollte. Kachalow wurde im Dossier als ungewöhnlich intelligenter und verschlagener Mensch mit einem ausgeprägten Hang zu Gewalt beschrieben. Als Kind hatte er Eltern und Geschwister verloren, weil das Häuschen, in dem sie in Moskau lebten, zerbombt wurde. Noch sehr jung und auf sich selbst gestellt, hatte er es geschafft, den Luftangriffen zu entkommen, indem er sich in der U-Bahn versteckte und von dem ernährte, was die Kommissariate im Viertel an die Bevölkerung verteilten: Schwarzbrot und Kartoffeln. Inmitten der Trümmer war er groß geworden, ein Einzelkämpfer, schlau und unerbittlich, einer, der jeden Schmerz ertragen konnte. Mit zwanzig hatte er seine erste Bande gegründet, die darauf spezialisiert war, Mitglieder der kommunistischen Nomenklatura, Schwarzmarktspekulanten und korrupte Anhänger des Systems auszurauben. Normalerweise wurden die Opfer in die Wälder rund um Moskau verschleppt und so lange gefoltert, bis sie der Bande das gaben, was sie wollte. Schließlich war er von der Polizei gefaßt worden und hatte seine erste Gefängnisstrafe verbüßt.

Nach acht Jahren war er als gemachter Mann herausgekommen, mit neuen Freundschaften und dem Zeug zum echten Paten. In den Folgejahren hatte seine Macht immer mehr zugenommen, bis er schließlich »Boss« einer mysteriösen Organisation wurde, die *vory y zakone* hieß. Es handelte sich dabei um eine Art Bruderschaft, entstanden in den letzten Jahren des Zarenreichs in den Lagern Sibiriens, die eigenartige Initiationsrituale praktizierte, im Laufe der Jahre zum Bezugspunkt aller russischen Verbrecherbanden geworden war und Streitigkeiten zwischen den Paten der verschiedenen Kartelle schlichtete.

In Konstantin Kachalows Dossier wurde detailliert erklärt, wie es diesem Mann gelang, die in die Vereinigten Staaten emigrierten Mafia-Clans in der Hand zu behalten. Seine Geschäfte waren von einer so enormen Größenordnung, daß er die wichtigsten Banken – und nicht nur die russischen – strammstehen lassen konnte. In der ganzen Welt hatte er Partner in den höchsten Positionen, die ihn respektierten und fürchteten.

Mit einer gewissen Befriedigung hatte Ogden die einzige Schwäche dieses Verbrechers registriert: Frauen. Schon einmal war Kachalow der amerikanischen Polizei nur ganz knapp aus dem Haus einer seiner zahlreichen Geliebten entkommen. Der Dienst würde dafür sorgen, daß er nicht noch einmal solches Glück hätte.

Was Pawel Borowskij anging, so wußten sie schon viel über ihn. Seit Sablin ihm eins ausgewischt und ihn gezwungen hatte, Rußland zu verlassen, lebte er in den Vereinigten Staaten, von wo er sein riesiges Imperium lenkte und wo er darüber nachdachte, wie er seinen Feind ausschalten könnte. In der Ära Jelzin hatte er unumschränkte Macht gehabt und zum Aufstieg Sablins beigetragen. Und diese schwere Fehleinschätzung konnte er sich nicht verzeihen. Aus seinem amerikanischen Exil wetterte er gegen »diesen kleinen heuchlerischen Spion«, der gegen die Herren Rußlands aufbegehrt und ihn zu einem Verbannten gemacht hatte. Borowskij hatte schneller als die anderen begriffen, daß der ehemalige Geheimdienstchef nicht mitspielen würde, und die Ereignisse hatten ihm recht gegeben: Nach seinem Weggang war gegen weitere Mächtige ermittelt worden. Dabei hatte Sablin nichts weiter getan, als sich ans Gesetz zu halten, und das hatte genügt, ihnen allen größte Unannehmlichkeiten zu bereiten.

Etwas Derartiges war nie zuvor geschehen, weder in Rußland noch in der Sowjetunion, wo das organisierte Verbrechen sich immer auf die Protektion vieler Mächtiger im Staat hatte verlassen können, nur nicht zu Zeiten Stalins, da der Diktator nicht nur Millionen Unschuldiger ermorden ließ, sondern auch eine ganze Reihe von Mafiosi und gewöhnlichen Verbrechern liquidiert wurde. Ogden war sich sicher, daß der Krieg zwischen dem Oligarchen und Sablin mit der Eliminierung eines der beiden enden würde. Der Umstand, daß Sablin Präsident war, schützte ihn nicht vor diesem Mann, der ihn haßte und der über einen persönlichen, zum Teil aus der Elite des Ex-KGB bestehenden Sicherheitsdienst verfügte. Borowskij war der mächtigste Vertreter jener Russen, die das Land nach Glasnost zerstört hatten, indem sie Vermögen in kolossaler Höhe raubten und die Bevölkerung und die Armee buchstäblich verhungern ließen.

Für Ogden hatte Sablin die richtige Entscheidung getroffen: Die Eliminierung dieses Hurensohns war die wirksamste Art, sich selbst und dem Land weitere Katastrophen zu ersparen. Es würde keine einfache Aufgabe sein, doch er würde sie annehmen.

Wenige Tage danach schien eine unerwartete Nachricht die Arbeit des Dienstes zu erleichtern. Einer ihrer Agenten, der in New York stationiert war, teilte ihnen mit, daß Borowskij beabsichtige, inkognito und in Begleitung seines engsten Vertrauten nach Europa zu reisen.

»Er muß etwas wirklich Wichtiges zu erledigen haben, wenn er sich entschlossen hat, seinen Zufluchtsort zu verlassen«, sagte Stuart, nachdem er den Bericht des amerikanischen Agenten zu Ende gelesen hatte. »Das Außergewöhnliche ist, daß Peter Mulligan, der unsere Abteilung in New York leitet, die Sache zufällig entdeckt hat. Er verfolgt für eine englische Bank eine Spur, bei der es um schmutziges Geld geht, eine Geschichte, mit der unsere Bankiers angeblich nichts zu tun haben, und wir unterstützen ihn dabei. Nebenbei gesagt, die Untersuchung geht ausgezeichnet voran. Unter der Leitung von Peter hat unsere Gruppe ein paar Leute in eine Finanzierungsgesellschaft eingeschleust, die Geschäfte mit Borowskij macht. Gestern abend hat einer von Peters Agenten mit einem dieser Finanzleute zu Abend gegessen, der sich rühmte, den Oligarchen sehr gut zu kennen. Er hat keine Zeit verloren, sich den Dummkopf vorgenommen und ihn in ein paar Lokale geschleppt, wo es genügend Callgirls und Koks gab. Er mußte eine Menge langweiliger Geschichten über die Fähigkeiten und den Weitblick Zar Pawels über sich ergehen lassen, bis der Kerl schließlich, als unser Mann schon nicht mehr darauf zu hoffen wagte, mit diesem Zuckerstückchen herausgerückt ist. Wir werden innerhalb der nächsten Stunden erfahren, ob die Information stimmt oder nicht.«

»Es kommt mir sonderbar vor, daß er nicht bleibt, wo er ist«, kommentierte Ogden. »Für ihn ist Europa nicht sicherer als Rußland. Die Schweizer warten bei der Durchreise auf ihn, und er läuft Gefahr, festgenommen zu werden, wie es vor kurzer Zeit Gawronskij passiert ist.«

Stuart zuckte mit den Schultern. »Wenn einer dieser Leute inkognito reist, hat er gute Chancen, daß es klappt, und Borowskij verfügt über die notwendige Organisation. Jedenfalls habe ich unsere gesamte amerikanische Abteilung mobilisiert, ihm auf den Fersen zu bleiben. In wenigen Stunden müßten wir etwas erfahren. In der Zwischenzeit können wir schlafen gehen. Wenn es heute nacht Neuigkeiten geben sollte, rufe ich dich an.«

»Einverstanden. Bis morgen.«

Ogden verließ die Büros des Dienstes und machte sich auf den Weg zu seiner Berliner Wohnung, die nicht weit entfernt lag. Es war eine klare, kalte Nacht, und nur wenige Touristen, die spät aus den Restaurants gekommen waren, hielten sich noch an der Nikolaikirche auf und bewunderten den gotischen Bau.

Fünf Minuten später stand Ogden vor seiner Wohnung. Nachdem er die Alarmanlage ausgeschaltet und gerade die Eingangstür hinter sich geschlossen hatte, bemerkte er, daß irgend etwas nicht in Ordnung war. Er hatte nicht einmal die Zeit, sich umzudrehen, als ein Mann sich von hinten auf ihn stürzte. Ogden gelang es, sich zu befreien, er machte eine halbe Drehung um sich selbst und verpaßte dem Angreifer einen Schlag in den Solarplexus. Sie fielen beide hin, weil der andere nicht losließ. Als Ogden ihm ins Gesicht sah, mochte er seinen Augen nicht trauen: Der Mann auf dem Boden war Genadij Renko. Er stand wieder auf, richtete seine Pistole auf den Russen, dessen Lider flatterten, und holte Luft.

»Was tust du hier, verdammt?« fragte er ihn. »Ich hätte dich umbringen können!«

Benommen setzte der Mann sich auf. Ogden hielt ihm die Hand hin und half ihm, wieder auf die Beine zu kommen. Renko war schlank und nicht sehr groß, doch unter der gutgeschnittenen Jacke ahnte man kräftige Schultern. Er hatte ein rundes, freundliches Gesicht mit zwei leuchtendblauen Augen, die er nun mit einem belustigten Lächeln zusammenkniff.

»Du alter Bastard!« rief er in einem akzentfreien Englisch aus. »Du bist in Topform, doch deine Sicherheitsanlage hier ist sehr viel schlechter als die in Bern. Und die Wohnung ist auch nichts Besonderes«, sagte er und sah sich um.

»Was machst du in Berlin, Genadij? Und vor allem: Was machst du in meiner Wohnung?« fragte Ogden und steckte seine Pistole zurück ins Halfter.

»Gib mir zuerst etwas zu trinken.«

Genadij Renko war ein ehemaliger Kämpfer der Force Alpha, des sowjetischen Gegenstücks zu den amerikanischen Green Berets. Nach dem Zusammenbruch der Sowjetunion hatten sich viele Einheiten der Spezialtruppen des aufgelösten KGB den Kartellen des organisierten Verbrechens angeschlossen, während die Spezialisten der Kommandoeinheiten der Armee sich im allgemeinen unabhängig gemacht und Sicherheitsagenturen, Büros für private Ermittlungen und ähnliche Organisationen gegründet hatten. Dann gab es jene Exmilitärs, die sich für eine Arbeit auf streng individueller Basis entschieden hatten, Free-Lancer, die fast überall in Europa angeheuert wurden. Sie galten als die gefährlichsten Killer, schwer zu identifizieren und zu überwachen. Genadij Renko war einer von ihnen, vielleicht der beste. Ein paar Jahre zuvor hatte Ogden ihm in Moskau zufällig das Leben gerettet. Er war in der Nähe der U-Bahn-Station des Lubjanka-Platzes zu Fuß unterwegs, als zwei Männer einen anderen angriffen, der wenige Meter vor ihm ging. Der Attackierte hatte wie ein Profi reagiert, doch obwohl die Angreifer ungeschickter und plumper waren, hätte er es allein nicht geschafft. Es war Nacht, wegen der eisigen Kälte waren nur wenige Leute unterwegs, und es hätte sowieso niemand einen Finger gerührt: Es waren keine solidarischen Zeiten in Moskau. Ogden war ihm zu Hilfe gekommen, und gemeinsam hatten sie die beiden Mafiosi niedergeschlagen. Genadij hatte ihm gedankt und dann, schnell und gleichmütig, seine Pistole aus der Tasche des Pelzmantels gezogen, den Schalldämpfer aufgesetzt und den beiden mitten in die Stirn geschossen. Danach hatte er Ogden kräftig auf die Schulter geklopft und ihn zum Trinken in das beste Hotel der Stadt eingeladen.

Seitdem hatte der Dienst ihn für ein paar schnelle, sehr

schmutzige Jobs eingesetzt, zur gegenseitigen Zufriedenheit. Genadij Renko schätzte Ogden sehr, fühlte sich in seiner Schuld und hätte alles für ihn getan.

Die beiden Männer gingen ins Wohnzimmer, einen großen rechteckigen Raum, sparsam, doch elegant möbliert. Ogden goß zwei Whisky ein und reichte dem Russen ein Glas.

»Nun, Genadij, dann erkläre mir einmal, warum du hier bist...«

Der Mann ließ sich auf die Ledercouch fallen, nahm einen langen Schluck und zwinkerte ihm zu.

»Ich komme oft hierher. Es gibt viel Arbeit, wie du weißt«, sagte er mit einem Grinsen. »Doch ich wollte dich sehen, weil mir vor ein paar Tagen etwas Komisches zugetragen worden ist. Es scheint, daß Stuart in einem großen Hotel am Lago Maggiore gesehen wurde. Das hat mir ein Exagent der Spezialtruppen des KGB gesagt. Er war mit dem Mann, für den er arbeitet, einem jungen Mafioso mittleren Kalibers, in Italien und hat deinen Chef erkannt. Und er hat betont, daß Stuart in guter Gesellschaft war, wenn du weißt, was ich meine: russische Agenten, vermutlich die Leibwache eines hohen Tiers. Ich habe etwas gerochen und bin gekommen, es dir zu erzählen. Das ist alles.«

»Irgendwelche Erkenntnisse über die Identität dieses hohen Tiers?« fragte Ogden ruhig.

»Keine. Aber er glaubt, daß es sich um einen Politiker oder einen Oligarchen gehandelt hat. Er ist jedenfalls davon überzeugt, daß dein Chef in den wichtigen Kreisen von Moskau verkehrt. Ist das ein Problem?«

Ogden antwortete nicht gleich. Er hatte sicherlich nicht

die Absicht, Renko einzuweihen, doch vielleicht konnte ihm der Mann noch mal nützlich sein, um zu erfahren, ob die Nachricht sich herumsprach und ob irgend jemand an Einzelheiten interessiert war.

»Wer ist der Mann?« fragte er.

Renko antwortete nicht sofort, doch dann sagte er: »Er heißt Ilja Kirow. Er war ein ziemlich wichtiger Mann zu Zeiten des KGB und muß eure Dossiers gesehen haben, wenn er Stuart erkannt hat. Jetzt arbeitet er für diesen Tarskij, über den ich jedoch nichts weiß. Er ist sein Vertrauter. Wir kennen uns aus Afghanistan, vielleicht hat er mir deshalb, als wir uns neulich abends zufällig hier in Berlin im Restaurant vom Mercure getroffen haben, nach ein paar Wodka diese Geschichte geflüstert.«

»Weiß er, daß du für uns gearbeitet hast und daß du mich kennst?«

»Ich habe es ihm nicht gesagt.«

Ogden dachte, daß es ein Zufall gewesen sein mochte, doch es war das letzte, was sie brauchen konnten. Sie würden Sablin sofort davon Mitteilung machen müssen.

»Bleibst du in Berlin, Genadij?«

»Ich bin noch ein paar Tage hier. Warum?«

»Ich möchte, daß du morgen mit mir zu Stuart kommst.«

Renko schaute ihn an und schüttelte den Kopf. »Verdammt! Dann hat dieser Hurensohn also richtig gesehen –«

»Nein«, unterbrach Ogden ihn barsch, »er hat nichts gesehen. Ist das klar?«

»In Ordnung, in Ordnung«, sagte Renko und senkte den Kopf wie ein Kind, das man auf frischer Tat ertappt hat.

»Es ist besser, daß man uns nicht zusammen sieht«, fuhr Ogden fort. »Wir treffen uns morgen gegen zehn Uhr hier. Ich rufe dir jetzt ein Taxi, damit fährst du zurück ins Mercure, zahlst die Rechnung und verläßt das Hotel. Gib an der Rezeption zu verstehen, daß du mit einem Nachtflug in die Vereinigten Staaten fliegst. Dann fährst du zum Forum, am Alexanderplatz, und nimmst dir ein Zimmer. Morgen vormittag erwarte ich dich hier. Wenn du mich brauchst, kannst du mich jederzeit unter dieser Nummer anrufen, und nur unter dieser. Die Leitung ist immer offen. Verstanden?«

Renko schien angespannt, auch wenn er seine Nervosität zu verbergen suchte. Ogden bemerkte es.

»Hör zu, Genadij, du mußt dir keine Sorgen machen. Und vor allem darfst du es nicht bereuen, mich über diese Sache informiert zu haben. Du wirst gut dafür bezahlt werden und keinerlei Risiko eingehen. Außerdem steckst du bereits drin. Wenn die Geschichte keine Folgen hat, ist es einfach eine Gelegenheit gewesen, unsere Freundschaft zu erneuern. Wenn doch, mußt du dir sagen, daß es sowieso passiert wäre. Und in diesem Fall wäre es besser für dich, den Dienst auf deiner Seite zu haben, als ein einsamer Wolf zu sein. Was meinst du?«

Renko sah ihn eine Weile ernst an, bevor er antwortete. Dann nickte er und lächelte. »Ich schulde dir noch etwas. Wenn es Scherereien gibt, heißt das, daß wir quitt sind. Im anderen Fall haben wir einfach ein bißchen geplaudert.«

Ogden lächelte ebenfalls und klopfte ihm auf die Schulter. »Genau so ist es, Genadij. Jetzt rufe ich dir ein Taxi.«

Als Renko gegangen war, rief Ogden Stuart an und erzählte ihm von seinem Besuch. Dem Chef des Dienstes entfuhr ein Fluch.

»Diese Scheißmafiosi sind wirklich überall! Wir haben bestimmt etwas über sie im Archiv. Ich lasse nachsehen und schicke dir gleich, was ich über Kirow und Tarskij finde.«

»Hat Sablin dir erklärt, wie er von Wien nach Mailand gekommen ist?« fragte Ogden. »Ich meine: Können wir sicher sein, daß sein Inkognito wirklich gewahrt wurde?«

»Es ist alles ordentlich gemacht worden, du kannst ganz beruhigt sein. Niemand hat ihn das Hotel betreten und verlassen sehen. Und auch wenn man ihn gesehen hätte, wäre er nicht erkannt worden. Sablin ist immer noch ein Spion, und zwar einer der besten. Er selbst hat die ganze Sache organisiert. Meiner Ansicht nach gibt es zwei Möglichkeiten: Entweder handelt es sich um puren Zufall, oder einer von Wolodjas Männern hat geredet. Aber warum hätte Kirow in diesem Fall die Geschichte herumerzählen sollen? – Nein«, fügte Stuart nach einer kurzen Pause hinzu, »ich glaube, es ist nur ein unglücklicher Zufall. Doch wenn die Geschichte die Runde macht, gibt es Probleme. Bevor wir allerdings irgendeine Entscheidung treffen, schauen wir uns zuerst einmal an, wer die beiden sind.«

»Du mußt Sablin informieren«, sagte Ogden.

»Das tue ich sofort.«

Ogden beendete die Verbindung und sah auf die Uhr. Es war beinahe Mitternacht, und er hatte noch nichts gegessen. Er ging in die Küche, machte sich ein Sandwich mit Hühnchen und goß sich ein Glas Chablis ein, trug dann das Tablett ins Wohnzimmer und setzte sich auf die

Couch. Die Angelegenheit war schon kompliziert gewesen, bevor dieser Kirow auftauchte, dachte er. Hoffentlich war er nur ein kleiner Fisch, der keine Beziehungen zu Borowskij oder Kachalow hatte. Auf jeden Fall mußte man ihn ausschalten, wenigstens bis die Sache beendet war.

In diesem Moment klingelte eines seiner Handys, und es war nicht das mit der direkten Leitung zu Stuart.

6

Verena Mathis packte in ihrer Wohnung in Zürich die Koffer. In zwei Tagen würde sie nach Moskau reisen. Sie freute sich darauf, denn sie war nie zuvor in Rußland gewesen, und sie wußte, daß dort die Menschen die Poesie noch liebten und die Dichter achteten. Der Hauptgrund für ihre Reise war die bevorstehende Übersetzung eines ihrer Gedichtbände ins Russische, worauf sie sehr stolz war. Sie hatte die Nachricht ihres Verlegers erst einige Tage zuvor erhalten, zusammen mit dem Flugticket und der Reservierung für eine Woche in einem der besten Hotels der Stadt. In Moskau sollte ein Poesie-Kongreß stattfinden, an dem Autoren aus vielen Ländern teilnehmen würden. Auch sie war dazu eingeladen worden, eben wegen des baldigen Erscheinens ihres Buchs.

Sie legte ein Abendkleid in den Koffer, aber auch ein paar Wintersachen, denn es war ein kalter Spätsommer, und in Rußland würden die Temperaturen sicherlich noch niedriger liegen. Sie beschloß, noch ein Paar Stiefel dazuzupacken, falls es schneien sollte, wie in der Schweiz in dieser Woche geschehen.

Seit zwei Tagen versuchte sie sich mit Ogden in Verbindung zu setzen, um ihn über ihre Abreise zu informieren, doch wie schon so oft gelang es ihr nicht, ihn zu erreichen. Sie beschloß, es noch einmal zu probieren: Vielleicht hätte sie mitten in der Nacht mehr Glück.

»Hallo, endlich erreiche ich dich!« rief sie aus, als er sich meldete.

»Verena, was für eine Überraschung!« Ogden zwang sich zu einem begeisterten Ton, ohne großen Erfolg, auch wenn es ihn tatsächlich freute, ihre Stimme zu hören. Doch es war nun wirklich nicht der passende Moment.

»Es ist immer so schwierig, dich ans Telefon zu bekommen!« beklagte sich Verena. »Steckst du wieder in einer neuen Arbeit?«

Die Beziehungen zwischen Verena und Ogden hatten sich auf einer Ebene gefestigt, die man in den Illustrierten der siebziger Jahre eine »intime Freundschaft« genannt hätte. Er lebte inzwischen mehr in Berlin als in Bern, während Verena noch immer in Zürich wohnte. Sie sahen sich eher selten, aber sie waren oder schienen zumindest ein Paar, das sich ausgezeichnet verstand, wenn sie es denn schafften, ein wenig Zeit miteinander zu verbringen.

»Ja, wir haben einen neuen Auftrag«, gestand Ogden. »Ich glaube, daß wir uns leider eine Weile nicht sehen können.«

»Das habe ich mir schon gedacht. Übrigens«, fügte Verena mit einer gewissen Befriedigung hinzu, »bin auch ich gerade dabei zu verreisen.«

»Und wohin?«

»Nach Moskau.«

Ogden konnte es nicht glauben. Diese Frau hatte die außergewöhnliche Fähigkeit, seinen Bewegungen mit fast schlafwandlerischer Sicherheit zu folgen.

»Und was tust du da?« fragte er.

»Mein Buch soll auf russisch erscheinen, und ich bin zu einem internationalen Poesie-Kongreß eingeladen worden. Ich werde eine Woche weg sein und freue mich sehr. Ich bin noch nie in Rußland gewesen.«

»Wenn du an einen so unsicheren Ort reist, wäre es besser, du würdest deine Beziehungen nutzen«, sagte Ogden in seinem professionellen Tonfall, den Verena nicht ertragen konnte. »Aber Scherz beiseite«, fuhr er versöhnlicher fort, »ich möchte wissen, wohin du mit wem gehst und was du machst.«

»Willst du mein Dossier?«

»Das habe ich schon, ich will es nur auf den neusten Stand bringen. So schnell wie möglich. Das ist mein Ernst.«

Ogdens Ton ließ keinen Zweifel. Verena spürte eine unangenehme Unsicherheit, fast so etwas wie eine Gefahr. Das ging ihr immer so, wenn er sie daran erinnerte, welchem Beruf er nachging.

»Nun hör mal, den eisernen Vorhang gibt es nicht mehr«, rief sie aus, um nüchtern hinzuzufügen: »Die Reise wird vom Literaturhaus Moskau organisiert, mein Verleger ist daran beteiligt, und es kommen Dichter aus aller Welt. Es ist alles höchst offiziell.«

»Daran zweifle ich nicht. Aber mach es trotzdem so, wie ich gesagt habe. Wann fliegst du?«

»Übermorgen, gegen Abend.«

»Gut, morgen bekommst du das übliche Handy, mit dem du mich oder den Dienst jederzeit erreichen kannst. Und schick mir gleich ein Fax mit allen Angaben, wie und wo du in Rußland zu erreichen bist.«

Verena fing an zu lachen. »Ich fühle mich wirklich geschmeichelt! Dein Interesse für mich flammt auf, wenn du glaubst, ich sei in Gefahr. Sicherlich eine Berufskrankheit. Vielleicht hättest du mir einen Heiratsantrag gemacht, wenn ich Trapezkünstlerin wäre.«

Vom anderen Ende der Leitung kam keine Antwort. Verena bereute die Anspielung aufs Heiraten, fuhr aber unerschrocken fort: »Glaubst du nicht, daß du übertreibst? Rußland ist jetzt ein freies Land. Nur keine Angst, sie werden uns nicht in die Lubjanka stecken.«

Ogden wandte die Augen zum Himmel und zwang sich, ruhig zu bleiben. »Es gibt keine freien Länder, meine Liebe, es wäre gut, wenn du dich langsam damit abfändest. Und Rußland ist immer noch ein sehr gefährliches Land. Entschuldige«, fügte er nach einer Pause betont freundlich hinzu, »ich habe dir noch gar nicht zu deinem literarischen Erfolg gratuliert. Du bist eine vortreffliche Dichterin, es wird herrlich sein, dich auf kyrillisch zu lesen.«

Einen Augenblick war es still, keiner der beiden wußte, was er noch sagen sollte. Dann seufzte Verena. »Können wir uns sehen, wenn ich zurück bin?«

»Ich weiß es nicht. Das hängt davon ab, wie die Dinge sich entwickeln.«

»Ich verstehe. Dann rufe ich dich aus Moskau an. Ich küsse dich.«

»Danke, ich küsse dich auch. Und viel Spaß.«

Verena schleuderte das Telefon aufs Bett. Sie sah diesen Mann in so unregelmäßigen Abständen, daß es geradezu absurd schien, das Ganze eine Beziehung zu nennen. Aber welche ihrer früheren Verbindungen war schon befriedigend gewesen? Keine, mußte sie zugeben. Dabei hatten ihre Verflossenen nicht einmal die Ausrede gehabt, Spione zu sein.

Seit Ogden in ihr Leben getreten war, hatte sie sich in einer grausamen Welt wiedergefunden, in der es Intrigen gab, die viele Leute sich nicht einmal vorstellen konnten. Möglicherweise war es das, was sie angezogen hatte. Ogden und der Dienst hatten ihr gezeigt, daß es tatsächlich unzählige Gründe gab, Angst zu haben, und daß die Welt wirklich ein furchtbarer Ort war. Vielleicht waren viele Neurotiker nur so, weil sie durch ihre Sensibilität stärker als andere die Gefahr wahrnahmen, die der Normalität innewohnt. In Ogdens Welt wurde die Angst durch die konkrete Wirklichkeit ausgelöst, nicht durch Phantasmen der Neurose, und das war beinahe beruhigend. So absurd dies auch scheinen mochte: Es war ihr aufgefallen, daß sie, seit sie ihn kannte, das Leben mehr schätzte. Verena hatte viele Jahre an sich selbst gearbeitet und war sich bewußt, daß die nervösen Störungen, unter der sie schon seit ihrer Kindheit litt, die Gefahr mit sich gebracht hatten, ihr die Welt unerträglich zu machen, bis hin zu den extremen Konsequenzen. In der Vergangenheit hatten Leid und erlittene Verluste sie schmerzlich verwirrt und sehr häufig unfähig gemacht, sich der Wirklichkeit zu stellen. Ogden und seine Agentenwelt waren im richtigen Moment in ihrem Leben aufgetaucht und hatten sie paradoxerweise auf irgendeine Art gerettet.

7

»Der Mann, der mich zusammen mit Sablin gesehen hat, dieser Kirow, ist ein kleiner Fisch«, sagte Stuart am nächsten Morgen, als er in seinem Büro mit Ogden sprach. »Er dürfte uns keine Probleme machen. Aber es wäre auf jeden Fall besser, ihn für eine Weile aus dem Verkehr zu ziehen, bis unsere Sache abgeschlossen ist. Was meinst du?«

Ogden nickte. »Einverstanden. Ich habe die beiden Dossiers gelesen. Kirow arbeitet für Dimitri Tarskij, einen vielversprechenden jungen Mafioso, der sich in Paris aufhält und dessen Vater zu Breschnews Zeiten ein wichtiges Mitglied des KGB gewesen ist und sich noch heute in Moskau starker Protektion erfreut. Und das gefällt mir nicht. Offiziell ist der junge Tarskij Filmproduzent.«

Ogden nahm ein Foto aus dem Dossier und zeigte es Stuart. »Er sieht aus wie ein Schauspieler. Ob er wohl deshalb diese Tarnung gewählt hat?«

Stuart lachte. »Geschäfte macht er allerdings auf andere Weise. Über seine Konten bei diversen französischen Banken laufen regelmäßig enorme Summen. Und er ist Chef eines gut strukturierten multinationalen Unternehmens mit luxuriösen Büros an den Champs-Élysées. Große Teile der Girokonto-Zahlungen, die er erhält, gehen über die Konten einer Filmvertriebsgesellschaft, die brasilianische Telenovelas an russische TV-Ketten verkauft. Im letzten Jahr hat er für dreißig Millionen Franc eine Wohnung in der Avenue Foch gekauft, die nach Marktpreis die Hälfte wert war. Man kann jeden Moment damit rechnen, daß er nach Roissy gebracht und nach Moskau abgeschoben wird.«

»Kirow ist sein Schatten«, fuhr Ogden fort. »Wir wissen nicht, wie vertraut er mit seinem Chef ist. Doch es wäre eine echte Katastrophe, wenn er ihm erzählte, daß er dich in Italien gesehen hat, und unser Filmproduzent seinen KGB-Papa um Informationen bitten sollte. Also schnappen wir uns Kirow so schnell wie möglich und ziehen auch den schönen Dimitri aus dem Verkehr. Besser kein Risiko eingehen. Was sagt Sablin dazu?«

Stuart breitete die Arme aus. »Er ist vollkommen deiner Ansicht.«

»Sehr gut, dann wollen wir die Sache zügig organisieren und jemanden nach Paris schicken, der sich die beiden greift.«

»Das wird Unruhe ins Milieu bringen. Ihre Kollegen werden denken, sie seien aus Rache von irgendeiner rivalisierenden Bande entführt worden«, wandte Stuart ein.

»Ich weiß, doch wir haben keine Alternative. Wir könnten sie umbringen, auf diese Art würden wir einen internen Mafiakrieg auslösen. Das wäre nicht schlecht.«

Stuart schüttelte den Kopf. »Wir ziehen sie erst einmal aus dem Verkehr, dann sehen wir weiter. Ich will nicht zu viel ins Rollen bringen.«

»Einverstanden. Wir organisieren die Operation noch heute. Wir dürfen mit den beiden nicht zu viel Zeit verlieren. Gibt's was Neues über Borowskij und seine Reise?«

»Noch nicht. Doch heute abend müßte ich Nachricht aus New York bekommen.«

»Gut, dann kümmern wir uns in der Zwischenzeit um die Sache in Paris.«

8

In dem eleganten Penthouse in der Upper East Side ließ Pawel Borowskij sich von seiner persönlichen Hellseherin die Zukunft voraussagen. Irina Kogan war eine Frau, die übernatürliche Fähigkeiten besaß und dem Oligarchen nun schon seit Jahren als Medium, Chiropraktikerin und Wahrsagerin diente. Sie war für Borowskij unentbehrlich geworden, und deshalb hatte er sie mit in die Vereinigten Staaten genommen.

Irina war fünfundfünfzig Jahre alt. Groß, mit rabenschwarzem Haar, war sie immer noch eine schöne Frau. Doch ihr Gesicht war gezeichnet von einer Vergangenheit voller Leid und Elend, die auch der Reichtum, mit dem Borowskij sie umgab, nicht hatte auslöschen können. Ihren Mann hatte sie im Krieg in Afghanistan verloren, während ihr einziger Sohn durch die Unfähigkeit von Ärzten gestorben war, die eine Bauchfellentzündung nicht rechtzeitig diagnostiziert hatten. Nach der Operation hatte er im Krankenhaus von Moskau Antibiotika bekommen, deren Verfallsdatum überschritten war und die die Infektion nicht zum Stillstand brachten. Der Junge war im Alter von nur sechzehn Jahren gestorben. Wenn Pawel an ihrer Seite gewesen wäre, dessen war sich Irina gewiß, würde ihr Sohn noch leben und bei bester Gesundheit sein.

Doch der Oligarch war wenige Stunden nach dem Tod Iwans in ihr Leben getreten. Verzweifelt suchte sie im Krankensaal gerade seine Sachen zusammen, als sie auf dem Korridor einen großen, eleganten Herrn vorbeigehen sah. Sie verstand gleich, daß es sich um einen wichtigen Mann handelte, und fragte sich, was er an einem so furchtbaren Ort tun mochte. Dann, als er um die Ecke verschwunden war, hatte sich das gezeigt, was sie »die Gabe« nannte.

Irina hatte von klein auf die Fähigkeit gehabt, die Zukunft vorherzusehen, in die Vergangenheit zu schauen und zu erkennen, ob ein Mensch todgeweiht oder nur krank war. Als die Leute in ihrem Heimatdorf von ihren Kräften erfahren hatten, war die Familie mit großem Respekt behandelt worden. Die Menschen zahlten mit Geld und Naturalien, um ihr Schicksal zu erfahren. Dank der Gabe Irinas hatten sie in jener Zeit keinen Hunger gelitten.

Als sie dann erwachsen war, hatte sie ihre Begabung lieber verborgen, weil die Partei offiziell Menschen mit derartigen Fähigkeiten nicht schätzte. Es schien so, als hätte nur Präsident Breschnew das Recht, sie für sich zu nutzen. So hatte sie ihre Kräfte nur noch in einem engen Kreis treuer Freunde eingesetzt. Auch war ihr klargeworden, daß sie zwar das vergangene, gegenwärtige und zukünftige Leben von Fremden sah, die Gabe aber für sich selbst und ihre Familie nicht nutzen konnte. Das war besser so, hatte sie sich später gesagt: Ihr Leben hatte sich als so leidvoll erwiesen, daß es ihr das Herz gebrochen hätte, die Ereignisse im voraus zu sehen.

An jenem Tag im Krankenhaus, als ihre Blicke dem Fremden, der ihre Aufmerksamkeit auf sich gezogen hatte, gefolgt waren, hatte sich ihre Gabe ganz plötzlich manifestiert, und ihr Körper hatte angefangen zu zittern. Dies geschah nur bei schwerwiegenden Weissagungen, die etwas mit Tod zu tun hatten. Obwohl bis in ihr tiefstes Inneres aufgewühlt durch den Schmerz über den Verlust Iwans, hatte sie das Kleiderbündel aufs Bett gelegt und war losgerannt, um den Mann einzuholen, bevor er weg war. Doch seine Leibwächter hatten sich vor ihr aufgebaut und ihr den Weg versperrt. Irina protestierte und sagte, daß sie unbedingt mit ihrem Herrn reden müsse, doch sie wurde von den Bodyguards rücksichtslos weggedrängt, einer von ihnen schob sogar eine Hand unter die Jacke, wohl um nach seiner Pistole zu greifen. Sie aber ließ sich nicht abweisen. Borowskij war inzwischen näher gekommen und fragte sie, nachdem er die Leibwächter weggeschickt hatte, freundlich, was sie wolle. Außer Atem und eingeschüchtert durch diese wichtige Persönlichkeit, fing Irina an, ihm zu berichten, was ihr inneres Auge sah: ein furchtbares Unglück mit vielen Toten und einen Wald in Flammen. Dann nahm sie all ihren Mut zusammen und sagte ihm, daß er Moskau auf keinen Fall verlassen dürfe, wenn er nicht sterben wolle.

Wie viele Russen glaubte Borowskij an das Okkulte, deshalb hörte er auf sie. Er hätte an diesem Abend nach London fliegen sollen, doch er verschob die Reise und rettete damit sein Leben. Das Flugzeug, das er ursprünglich nehmen wollte, stürzte in jener Nacht kurz vor der Landung in England ab.

Tags darauf war Borowskij in die Moskauer Schlafstadt Krylatskoe gekommen, in die ärmliche Dreizimmerwohnung, die Irina zusammen mit anderen bewohnte, und hatte ihr bei einer Tasse Tee angeboten, sein persönliches Medium zu werden. Von jenem Tag an kannte Irina keine Armut und keinen Hunger mehr. Statt dessen führte sie ein luxuriöses Leben, wie sie es sich niemals hätte träumen lassen.

Irina hatte immer gedacht, daß Borowskij ihr von ihrem Sohn gesandt worden war, der sie aus dem Elend herausholen wollte.

Borowskij fixierte sie. »Sag mir etwas über die Reise.«

Sie hielt die Steine in den Händen, die ihr halfen, die Antwort zu formulieren. Sie schüttelte sie in den geschlossenen Händen, ließ sie dann auf den mit rotem Damast gedeckten Tisch fallen. Die Steine, von verschiedener Größe und Farbe, rollten über die seidene Oberfläche und blieben schließlich liegen. Mit halb geschlossenen Augen betrachtete Irina sie eine Weile, sie waren nur ein Mittel, nichts weiter als eine Hilfe, damit sich ihre mediale Kraft auf das Problem konzentrierte, das ihr gestellt wurde.

»Ich sehe Gefahr. Zwei Männer, die deine Feinde sind«, sagte sie und sah ihn an.

»Hat Sablin sich vielleicht verdoppelt?« rief Borowskij wütend aus.

Irina schüttelte den Kopf. »Es handelt sich nicht um Sablin, sondern um zwei Fremde, die mit ihm verbunden sind. Sie kommen von weit her.«

Plötzlich hob Irina den Blick, sie spürte ein Kribbeln unten am Hals. Irgend etwas gefiel ihr nicht, und es hatte nichts mit der Schau der Steine auf dem Tisch zu tun. Es war sehr ähnlich dem, was ihr an dem Tag widerfahren war, als sie ihren Wohltäter zum ersten Mal getroffen hatte. Sie versuchte, ihre Aufmerksamkeit zurück auf die Steine zu lenken, doch sie wußte, daß es keinen Sinn hatte, sich zu widersetzen. Etwas Stärkeres nahm sie gefangen. Sie fürchtete, daß es eine Vision war, die mit Tod zu tun hatte. Sie wollte Pawel keine schlechten Botschaften übermitteln, denn auch wenn die Welt ihn als grausamen Mann oder gar als Mörder betrachtete, war er für sie doch der Engel, den ihr Sohn ihr geschickt hatte.

Sie sah eine Reihe von Bildern, wie einen Film, der hinter ihren geschlossenen Lidern ablief. Da war eine Explosion, ein Feuer, das aufflammte, und eine Wand aus Wasser, die Menschen und Dinge fortriß. Dann wechselte die Szene, und Irina fand sich in einer dunklen, eisigen Umgebung wieder, wissend, daß das endlose Meer über ihr war und sie in seiner düsteren Tiefe gefangenhielt. Um sie herum verstümmelte, verbrannte Leichen und Männer im Kampf mit dem Tod.

Irina war verwirrt, es gelang ihr nicht zu verstehen, was für ein Ort dies sein mochte. Doch gerade als das Bild entschwand, wurde ihr wie immer alles klar. Sie war an Bord eines Unterseeboots gewesen, das auf dem Grunde des Meeres lag, hoffnungslos, mit Toten beladen. Die Vision hatte wenige Sekunden gedauert, war jedoch von einer außerordentlichen Intensität gewesen, die sie erschöpft hatte.

Borowskij beobachtete sie besorgt. Er wußte, daß Irina eine mediale Vision gehabt hatte, und der Ausdruck des

Schmerzes und des Schreckens auf ihrem Gesicht verriet ihm, daß es keine angenehme Erfahrung gewesen war.

Die Frau hob den Blick und sah ihn mit ratloser Miene an. »Ich verstehe es nicht, dieses Bild hat sich über den Gedanken an die beiden Männer geschoben.«

Irina unterbrach sich. Sie war unsicher. Sie wußte nicht, was sie denken sollte, es war das erste Mal, daß eine Botschaft von einer anderen verdrängt wurde, was das Lesen der Zeichen durcheinanderbrachte.

»Ich habe ein mit Toten beladenes U-Boot auf dem Meeresgrund gesehen«, sagte sie. »Es war eine furchtbare Vision. Was kann sie bedeuten?«

Borowskij antwortete nicht. Er stand auf und begann langsam durchs Zimmer zu gehen. Nach fast einer Minute wagte es Irina, erneut zu sprechen.

»Sagt es dir etwas?« fragte sie zögernd.

Er wandte sich um. »Nein, absolut nichts. Hoffen wir, daß du keine Vorwarnung bekommen hast, sonst würde es heißen, daß einige Leute auf schreckliche Art sterben werden.«

Irina erschauerte. Sie meinte, das Getöse der Explosion und die verzweifelten Schreie der Männer erneut zu hören, die unerträgliche Hitze des Feuers zu spüren und schließlich jene eisige Totenstille. Sie begann zu weinen, versuchte ihre Tränen zu verbergen. Doch Borowskij bemerkte sie und trat näher.

»Fasse dich, Irina, komm her, du mußt etwas trinken. Es muß furchtbar gewesen sein, es tut mir leid.«

Irina folgte ihm in den riesigen Salon, der auf den Central Park hinausging. Sie trat ans Fenster und sah nach unten. Der Park, von oben betrachtet, ließ sie immer an eine weiche grüne Decke denken, ausgebreitet im Herzen von New York, dieser Stadt, die sie nicht liebte. Sie trat vom Fenster zurück, setzte sich in einen Sessel, und Borowskij persönlich servierte ihr einen Whisky mit Eis.

Er hatte es sich zur Gewohnheit gemacht, auf Personal zu verzichten, wenn er in ihrer Gesellschaft war. Ihre Gespräche waren mit Sicherheit nichts für fremde Ohren. Borowskij glaubte nicht nur an das Okkulte, er war auch abergläubisch und tat seit Jahren keinen Schritt, ohne vorher Irina zu befragen. Aber nicht einmal sie wußte etwas über die Charkow, außer dem, was alle wußten: daß eines der größten russischen Atom-U-Boote auf mysteriöse Weise in der Barentssee untergegangen war. Für Borowskij dagegen war nichts mysteriös an diesem Untergang, er wußte genau, wie sich alles abgespielt hatte.

»Konzentriere dich, meine Liebe«, fing Borowskij wieder an und lächelte, »erinnerst du dich, was du mir gesagt hast, bevor du die Vision mit dem U-Boot hattest?«

Irina nickte. »Natürlich. Ich habe gespürt, daß deine Reise gefährlich ist. Und daß zwei mit Sablin verbundene Männer versuchen werden, dir schwer zu schaden. Wohin mußt du reisen?«

Borowskij machte eine vage Handbewegung. »Das ist noch nicht entschieden«, log er. »Eine Angelegenheit, die ich persönlich verfolgen sollte, in Europa. Vielleicht schicke ich jemand anderes an meiner Stelle, auch wenn ich mich selbst darum kümmern müßte. Wenn du dich erholt hast, sollten wir noch einmal versuchen, etwas mehr über die Gefahren herauszubekommen, die mir drohen.«

Mochte er auch ihr Engel sein, so wußte Irina doch, daß Borowskij ein anspruchsvoller Chef war; außerdem hatte er sie ebendeshalb reich gemacht, um jederzeit über ihre Fähigkeiten verfügen zu können.

»Wir können es gleich jetzt noch mal probieren, Pawel, wenn du willst.«

»Bist du nicht zu müde?«

Irina schüttelte den Kopf. Er bemerkte ihre traurige Miene, und sie gefiel ihm nicht. Im Grunde hatte er Angst davor zu hören, was sie ihm sagen könnte. Er wollte sich so schnell wie möglich von Sablin befreien, aber niemand außer ihm selbst konnte die Operation leiten. Deshalb mußte er diese Reise unternehmen.

Sie schloß wieder die Augen, lehnte sich im Sessel zurück und atmete tief, während Borowskij an ihren Lippen hing. Doch diesmal blieb Irina still, die Augen geschlossen, für eine Zeit, die ihm endlos schien. Als sie sie schließlich wieder öffnete, war ihr Blick starr und besorgt.

»Du mußt sehr vorsichtig sein. Du willst deinen Feind eliminieren, doch ich sehe Schwierigkeiten –«

Irina unterbrach sich. Mit einem Mal, wie durch eine plötzliche Erleuchtung, verstand sie, um welches U-Boot es sich handelte und warum gerade sie diese Vision gehabt hatte. Allein der Gedanke, daß Borowskij auf irgendeine Weise verantwortlich für diese Tragödie war, erschreckte sie zutiefst.

»Sprich weiter, Irina!« forderte er sie ungeduldig auf.

Die Frau schluckte mühsam. Ihre Kehle war trocken, und ein Schwindelgefühl stieg in ihr auf. Sie riß sich zusammen und sprach mit dünner Stimme weiter.

»Du mußt deine Feinde töten, oder sie werden dich töten. Mehr kann ich im Moment nicht sehen, es tut mir leid«, log sie.

Doch es war die Angst, die sie schweigen ließ. Irina wußte jetzt, daß die auf dem Meeresgrund begrabenen Männer Rache wollten, und daß sie sich Sablins bedienten, um sie zu bekommen.

9

Die Mannschaft des Dienstes, die sich bei Franz in Paris einfand, um sich um Kirow und seinen Boss zu kümmern, bestand aus drei Agenten: Alex, der russischer Muttersprache war, Ryan und Burt.

In Orly angekommen, stiegen sie in den gepanzerten Mercedes, der sie direkt ins Grand Hotel Inter-Continental in der Nähe der Oper brachte. Das Hotel würde während der gesamten Aktion ihr Hauptquartier sein.

Es waren zwei Zimmer und eine Suite reserviert worden, während Franz im *safe house* des Dienstes in Montmartre einquartiert war, wohin die beiden Russen gebracht werden sollten, sobald sie in ihrer Gewalt waren.

Franz, der schon seit einem Tag auf seinem Posten war, hatte die Bewegungen Tarskijs in den letzten vierundzwanzig Stunden verfolgt.

»Unsere Zielperson hat gegenwärtig eher feste Gewohnheiten«, sagte er zu den drei Agenten, als sie sich in der Suite versammelt hatten, um das Vorgehen zu besprechen. »Es scheint so, als hätte das etwas mit seiner neuen

Freundin zu tun, einem polnischen Model, mit dem er seine freie Zeit verbringt. Das wird uns die Aufgabe erleichtern. Tarskij hat noch einen Leibwächter, der ihm und Kirow immer zur Seite steht.«

»Was tun wir mit ihm?« fragte Alex.

»Wenn wir uns Tarskij und Kirow schnappen, schalten wir ihn aus.«

»Was meinst du damit? Sollen wir ihn abservieren?« fragte Ryan.

»Das versuchen wir zu vermeiden. Uns interessieren Kirow und Tarskij.«

»Wann greifen wir zu?« fragte Burt. »Wenn ich es richtig verstanden habe, muß die Sache zügig über die Bühne gehen.«

»So ist es. Heute sehen wir uns den Grundriß des Hauses an und nehmen es in Augenschein, morgen wird die Aktion durchgeführt. Der normale Ablauf sieht so aus: Gegen Abend kommt Dimitri mit Kirow und dem Leibwächter nach Hause, nimmt den Aperitif mit seiner Freundin, dann gehen sie zum Essen aus, häufig ins Ambroisie, ein romantisches, ausgesprochen teures Restaurant an der Place des Vosges. Gedämpftes Licht, geblümte Stoffe und italienisches Ambiente. Dann gehen sie irgendwo tanzen und kehren normalerweise gegen drei Uhr nach Hause zurück. Immer in Begleitung ihrer beiden Schutzengel.«

»Kein schlechtes Leben. Wenn es Väterchen Stalin noch gäbe, wäre unser Freund in Sibirien oder tot«, kommentierte Alex mit einem Grinsen.

»Wenn es Stalin noch gäbe, wärst du auch in Sibirien«,

sagte Franz. »Aber genug geredet jetzt, sehen wir uns einmal den Plan des Hauses an.«

Den ganzen Tag lang folgten Alex und Burt Tarskij, während Franz und Ryan als Wachen beim Haus blieben. Diese Zangengriffoperation stellte darauf ab, daß die Zielperson und die von ihr frequentierten Orte gleichzeitig unter Beobachtung gehalten wurden, um überraschende Einwirkungen von außen zu vermeiden. Für eine derartige Operation war eine größere Anzahl Autos notwendig, um bei den Beschatteten keinen Verdacht zu erregen; außerdem eine Gruppe, die in Tarskijs Abwesenheit seine Wohnung durchsuchte und auf eventuelle verdächtige Bewegungen in der Umgebung achtete.

Am Abend schlichen sich Franz und Burt in das Haus ein, während Tarskij und seine Freundin noch in der Tour d'Argent speisten und von Alex und Ryan überwacht wurden.

Das Apartment war mit einer eher einfachen Alarmanlage ausgestattet, die beiden Agenten hatten keinerlei Schwierigkeiten, hineinzukommen und die beiden Überwachungskameras außer Betrieb zu setzen.

»Bei dem Geld, das er hat, und dem Beruf, den er ausübt, sollte er vorsichtiger sein«, bemerkte Burt, als er den Alarm abschaltete.

»Tarskij ist jung, arrogant und sehr selbstsicher, wie alle Dummköpfe. Eines Tages werden sie ihn erledigen, wenn er gerade mit irgendeinem Flittchen im Bett ist, und er wird es nicht mal merken. Man müßte die Mädchen warnen: Wenn sie mit Leuten wie ihm verkehren, riskieren sie, eine Kugel in den Kopf zu bekommen.«

Franz trat ans Fenster, von dem aus man einen herrlichen Blick auf den erleuchteten Eiffelturm hatte. »Allerdings hat er einen guten Geschmack«, sagte er, ging zurück in die Mitte des Salons und betrachtete die wertvollen Louis-quinze- und Louis-seize-Möbel.

»Dann haben wir uns also verstanden«, fuhr er fort. »Alex begleitet morgen Ryan und mich, während du unten bleibst, um die Eingangshalle im Auge zu behalten.«

In diesem Augenblick klingelte das Handy, und Ryan teilte Franz mit, daß Tarskij auf dem Rückweg in die Avenue Marceau sei. Franz gab Burt ein Zeichen.

»Laß uns gehen, heute abend kommt er früher als gewöhnlich zurück. Die Diskothek fällt aus.«

Die beiden Agenten schalteten die Alarmanlage und die Kameras wieder ein, und zwar so, daß sie nicht erfaßt werden konnten. Dafür sorgte ein Gerät, das es ermöglichte, die Anlage mit einem Befehl zu aktivieren, den sie erst außerhalb der Wohnung gaben.

Sie gingen auf die Straße hinunter und stiegen in den Mercedes, der ungefähr zwanzig Meter vom Eingang entfernt stand. Doch Franz fuhr nicht gleich los. Verwundert wandte Burt sich ihm zu.

»Was gibt es? Warum fahren wir nicht zurück ins Hotel?«

»Wir warten auf Alex und Ryan«, sagte Franz, hätte aber nicht einmal sich selbst eine Erklärung für diese Programmänderung geben können. Tatsächlich wußte er nicht, aus welchem Grund es ihm lieber war, im Dunkel der Avenue Marceau auf die Rückkehr Tarskijs und seiner Agenten zu warten, wo sie die Aktion doch für den nächsten Tag geplant hatten.

Er sah sich um, die Straße wirkte ruhig. Es nieselte, und die Lichter spiegelten sich auf dem Asphalt. Eine gemischte Gruppe bog um die Ecke, Männer und Frauen, die sich angeregt unterhielten. Sie kamen wohl von einem Fest, die Frauen waren elegant, und einer der Männer hatte eine Magnumflasche Champagner in der Hand. Sie gingen ein kurzes Stück die Straße entlang, verschwanden dann in einem Eingang.

Der Jaguar der Russen erschien kurz darauf. Tarskij und seine Freundin stiegen aus und gingen ins Haus, gefolgt von dem Bodyguard, während Kirow weiterfuhr, offensichtlich, um das Auto in die Garage zu bringen. In diesem Moment kam auch der BMW mit Alex am Steuer an und stellte sich hinter den Mercedes.

Franz wartete einige Sekunden, dann stieg er aus und sah sich um. Auf der anderen Seite der Straße fuhr ein Auto mit zwei Männern langsam an den Bürgersteig heran und schaltete das Licht aus. Die Sache an sich war nicht besonders verdächtig, doch Franz hatte gelernt, seinem Instinkt zu folgen. Das war es, seiner Ansicht nach, was einen einfachen Spion von einem Agenten des Dienstes unterschied.

Er stellte sich an das Seitenfenster ihres Wagens und wandte sich an Burt. »Steig aus und geh auf das Haus zu, ich folge dir mit den anderen.«

Während Burt ausstieg und seine Schritte in Richtung Eingang lenkte, drehte Franz sich zu dem BMW hin und machte ein Handzeichen, um Alex' Aufmerksamkeit auf sich zu lenken.

»Los, kommt!« sagte er laut, in einem perfekten Französisch mit leicht südlichem Tonfall. »Wollt ihr, daß Aline böse auf mich wird? Sie hat es gar nicht gern, wenn man zu spät zu ihren Festen kommt. Los, beeilt euch!«

Alex und Ryan sahen sich für den Bruchteil einer Sekunde an; dann, nach einem Nicken, stiegen sie aus und gingen zu ihm.

Franz klopfte Ryan auf die Schulter. »Wir gehen auf die Tür zu, als wären wir drei Freunde, die jemand aus dem Haus eingeladen hat. Kommt!«

Ryan verstand sofort, was los war, und schlug sich mit der Hand an die Stirn. »Verflixt, ich habe das Geschenk für Aline im Auto vergessen, wartet auf mich.«

Er lief noch einmal zum BMW, machte die Tür auf, fing an, im Innenraum herumzukramen, schloß das Auto wieder ab, kam zurück zu den anderen und schwenkte dabei den Erste-Hilfe-Kasten über seinem Kopf.

»Ich bin sicher, das wird ihr sehr gefallen!« rief er fröhlich.

Am Eingang tat Franz so, als würde er einen Knopf auf dem Klingelbrett drücken.

»Aline, wir sind es. Paul und die anderen!« rief er aufgekratzt, als wäre er ein bißchen angeheitert.

Nach einer angemessenen Pause machte er die Tür mit dem Hauptschlüssel auf und ließ die Männer eintreten, schloß die Tür dann gleich hinter ihnen wieder. Als sie drinnen waren, wandte Franz sich an die Agenten, die ihn ratlos anschauten.

»Da sitzen zwei Typen im Auto, die mir nicht sauber vorkommen. Aus Vorsicht behalten wir Tarskijs Wohnung eine Weile unter Kontrolle.«

»Wenn sie gekommen wären, um Tarskij und die anderen umzulegen, könnten wir uns die Mühe sparen, meinst du nicht?« fragte Alex.

Franz sah ihn an, ohne gleich zu antworten, schließlich nickte er. »Das stimmt, doch wir haben Anweisung, Kirow und Tarskij zu schnappen. Außerdem hätten wir bei einem eventuellen Angriff die Situation nicht unter Kontrolle, und Kirow könnte flüchten. Im Augenblick ist er nicht einmal in der Wohnung.«

Er sah sich um. Die Vorhalle war groß und hatte einen auf Hochglanz polierten Marmorboden; in der Mitte ragten zwei gewaltige Säulen zur Decke empor. Das Gebäude stammte aus dem 19. Jahrhundert, und Franz wußte, daß die ehemalige Pförtnerloge hinter einer massiven Eichentür lag. Der Aufzug befand sich mitten in der Halle, eine Antiquität aus Schmiedeeisen und Glas, mit einer Kabine, die durchs Treppenhaus zu den Stockwerken fuhr. Wer dort einstieg, war auf der ganzen Fahrt zu sehen. Franz ging zu der Eichentür und öffnete sie mit dem Hauptschlüssel. Am Nachmittag hatte er sich vergewissert, daß der Raum im Notfall zu benutzen war.

Er wandte sich an Burt. »Du und Ryan, ihr bleibt hier drinnen und behaltet alles im Auge. Sollten sich die Ereignisse überstürzen, mußt du dir möglicherweise Kirow greifen, sobald er auftaucht. Falls dagegen die beiden Typen aus dem Auto zuerst kommen, gib mir Bescheid. Alex und ich gehen nach oben. Wenn sich die beiden aus dem Auto innerhalb einer halben Stunde nicht blicken lassen, ziehen wir ab und erledigen die Sache wie geplant morgen. Wir wissen nicht, wer sie sind. Also Vorsicht.«

Burt und Ryan zwängten sich in die Pförtnerloge, ließen die Türe einen Spaltbreit offen, um die Halle überwachen zu können, während Franz und Alex die Treppe hinauf in den dritten Stock gingen.

Vor der Wohnung war niemand, doch durch die Glastür konnte man den Schatten eines Wachmannes sehen. Die beiden Agenten stiegen noch weiter hoch, zum vierten Stock. Die Treppe machte einen Knick, und sie gingen so weit, daß sie von dem Stockwerk darunter nicht gesehen werden, es jedoch überwachen konnten. Wenn die beiden aus dem Auto Killer waren, würden sie sicher nicht den Aufzug nehmen, um sich über drei Stockwerke den Blicken auszusetzen.

»Hast du den Typ im Vorraum der Wohnung gesehen?« murmelte Alex. »Sicher ist es der Leibwächter. Ich verstehe nicht, wieso Tarskij keine gepanzerte Tür eingebaut hat«, murmelte Alex.

»Um den Stil des Hauses nicht zu verderben«, antwortete Franz und verzog dabei das Gesicht. »Er spielt sich als Mann mit Geschmack auf. Doch die Tür ist aus Panzerglas, und es gibt außer dem Haupteingang keine anderen Zugänge zur Wohnung. Tarskij hat den Dienstbotenaufgang zumauern lassen.«

Die Minuten vergingen zermürbend langsam. Aus einem der oberen Stockwerke, vielleicht dem fünften, war der Lärm einer Party zu hören. Jemand stieg in den Aufzug, der langsam nach unten zu fahren begann, begleitet von einem leisen Surren. Im gleichen Moment hörte Franz aus dem Empfänger, den er im Ohr trug, Burts Stimme.

»Die beiden kommen nach oben.«

»Gut, halte die Verbindung offen, dann hörst du direkt, was hier geschieht. Auf jeden Fall darf Ryan sich nicht aus dem Erdgeschoß fortbewegen: Er muß Kirow aufhalten. Wenn wir Hilfe brauchen sollten, kommst du hoch.«

Von unten war das gedämpfte Geräusch von Schritten zu hören. »Keine Aktion, bevor wir nicht sicher sind, daß sie wirklich zu Tarskij wollen«, murmelte Franz und holte die Pistole aus der Tasche.

Im dritten Stock angekommen, blieben die Männer vor der Tür des Apartments stehen. Ohne einen Augenblick zu zögern, feuerten sie aus Pistolen mit Schalldämpfern auf die Tür. Doch sie schossen nicht wild drauflos, sondern zielten auf einen einzigen Punkt. Während Franz und Alex die Treppe hinunterstürzten, ging das Panzerglas zu Bruch.

Einer der beiden drehte sich ruckartig um, als er jemanden hinter sich hörte, schoß auf Franz, verfehlte ihn aber. Der Agent beantwortete das Feuer und traf ihn ins Herz, während Alex gleichzeitig den anderen durch Schulter und Hals schoß.

Die Killer waren vor der Tür zusammengesunken. Sie war immer noch geschlossen. Franz und Alex räumten die Leichen aus dem Weg und gingen hinein. Der Leibwächter Tarskijs lag im Vorraum des Apartments auf dem Boden, eine Kugel hatte ihn voll erwischt, während sein Chef kreideweiß mit einer Waffe in der Hand dastand.

»Laß es sein, Freund«, warnte Alex ihn auf russisch. »Sonst endest du wie deine Killer. Los, beweg dich!«

Franz hörte Burts Stimme in seinem Ohrhörer. »Alles in Ordnung?«

»Alles in Ordnung, wir kommen runter. Und Kirow?«
»Wir haben ihn.«
»Wo ist deine Freundin?« fragte Franz Tarskij.
»Im Schlafzimmer«, antwortete der Russe.
»Gut, da lassen wir sie auch. Los, Bewegung!«

Sie gingen rasch die Treppe hinunter und erreichten das Erdgeschoß. Burt erwartete sie, und als er sie kommen sah, klopfte er an die Eichentür. Ryan trat heraus und zog Kirow hinter sich her. Er schwankte und hatte ein blaues Auge.

Die Männer stiegen in die Autos und rasten die Avenue Marceau hinunter in Richtung Montmartre.

10

Ogden betrat Stuarts Büro, ohne anzuklopfen. Der Chef des Dienstes saß am Schreibtisch und sah einige Papiere durch.

»Sie haben Kirow und Tarskij geschnappt und schaffen sie mit unserem Jet nach Berlin. Ich habe ein *safe house* organisiert, wo wir sie unterbringen können, bis diese Geschichte zu Ende ist.«

»Franz hat sich bestens geschlagen«, bemerkte der Chef des Dienstes. »Aber du siehst besorgt aus...«

»Das war die gute Nachricht«, fuhr Ogden fort. »Die schlechte ist, daß Tarskijs Vater, der pensionierte KGB-Offizier, auf Kachalows Gehaltsliste steht.«

»Mist!« entfuhr es Stuart. »Jedenfalls haben wir dem schönen Dimitri das Leben gerettet. Vielleicht zeigt er sich uns dafür irgendwann mal erkenntlich.«

»Darauf kannst du wetten. Auf jeden Fall ist es lästig: Wir haben uns Borowskij noch nicht einmal genähert, und mit diesen Komplikationen verlieren wir nur Zeit.«

Stuart schmunzelte. »Das ist nicht ganz richtig: Wir sind schon an ihm dran. Mulligan hat mich aus New York angerufen. Borowskij und sein Mafiapartner Kachalow verreisen in Kürze an einen Ort, auf den du niemals kommst.«

»Woher hast du diese Information?«

Stuart konnte sich ein zufriedenes Lächeln nicht verkneifen. »Eine Reihe günstiger Umstände. Wie du weißt, war Mulligan an verschiedenen Fronten aktiv. Zuerst bei diesem Finanzier, von dem er jedoch nichts weiter herausbekommen hat, und dann hat er sich in Borowskijs Wohnung in New York eingeschmuggelt. Heute morgen hat er einen kleinen Stromausfall in seinem Apartment ausgelöst und anschließend einen Trupp Agenten hingeschickt, die sich als Servicetechniker der Elektrizitätsgesellschaft ausgegeben haben. In den USA haben sie Panik bei einem Stromausfall, also hat sich niemand über den Eifer bei der Reparatur gewundert. Unsere Leute haben ein paar Wanzen versteckt, und wenn er sie findet, wird Borowskij einen seiner zahlreichen Feinde verdächtigen – da bleibt ihm nur die Qual der Wahl. Auf diese Weise sind wir an erstaunliche Informationen gekommen. Wie du weißt, hat auch Borowskij – vielleicht um Breschnew nachzueifern – sein persönliches Medium, eine Frau namens Irina Kogan, ohne die er keinen Schritt tut. Nun, dies hier ist die Aufnahme eines Gesprächs zwischen Borowskij und Irina Kogan. Wir haben den Text schon schriftlich, doch ich möchte, daß du den Ausdruck und Tonfall der Stimmen hörst. Wir sind auf dem Höhepunkt des Dramas, und der Name des Atom-U-Boots wird genannt.«

Stuart nahm ein Band und legte es in den Recorder ein. Nach einigen Hintergrundgeräuschen kam mit lautem Knattern die tiefe, heisere Stimme eines Mannes aus den Boxen. Stuart stellte leiser.

Borowskij sprach in einem Ton, der keinen Widerspruch duldete. Irina antwortete einsilbig, verängstigt. Dann war ein paar Sekunden lang Stille, bis die Frau anfing, auf fast mechanische Weise zu sprechen. Ogden fand, daß diese langsamen, monotonen Sätze von spürbarer Dramatik waren. Im Hintergrund hörte man die Schritte des Mannes, der im Zimmer auf und ab ging, nervöse Schritte, bei deren Hin und Her das Parkett knarrte. Die Frau sprach noch fünf Minuten weiter, bis ihre hypnotische Stimme in einem Seufzen erstarb. Eine Weile war es noch still, dann begann eine schnelle Rede und Gegenrede zwischen den beiden. Irina sprach als erste, ihr Tonfall war anklagend und erregt, während Borowskij sie immer wieder unterbrach, als wollte er begütigen. Doch sie mochte sich nicht besänftigen lassen, schrie irgend etwas und brach dann in Tränen aus. Da stieß er eine Reihe von Drohungen hervor, die ohne Antworten blieben. Nach einer weiteren Pause waren schnelle Schritte und ein Klirren zu hören, als wäre etwas Zerbrechliches heruntergefallen, während jemand überstürzt das Zimmer verließ. Dann schlug eine Tür zu, und es wurde wieder still.

Stuart schaltete den Recorder ab und gab Ogden ein Blatt Papier. »Hier ist die Mitschrift, einschließlich des Telefonats, das Borowskij geführt hat, nachdem er allein im Zimmer geblieben war. Die Entschlüsselung war leicht, unser Freund sollte seine Telefonanlage besser absichern. Es scheint unglaublich, aber zu unserem Glück hat er kein abgeschirmtes Handy. Jedenfalls hat er Kachalow angerufen und sich mit ihm für übermorgen in Paris verabredet, wo der Mafioso eine Wohnung in der Rue St. Honoré hat. Er hat ihm gesagt, er solle sich bereithalten, um nach Grosny zu reisen.«

Diesmal war es Ogden, der erstaunte Augen machte. »Sieh mal an! Und wie zum Teufel kommt er dahin?«

»Das werden wir sehen. Seit gestern haben wir ein Überwachungsnetz eingerichtet, das ihn keine Minute unbeobachtet läßt. Wo sie hingehen, gehen auch wir hin. Auf Tschetschenien würden wir natürlich gerne verzichten.«

»In Paris sollten wir den Festnetzanschluß der Wohnung in der Rue St. Honoré überwachen und versuchen, wie in New York, in das Apartment zu kommen«, schlug Ogden vor und nahm das Blatt, das Stuart ihm gegeben hatte.

Die Unterhaltung zwischen Borowskij und Irina war höchst interessant. Die Frau klagte ihn an, etwas mit dem Untergang des Atom-U-Boots zu tun zu haben, und er drohte ihr, sie für immer zum Schweigen zu bringen, wenn sie nicht aufhören würde, ihn zu beschuldigen. Der Oligarch nannte sie verrückt, was aus seinem Mund kaum glaubwürdig klang, nach dem jahrelangen Vertrauen, das er dieser Frau als Medium geschenkt hatte. Die Folgen des Streits waren nur allzu klar: Borowskij würde Irina Kogan sehr bald eliminieren.

Ogden las als nächstes die Mitschrift des Telefonats mit Kachalow, in dem der Oligarch eine dritte Person erwähnte, die er treffen wollte, ohne allerdings deren Namen zu nennen.

»Was meinst du, wer könnte dieser dritte Mann sein?« fragte Stuart.

Ogden zuckte die Schultern. »Bestimmt der Schlimmste, wenn man an Orson Welles denkt. Doch Scherz beiseite. Ich glaube, daß Borowskij und Kachalow sich mit Bassajew treffen wollen, dem Anführer der tschetschenischen Rebellen, oder anders gesagt: dem Ex-KGB-Agenten, der seit Jahren im Dienst Borowskijs steht. Aus welchem Grund sollte der Oligarch sich sonst in diese Hölle begeben und riskieren, daß die Russen ihn aufgreifen? Vor allen Dingen nach dem, was Irina Kogan ihm gesagt hat; und er glaubt ja schließlich daran. Vermutlich will er mit Hilfe der Terroristen ein Attentat gegen Sablin organisieren.«

»Dann ist er verrückt«, bemerkte Stuart.

»Wieso? Borowskij weiß ganz genau, daß es nur eine Frage der Zeit ist, bis Sablin ihn ins Gefängnis steckt. Wenn er ihn dagegen eliminieren könnte, wäre das Problem für ihn gelöst.«

»Es ist wirklich ein Privatkrieg«, meinte Stuart nachdenklich.

»Wir dürfen auch nicht unterschätzen«, fuhr Ogden fort, »daß Borowskij fest an die Hellseherei dieser Frau glaubt und jetzt weiß, daß ihm noch jemand auf den Fersen ist. Das Positive daran ist auf jeden Fall, daß er und Kachalow zusammen reisen. Wir müssen lediglich ein Netz zu ihrer Überwachung aufbauen und ihnen folgen.«

»Wie willst du bei Tarskij und Kirow weiter vorgehen?« fragte Stuart.

»Die Lage ist heikel, doch vielleicht können wir sie zu unseren Gunsten wenden. Im Augenblick darf Dimitris Vater nicht wissen, daß sein Sohn von irgend jemandem gefangengehalten wird. Ich werde es so einrichten, daß Tarskij ihm erzählt, es sei ihm gelungen, einem Attentat zu entkommen und sich an einem geheimen Ort zu verstecken, wo er vorhabe, eine Weile zu bleiben. Mit anderen Worten: so lange, bis wir den Auftrag durchgeführt haben.«

»Der Vater wird wissen wollen, wer hinter der Sache steckt, damit er sich rächen kann«, warf Stuart ein.

Ogden preßte die Lippen zu einem frostigen Lächeln zusammen. »Genau, und wir werden Dimitri zwingen, ihm zu sagen, daß es die Handlanger Kachalows gewesen seien.«

Stuart sah ihn verblüfft an: »Das löst einen Krieg aus.«

Ogden nickte. »Sollten sie anfangen, sich gegenseitig abzuschlachten, käme uns das gelegen. Je größer die Verwirrung, desto besser für uns.«

»Stimmt. Doch der junge Tarskij könnte sich weigern, seinen Vater in Schwierigkeiten zu bringen.«

Ogden zuckte die Achseln. »Dann töten wir ihn und lösen damit das Problem.«

Stuart betrachtete ihn aufmerksam. »Weißt du, ich dachte, daß –«, er unterbrach sich verlegen.

»Findest du mich zu blutrünstig?« fragte Ogden und musterte ihn ironisch.

Stuart nickte. »Ich muß zugeben, daß ich nach den Ereignissen der letzten Jahre fürchtete, du wärst verweichlicht. Schließlich wolltest du doch dieses Leben aufgeben, ist es nicht so?«

Ogden zündete sich eine Zigarette an und nahm ein paar Züge, bevor er antwortete.

»Das stimmt. Doch da ich es nicht getan habe, beabsichtige ich, meinen Qualitätsstandard zu halten. Ich sage dir, wenn ich an diese Leute denke, Mafiosi, Oligarchen, Politiker und Konsorten, fällt mir immer ein Satz von Baudelaire ein.«

Stuart riß belustigt die Augen auf. »Und zwar?«

»›Ich erschlage dich ohne Wut und ohne Haß, wie ein Metzger.‹ Ich weiß nicht, wo das steht, doch ich finde, es paßt sehr zu unserer Arbeit, wenigstens in Fällen wie diesem. Meinst du nicht?«

»Und ob!« rief Stuart aus. »Wenn man nur Rußland ansieht: Dem Innenministerium der Föderation zufolge kontrollieren etwa 5700 Mafiabanden 70% des Bankensektors im Land und den größten Teil der Ausfuhren von Erdöl, Erdgas, strategischen Mineralien und Rohstoffen. Wie denn übrigens auch in Deutschland, in Italien und in den USA die organisierte Kriminalität ganze Sektoren der Marktwirtschaft beherrscht. Wenn man also nicht ab und zu einen von denen aus dem Weg räumt, wo sollen wir dann enden?« schloß er mit leicht amüsierter Miene.

»Genau«, nickte Ogden. »Also wird der schöne Dimitri entweder tun, was wir wollen, oder er landet im Jenseits. Jetzt kümmern wir uns um Borowskij und Kachalow. In dem Telefonat sagen sie nicht, wann sie nach Grosny reisen wollen. Wir sollten jedenfalls alles tun, um in Paris zuzuschlagen.«

»Das wäre natürlich besser. Wir müssen Tag und Nacht an ihnen dranbleiben. Ich habe Mulligan Order gegeben, ihm mit zwei Leuten nach Paris zu folgen, während Franz mit derselben Mannschaft, die Tarskij und Kirow geschnappt hat, nach Paris zurückkehrt.«

»Dann rufe Mulligan noch einmal an und sag ihm, er soll auch Irina Kogan überwachen lassen. Ich will, daß man sie in Verwahrung nimmt und nach Berlin bringt.«

Stuart sah ihn verwundert an. »Meinst du, sie kann uns nützlich sein, einmal abgesehen von ihrer Begabung?«

Ogden lächelte undurchsichtig. »Vielleicht stimmt es, daß ich blutrünstig bin, doch ich wähle aus. Es gefällt mir nicht, daß diese Frau umgebracht wird. Wenn es nicht schon geschehen ist. Außerdem kann sie uns viel über ihren ehemaligen Chef sagen, meinst du nicht?«

»Wenn es darum geht, kann sie uns auch viel über uns sagen, fürchte ich. Aber meinetwegen, ich lasse die Sache organisieren.«

Ogden wandte sich zur Tür. »Gut, dann gehe ich jetzt zu Tarskij. Eine letzte Sache: Renko macht bei der Operation mit. Ein weiterer Russe kommt uns gelegen.«

»Er will seine Schulden bei dir begleichen«, meinte Stuart.

Ogden nickte. »Stimmt. Und er hat sich den besten Moment dafür ausgesucht.«

11

Irina Kogan lag auf dem Bett, in Tränen aufgelöst. Sie konnte nicht aufhören zu weinen, seit sie am Abend zuvor Borowskij verlassen hatte, als er seine furchtbaren Drohungen gegen sie ausstieß.

Noch immer vermochte sie nicht zu glauben, daß er etwas mit dem Untergang der Charkow zu tun hatte. Doch tief in ihrem Herzen wußte Irina, daß er in jede nur denkbare Sache verwickelt sein konnte. Viele Jahre lang hatte sie so getan, als würde sie nichts hören und nichts sehen, doch es war der Augenblick gekommen, sich der Wirklichkeit und ihrem Gewissen zu stellen.

Borowskij hatte sie aus dem Elend herausgeholt, doch er war auch verantwortlich für eine Unzahl von Verbrechen. Das Leben im engen Kontakt mit diesem Mann, der sie durch seine Fragen indirekt über seine Geschäfte auf dem laufenden hielt, hatte sie zur Komplizin seiner Verbrechen gemacht. Es stimmte allerdings auch, daß sie ohne ihn vor Jahren gestorben wäre. Niemand sonst hätte die Behandlungskosten übernommen, als sie an Krebs erkrankt war; fast wie durch ein Wunder überlebte sie die Krankheit, dank einer rechtzeitigen Operation in einer Genfer Klinik.

Doch all dies war Vergangenheit. Irina hatte ihre Entscheidung getroffen: Sie würde fortgehen aus dieser Stadt, die sie haßte, und Borowskij für seine Verbrechen büßen lassen.

Sie stand vom Bett auf und ging langsam durch das geräumige Zimmer, eingerichtet mit eleganten Nußbaummöbeln und mit flauschigem Teppichboden ausgelegt. Er war so weich, daß er sie an das Fell der Lämmchen erinnerte, die ihr Großvater ihr gezeigt hatte, als sie ein kleines Mädchen war, auf dem Gut ein wenig außerhalb von Sankt Petersburg, wo er arbeitete.

Sie blieb in der Mitte des Zimmers stehen und sah sich um. Alles in dieser Wohnung war schön und elegant. Nicht zum ersten Mal fragte sie sich, wie es kam, daß die schönen Dinge so oft in engster Verbindung mit den häßlichen standen. Gewiß, die Macht des Geldes war groß: Es konnte einen retten, wie es ihr geschehen war, doch es konnte einen auch die Seele kosten, wie in Pawels Fall. Es hatte eine Zeit gegeben, da hatte Irina sich gefragt, ob die Güte und die Grausamkeit der Menschen vom Zufall abhingen. Aber all dieses Denken tat ihr nicht gut, vor allem, nachdem Borowskij in ihr Leben getreten war, und so hatte sie aufgehört, sich Fragen zu stellen. Doch jetzt, nach so vielen Jahren, waren die Fragen zurückgekehrt, grausamer und quälender als zuvor.

Irina schüttelte sich, sie mußte sich beeilen und diese Wohnung so schnell wie möglich verlassen, bevor Borowskij ihr das gleiche Ende bereiten ließ, das so viele seiner Feinde gefunden hatten.

Sie machte den Schrank auf, holte eine große Tasche heraus und begann das Allernotwendigste einzupacken. Wenn sie mit einem Koffer herauskäme, würden die Leibwächter sie aufhalten. Doch vielleicht hatte er schon Anweisung gegeben, sie daran zu hindern, die Wohnung zu verlassen. Sie spürte, wie sich ihr bei diesem Gedanken der Magen zusammenkrampfte. Erneut setzte sie sich aufs

Bett und versuchte zu sich selbst zu kommen. Es könnte gefährlich sein, in Panik zu verfallen. Sie mußte sich wieder beruhigen und vernünftig nachdenken.

Zum Glück hatte sie immer Bargeld bei sich, eine beachtliche Summe, die es ihr ermöglichen würde, ein Flugzeug zu nehmen und New York zu verlassen. Um wohin zu gehen? fragte sie sich angstvoll.

Irina wünschte sich, nach Rußland zurückzukehren, auch wenn sie wußte, daß sie dort, ohne die Protektion Borowskijs, ein hartes Leben erwartete, denn mit Sicherheit würde er ihr Konto sperren lassen. Doch auch wenn sie in Rußland keine Wohnung hatte, könnte sie mit den Dollars, die sie besaß, eine Weile leben, bis sie Arbeit fand.

Sie ging zurück zum Schrank und zog unter einem Stapel Pullover eine kleine Sicherheitskassette heraus. Sie öffnete sie und kontrollierte den Inhalt: Es war mehr Geld, als sie gedacht hatte. Erleichtert nahm sie es, schloß die Kassette wieder und stellte sie zurück an ihren Platz, schob die Scheine in eine große Brieftasche, steckte sie unten in ihre Tasche und legte ein Tuch darüber.

Jetzt mußte sie sich vergewissern, daß Pawel nicht in der Wohnung war. Sie machte die Zimmertür auf und sah hinaus. Es schien niemand dazusein, also trat sie auf den Flur hinaus und wandte sich der Küche zu. Das Apartment war sehr groß und in zwei Flügel geteilt, die vom Vorraum abgingen und eine Art V bildeten. Auf der einen Seite lagen der große Salon, das Arbeitszimmer und das Schlafzimmer Borowskijs, der Fitnessraum, die Sauna und zwei Gästezimmer. In dem Flügel, wo sich ihr Schlafzimmer befand, gab es ein kleines Wohnzimmer für sie, einen großen

Ankleideraum, eine riesige Küche, die Speisekammer und die Zimmer des Personals, auch das des Leibwächters.

Irina betrat die Küche. Annie, die Haushälterin, war gerade damit beschäftigt, die kostbare Sammlung alten Silbers zu putzen, an die Borowskij sonst niemanden heranließ. Annie sah hoch und lächelte. »Hallo, Irina, wollen Sie eine Tasse Tee? Ich habe gerade welchen gemacht.«

»Danke, gern.« Irina setzte sich an die andere Seite des langen Tischs. Annie zog sich die Gummihandschuhe aus, holte die Teekanne und goß zwei Tassen ein. Dann kam sie und nahm ihr gegenüber Platz.

»Ist Herr Borowskij ausgegangen?« fragte Irina mit dünner Stimme.

»Ja, vor kurzem. Er hat Anweisung gegeben, seine Koffer zu packen, er reist morgen in aller Frühe ab.«

»Ist Igor bei ihm?« fragte sie weiter.

»Sie sind zusammen weggegangen, nur wir beide sind in der Wohnung«, fügte Annie hinzu und ersparte ihr weitere Fragen.

Irina trank eilig ihren Tee, stand auf und warf einen Blick auf die Uhr. »Ich habe Lust auf einen Einkaufsbummel.«

Annie lächelte. »Lassen Sie sich Zeit. Herr Borowskij wird zum Mittagessen nicht hiersein.«

Irina eilte zurück ins Schlafzimmer, nahm ihren dicksten Mantel und die Tasche und verließ fluchtartig das Apartment. Die Zeit, die der Aufzug brauchte, um die zehn Stockwerke hinunterzufahren, kam ihr endlos lang vor. Schließlich erreichte sie die Eingangshalle des Gebäudes, grüßte den livrierten Doorman vor der Tür und ging auf der Lexington Avenue in Richtung Park Avenue. Dort wollte sie den Bus nehmen, der sie zum Kennedy-Flughafen bringen sollte.

Die mit Reichtum und Luxus protzende Lexington Avenue, eine der teuersten Adressen der Stadt, war voller Menschen. Irina ging wie eine Schlafwandlerin weiter, ganz in ihre Gedanken versunken, stieß die Leute an, ohne es auch nur zu bemerken. Sie bog in die 96th Street ein und begann schneller zu gehen. Sie sah nichts von dem, was um sie herum geschah. Die Menge, die Autos, die Geschäfte mit den erleuchteten Schaufenstern voller prächtiger Dinge, alles lief vorbei wie verschwommene Bilder eines Films.

In Gedanken war sie schon weit weg von den Vereinigten Staaten. Sie ging noch schneller, fing fast an zu laufen. Sie hatte sich auf den Heimweg nach Rußland gemacht, sagte sie immer wieder zu sich selbst, ohne es glauben zu können, und ihr Land würde sie wieder aufnehmen und ihr verzeihen, dessen war sie gewiß. Dieser Gedanke zauberte auf ihre müden Lippen ein fast vergessenes Lächeln, und Irina wurde jünger, während ihre Augen, nach so vielen Jahren, vor Glück beinahe leuchteten. Sie würde nach Sankt Petersburg zurückkehren, wo sie als kleines Mädchen gelebt hatte, sie würde den Newskij-Prospekt hinunterspazieren und in der Kasaner Kathedrale beten, um Vergebung dafür bitten, daß sie Borowskij gedient hatte.

Die Tränen liefen ihr über die Wangen und verschleierten ihren Blick. Es war inzwischen ein blinder Lauf durch gedrängt volle Straßen geworden, und sie hatte nicht bemerkt, daß sie die Ecke Park Avenue schon hinter sich gelassen hatte und auf die Fifth Avenue zuging.

An der Ecke Fifth Avenue 96th Street machte Irina halt. Verwirrt schaute sie sich um. Erst jetzt bemerkte sie, daß sie zu weit gegangen war. Jenseits des Stroms von Autos und Menschen konnte sie noch den Central Park sehen. Sie machte ruckartig kehrt, um den gleichen Weg zurückzugehen, den sie gekommen war, und entdeckte in diesem Moment, undeutlich zwischen tausend anderen, das eckige Gesicht Igors. Panik erfaßte sie: Sie wußte, daß dieser Mann ihr folgte, um sie zu töten. Vielleicht war, ohne daß sie ihn erkennen konnte, neben ihr schon irgendein anderer Killer, bereit, Igor bei seiner schmutzigen Arbeit zu helfen.

Irina regte sich nicht, gelähmt vor Schrecken, hin und her geschoben von den Leuten, die sich auf der Straße drängten. Dann packte sie jemand am Arm.

»Wir wollen Sie vor Borowskij retten. Kommen Sie mit uns, es ist Ihre einzige Chance«, flüsterte Peter Mulligan ihr ins Ohr und schob sie auf ein Auto zu, das mit laufendem Motor am Straßenrand wartete.

Irina wandte sich um und starrte den Mann an, der sie am Arm festhielt, während ein zweiter von der anderen Seite herantrat. Sie hatte beide noch nie in ihrem Leben gesehen. Erneut drehte sie den Kopf in Igors Richtung. Der Russe beobachtete sie, das Gesicht dunkelrot vor Wut. Einer Ohnmacht nahe, ließ Irina sich von den beiden Agenten des Dienstes zum Auto führen und stieg ein.

12

Pawel Borowskij war außer sich vor Wut. Igor, dieser Dummkopf, hatte Irina entwischen lassen; zwei Kerle hatten sie vor seiner Nase entführt, ohne daß er es verhindern konnte. Zwei Männer, sagte er immer wieder zu sich selbst und erinnerte sich daran, was Irina vorhergesehen hatte.

Als wäre das noch nicht genug, hatte Kachalow ihn während seiner Vorbereitungen für die Reise nach Paris angerufen, um ihm zu sagen, daß es ein Attentat auf den Sohn des alten Tarskij gegeben hatte. Er war davongekommen, seinen Leibwächter und zwei andere, noch nicht identifizierte Männer jedoch hatte man niedergemetzelt. Die Geschichte war verworren, doch Kachalow hatte am Telefon nicht mehr darüber sagen wollen.

Trotz dieser alarmierenden Nachricht wurde Borowskij am meisten von der Erinnerung an das geplagt, was Irina über das U-Boot gesagt hatte. Er kam nicht umhin zu denken, daß sich irgend etwas Übersinnliches ihres Geistes bemächtigt und diese furchtbare Vision erzeugt haben mußte, die so nahe an der Realität war.

Es hatte nichts gebracht, sie über dieses Ereignis vollkommen im dunkeln zu lassen, obwohl er ihres Rats bedurft hätte, denn jetzt wußte Irina Bescheid. Auch wenn sie, dessen war er sich sicher, mit niemandem darüber hatte reden können, wenigstens bisher nicht.

Seine Gedanken kehrten zu den Ereignissen in Paris zurück. Vielleicht hatte jemand mit dem Anschlag auf Dimitri Tarskij Konstantin und damit ihn warnen wollen? Oder war es einfacher: Dimitri Tarskij, dieser ausgemachte

Trottel, hatte irgendeine Dummheit angestellt und war bestraft worden? Doch wer waren die beiden anderen Toten? Ganz zu schweigen von den Männern, wiederum zwei, die Irina mitgenommen hatten. Igor hatte ihm gesagt, es seien Profis gewesen. Es gelang ihm nicht, sich von dem Wirrwarr quälender Gedanken in seinem Kopf zu befreien. Entgegen seinen Gewohnheiten nahm er eine Beruhigungspille, auch wenn es erst Vormittag war.

Borowskij glaubte blind an das Paranormale. Das Medium Irina Kogan war seit Jahren in seiner unmittelbaren Nähe gewesen, und er hatte nie etwas getan, ohne sie vorher zu befragen. Jetzt versetzte ihn die Vorstellung, daß sie jemandem erzählen könnte, was sie wußte, in Angst und Schrecken. Er fühlte sich verloren, während die Ereignisse sich überstürzten und sein Instinkt ihm sagte, daß sich Gefahren zusammenbrauten.

Er mußte aufhören, sich zu quälen. Er würde diese Fragen, die ihn bedrängten, zurückstellen, bis er mit Kachalow gesprochen hätte, was in wenigen Stunden der Fall sein würde.

Irina und ihre Fähigkeiten würden ihm für den Rest seines Lebens fehlen. Er tröstete sich mit dem Gedanken, daß er, auch wenn sie nicht entführt worden wäre, auf sie hätte verzichten müssen, weil sie zuviel wußte.

Borowskij ließ sich auf einen Stuhl nieder und starrte mit leerem Blick vor sich hin. Er war vollkommen niedergeschlagen wegen Irina, aber vor allem bedauerte er sich selbst. Von jetzt an würde er ohne ihre Kräfte auskommen müssen, und das war, als hätte man ihm einen Teil seines Lebens geraubt. Mehr als einmal hatte er dank ihrer Warnungen eine gefährliche Situation gemeistert. So hatte sie ihm etwa gesagt, daß er im Gefängnis enden würde, wenn er in Rußland bliebe.

Er fuhr zornig hoch und schlug mit der Faust heftig auf den Tisch. Wahrscheinlich steckte Sablin hinter all diesen Ereignissen, sagte er sich. Der einzige Trost war, daß er bald auch mit ihm abrechnen würde.

Borowskij rief Igor, und zusammen verließen sie das Apartment. Der Fahrer erwartete sie vor dem Eingang des Gebäudes. Die beiden Männer stiegen in den Mercedes, der zum Flughafen fuhr, wo sie an Bord einer Concorde gehen würden.

In seiner Pariser Wohnung in der Rue St. Honoré nahm Konstantin Kachalow das Frühstück im Bett ein. Er war tags zuvor aus Moskau gekommen, um Borowskij hier zu treffen. Neben ihm schlief eine junge blonde Frau, einen Arm angewinkelt, um sich vor dem Licht zu schützen.

»Steh auf«, befahl er ihr, ohne den Blick von der Zeitung zu heben, die er in der Hand hielt.

Sie protestierte mit einem klagenden Laut und zog sich die Decke über den Kopf. Kachalow betätigte die Klingel auf dem Nachttisch. Kurz darauf erschien ein Diener in Livree.

»Der Herr wünscht?« fragte er und blieb in der Tür stehen.

»Albert, befreie mich bitte von dieser jungen Dame. Bring sie in ihr Zimmer und gib ihr das übliche Geschenk.«

Die Blondine setzte sich im Bett auf und sah ihn verärgert an. »Du bist überhaupt nicht nett, Kostja«, beschwerte sie sich mit einer Kleinmädchenstimme auf französisch. »Du behandelst mich schlecht, und heute abend gehe ich nicht mit dir aus! Und du, faß mich nicht an!« rief sie drohend, an den Diener gewandt, der sich nicht gerührt hatte. »Ich kann allein in mein Zimmer gehen«, sagte sie schließlich und machte einen Schmollmund.

Kachalow schob die Brille auf der Nase nach unten und wandte sich ihr zu. »Ich bin heute abend auch nicht frei, mein süßer Schatz. Doch in deinem Zimmer findest du etwas, das dich vergessen läßt, daß ich so wenig Zeit für dich habe. Jetzt gib mir einen Kuß und verschwinde«, schloß er mit einem brutalen Lächeln.

Die Frau beugte sich über ihn und küßte ihn auf die Stirn. »Mehr verdienst du im Augenblick nicht«, sagte sie seufzend und klimperte mit den Wimpern. Dann stand sie aus dem Bett auf und ging, splitternackt, zur Tür. Doch bevor sie das Zimmer verließ, kniff sie Albert noch in die Wange und streckte ihm die Zunge raus.

Der Diener wollte gerade die Tür schließen, als Kachalow ihn zurückrief.

»Heute abend wird Monsieur Borowskij zum Essen kommen. Sag der Köchin, sie soll seine Lieblingsgerichte kochen. Und laß Wasser in die Wanne, bevor du gehst.«

Kachalow verabscheute es, früh aufzustehen, doch vor Pawels Ankunft hatte er noch viele Dinge zu tun, weil er versuchen wollte zu klären, was mit Dimitri passiert war. Irgend etwas stimmte da nicht: Die Sache in der Avenue Marceau war alarmierend, und was er darüber erfahren hatte, war es noch mehr. Dieser Dummkopf von Dimitri wäre fast liquidiert worden, daran gab es keinen Zweifel. Doch auch die Killer hatte es erwischt, und man wußte nicht, wer es gewesen war. Genausowenig wie man wußte, wo sich Dimitri Tarskij und sein Vertrauter Kirow jetzt aufhielten. Was sich zwischen den Banden abspielte, barg für Kachalow ansonsten keine Geheimnisse. Er war der anerkannte »Boss«, der Pate der Paten, derjenige, der die Entscheidungen traf, wenn es zwischen den Herren der verschiedenen Kartelle Streit gab. An seiner Organisation orientierten sich alle Banden der russischen Mafia, und nichts konnte seiner Kontrolle entgehen, schon gar nicht, wenn es sich um einen kleinen Fisch wie Dimitri handelte. Dieses Mal jedoch fehlte ein Teilchen im Puzzle.

Der junge Tarskij, Sohn von Anatolij Tarskij, lebte schon seit einer Weile in Frankreich. Eine Zeitlang hatte er sich mit Geschäften mittlerer Größenordnung durchgeschlagen – und dann einen Fehler gemacht: Zusammen mit einem Partner hatte er sich an einem Geschäft beteiligt, das eine Provision von anderthalb Millionen Dollar eingebracht hatte, die auf ein Nummernkonto bei einer Schweizer Bank eingezahlt wurde. Später dann hatte Dimitri sich mit seinem Partner über die Aufteilung des Geldes gestritten. Die Sache war vor Gericht gelandet, und die Schweizer Justiz sollte in dem Streit ein Urteil sprechen. In der Zwischenzeit jedoch war Dimitris Partner nach Israel geflohen. Ein guter Teil der Provision für das Geschäft, legal von den beiden ausgehandelt, war für die Herren eines tschetschenischen Kartells bestimmt. Des Wartens müde und ohne Vertrauen in die Schweizer Justiz, hatten die Tschetschenen nach der Flucht von Dimitris Partner das

Geld von Dimitri verlangt. Er hatte Ausflüchte gemacht, und so waren die beiden Killer in die Avenue Marceau geschickt worden. Der Junge war ein Pfuscher, Kachalow hatte ihn, eingedenk der alten Freundschaft zu seinem Vater, oft ermahnt, sich von Schereien fernzuhalten und sich bei ihm Rat zu holen, bevor er sich auf irgendein Unternehmen einließ. Doch Dimitri meinte es besser zu wissen und war nach eigenem Gutdünken vorgegangen. So, wie die Sache lag, hätte Kachalow, auch wenn er Bescheid gewußt hätte, nicht eingegriffen: Das waren die Regeln, und Dimitri kannte sie. Die Killer hatten nur seinen Leibwächter eliminiert und waren ihrerseits getötet worden. Von wem, das war noch ein Geheimnis. Jetzt hatte Dimitri sich an einen unbekannten Ort geflüchtet und beschuldigte aus irgendeinem Grund Kachalow, der Auftraggeber des versuchten Mordes zu sein. Das war der Kern der Sache, und der war gefährlich. Warum log Dimitri?

Als Borowskij in der Rue St. Honoré ankam, bemerkte Kachalow sofort, daß sein Freund wieder einmal einem Zusammenbruch nahe war. Er hatte sich oft gefragt, wie ein so mächtiger Mann, der einen beachtlichen Teil der Weltwirtschaft in der Hand hatte, von einem Augenblick zum anderen so schwach werden konnte. Doch auch Jelzin hatte solche depressiven Krisen gehabt. Und wenigstens trank Borowskij nicht.

»Setz dich, Pawel«, sagte Kachalow und zeigte auf einen der Ledersessel in seinem Arbeitszimmer. Dann ging er an den Schreibtisch und nahm seinerseits Platz.

»Ich setze mich nicht neben dich, weil ich Anrufe erwarte, die ich persönlich entgegennehmen möchte. Ich brauche noch mehr Informationen über die Geschichte in der Avenue Marceau.«

»Was zum Teufel ist los, Kostja, kannst du mir das erklären?« sagte Borowskij mit erregter Stimme.

Kachalow fand seine Vermutung bestätigt: Pawel steckte mitten in einer Krise, und das machte alles noch schwieriger. Er wußte, daß er in solchen Fällen versuchen mußte, ihn zu beruhigen und dabei taktvoll vorzugehen, deshalb lächelte er.

»Mach dir keine Sorgen, ich kümmere mich um die Sache. Erzähle mir lieber von dir, du wirkst sehr angespannt.«

Auf dieses Stichwort hatte Borowskij nur gewartet. Er machte seinem Herzen Luft und erzählte von Irina. Kachalow sagte nicht gleich etwas dazu. Doch die Sache, zusammen mit der Geschichte von Tarskij, gefiel ihm ganz und gar nicht.

»Ich wußte, daß uns dieses U-Boot früher oder später in die Bredouille bringen würde. Hast du irgendeine Ahnung, wer Irina entführt haben könnte?« fragte er.

Borowskij war jetzt ganz rot im Gesicht und platzte heraus: »Ich bin sicher, daß Sablin hinter dieser Geschichte steckt! Er wußte, wie außergewöhnlich diese Frau ist. Wenn er sie in der Hand hat, kann er alles über mich erfahren.«

»Beruhige dich, Pawel, Sablin weiß zwar viel. Aber hör damit auf, ihn hinter allem zu sehen.«

Doch er war selbst nicht recht überzeugt. Er kannte Irina, und er konnte sich auch nicht vorstellen, wer daran Interesse haben könnte, sie zu entführen. Und dann auf diese

Art, mitten in New York, vor aller Augen und gerade noch früh genug, um ihre Haut zu retten.

Das Telefon klingelte, und Kachalow sprach ein paar Minuten lang mit jemandem sehr schnell auf russisch, während Borowskij ihn besorgt beobachtete. Als er aufgelegt hatte, wandte er sich ihm zu.

»Ich habe bestätigt bekommen, was ich schon seit heute morgen wußte. Die Killer waren zwei Tschetschenen, die den Auftrag hatten, mit Dimitri abzurechnen. Bis hier nichts Außergewöhnliches. Doch man weiß nicht, von wem sie getötet worden sind. Sie gehören zu keinem Kartell, und sie gehören auch nicht zu uns. Und das ist noch nicht alles. Dimitri hat sich aus seinem geheimnisvollen Versteck mit seinem Vater in Verbindung gesetzt und ihm gesagt, ich sei der Auftraggeber.«

»Was?« schrie Borowskij und sprang auf. »Dieser einfältige Hurensohn muß verrückt geworden sein!«

»Beruhige dich, Pawel«, sagte Kachalow, stand auf und ging zu einem silbernen, mit Flaschen beladenen Servierwagen. Er goß eine großzügige Portion Whisky in ein Glas, tat Eis dazu und brachte es seinem Freund.

»Trink, sich aufzuregen führt zu nichts.«

Der Oligarch gehorchte, setzte sich wieder hin und nahm einen kräftigen Schluck, während Kachalow an seinen Schreibtisch zurückging. Auf das Chaos am Vorabend der Operation Sablin hätte man gut verzichten können, sagte er sich und lächelte weiter beschwichtigend. Außerdem glaubte er nicht, daß Borowskij so ganz unrecht hatte, wenn er den Präsidenten hinter diesen Machenschaften vermutete.

»Wir werden die Operation aufschieben müssen, bis wir wissen, was mit Irina und Dimitri wirklich passiert ist. Was meinst du?«

Borowskij schüttelte energisch den Kopf. »Nein, wir machen weiter, nur daß wir einen Teil der Pläne ändern. Natürlich müssen wir herausbekommen, wer hinter diesen Dingen steckt, doch nun ist es mehr denn je notwendig, ihn zu eliminieren. Vergiß nicht, daß Irina jetzt weiß, was an Bord dieses U-Boots geschehen ist, und es überall herumerzählen kann. Wir müssen sie finden und uns auch von ihr befreien.«

Kachalow sah ihn aufmerksam an, die Augen halb geschlossen. »Hattest du wirklich Befehl gegeben, sie zu töten?« fragte er.

Borowskij nickte. »Ich konnte das Risiko, daß sie reden würde, nicht eingehen, meinst du nicht? Sicher, es ist eine Entscheidung, die ich nicht leichten Herzens getroffen habe. Aber sie benahm sich wie eine Verrückte und hat mich einen Mörder genannt.«

Kachalow lächelte. »Warum, sind wir das nicht?«

Borowskij wollte protestieren, doch Kachalow forderte ihn mit einer Geste auf, weiter ruhig zu bleiben.

»Mach dir keine Sorgen«, sagte er und lächelte, »wir bringen alles in Ordnung. Und jetzt erzähle mir Wort für Wort, was deine Hellseherin gesagt hat, bevor sie verschwunden ist.«

13

Verenas Flugzeug landete pünktlich auf dem Flughafen Scheremetjewo. Als sie die Gangway hinunterging, zerzauste ein kalter Windstoß ihr Haar. Sie hob den Blick zum Himmel: ein außergewöhnliches Licht, ein Sonnenuntergang mit einem Leuchten der Farben, wie sie meinte, es noch nie gesehen zu haben. Das flammende Rot der Sonne wurde zu Orange, um sich dann in einem zarten Hellgrün in der Nacht aufzulösen. Alles war von einer Klarheit, daß Verena das Gefühl hatte, das Licht berühren zu können. Sie streckte eine Hand aus und blieb stehen, doch die Passagiere hinter ihr drängten, und sie mußte weitergehen. Sie blickte noch einmal zum Himmel, mit dem seltsamen Gefühl, daß die Stadt sie erwartete.

»Nach Moskau, nach Moskau!« murmelte sie. Und mit diesem sehnsüchtigen Wunsch von Tschechows *Drei Schwestern* auf den Lippen betrat sie schließlich russischen Boden und ging, unerwartet glücklich, auf das Terminal des Flughafens zu.

Auf dem Flug hatte sie zwei Personen kennengelernt, die ebenfalls zu dem Kongreß eingeladen waren: einen französischen Dichter um die Sechzig, recht bekannt in seiner Heimat, und eine italienische Dichterin fortgeschrittenen Alters. Die Frau war sympathisch, exzentrisch und vielleicht ein bißchen verrückt. Sie hatten während des ganzen Flugs angenehm auf französisch geplaudert, und so war die Zeit rasch vergangen.

Die italienische Dichterin trat zu ihr und legte ihr eine Hand auf die Schulter. »Ich liebe dieses Land!« rief sie emphatisch mit einer weit ausholenden Geste aus. »Es ist lange her, seit ich zum ersten Mal hier war, mit meinem geliebten Liebhaber.« Sie lachte über das Wortspiel, als hätte sie etwas Großartiges gesagt. Dann wurde sie wieder ernst. »Es ist das Licht, das Sie beeindruckt, nicht wahr?« fragte sie.

Verena nickte lächelnd. Doch sie hatte keine Lust zu reden und ging weiter, um sich den anderen anzuschließen.

Der Flughafen war groß und modern. Verena erinnerte sich, im Reiseführer gelesen zu haben, daß er anläßlich der Olympiade 1980 gebaut und nach den Fürsten Scheremetjew genannt worden war, auf deren Land man ihn errichtet hatte. Bei der Paßkontrolle wurden die Passagiere ihres Flugs auf verschiedene Durchgänge verteilt, alle mit einem Spiegel hoch über ihren Köpfen. Zum Glück war die Prozedur kurz; zudem war die Reise vom Literaturhaus organisiert worden, das sich um alles gekümmert hatte. Nachdem der Uniformierte ihr den Paß zurückgegeben hatte, war ein Piepser zu hören. Verena sah sich verwundert um, während der junge Soldat ihr lächelnd ein Zeichen gab durchzugehen. Auch bei dem Passagier nach ihr ging der Piepser wieder, und ebenso bei allen anderen. Dieser musikalische Willkommensgruß amüsierte sie und verstärkte ihre gute Laune weiter.

Niemand von ihnen mußte sich um die Koffer kümmern, auch nicht um die Zollkontrolle. Zwei Vertreter des Literaturhauses, die gekommen waren, sie zu empfangen, erledigten die Formalitäten, und diese erste Erfahrung von Tüchtigkeit, so fern der immer getadelten russischen Schlamperei, beeindruckte sie. Viele, Ogden eingeschlossen, hatten ihr gesagt, daß Moskau ein Dschungel sei, und ihr geraten, sich nicht von der augenscheinlichen Ruhe täuschen zu lassen. Gewiß, sie würde alle Vorsichtsmaßnahmen treffen, die angebracht waren, doch in diesem Augenblick war sie froh, hierzusein.

In Wirklichkeit war doch das Land als das kultivierteste zu betrachten, wo der Beruf des Schriftstellers geehrt wurde und Lesen das größte Vergnügen blieb. Verena fand, Schriftsteller müßten sich Rußland gegenüber in der Schuld fühlen; denn im Rest der Welt galt ihr Beruf weniger als nichts. Abgesehen von den Bestsellerautoren, zu denen Dichter selten gehörten, falls sie nicht den Nobelpreis bekamen.

Sie stiegen in den Bus, der sie nach Moskau bringen würde. Nach einer Stunde kamen sie im Hotel National in der Moskovskaja ulitsa an, nicht weit vom Kreml und der alten Universität, wo einige der Lesungen stattfinden sollten.

Die Gruppe, die mit ihr aus Zürich angereist war, bestand aus sechs Personen, während die anderen Teilnehmer des Kongresses schon im Laufe des Tages angekommen waren. Insgesamt waren fünfzehn Dichter eingeladen.

Als sie aus dem Bus stieg, betrachtete Verena das Hotel National, eine besonders gelungene Mischung aus modernistischer Architektur und klassischem Stil. Die Fassade war geschmückt mit in Stein gehauenen Nymphen und Ornamenten, überragt von einem Mosaik aus der sowjetischen Epoche mit rauchenden Schloten, Bohrtürmen, Gittermasten, Lokomotiven und Traktoren. Ein Stilkontrast, der am Ende faszinierend wirkte. Die Halle war nicht weniger erstaunlich: auch sie im modernistischen Stil und durch eine kürzlich erfolgte Restaurierung im alten Glanz wiederhergestellt. Sie hatte ausladende Marmortreppen und Stuckwerk an den Decken. Verena, die Hotels liebte, fand, daß diese Halle ausgesprochen elegant war und eine sehr russische Atmosphäre hatte, was immer das bedeuten mochte.

Auch ihr geräumiges Zimmer, eingerichtet mit echten Möbeln aus dem 19. Jahrhundert, überraschte sie. Auf einen Vorraum folgten ein riesiger Salon und ein Schlafzimmer, abgetrennt durch einen Bogen mit roten Samtvorhängen. Die Decken waren ungewöhnlich hoch, und auf den glänzenden Parkettböden lagen dicke Bucharateppiche. Aus allen drei Fenstern hatte man einen herrlichen Blick auf den Kreml. Die Einrichtung wurde ergänzt durch Leuchter, Schreibtische, kleine Diwane, Sessel und Lampenschirme im Jugendstil.

Tatsächlich waren sie in einem der elegantesten Hotels der Stadt untergebracht. Sie fragte sich, wie es dem Literaturhaus gelungen war, das Geld zusammenzubekommen, um soviel Aufwand für die Dichter zu betreiben.

Sie ließ sich auf das breite Doppelbett mit einem Überwurf aus gelber Seide fallen und schloß die Augen. In einer halben Stunde sollten sich alle Teilnehmer in der Bar im Erdgeschoß zu einem Begrüßungscocktail einfinden, dem ein Abendessen in einem der Hotelrestaurants folgen würde.

Verena gestand sich zehn Minuten Ruhe zu, dann ging sie unter die Dusche und machte sich zurecht. Sie vergaß dabei ganz, Ogden anzurufen.

Als sie hinunter in die Halle ging, sah sie, nachdem sie ihren Schlüssel abgegeben hatte, Marta Campo, die italienische Dichterin, die sich gerade mit einem Japaner unterhielt. Sobald sie Verena bemerkte, lächelte sie und winkte sie zu sich. Verena fand, daß sie äußerlich unglaublich an Colette erinnerte, wegen ihres duftigen Haars und der blauen, stark geschminkten Augen. In ihrem langen schwarzen Abendkleid war sie der Schriftstellerin tatsächlich zum Verwechseln ähnlich.

»Da ist ja unsere strahlend schöne Dichterin!« sagte Marta und stellte sie dem Japaner vor. Der Mann war ein Professor aus Osaka, der ein hartes, doch korrektes Französisch sprach. Marta jedoch zog sie fort, und Verena konnte den kleinen Asiaten, der sich mit einem Lächeln förmlich verbeugte, kaum begrüßen.

»Dem Himmel sei Dank, daß du gekommen bist, Schätzchen, ich konnte nicht mehr! Diese Asiaten sind solche Langweiler«, rief sie aus und riß ihre großen blauen Augen auf. »Doch jetzt wollen wir das Lokal suchen, wo wir mit den anderen verabredet sind, dieses Hotel ist riesig«, fuhr sie fort und hakte sie freundschaftlich unter.

Verena ging gehorsam mit ihr. Die Italienerin hatte recht: Die Halle war ein prunkvolles Labyrinth, mit Spiegeln überladen und von Statuen bevölkert.

Endlich erreichten sie das Kafé, und Verena konnte einen Ausruf der Bewunderung nicht unterdrücken. Man meinte in einem großen Gewächshaus zu sein: durch die hohen, spitz zulaufenden Decken aus Glas fiel Tageslicht ein, während längs der Wände zahllose Pflanzen standen, von denen einige so hoch waren, daß sie bis zur Decke reichten. Auch die weißlackierten Tische und Sessel erinnerten an Gartenmöbel.

Wassilij Adamow, der Direktor des Literaturhauses, kam auf sie zu. Er war ein Mann mittleren Alters mit einem freundlichen, ein wenig rotwangigen Gesicht, der sich darüber informiert zeigte, daß ihr Buch in Kürze bei einem Moskauer Verlag herauskommen würde. Er machte ihr viele Komplimente und sagte ihr, er habe Gelegenheit gehabt, ihre Gedichte zu lesen, und kenne ihren Übersetzer persönlich.

»Andrej schätzt Ihre Arbeit sehr«, fuhr er fort. »Er hat gesagt, er habe selten so schöne Gedichte gelesen.«

Verena lächelte verlegen. »Danke, das ist sehr freundlich. Werden wir Andrej Sokolow heute abend sehen?«

»Natürlich! Er wird in Kürze hiersein, und ich werde das Vergnügen haben, Sie miteinander bekanntzumachen. Doch nun lassen Sie uns etwas trinken gehen.«

Der Cocktail war ein Erfolg: Es wurde großzügig Champagner ausgeschenkt, und die Russen waren alle sehr herzlich. Verenas Übersetzer traf mit leichter Verspätung ein und verbrachte die ersten fünf Minuten damit, sich zu entschuldigen. Er war schüchtern und befangen, trotz seiner stattlichen Erscheinung und einer gewissen Attraktivität. Er sprach fließend Englisch, Französisch und Deutsch, so daß Verena sich mit ihm in ihrer Sprache unterhalten konnte. Als die Gruppe sich ins Restaurant aufmachte, war Andrej, der einige Gläser Champagner zuviel getrunken hatte, sehr gesprächig geworden.

»Was für ein wundervoller Abend!« rief er begeistert aus. »Wissen Sie, daß auch Lenin in diesem Hotel gewohnt hat, bevor er in den Kreml gezogen ist? Im März 1918, und zwar im Zimmer 107!«

Andrej sah sie erwartungsvoll an, und Verena enttäuschte ihn nicht, sondern ließ einen erstaunten Ausruf hören. Ermutigt fuhr Andrej fort: »Viele Jahre lang war das Hotel nicht so, wie Sie es heute sehen«, sagte er mit einem betrübten Ausdruck, als schämte er sich irgendwie dafür. »Doch heute, nach der Restaurierung, erstrahlt es wieder im alten Glanz. Und was für ein Luxus! Moskauer Intellektuelle können es sich eigentlich nicht leisten, hier ein und aus zu gehen. Doch wir verdanken alles einem Mäzen, der diesen Kongreß finanziert. Sagen Sie«, fügte er nach einer Pause hinzu, unsicher, ob er ihr diese Frage stellen sollte, »sind die europäischen Mäzene ebenso großzügig?«

Verena zuckte die Schultern. »Ehrlich gesagt gibt es keine mehr. Es ist eine seit langem ausgestorbene Rasse.«

Andrej schien überrascht. »Tatsächlich? Das hätte ich niemals gedacht.«

»Und doch ist es so«, bekräftigte Verena. »In den Vereinigten Staaten gibt es noch welche, ich nehme an, weil man dort Spenden von der Steuer absetzen kann.«

Der Russe schien sie und den ganzen Westen zu bedauern und sah sie mitleidig an, dann lächelte er erneut und hakte sie unter. Als sie den großen Speisesaal betraten, saßen viele der Gäste schon an den Tischen. Wassilij Adamow und ein anderer Mann fortgeschrittenen Alters und von angenehmer Erscheinung kamen ihnen entgegen.

»Liebe Frau Mathis, ich möchte Ihnen den Mann vorstellen, der die Begegnung so vieler bedeutender Dichter auf russischem Boden ermöglicht hat: Anatolij Tarskij«, sagte der Direktor und wandte sich seinem Begleiter zu.

Tarskij lächelte Verena an und gab ihr die Hand. Er war groß und schlank, hatte weißes Haar und sehr lebhafte Augen. Er war sicherlich über siebzig, doch er trug seine Jahre mit Würde und strahlte trotz des Alters und seiner Hagerkeit eine gewisse Kraft aus. Er begrüßte sie auf englisch, und Verena antwortete in der gleichen Sprache. Dann begrüßte er auch Andrej. Der errötete wie ein kleiner Junge, offensichtlich erfreut und geehrt.

»Ich möchte Sie in unserem Land willkommen heißen«, sagte Tarskij und betrachtete Verena aufmerksam. »Ich hoffe, daß diese Reise Sie zu weiteren wundervollen Versen inspiriert.«

Verena lächelte. »Ich danke Ihnen für das Vertrauen. Ich glaube, es ist unmöglich für einen Künstler, nach Rußland zu kommen und nicht inspiriert zu sein. Ich bin sehr glücklich, hierzusein, und nach dem, was Doktor Adamow gesagt hat, verdanken wir das Ihnen. Danke.«

»Die Poesie sollte in unserem Leben immer präsent sein, auch wenn es so scheint, als habe die Menschheit in dieser schrecklichen Welt das vergessen«, sagte Tarskij. »Deshalb sind wir es, die Ihnen danken müssen, diese Einladung angenommen zu haben. Doch Doktor Adamow hat mir Verdienste zugesprochen, die ich nicht habe, in Wirklichkeit ist es ein lieber Freund von mir gewesen, der diesen Kongreß finanziell möglich gemacht hat«, fügte er mit einem bescheidenen Lächeln hinzu.

»Aber du, lieber Anatolij, hast ihn überzeugt, es zu tun, und auf die bestmögliche Art, ohne auf die Kosten zu achten!« protestierte Adamow. »Der Beweis dafür ist dieses wunderschöne Hotel. Doch wir werden dich mit dem süßen Klang der Poesie bezahlen, ist es nicht so?«

Tarskij nickte, und Verena hatte den Eindruck, daß ihn das Pathos des Direktors amüsierte. Adamow schien nichts davon zu bemerken.

»Dann wollen wir uns zu den anderen setzen, es wird gleich serviert!« sagte der Direktor fröhlich, hakte Verena unter und ging mit ihr auf die Tische zu.

Verena bemerkte, daß unter den Gästen nicht nur die fünfzehn Dichter waren, die man ihr beim Willkommenscocktail vorgestellt hatte. An den großen runden, prachtvoll gedeckten Tischen saßen noch ungefähr zwanzig andere Personen, die sie noch nie gesehen hatte. Ein feines und elegantes Publikum, vermutlich Moskauer Honoratioren mit ihren Frauen. Verena saß zwischen Tarskij und Adamow, während Andrej ihr gegenüber von zwei Dichterinnen eingerahmt war, einer deutschen und einer amerikanischen.

Nachdem sie die Sakuski gekostet hatten, kleine pikante Vorspeisen, die in Rußland als Hors d'œuvre serviert werden, wurde die lebhafte Unterhaltung wiederaufgenommen. Man sprach über Dichtung, ein Thema, das Verena bei Salongesprächen nicht gern behandelte. Sie wandte sich Tarskij zu und bemerkte, daß dieser sie aufmerksam beobachtete, ohne auf die Unterhaltung zu achten.

Verena lächelte. »Warum ist unser Mäzen denn nicht hier bei uns? Es wäre schön, ihm danken zu können.«

Tarskij schien diese Frage erwartet zu haben und nickte. »Mein Freund ist kein Russe, er hält sich augenblicklich nicht in Moskau auf. Leider kann er wegen plötzlicher Verpflichtungen nicht hierherkommen, und er bedauert das sehr. Doch er wird sein möglichstes tun, um in den nächsten Tagen bei einigen Lesungen anwesend zu sein. Er kennt Ihr Werk sehr gut, wissen Sie«, schloß er mit einem herzlichen Lächeln.

Verena sah ihn erstaunt an. »Das ist seltsam. Dies ist mein erstes Buch, und es ist erst vor einigen Monaten in Zürich erschienen. Ich wundere mich, daß Ihr Freund es gelesen hat.«

Tarskij nickte noch einmal, mit jenem friedfertigen Ausdruck, den Verena langsam für eine seiner Eigenheiten zu halten begann und der ihn wie einen alten chinesischen Weisen wirken ließ.

»Er liebt die Poesie«, sagte er und sah mit einem verträumten Blick in die Ferne. »Auch wenn das wirklich sonderbar ist, für einen so realistischen und pragmatischen Geschäftsmann wie ihn. Doch dies sind die Wunder, welche die Dichtung vollbringt, deshalb ist es so wichtig, sie hochzuhalten, in diesen finsteren Zeiten.«

Verena nickte, ohne etwas dazu zu sagen. Sie war es nicht gewohnt, daß man auf diese Weise über Poesie sprach. Im allgemeinen wurden ihr, außerhalb des engen Zirkels der Dichter, Desinteresse und belustigte Nachsicht entgegengebracht, die sich als Bewunderung ausgab. Als wäre ein Mensch, der sich dieser literarischen Gattung widmete, ein verstörter Träumer, den man wohlwollend entschuldigen müsse. Und sicherlich war keiner bereit, mehr als ein paar Worte dafür aufzuwenden, und schon gar kein Geld. Jedenfalls nicht solche Summen. Auch zu dem exquisiten Essen wurde Champagner serviert, und zwar einer der teuersten.

»Wie heißt unser Mäzen?« fragte sie Tarskij.

Dieser antwortete nicht gleich. Er zündete sich einen Zigarillo an und bedachte Verena mit einem verschwörerischen Blick. »Sie müssen verzeihen, wenn ich Ihre Frage nicht beantworte. Doch ich bin mir sicher, daß eine sensible Frau wie Sie die Zurückhaltung meines Freundes versteht. Er möchte anonym bleiben. Denn eigentlich ist er, wie ich Ihnen bereits sagte, der Literatur fern: Er ist ein wichtiger Geschäftsmann und seine Interessen liegen woanders. Und doch kann man, wie Sie sehen, niemanden nur nach dem beurteilen, was er tut.«

Tarskij schwieg und ließ seinen Blick durch den großen Saal schweifen, als sei das Thema für ihn abgeschlossen. Doch Verena gab sich nicht geschlagen, sie fand diese ganze Geheimniskrämerei einfach absurd, auch wenn sie in Rußland waren.

»Aber eben haben Sie mir doch gesagt, daß er bei der einen oder anderen Lesung anwesend sein wird.«

Tarskijs Blick wanderte zurück zu ihr, und sein Ausdruck gab zu verstehen, daß er auch diesen Einwand erwartet hatte. »Das stimmt«, sagte er und nickte, »er wird dasein, aber inkognito. Vielleicht beschließt er, sich einem oder zwei der Dichter vorstellen zu lassen, privat, doch es ist noch zu früh, das zu sagen. Allerdings bin ich sicher, daß er darum bitten wird, Sie kennenzulernen. Sie beide werden sich gut verstehen.«

Dieses geheimnisvolle Getue gefiel Verena nicht, genausowenig wie die Anspielung auf ein besonderes Interesse dieses nicht faßbaren Mäzens an ihr. Sie beschloß, das Thema zu wechseln und mehr über Tarskij in Erfahrung zu bringen.

»Und womit beschäftigen Sie sich, neben der Dichtkunst?«

»Sie schmeicheln mir, meine Liebe, sehen Sie nicht, daß ich alt bin? Heute habe ich nur noch Hobbys. Doch früher bin ich Botschafter gewesen und habe viel im Ausland gelebt.«

Verena stellte keine weiteren Fragen, obwohl die Antwort sie aus irgendeinem Grund nicht überzeugte. Doch sie wollte sich lieber nicht auf ein Gespräch einlassen, das die Vergangenheit und die Sowjetunion berühren würde. Sie wußte nicht genug darüber, und vor allem hatte sie den Eindruck, daß die Ära des Kommunismus ein Thema war, über das die Russen nicht gern sprachen. Deshalb wandte sie sich wieder der Literatur zu, und ihr schien, daß Tarskij ihre Diskretion zu schätzen wußte.

»Wenn Sie wollen, begleite ich Sie morgen zu einem Besuch ins Puschkinhaus. Viel gibt es da nicht zu sehen, nur ein paar Objekte, die dem Meister gehört haben, doch ich bin mir sicher, daß Sie, wie alle Künstler, vom *genius loci* fasziniert sein werden. Tatsächlich scheint in diesen Räumen der Geist Puschkins spürbar zu sein.«

Verena zeigte sich begeistert, dankte ihm, behielt sich jedoch vor, ihm eine Zusage zu geben.

Als das Diner zu Ende war, erhoben sich die Tischnachbarn, um sich mit den anderen Gästen bekanntzumachen. In wenigen Minuten entstand eine angenehm vertraute Atmosphäre, als wären sie alle Gäste im Haus eines alten

Freundes. Verena kannte die anderen Teilnehmer des Kongresses, und Tarskij stellte ihr einige Moskauer vor, die zum Kreis der privilegierten Bürger gehörten. Frauen wie Männer trugen Designermode. Es waren vermögende Leute, die zu jener oft zwielichtigen Welt gehörten, die sich im Laufe weniger Jahre dank der Marktwirtschaft gebildet hatte. Kurz gesagt: Neureiche, die in der Galerija Aktjor und den exklusiven Boutiquen italienischer und französischer Modeschöpfer einkauften.

Was hatten diese Leute mit einem Dichtertreffen zu tun? Vielleicht, dachte Verena, machte der Umstand, daß die eingeladenen Dichter aus dem Westen kamen, den Kongreß zu einem mondänen Ereignis, das man nicht versäumen durfte.

Insbesondere eine Frau suchte das Gespräch mit ihr. Sie war klein, blond und vielleicht ein wenig üppig, mit dem Gesicht einer Matrioschka, und trug ein sehr elegantes Chanel-Kleid, das sie schlanker machte. Ihr Mann, groß und dick, mit dichtem schwarzem Haar, ähnelte einem russischen Schauspieler, der auf Spionagefilme spezialisiert war, an dessen Namen Verena sich aber nicht erinnern konnte. Rudy Kamarow und seine Frau Galina luden sie auf ihre in Susdal, zweihundert Kilometer von Moskau entfernt liegende Datscha ein und bedrängten sie so lange, bis Verena sagte, sie habe sich das Programm noch nicht angesehen und wisse nicht, wann sie Zeit habe.

Der Abend endete mit einigen Runden Wodka, denen sich Verena, die eigentlich keinen Alkohol trank, erfolglos zu entziehen versuchte. Sie nahm ein paar kleine Schlucke, und als der Wodka zu wirken begann, wurde ihr richtig heiß. Der Schnaps, der im eisigen Moskauer Winter gewiß seinen Sinn hatte, paßte nicht in den überheizten Saal des Hotel National.

Als alle sich langsam voneinander verabschiedeten, sah Verena sich nach Anatolij Tarskij um, der sich in Luft aufgelöst zu haben schien. Sie entdeckte ihn schließlich hinten im Saal, nahe dem Eingang, wo er mit einem Mann zusammenstand. Alle beide sahen Verena an, doch als sie Tarskij zuwinkte, wandten sie die Blicke ab. Nachdem der Unbekannte einige Worte mit Tarskij gewechselt hatte, verließ er das Restaurant, ohne sich noch einmal umzusehen. Erst da erwiderte Tarskij ihr Winken und kam mit seinem unerschütterlichen Lächeln auf sie zu.

14

Ogden bereitete sich darauf vor, nach Paris zu reisen, um zu den Agenten des Dienstes zu stoßen, die sich schon in Paris aufhielten. Insgesamt waren es acht, Franz und vier Männer aus Berlin und Mulligan mit seinen beiden Leuten aus New York, die Borowskij und Kachalow gefolgt waren.

Als er Stuarts Büro betrat, telefonierte der Chef des Dienstes gerade. Er gab Ogden ein Zeichen, näher zu treten, und hielt ihm ein Blatt Papier hin. Es war der Bericht von Mulligans Agent, der Irina Kogan nach Berlin gebracht hatte, nachdem sie in New York in Gewahrsam genommen worden war.

Ogden las rasch den Bericht. Irina Kogan befand sich

seit einigen Stunden in Sicherheit: im Gästehaus des Dienstes, ein Stockwerk über ihnen.

Stuart beendete sein Gespräch und lächelte. »Das war Franz. Es sieht so aus, als wäre die Wohnung in der Rue St. Honoré ausgezeichnet bewacht. Es ist uns allerdings gelungen, einen guten Beobachtungsplatz in einem Haus gegenüber zu finden, mit Blick in Kachalows Wohn- und Schlafzimmer. Wir haben Richtmikrofone postiert und die Festnetzanschlüsse unter Kontrolle. Leider haben sie in diesem Teil von Paris Glasfaserkabel verlegt. Franz hat Jimmy daran gesetzt, unseren besten Techniker, der schon in Paris stationiert war. Es scheint so, als könnte man, trotz des Lichtwellenleiters, alle telefonischen Nachrichten entschlüsseln, wenn man direkt an die Faser herangeht und sie so abbiegt, daß sich die austretenden Strahlen in der Hülle fortsetzen, wo sie aufgefangen werden können. Kurz gesagt, es ist eine knifflige Sache, die Jimmy aber in den Griff bekommen kann. Schwieriger scheint es, Wanzen in die Wohnung einzuschmuggeln. Du mußt sehen, was zu machen ist, wenn du in Paris bist. Auf jeden Fall benutzt Kachalow, zu unserem Glück, offenbar meistens Handys, doch nicht die absolut abhörsicheren der neuen Generation.«

»Wenn er sie bisher nicht benutzt hat, wird er jetzt damit anfangen«, bemerkte Ogden. »Hast du schon Irina Kogan gesehen?« fragte er dann.

»Ja. Sie scheint unser Gästehaus zu schätzen. Es war richtig von uns, sie dort unterzubringen, es sind schon zu viele Leute unterwegs. Und außerdem muß ich dir gestehen, daß es mich fasziniert, eine Hellseherin bei der Hand zu haben. Früher oder später könnte sie uns nützlich sein. Wie du siehst, hat Borowskij Schule gemacht.«

»Was für eine Art Frau ist sie?«

»Eine Russin, wie sie im Buche steht, eine sehr angenehme Frau. Doch sie hat große Angst. Ich habe versucht, ihr zu erklären, daß sie bei uns in Sicherheit ist, doch sie reagiert nicht darauf. Sie steht praktisch unter Schock. Im Augenblick wird sie von unserem Arzt untersucht. Geh bitte zu ihr hoch, bevor du abreist.«

»In Ordnung, ich schaue bei ihr vorbei. Was Borowskij und Kachalow angeht, meine ich, wir sollten alles tun, um sie in Paris zu liquidieren. Ein Ausflug nach Tschetschenien ist undenkbar.«

Stuart nickte. »Du hast recht, doch wir haben wenig Zeit, und wir wissen nicht, wann dieser verrückte Borowskij abreisen will. Wir müssen schnell handeln, und ich glaube, das beste ist, wir suchen uns einen Komplizen im Haus. Hast du die Dossiers von Kachalows Personal gelesen?«

»Dieser Albert, der Diener, ist besonders interessant. Aber auch zwei von denen, die tageweise arbeiten, könnten uns nützlich sein«, meinte Ogden.

»Albert hat eine Tochter, die in einer Einrichtung für Drogenabhängige untergebracht ist«, sagte Stuart. »Eine sehr teure Privatklinik, die Finanzierung des Aufenthalts verschlingt sein ganzes Gehalt. Wir könnten ihm vorschlagen, in den Ruhestand zu gehen, mit einem hübschen Sümmchen, das es ihm erlauben würde, sich um seine Tochter zu kümmern, ohne sich noch mit Arbeit plagen zu müssen. Morgen hat er seinen freien Tag. Du solltest selbst Kontakt mit ihm aufnehmen, es ist eine heikle Angelegenheit.«

»Albert arbeitet seit zwei Jahren für Kachalow«, erklärte Ogden. »Wenn er eine Ahnung hat, was für eine Art von Aktivitäten sein Chef betreibt, wird er vermutlich die Vergeltung der Mafia fürchten. Wir werden ihm sehr viel Geld anbieten müssen.«

Stuart nickte. »Du hast natürlich freie Hand.«

»Gut, dann gehe ich jetzt. Ich schaue noch bei Irina Kogan vorbei, bevor ich zum Flughafen fahre. Versuch du inzwischen, soviel wie möglich über Tarskij herauszubekommen...«

»Bin schon dabei... Ist irgend etwas nicht in Ordnung?«

Ogden zuckte die Schultern. »Nur so ein Gefühl...«

»Wie geht es den beiden im *safe house*?«

»Sehr gut. Die italienischen Mafiosi spielen Boccia, die russischen Schach. So vertreiben sie sich die Zeit, unter den Augen ihrer beiden Bewacher. Dimitri ist nach dem Telefonat mit seinem Vater, bei dem wir ihn gezwungen haben, Kachalow zu beschuldigen und zu behaupten, er verstecke sich aus freien Stücken, ziemlich unruhig. Er weiß nicht, wer ihn gerettet hat und warum, und langsam denkt er schon, daß wirklich Kachalow hinter alledem steckt. Er meint, der Mafioso hätte ihn entführen lassen, um seinen Vater zu erpressen. Kirow, der intelligenter ist, hat zu einem der Bewacher gesagt, daß Kachalow niemals etwas Derartiges tun würde. Dimitri weiß, daß die Killer, die ihn umbringen wollten, zu einem tschetschenischen Kartell gehörten, das sich von ihm hintergangen fühlte. Doch nicht zu wissen, wer wir sind, macht ihn langsam verrückt.

Natürlich tun wir nichts, um seinen Verdacht zu zerstreuen, er könnte uns noch nützlich sein.«

Stuart lächelte. »Du bist wirklich machiavellistisch. Ich habe immer gesagt, daß dieser Sessel hier deiner sein sollte.«

»Da hast du vollkommen recht«, stimmte Ogden belustigt zu. »Doch ich will ihn nicht, also ist es richtig, daß du da sitzt. Jetzt muß ich gehen, sonst verpasse ich den Flug.«

Als Ogden gerade hinausgehen wollte, rief Stuart ihn zurück.

»Was macht Verena Mathis in Moskau?« fragte er.

Ogden drehte sich noch einmal um. »Sie ist zu einem internationalen Kongreß für Poesie eingeladen. Enthalte dich bitte jeder Bemerkung«, warnte er ihn und hob die Augen zum Himmel.

»Sonderbarer Zufall«, meinte Stuart, zwischen Belustigung und Staunen schwankend. »Zum Glück sind unsere Zielpersonen in Paris.«

»Gewiß«, gab Ogden zu. »Doch das Mutterhaus ist in Rußland. Mir wäre es lieber gewesen, Verena wäre in Zürich geblieben.«

»Ich glaube, es gibt keinen Grund, sich zu beunruhigen. Bis jetzt verdächtigt uns niemand. Hat sie sich schon bei dir gemeldet?«

»Noch nicht, ich werde sie aus Paris anrufen.«

»Richte ihr Grüße von mir aus.«

Nachdem er Stuarts Büro verlassen hatte, ging Ogden ein Stück den Gang hinunter und blieb vor einem Paneel stehen. Er steckte eine Karte in einen nahezu unsichtbaren

Schlitz, schaltete damit die Sicherheitsanlage aus, und das Paneel glitt zur Seite. Er betrat den Aufzug dahinter und drückte auf den einzigen Knopf. Als der Aufzug anhielt, steckte er erneut die Karte ein, und die Schiebetüren öffneten sich zu einem kleinen Vorraum. Dies war das geheime Gästehaus des Dienstes, wo schon in der Vergangenheit Personen beherbergt worden waren, die unter absoluter Geheimhaltung beschützt werden mußten. Ein geräumiges und elegantes Apartment, ausgestattet mit allem Komfort und einer gewissen Anzahl Zimmer, die von außen nicht zu sehen waren.

Als Ogden das Wohnzimmer betrat, dessen zugemauerte Fenster hinter Vorhängen versteckt waren, traf er auf einen der Agenten.

»Hallo, Ken. Ist der Doktor noch bei Frau Kogan?«

Ken, einer der in Berlin stationierten Agenten, sprach fließend Russisch und war deshalb mit der Bewachung des Gastes und des Gästehauses betraut worden. Er würde praktisch rund um die Uhr bei Irina Kogan sein.

»Ja, er ist bei ihr im Schlafzimmer. Frau Kogan scheint ein wenig durcheinander.«

»Das glaube ich«, bemerkte Ogden.

In diesem Moment kam der Doktor herein. Er war einer der wichtigsten Kliniker von Berlin und arbeitete seit Jahren für den Dienst. Niemand von den Größen an der Universität hätte vermutet, daß der hochangesehene Kollege auch ein Spion war.

»Guten Tag, Doktor«, begrüßte ihn Ogden und gab ihm die Hand. »Wie geht es unserer Patientin?«

»Besser, ich habe ihr ein Beruhigungsmittel gegeben.

Diese Frau muß viel durchgemacht haben. Doch körperlich ist sie topfit. Sie müssen allerdings dafür sorgen, daß sie sich möglichst wohl fühlt: Sie ist sehr verängstigt.«

»Das werden wir tun, seien Sie nur ganz beruhigt.« Ogden wandte sich an Ken. »Bring den Doktor zur Tür und nimm seine Anweisungen entgegen.«

Ogden sprach recht gut Russisch. Er hatte es als Junge gelernt, weil Casparius es für unverzichtbar hielt. Jetzt wäre es nützlicher gewesen, Chinesisch zu sprechen, doch er verspürte keinerlei Lust, es zu lernen. In dieser globalisierten Welt würden die Chinesen Englisch, oder besser: Amerikanisch lernen, um ihre Gegenspieler besser hereinlegen zu können. Also konnte er sich die Mühe sparen.

Nachdem die beiden Männer hinausgegangen waren, klopfte er an die Schlafzimmertür. Die tonlose Stimme einer Frau bat ihn herein.

Ogden betrat das Zimmer mit seinem schönsten Lächeln. »Guten Tag, Frau Kogan, der Arzt hat mir gesagt, Sie seien bei bester Gesundheit, das freut mich sehr.«

Als Irina ihn Russisch sprechen hörte, erhob sie sich mit einem erstaunten Ausdruck vom Bett. »Guten Tag«, sagte sie ihrerseits, doch mit ängstlicher Stimme. »Wie kommt es, daß Sie alle meine Sprache sprechen?«

Ogden ahnte, welche Befürchtungen sich hinter dieser Frage verbargen. Er trat näher und setzte sich in einen Sessel neben das Bett.

»Haben Sie keine Angst«, sagte er in freundlichem Ton. »Wir sind keine Russen, und wir haben nichts mit Borowskij zu tun. Tatsächlich haben wir Ihnen das Leben gerettet.«

Iris Kogan nickte. »Ich weiß. Ich habe Igor gesehen, auf der anderen Seite der Straße, während mich Ihr Mann ins Auto schob.«

»Gut, ich sehe, daß Ihnen bewußt ist, wie es für Sie ausgegangen wäre, wenn wir Sie in New York allein gelassen hätten. Jetzt bleiben Sie hier, in Sicherheit, bis Sie von diesem Mann nichts mehr zu befürchten haben.«

»Aber wer sind Sie denn?« unterbrach ihn die Frau.

»Frau Kogan«, sagte Ogden, »Sie müssen uns vertrauen. Wenn wir Ihnen Böses gewollt hätten, so hätten wir Sie nur in den Händen Borowskijs lassen müssen, der befohlen hatte, Sie umzubringen. Dieser Mann ist auch unser Feind, daher werden wir Sie beschützen. Mehr müssen Sie für den Augenblick nicht wissen.«

Doch die Frau war nicht überzeugt. Die Panik ließ ihren Blick seltsam leer wirken, und Ogden wurde klar, daß er etwas tun mußte, um ihr Vertrauen zu gewinnen.

»Sie wollen nach Sankt Petersburg zurückkehren, nicht wahr?« fragte er sie.

Irina sah ihn verwundert an, dann nickte sie.

»Ich liebe diese Stadt und ziehe sie Moskau vor«, fuhr Ogden fort. »Als ich sie zum ersten Mal besucht habe, da war ich noch ein Junge. Ich hatte *Schuld und Sühne* gelesen und streifte mit der Hoffnung durch die Stadt, Raskolnikow vor mir auftauchen zu sehen, oder jemanden, der jener Vorstellung ähnelte, die ich mir von ihm gemacht hatte. Eines Tages blieb ich eine Stunde lang in der Kasnatschejskaja, ging zwischen der Nummer 7 und der Nummer 9 hin und her, weil Dostojewskij und seine Figur dort gewohnt hatten.«

Ogden lächelte bei der Erinnerung. Es stimmte alles. Casparius hatte ihn während seiner Lehrjahre als Spion in der Welt herumreisen lassen. Später war er häufiger nach Sankt Petersburg zurückgekehrt, wegen einer Mission oder einfach weil ihm die Stadt gefiel.

Er bemerkte, daß die Augen der Frau bei seinen Worten zu funkeln begonnen hatten. Sie lächelte.

»Sankt Petersburg ist schön«, murmelte sie melancholisch.

»Sie werden es wiedersehen, ich gebe Ihnen mein Wort darauf«, sagte Ogden und erhob sich. Irina Kogan sah ihm in die Augen.

»Ich kann Ihnen vertrauen, das fühle ich«, sagte sie und hielt ihm die Hand hin. Ogden drückte sie, zog seine Hand aber gleich wieder zurück. Er wollte auf keinen Fall, daß Irina Kogan anfing, Vermutungen über seine Zukunft anzustellen, am allerwenigsten am Vorabend einer gefährlichen Mission. Die Frau schien es zu bemerken.

»Sie kennen meine Kräfte«, sagte sie.

»Natürlich«, antwortete Ogden, »auch wenn ich kein übersinnlich begabter Mensch bin. Nun seien Sie ganz ruhig, in Kürze ist alles vorbei, und Sie können nach Rußland zurückkehren, wenn Sie wollen.«

»Sie können mir wirklich gar nichts sagen?«

»Nein. Aber glauben Sie mir, es ist besser so.«

»Dann auf Wiedersehen. Und gute Reise. Sie wollen doch abreisen, nicht wahr?«

Ogden antwortete nicht, während er sich zur Tür wandte. Doch bevor er hinausging, drehte er sich noch einmal um. »Nach meiner Rückkehr komme ich zu Ihnen und hoffe, Ihnen gute Neuigkeiten bringen zu können.«

»Gott schütze Sie«, murmelte die Frau und setzte sich wieder aufs Bett.

15

Anatolij Tarskij saß am Schreibtisch seines Arbeitszimmers in dem eleganten Haus am Iwanowskij-Hügel und betrachtete das Blätterdickicht, das die Fenster des Zimmers umrankte. Am Himmel über Moskau hingen dunkle Regenwolken.

Keinen einzigen Augenblick hatte er die Geschichte geglaubt, die Dimitri ihm aus seinem mysteriösen Versteck erzählt hatte. Er wußte, daß sein Sohn von einem tschetschenischen Kartell verurteilt worden war, an dessen Spitze Rasul Khamadow stand, dieser elende kleine Bandit. Er würde ihn umbringen lassen wie einen Hund; das war nur eine Frage der Zeit. Doch damit würde er das Problem nicht lösen und auch nicht herausfinden, wer das Leben seines Sohnes gerettet hatte und warum.

Die von Dimitri gegen Kachalow erhobene absurde Beschuldigung hatte bei ihm den Eindruck erweckt, daß der Junge sich in irgendwelche Schwierigkeiten hineinmanövriert hatte, auch wenn er behauptete, sich versteckt zu halten, nachdem er seinen Killern entkommen sei. Er hatte die Frau aufspüren lassen, die mit Dimitri zusammen war, und nach ihrer Darstellung war die Sache anders abgelaufen. Daß Dimitri noch am Leben war, bedeutete allerdings, daß seine Entführer, wer immer sie sein mochten, ihn nicht töten wollten. Jedenfalls im Augenblick nicht.

Er nahm den Hörer ab und wählte Kachalows Nummer. Sein Telefon war abgeschirmt, wie sicherlich auch das des Freundes, doch vorsichtshalber würde er trotzdem einen falschen Namen verwenden.

Nach einigen Klingelzeichen meldete sich ein Mann mit französischem Akzent. Tarskij, der nur wenig Französisch sprach, fragte nach Monsieur Kachalow. Kurz darauf hörte er dessen Stimme.

»Guten Tag, Kostja, hier ist Michail. Wie geht es dir?« sagte er hastig.

Kachalow zögerte einen Moment, faßte sich aber sofort. »Wie schön, deine Stimme zu hören, Michail. Mir geht es gut, und dir?«

Tarskij hatte einen Hustenanfall, den er jedoch rasch unter Kontrolle bekam. »Ich bin ein wenig besorgt.«

Kachalow unterbrach ihn: »Entschuldige, lieber Freund, ich rufe dich in ein paar Minuten zurück, bist zu Hause?«

»Sicher, ich warte auf deinen Anruf.«

Tarskij legte auf. Er hatte recht gehabt, sagte er sich. Wenn Kostja seinen Telefonen nicht traute, hieß das, es gab Schwierigkeiten, und zwar große.

Kachalow legte ebenfalls auf. Er hatte gewußt, daß sein alter Freund nicht glauben würde, was Dimitri sagte. Und der Klang seiner Stimme, herzlich wie immer, bestätigte das. Zu viele Dinge verbanden sie seit Jahren, und er wußte, daß der ehemalige hohe KGB-Funktionär ihn wie einen Sohn betrachtete. Sie hatten zu Breschnews Zeiten viele Geschäfte zusammen gemacht, vor allem aber während und nach dem Zusammenbruch der Sowjetunion, als Kachalow, mächtig und reich geworden, seinen ehemaligen Gönner an seinem Aufstieg hatte teilhaben lassen.

Viele Jahre zuvor, zu Zeiten, die so weit zurücklagen, daß Kachalow inzwischen Mühe hatte, sie als Teil seines Lebens zu betrachten, hatte Tarskij ihm geholfen. Damals war er nichts weiter als ein ehrgeiziger junger Gangster gewesen, und die Protektion eines wichtigen KGB-Mannes war für ihn von immensem Nutzen. Kachalow hatte das nie vergessen. Später, als er nicht nur in Rußland, sondern in der ganzen Welt gefürchtet war, hatte sich die Beziehung zwischen ihm und dem Alten weiter gefestigt, genährt durch Komplizenschaft und einträgliche Geschäfte. Kachalow dachte, daß der Grund für diese Treue Tarskijs zu ihm daher rührte, daß er in schon fortgeschrittenem Alter Vater geworden war und dieser einzige Sohn sich als eine katastrophale Enttäuschung erwies: Dimitri war ein Dummkopf, ehrgeizig und arrogant, und er brachte sich unaufhörlich in Schwierigkeiten. Ein wahrer Kummer für diesen intelligenten und listenreichen Mann.

Kachalow verließ das Apartment, ging – immer beobachtet von Männern des Dienstes – ein Stück die Rue St. Honoré hinauf, kam in die Nähe der Place de la Madeleine und betrat eine Telefonzelle. Er steckte eine internationale Telefonkarte ein und wählte Tarskijs Nummer. Das Telefon hatte noch nicht zweimal geklingelt, als der Alte schon abnahm.

»Entschuldige, wenn ich dich habe warten lassen, Anatolij, doch ich rufe dich aus einer Telefonzelle an.«

»Ist es so ernst?« fragte der Alte besorgt.

»Es ist klüger so. Es passieren sonderbare Dinge, und ich will nicht, daß sie dich mit hineinziehen. Wie dem auch sei, ich wollte dich auch gerade anrufen. Wegen Dimitri.«

»Du kannst sicher sein, daß ich die Geschichte, die er mir erzählt hat, keinen Augenblick geglaubt habe«, unterbrach ihn Tarskij. »Rasul Khamadow, dieses Schwein, wollte ihn liquidieren und hat es zum Glück nicht geschafft. Doch der Rest ist undurchsichtig. Was kann da passiert sein?«

Kachalow seufzte. »Ich weiß es noch nicht, Anatolij. Irgend jemand hat Khamadows Killer umgebracht und vielleicht Dimitri und seinen Vertrauten, diesen Kirow, entführt. Doch ich habe keine Ahnung, wer das getan haben könnte, und warum.«

»Dimitri wollte nicht sagen, wo er ist. Doch wenn deine Theorie stimmt, bedeutet das, jemand hält ihn gefangen und zwingt ihn, mich anzulügen. Aber wer?«

»Genau das versuche ich herauszufinden.« Einen Moment lang war es still, dann fügte Kachalow hinzu: »Pawel ist in Paris.«

»Heiliger Himmel!« rief Tarskij aufgebracht aus. »Will er die Sache zu Ende bringen? Dieser Mann ist wahnsinnig. Du mußt ihn seinem Schicksal überlassen!«

»Das ist nicht möglich, Anatolij, das weißt du sehr gut. Aber ich werde auf jeden Fall versuchen, ihn zu überzeugen, die Operation zu verschieben, wenigstens bis wir geklärt haben, was mit deinem Sohn passiert ist. Möglicherweise haben die beiden Angelegenheiten etwas miteinander zu tun.«

»Dann stecken wir wirklich in Schwierigkeiten. Glaubst du, daß Sa...«

»Still, Anatolij, keine Namen. Ich mache jetzt Schluß, ich traue auch diesen Telefonen nicht. Doch ich halte dich ständig auf dem laufenden. Ruf du mich nicht mehr an, ich lasse dir so schnell wie möglich ein sicheres Handy zukommen. Bis dahin unterbrechen wir den Kontakt. Ich umarme dich, Anatolij.«

»Auf Wiederhören, Kostja. Sei vorsichtig.«

Kachalow machte sich eiligen Schritts auf den Heimweg und bemerkte erst jetzt, daß er ohne Bodyguard aus dem Haus gegangen war. Er mußte verrückt geworden sein. Diese Geschichte machte ihn langsam nervös.

Alex, einer der Männer des Dienstes, die ihn beschatteten, teilte über Funk den gegenüber der Wohnung des Mafioso postierten Agenten seine Bewegungen mit.

»Er hat ein Gespräch aus einer Telefonzelle geführt und ist jetzt auf dem Rückweg«, meldete er.

»Folge ihm und bleib dann auf deinem Posten«, antwortete Franz, trat näher ans Fenster und sah auf die Straße hinunter.

»Unser Mann hat mit irgend jemandem nett geplaudert, und wir haben das Nachsehen. Jimmys ganze Tüftelei war umsonst, verdammt!«

»Kein Grund, sich zu ärgern, Chef.« Jimmy, der Techniker, trat zu ihm ans Fenster. »Ich überprüfe jetzt die Daten der Telefonzelle und übermittle sie nach Berlin. Es wird ein bißchen dauern, doch dann erfahren wir, mit wem er telefoniert hat. Dafür sind die Satelliten ja schließlich da«, sagte er und zwinkerte Franz zu.

»Sehr richtig«, gab Franz zu, »doch bis dahin wissen wir nicht, mit wem er gesprochen und was er gesagt hat.«

In diesem Augenblick kam Ogden herein. Franz ging ihm entgegen und gab ihm die Hand. »Freut mich, dich zu sehen, Ogden. Gerade eben hat unser Freund uns an der Nase herumgeführt.«

»Ich habe es gehört. Etwas Neues über Borowskij?«

»Im Moment ist er in seinem Hotel, dem Crillon, mit seinem eigenen Leibwächter und einem zweiten, den Kachalow ihm als zusätzlichen Schutz zur Verfügung gestellt hat. Wir haben seine Suite mit Wanzen vollgestopft, und Peter Mulligan und Karl haben ein Zimmer auf dem gleichen Stockwerk. Unser Russe wirkt äußerst nervös. Heute abend wird er auf jeden Fall mit Kachalow zusammen essen. Komm, ich spiele dir die Bänder vor.«

Ogden folgte Franz in das Zimmer, wo Jimmy alles Notwendige vorbereitet hatte, um die in Kachalows Wohnung ein- und ausgehenden Gespräche aufzuzeichnen und in Realzeit die Aufnahmen der in Borowskijs Suite verteilten Minispione zu empfangen.

»Ausgezeichnete Arbeit, Jimmy«, sagte Ogden. Der junge Techniker dankte ihm und errötete bis an die Haarwurzeln. Er war ein genialer Elektroniker, doch er gehörte erst seit kurzem zum Dienst, und dies war sein erster Einsatz vor Ort. Komplimente von einem Profi wie Ogden waren ihm deshalb nicht gleichgültig.

Franz bemerkte es und lächelte. »Du kannst dich wirklich geschmeichelt fühlen, Jimmy. Ogden ist der Beste, und du hast großes Glück, daß du deine Feuertaufe bei einer Operation erhältst, die er leitet.«

Ogden klopfte Franz auf die Schulter. »Gib nichts darauf, Jimmy, Franz ist nur deshalb mein größter Bewunderer, weil wir uns seit Jahren kennen. Also, was sagt Borowskij?«

Jimmy gab ihm einen Kopfhörer. »Die letzte Aufnahme ist noch ganz frisch. Er spricht mit seinem Masseur. Offenbar leidet er unter starken Nackenschmerzen und schluckt eine Menge Pillen«, sagte er und drückte eine Taste.

Ogden hielt sich den Kopfhörer ans Ohr. Ein französisch sprechender Mann, vermutlich der Masseur, erzählte einen obszönen Witz. Am Ende hörte man das dröhnende Lachen Borowskijs.

Ogden nahm den Kopfhörer ab und gab ihn Jimmy zurück. »Ihr müßt auch weiterhin rund um die Uhr alles aufnehmen und außerdem direkt mithören. Wechselt euch dabei ab.«

Der Techniker nickte. »Machen Sie sich keine Sorgen, uns entgeht nichts. Und wenn sie russisch reden, rufe ich Alex. Seine Mutter ist Russin, und er ist zweisprachig.«

Ogden sah ihn an und lächelte. »Ich weiß, deshalb haben wir ihn ausgesucht.«

Jimmy errötete erneut. »Natürlich. Entschuldigen Sie bitte.«

Ogden wandte sich Franz zu. »Komm, ich muß mit dir reden.«

Die beiden Agenten gingen in ein anderes Zimmer. Es schien das Kinderzimmer zu sein, mit zwei Einzelbetten und einigen Plakaten mit Walt-Disney-Figuren an der Wand.

Ogden sah sich um. »Wo sind die Hausherren?«

»In Amerika, für ein Jahr. Es war ein echter Glücksfall, in so kurzer Zeit eine Wohnung in dieser Lage zu finden. Das Verdienst gebührt unserem Externen Alain Guitry, der hier in Paris eine Immobilienagentur betreibt.«

»Perfekt«, sagte Ogden, trat ans Fenster und sah zu Kachalows Wohnung auf der anderen Straßenseite hinüber. »Wir müssen so schnell wie möglich zuschlagen und Borowskij und Kachalow liquidieren, solange sie in Paris sind«, fuhr er fort, ohne den Blick von dem Haus gegenüber zu wenden. »Es ist undenkbar, ihnen in diese Hölle von Grosny zu folgen, wir würden in eine Falle hineintappen, aus der wir nicht mehr herausfänden. Wir müssen uns also beeilen. Sag mir, wie unsere Aufstellung aussieht.«

»In dieser Wohnung sind wir zu acht, und wir wechseln uns bei der Außenüberwachung ab, so daß jeder, der drüben ein oder aus geht, kontrolliert und gegebenenfalls verfolgt wird. Jimmy ist immer an der Technik und hört die eingehenden Aufnahmen aus der Suite Borowskijs und der Wohnung Kachalows ab. Vor kurzem hat der Mafioso das Haus verlassen, um ein Gespräch aus einer Telefonzelle zu führen. Leider konnten wir nichts tun, auch für die Richtmikrofone war er zu weit weg. Doch Jimmy gibt die Position der Telefonzelle gerade nach Berlin durch. Bis morgen wissen wir, mit wem Kachalow gesprochen hat und was beide geredet haben. Peter Mulligan und Karl sind im Crillon, in einem Zimmer auf dem gleichen Stockwerk wie die Suite Borowskijs, mit der Möglichkeit zu hören, was im Zimmer gesprochen wird. Das ist die Lage.«

Ogden nickte. »Hervorragende Arbeit, Franz, wie immer. Von heute an werde ich im Crillon sein, ich habe ein

Zimmer im Stockwerk unter Borowskijs Suite.« Er sah auf die Uhr. »Gleich hat Kachalows Diener Albert Ausgang, und wir beide werden ihm folgen. Sag den Männern, sie sollen uns sofort benachrichtigen, wenn er rauskommt. Erinnerst du dich an Genadij Renko?«

»Ein ausgezeichneter Mann. Was ist mit ihm?«

»Er nimmt an der Operation teil. Im Augenblick ist er noch in Berlin und freundet sich mit der Frau in unserem Gästehaus an.«

»Der Hellseherin?«

Ogden nickte. »Außerdem kennt er Kirow persönlich. Niemand kann einen Russen besser zum Sprechen bringen als ein anderer Russe, deshalb wird er sich auch um Tarskij kümmern. Jedenfalls solange wir ihn nicht brauchen, aber ich hoffe, das ist nicht nötig.«

Franz sah seinen Chef an. »Du siehst besorgt aus. Irgend etwas nicht in Ordnung?«

»Tarskijs Vater Anatolij ist seit langer Zeit ein Freund Kachalows. Stuart stellt gerade genauere Nachforschungen über ihre Beziehungen an und schickt uns so bald wie möglich einen ergänzenden Bericht.«

»Scheiße!« entfuhr es Franz. »Wir sollten dem Alten sagen, daß wir seinem Sohn das Leben gerettet haben. Ein bißchen Dankbarkeit könnte nicht schaden.«

»Diese rührselige Enthüllung behalten wir als As im Ärmel«, sagte Ogden. »Und jetzt laß uns gehen und Albert Sarrazin bestechen, es ist schon spät.«

16

Pawel Borowskij kam ins Crillon zurück, nachdem er bei Lucas Carton an der Place de la Madeleine, seinem Lieblingsrestaurant, gegessen hatte. Er hatte nicht widerstehen können und *canard royal* bestellt, auch wenn sein Arzt das nicht gebilligt hätte. Doch er hatte sich gesagt, daß er, bei all den Problemen, die ihn bedrängten, das Recht auf ein kleines Vergnügen habe. Trotz dieses gastronomischen Zwischenspiels auf höchstem Niveau hatte sich seine Laune nicht gebessert; daher hatte er schon am frühen Nachmittag seine tägliche Dosis Antidepressiva eingenommen.

Auch wenn Kachalows mächtige Organisation sich in Bewegung gesetzt hatte, um herauszufinden, was mit Dimitri Tarskij geschehen war und welches Ende Irina Kogan genommen hatte, quälte Borowskij eine würgende Angst. Kostja war es immer gelungen, alle Probleme zu lösen, auch die schwierigsten: Das hätte ihn beruhigen sollen. Doch zum ersten Mal schaffte er es nicht, Vertrauen zu haben. Überall sah er schlechte Vorzeichen. Bei Lucas Carton hatte man ihn zu seiner Enttäuschung neben eine Tischgesellschaft mit dreizehn Personen gesetzt. Er hatte sie gezählt, weil er diesen obsessiven Tick hatte, der ihm half, seine Angst in Schach zu halten – jedenfalls hatte ein Psychiater ihm das vor Jahren so erklärt. Dann war da die Begegnung mit der buckligen Frau vor der Madeleine; und es hatte nichts gefruchtet, sich ruckartig umzudrehen, denn ihre Blicke hatten sich schon gekreuzt, und der negative Einfluß dieses Zusammentreffens könnte sich jeden Moment zeigen.

Er bedauerte es, daß Irina nicht mehr an seiner Seite war, und vergaß dabei vollkommen, daß er nur drei Tage zuvor seinen Männern befohlen hatte, sie zu töten. Sie, dessen war er sicher, hätte die Folgen dieser verdammten Angelegenheit voraussehen können, und jede Voraussage, auch die negativste, hätte weniger an den Nerven gezerrt als diese Ungewißheit.

Borowskij nahm sein Handy und rief Kachalow an, der sich nach dem dritten Klingelzeichen meldete.

»Wieso dauert das so lange, bis du ans Telefon gehst!« fuhr er ihn aggressiv an.

Kachalow war sofort klar, daß sich Borowskijs Zustand nicht gebessert hatte, im Gegenteil. In letzter Zeit traten diese Attacken immer häufiger auf, und er mußte jedesmal für Abhilfe sorgen. Doch in der momentanen Lage konnte sich eine solche Krise als verheerend erweisen. Er seufzte und zwang sich zur Ruhe, bevor er antwortete.

»Reg dich nicht auf, Pawel, die Dinge gehen voran. Ich habe erfahren, daß die auf Tarskij angesetzten Killer Rasul Khamadows Männer waren…«

»Und wer zum Teufel ist das?«

»Der Boss eines tschetschenischen Kartells, dem Dimitri eine Menge Geld schuldete. Und er war im Rückstand mit den Zahlungen.«

»Mein Gott!« rief Borowskij gereizt aus. »Wir sind wirklich von wahnsinnigen Mördern umgeben.«

Kachalow schwieg bestürzt. Um Borowskij stand es schlimmer, als er gedacht hatte. Was hatte dieser Genfer Arzt im letzten Jahr noch gleich gesagt? Gefahr eines fortschreitenden Realitätsverlusts oder etwas Ähnliches. Wie es schien, war es genau das, was sich langsam bei ihm einstellte.

»Was ist los mit dir, Pawel? Irgend etwas nicht in Ordnung?« fragte er, weil ihm nichts Besseres einfiel.

Borowskij antwortete nicht gleich und gab Igor ein Zeichen, ihm einen Wodka einzugießen. Er fühlte sich furchtbar unglücklich, ein bißchen Alkohol würde ihm das Herz wärmen.

»Es ist alles in Ordnung, Kostja, mach dir keine Sorgen«, antwortete er leise.

Doch Kachalow kannte Borowskij zu lange Jahre, um nicht schon allein aus dem Klang seiner Stimme zu erkennen, wie schlimm die Lage war.

»Hast du deine Medizin genommen, Pawel?« fragte er fürsorglich.

»Ja sicher. Ich bin heute nicht besonders gut gelaunt. Das ist ja wohl verständlich, bei dem, was sich gerade abspielt…«

Kachalow begriff, daß Borowskij schon mit Psychopharmaka vollgestopft war. Er räusperte sich. Sich um Borowskijs Zustand kümmern zu müssen, machte ihn wütend.

»Übertreib es nicht mit den Tabletten. Oder besser: Nimm gar keine mehr, und trink vor allem keinen Alkohol. Versprichst du mir das?«

»Meinst du, ich verbringe meine Zeit damit, alles Mögliche in mich reinzustopfen?« antwortete der Oligarch gereizt. Doch im Grunde war er vom Interesse Kachalows beinahe gerührt. »Du kannst beruhigt sein, Kostja«, fügte er, jetzt wieder freundlich, hinzu, »ich weiß mich zu mäßigen, ich bin ja kein kleines Kind.«

Nein, du bist ein alter Trottel, dachte Kachalow, der immer ärgerlicher wurde. Doch er zwang sich zur Ruhe und sprach mit der größten Gelassenheit, die er aufzubringen vermochte. Er mußte dafür sorgen, daß Borowskij Herr seiner selbst blieb. Kachalow nahm die Zeitungen, die auf den Seiten aufgeschlagen waren, wo es um Sablin ging. Das würde sicherlich Borowskijs Moral heben.

»Pawel, ich habe einige wichtige europäische Tageszeitungen gelesen. Die Journalisten haben gute Arbeit geleistet. Sablin kommt ziemlich schlecht weg. Du hast das sehr geschickt gemacht, wie immer. In einer italienischen Zeitung ist ein Foto von dir, wirklich gelungen...«, sagte er mit einem Anflug von Ironie in der Stimme.

Doch vom anderen Ende kam keine Antwort.

»Pawel, hast du mich gehört?«

»Natürlich!« knurrte Borowskij. »Meinst du, mich interessiert dieser verdammte Verräter?«

Kachalow beschloß, es aufzugeben, Borowskij war nicht einmal mehr zu einer banalen Unterhaltung in der Lage. Doch vielleicht war es besser so. Wahrscheinlich würde es ihm gelingen, ihn zu überreden, die Eliminierung Sablins hinauszuschieben. Er hatte den zuständigen Mann in Tschetschenien schon benachrichtigt. Im Augenblick war es wichtiger herauszufinden, wer gegen sie intrigierte, als Attentate auf den Präsidenten zu planen.

»Schon gut, reg dich nicht auf«, fuhr er versöhnlich fort. »Und jetzt hol mir bitte Iwan an den Apparat.«

Borowskij winkte seinen Leibwächter heran. »Ruf deinen Kollegen, sein Chef will ihn sprechen.«

Iwan kam aus dem Vorzimmer herein und nahm den Hörer.

»Paß gut auf«, murmelte der Mafioso, »du mußt dich wie eine Klette an Borowskij hängen. Laß ihn nicht aus den Augen und gib acht, daß er keine Tabletten mehr nimmt und Alkohol dazu trinkt. Ich mache dich dafür verantwortlich, wenn er irgendeine Dummheit anstellt. Und jetzt sag, daß du mein Auto in der Werkstatt gelassen hast oder sonst irgendwas Banales. Ich will nicht, daß ihm der Verdacht kommt, daß wir über ihn reden.«

Iwan nickte, sagte etwas über den Jaguar und gab Borowskij das Telefon zurück.

»Dann sehen wir uns also heute abend, Pawel. Und jetzt mach dir keine Sorgen mehr, du weißt sehr gut, daß ein Mann wie du nichts zu fürchten hat. Du sitzt fest im Sattel.«

Kachalow wußte, daß die beste Medizin für Borowskij ein Placebo für seinen Narzißmus war. Doch seine Worte hatten nicht die erhoffte Wirkung.

»Schon gut, Kostja«, sagte Borowskij mit kläglicher Stimme. Dann legte er auf, ohne noch etwas hinzuzufügen.

In der Wohnung gegenüber lächelte der Agent des Dienstes zufrieden.

»Der Alte ist wirklich schlecht beieinander«, sagte Alex zu Jimmy. Dann setzte er sich mit Franz in Verbindung.

Als das Handy trillerte, saßen Ogden und Franz im Auto und folgten Albert Sarrazin, der mit seinem Peugeot Richtung Versailles fuhr, zu der Klinik, in der seine Tochter untergebracht war. Alex faßte für Franz das Telefongespräch zwischen den beiden Russen zusammen.

»Perfekt«, sagte Franz. »Laßt Borowskij keinen Moment aus den Augen. Wenn er seine Suite verlassen sollte, folgt ihm zu zweit.«

Er beendete das Telefonat und wandte sich Ogden zu. »Borowskij ist mitten in einer seiner depressiven Krisen. Alex sagt, daß es ihm schlechtgeht, und es scheint schlimmer zu sein, als man nach seinem Dossier erwarten würde.«

»Sehr gut«, bemerkte Ogden mit einem kalten Lächeln. »Vermutlich ist das Verschwinden Irina Kogans der Grund für diese Verschlechterung. Einmal ganz abgesehen von der Geschichte mit Tarskij und der Angst, weil er nicht begreift, was vor sich geht. Ruf Alex noch einmal an und sag ihm, daß ich augenblicklich informiert werden will, wenn Borowskij irgendeine Bewegung macht.«

Inzwischen war Borowskij im Crillon in einem Sessel eingeschlafen. Er schnarchte laut und regelmäßig. Seine Leibwächter hatten sich in eines der Schlafzimmer zurückgezogen.

Der Cocktail aus Antidepressiva und Alkohol, dazu das schwere Essen bei Lucas Carton, all das tat seine Wirkung. Borowskij, in seinem tadellosen Zweireiher von Caraceni, wand sich unruhig im Sessel und fing an, stark zu schwitzen. Der Alptraum war mehr als real. Er sah das Innere des U-Boots vor sich: Zuerst ergriff Feuer die Körper der Seeleute, dann drangen Wassermassen ein, brachen mit Wucht herein, schleuderten die Männer wie Puppen gegen die zerstörten Schotten, zerfetzten und verstümmelten sie auf grauenhafte Weise. Irinas Worte dröhnten durch dieses Inferno wie der Ton eines Films und nahmen schließlich

Gestalt an. Ein Matrose kam auf ihn zu und hielt ihm ein Blatt hin, auf dem die ganze Wahrheit geschrieben stand. Als der Matrose vor ihm stand, warf er Borowskij das Blatt vor die Füße.

»Auch du wirst sterben«, sagte er und starrte ihn haßerfüllt an. Dann legte er den Kopf in den Nacken, und ein grauenhaftes Lachen entfuhr seinem aufgerissenen Mund.

Auf der Straße heulte die Alarmanlage eines Autos los, und Borowskij fand nur mühsam aus seinem Traum heraus.

Er war schweißgebadet und fühlte sich erleichtert, als er sich darüber klar wurde, in der Suite des Crillon zu sein. Das Blut pulsierte in seinem Kopf, und es kostete ihn einige Anstrengung, aus seinem Sessel aufzustehen. Schwankend näherte er sich dem Servierwagen, goß Wasser in ein Glas, holte eine Tablette aus der Jackentasche, nahm sie und trank das Glas in einem Zug aus. Ein paar Sekunden lang schaute er mit schläfrigem Blick auf die Flaschen vor sich, dann schenkte er sich Wodka ein und stürzte ihn hinunter. Schwach und müde setzte er sich an den Eßtisch und sah sich um.

Was war los mit ihm? War es vielleicht die Strafe Gottes, daß er sich in einem solchen Zustand befand? Nur Gottvater würde gegen ihn die Oberhand gewinnen können, davon war er überzeugt. Deshalb mußte er mit dieser Macht, wenn es sie denn gab, ins reine kommen.

Borowskij hatte, leider nun zu seinem Nachteil, eine Mutter gehabt, die zwar unter dem Schatten Stalins gelebt, ihre Kinder aber heimlich in der Furcht vor einem ungnädigen und rachsüchtigen Gott erzogen hatte. Es war eine Laune des Schicksals, daß Borowskij nun den Atheismus, zu dem er sich sein ganzes Leben lang bekannt hatte, vergaß und zum Bild jenes grausamen Gottes zurückkehrte, der ihn bestrafen wollte. Derselbe Gott, vor dem er sich geängstigt hatte, wenn er als Kind irgend etwas ausgefressen hatte.

Dann kam ihm eine Idee: Vielleicht war nicht alles verloren, dachte er und spürte, wie ihn neue Hoffnung erfüllte. Mühsam erhob er sich vom Stuhl, brachte seine Kleider in Ordnung und rief die Leibwächter.

Als die Männer den Salon betraten, stand Borowskij mitten im Zimmer. Er musterte die beiden einen Augenblick, besah sich die durchtrainierten, kräftigen Körper der Bodyguards und stellte sich die Pistolen unter ihren schwarzen Designerjacken vor. Alles erschien ihm grotesk. Er schüttelte den Kopf und forderte sie mit einer ungeduldigen Geste auf, sich zu beeilen.

»In der Rue Daru ist die orthodoxe Kirche St. Alexandre Newskij«, sagte er mit seiner gewohnt gelassenen und gebieterischen Stimme. »Ich will, daß ihr mich dahin bringt. Und zwar sofort!«

»Ich hole den Wagen«, sagte Igor und wandte sich eilig zur Tür.

Iwan wußte, daß er Kachalow zu informieren hatte. Diskret versuchte er, seinem Kollegen zu folgen, doch Borowskij rief ihn zurück.

»Wohin gehst du?« fragte er ihn barsch.

Iwan drehte sich verlegen um. »Mit Igor.«

»Er braucht dich nicht, um den Wagen zu holen. Und

ich will nicht, daß du deinem Chef flüsterst, daß wir auf dem Weg zu einer Kirche sind. Deshalb werden wir gemeinsam nach unten gehen«, sagte er kurz angebunden.

Iwan nickte und blieb stehen, legte die Hände auf den Rücken und wartete darauf, daß sein Kollege sich aus der Halle meldete.

Aus dem *safe house* in der Rue St. Honoré, wo man die Gespräche im Crillon direkt mithörte, rief Alex Franz an.

»Borowskij fährt zu der orthodoxen Kirche in der Rue Daru.«

Franz gab die Nachricht an Ogden weiter, der sich das Handy reichen ließ.

»Sag Burt, er soll ihnen mit Kurt und Ryan folgen und mich anrufen, sobald er unterwegs ist.«

Ogden beendete das Telefonat und wandte sich Franz zu. »Mach kehrt, wir fahren in die Rue Daru.«

»Und Albert?«

»Um den kümmern wir uns ein andermal. Beeil dich.«

Franz schaltete das GPS ein, und auf dem kleinen Bildschirm erschien der Plan des Pariser Viertels, wo sie sich gerade befanden, dann in Rot die Strecke, die sie fahren mußten, um in die Rue Daru zu gelangen. Franz bremste, wendete und fuhr zurück in Richtung achtes Arrondissement.

Ogden rief Peter Mulligan im Crillon an. »Burt ist mit zwei Männern unterwegs in die Rue Daru, zur orthodoxen Kirche St. Alexandre Newskij.«

»Ich habe es direkt mitgehört. Was soll ich tun?«

»Franz und ich treffen sie dort. Laß Karl im Crillon und

komm zur Kirche. Wir bleiben über Funk in Kontakt, sag auch Burt, daß er ihn immer eingeschaltet lassen soll.«

Zum Glück hatten sie die Stadt noch nicht verlassen und waren nicht weit vom Zentrum entfernt. Dank des satellitenunterstützten Navigationssystems gelang es ihnen, Einbahnstraßen zu vermeiden, und sie erreichten schnell die Place de la Concorde. In diesem Moment trillerte das Handy. Ogden meldete sich.

»Hier ist Burt. Wir haben jetzt das Haus verlassen und folgen ihnen.«

»Gut. Ihr dürft sie auf keinen Fall verlieren. Welchen Wagen habt ihr?«

»Den Mercedes. Mulligan hat den BMW genommen.«

»Sag ihm, daß wir im Audi unterwegs sind. Wenn wir die Gegend erreicht haben, rufen wir euch an.«

»Willst du ihn jetzt liquidieren?« fragte Franz, ohne den Blick von der Straße zu wenden. Sie fuhren die Champs-Élysées hinauf Richtung Arc de Triomphe. Es war kurz nach drei, und es herrschte dichter Verkehr. Franz fuhr schnell und gab acht, keine Verkehrsregel zu übertreten.

»Er hat nur zwei Leibwächter bei sich, und Kachalow weiß nichts. Eine solche Gelegenheit kommt nicht wieder. Doch beeilen wir uns, die anderen werden bald bei der Kirche sein, wenn sie nicht schon angekommen sind«, sagte Ogden und sah weiter geradeaus.

Franz ließ sich das nicht zweimal sagen, jagte den Audi mit Höchstgeschwindigkeit über die Champs-Élysées und kam in Rekordzeit an der Place de l'Étoile an. Mit quietschenden Reifen raste er in die Avenue Hoche, fuhr dann in die Rue de Courcelles und bog schließlich in die Rue

Daru ein, wo die fünf goldenen Kuppeln der neobyzantinischen Kirche in der Sonne glänzten.

Ogden sah den schwarzen Mercedes mit Burt und seinen zwei Kollegen an Bord. Auf der anderen Straßenseite stand Mulligans BMW. Vielleicht fünfzig Meter davor, direkt vor dem Eingang der Kirche, war Borowskijs schwarze Limousine geparkt, in der einer der Leibwächter saß. Offensichtlich war der Oligarch schon in die Kirche gegangen, begleitet von dem anderen Bodyguard.

»Nicht anhalten«, wies Ogden Franz an. Dieser fuhr weiter, am Eingang der Kirche vorbei. Ogden rief Mulligan an. »Bleib da, wo du bist, und behalte den Mann in der Limousine und den Eingang der Kirche im Auge. Wir biegen in die Rue de Courcelles ab. Sag den Männern im Mercedes, sie sollen das gleiche tun. Wann seid ihr angekommen?«

»Gerade eben«, antwortete Mulligan.

»Hat der Mann in der Limousine euch bemerkt?«

»Ich glaube nicht, er liest Zeitung. Und außerdem haben wir Distanz gehalten.«

»Gut, wenn wir abgebogen sind, sag Burt, er soll hinterherkommen.«

Die beiden Wagen bogen in die Rue de Courcelles ein und parkten hintereinander. Ogden stieg aus dem Audi aus, gefolgt von Franz, und ging auf den Mercedes zu. Burt kam ihnen mit Kurt und Ryan entgegen.

»Franz, Kurt und ich gehen in die Kirche, aber getrennt«, sagte Ogden. »Du, Burt, bleibst als Wache nahe am Eingang. Wie du gesehen hast, kommt man durch einen kleinen Park in die Kirche, der von einem mit Efeu bewachsenen Gitterzaun umgeben ist. Du postierst dich an einer Stelle, wo der Mann in der Limousine dich nicht sehen kann. Ryan setzt sich in dem nahe gelegenen Café an einen der Tische im Freien. Auf diese Weise ist er zwischen Burt und Mulligan und überwacht den Mann in der Limousine, bereit einzugreifen, wenn es notwendig sein sollte. Wir kennen das Innere der Kirche nicht, also müssen wir improvisieren.«

Er wandte sich an Franz. »Wir beide gehen direkt hinein. Es gibt einen einzigen großen Eingang, wie es scheint, doch du, Kurt, drehst eine Runde um die Kirche herum und siehst nach, ob da nicht doch noch andere Türen sind. Wenn ja, gehst du dort hinein; wenn nicht, kommst du zurück und betrittst die Kirche durch den Haupteingang. Jetzt los, ich gehe vor, ihr folgt mir im Abstand von einer Minute.«

Ogden ging eiligen Schritts auf die Kreuzung zu, wo die Rue de Courcelles auf die Rue Daru traf.

In orthodoxen Kirchen gibt es keine Bänke, daher stand Borowskij, auf der rechten Seite, nicht weit von der Ikonostase, der großen, mit wertvollen Schnitzereien verzierten und Ikonen bedeckten Holzwand, die das Schiff in Form des griechischen Kreuzes vom Allerheiligsten trennte. Die hohe Kuppel, in der ein Mosaik den von Cherubinen umgebenen Erlöser auf dem Thron darstellte, erweckte den Eindruck, daß Gott im Gefunkel der Mosaike die ganze Kirche beherrsche. Die zahlreichen goldenen, mit Steinen besetzten Ikonen und ihre vergoldeten, mit floralen Motiven verzierten Gestelle aus Schmiedeeisen glitzerten im schwachen Schein der Kerzen.

Igor war neben dem Eingang stehen geblieben, um einen möglichst guten Überblick zu haben. Ogden trat ein und ging an ihm vorbei. Der Leibwächter musterte ihn, zuckte aber nicht mit der Wimper und beschränkte sich darauf, ihn im Auge zu behalten. Borowskij war weit weg, nahe dem Altar. Zum Glück hielt sich außer ihnen dreien niemand in der Kirche auf.

Ogden machte das orthodoxe Kreuzzeichen, verharrte eine Weile in Andacht und ging dann wieder hinaus. Doch er blieb in dem Raum zwischen dem Kirchenportal und der Windfangtür stehen und setzte sich über Funk mit Kurt in Verbindung, der noch draußen war.

»Komm jetzt rein«, flüsterte er. »Der Leibwächter steht gleich hinter der Tür, zu deiner Rechten. Frag ihn, wann der nächste Gottesdienst stattfindet oder irgend etwas anderes, was zu einem orthodoxen Gläubigen paßt, mein Akzent würde hier auffallen. Wenn du ihn ausgeschaltet hast, gib Franz Nachricht, er soll mir den Rücken decken, während ich mich Borowskij nähere.«

»Soll ich ihn töten?« fragte Kurt.

»Versuche es zu vermeiden. Aber er darf für wenigstens eine halbe Stunde keinen Laut von sich geben.«

Kurt hatte als Junge Schauspieler werden wollen. Ein paar Monate lang hatte er in Moskau eine der angesehensten Schauspielschulen des Landes besucht. Später hatte sich sein Leben geändert, wie sich auch sein Name geändert hatte: von Fjodor zu Kurt. Doch der Hang zur Schauspielerei war in dem Beruf, für den er sich entschieden hatte, sehr nützlich. Auch jetzt konzentrierte er sich, bevor er die Kirche betrat, um den Leibwächter anzugreifen. Er fühlte sich in die Rolle ein: ein orthodoxer Gläubiger, auf der Durchreise in Paris, der Stärkung durch seinen Glauben sucht.

Als er die Kirche betrat, sah Igor einen schüchternen jungen Mann mit unsicherem Lächeln, der sich bekreuzigte und voller Bewunderung die Kirche betrachtete. Mit vor der Brust gefalteten Händen näherte Kurt sich ihm.

»Entschuldigung, könnten Sie mir sagen, wann der nächste Gottesdienst ist?« murmelte er mit einem verzückten Ausdruck im Gesicht auf russisch.

Igor blieb keine Zeit für eine Antwort: Ein Karateschlag traf ihn im Magen und ließ ihn zusammensacken; ein weiterer im Genick, so berechnet, daß er ihn nicht töten konnte, brachte die Sache zum Abschluß.

Kurt zog ihn in den Windfang, wo Ogden ihm half, ihn zu knebeln und an Händen und Füßen mit Isolierband zu fesseln. Das Ganze hatte weniger als eine Minute gedauert und sich in absoluter Stille abgespielt.

Ogden betrat die Kirche und ging langsam Richtung Borowskij. Der Oligarch stand mit gesenktem Kopf da und schien zu beten. Er war ein Stück weitergegangen und verharrte nun in Andacht vor einer großen Ikone zur Rechten.

Ogden blieb stehen, nicht weit von ihm, tat so, als bete er vor der Ikone der Gottesmutter von Kasan. Ohne sich umzudrehen, beobachtete er den Oligarchen aus den Augenwinkeln. Borowskij hatte den Kopf wieder gehoben, seinen Blick dem Bild zugewandt und murmelte mit verzerrtem Gesicht etwas auf russisch. Ogden war überrascht, welche Verzweiflung sich auf diesem Gesicht abzeichnete. Es schien tatsächlich so, daß er einem Akt der Reue beiwohnte.

Doch es rührte ihn nicht. Dieser Mann hatte so viele Tote auf dem Gewissen, daß alle Ikonen der Welt nicht genügt hätten, ihn reinzuwaschen.

Er wandte sich Franz zu, der am Eingang auf Posten stand und ihm mit einem Nicken antwortete. Da zog er vorsichtig die mit Schalldämpfer bestückte Pistole aus der rechten Tasche seines Regenmantels, ließ den Arm lang an der Seite herunterhängen, so daß Borowskij die Waffe nicht sehen konnte, und ging langsam auf ihn zu.

Was danach geschah, würde Ogden für den Rest seiner Tage nicht vergessen. Während er sich ihm näherte, drehte sich Borowskij zu ihm hin, sah ihm einen Moment lang in die Augen, doch dann verzerrte sich sein Gesicht, er griff sich mit den Händen an die Kehle und fiel mit einem Klagelaut zu Boden.

Die Pistole noch in der Hand, ging Ogden zu ihm und beugte sich über ihn. Die aufgerissenen Augen Borowskijs schauten nach oben, in die Kuppel mit ihren unendlich vielen goldenen Steinchen, die das Bild des Erlösers formten. Ogden berührte seinen Hals, um sich zu vergewissern, daß er tot war, dann hob er den Blick zu der Ikone, vor der Borowskij gebetet hatte. Sie hatte die Form einer kleinen Kirche, in deren Innerem, geschützt durch Glaswände, ein Schiff mit drei Segeln war, auf jedem davon ein Heiligenbildnis. In den Holzrahmen eingeschnitzt waren folgende Worte: »Mémorial de la Flotte Russe, érigé par le contre-amiral N.N. Machoukov.«

Die Vorstellung, daß der Admiral aus dem Jenseits die

Rechnung mit dem Verantwortlichen für den Untergang der Charkow beglichen hatte, ließ Ogden denken, daß es schließlich doch noch eine göttliche Gerechtigkeit geben könnte.

Er bedachte die Leiche mit einem letzten Blick, stand wieder auf und wandte sich dem fassungslos wirkenden Franz zu, der die Augen nicht von Borowskijs auf dem Boden liegendem Körper lösen konnte. Gemeinsam verließen sie die Kirche, an Igor vorbei, der noch immer bewußtlos war.

17

Konstantin Kachalow schleuderte sein Dupont-Feuerzeug gegen das Bücherregal. Das wertvolle Stück prallte von den Büchern ab und fiel mit einem schwachen dumpfen Ton auf den dicken Teppichboden des Arbeitszimmers.

Pawel war in einer orthodoxen Kirche gestorben, wie eine Figur von Dostojewskij; lächerlich, dachte er wütend und ging in seinem Arbeitszimmer auf und ab wie ein Löwe im Käfig.

Als Iwan ahnungslos die Kirche betreten hatte und entdeckte, daß Igor gefesselt und geknebelt war, suchte er, noch bevor er seinen Kollegen befreite, hastig nach Borowskij und fand ihn auf dem Boden liegend vor: tot. Nicht durch eine Kugel gestorben, sondern einem Infarkt erlegen. Pawel hatte seinen Killern die Mühe erspart, und sie waren wieder verschwunden, ohne daß dieser Idiot von Iwan irgend etwas bemerkt hätte.

Zum Glück war zu dieser Zeit niemand in der Kirche. Iwan hatte seinen Kollegen ungestört befreien können. Dann hatten sie Pawel in den Jaguar geladen und hergebracht. Jetzt lag die Leiche im Gästezimmer, und ein Arzt seines Vertrauens hatte auf dem Totenschein als Todesursache Herzinfarkt eingetragen. Ob der Tod nun durch die Unmenge Antidepressiva, die Pawel an jenem Tag eingenommen hatte, oder durch seine absurden Gewissensbisse hervorgerufen worden war, interessierte niemanden. Gegen Zahlung einer beträchtlichen Summe war der Totenschein so ausgefüllt worden, daß es keine Notwendigkeit für eine Autopsie gab. Der Tod war angeblich im Apartment in der Rue St. Honoré eingetreten, als Borowskij seinen Freund Kachalow besuchte. Zum Glück hatte das Personal an diesem Nachmittag Ausgang gehabt.

Wenn man den Ort bedachte, den Pawel sich für seinen Tod ausgesucht hatte, dann war er gestorben, weil Gott, an den dieser Idiot offensichtlich glaubte, es so gewollt hatte. Kachalow schüttelte voller Widerwillen den Kopf. Es blieb die Tatsache, daß ihn jemand bis in die Kirche verfolgt hatte: mit der Absicht, ihn zu töten. Die mysteriösen Killer machten weiter, und als nächster würde sicher er selbst in ihr Visier geraten. Es blieb ihm nichts anderes übrig, als so schnell wie möglich zurück nach Moskau zu reisen, aber vorher müßte Pawel in aller Eile auf dem Père Lachaise beigesetzt werden, denn nach Rußland würden sie ihn nicht einmal als Leiche hereinlassen.

Mit Sicherheit hatte jemand Pawel verfolgt und ihre Telefongespräche abgehört. Er mußte sich beeilen, dachte er und spürte, wie sich sein Magen zusammenzog.

Er nahm das Telefon, das er sich gerade besorgt hatte, ein unglaublich teures Krypto-Handy, das sogar Echelon den Zugang versperrte, und tippte eine Nummer ein. Er sprach schnell, und als er die Verbindung beendete, fühlte er sich ruhiger. In einer halben Stunde würde Pjotr kommen und das Apartment säubern: Da würden sich alle Wanzen finden.

Im Haus gegenüber telefonierte Ogden mit Stuart.

»Es ist das erste Mal, daß uns eine Zielperson entgeht, indem sie eines natürlichen Todes stirbt, und dann noch in einer Kirche. Jedenfalls hat uns das die Mühe erspart«, sagte der Chef des Dienstes gerade, noch ganz verblüfft über den Gang der Ereignisse.

»Allerdings«, gab Ogden zu. »Jetzt ist Kachalow auf der Hut. Er hat nicht mehr telefoniert, weder mit seinem Festnetzapparat noch mit den Handys, die er bisher benutzte. Und er wird sie auch nicht mehr nehmen. Er hat sich mit Sicherheit etwas Besseres besorgt, und das ist ein Problem für uns.«

»Was hast du weiter vor?«

»An ihm dranbleiben und versuchen, ihn hier, in Paris, zu eliminieren. Ich bin sicher, daß er nach dem Tod dieses Fanatikers nicht mehr nach Tschetschenien gehen, sondern so bald wie möglich nach Moskau zurückkehren wird. Zuerst jedoch muß er Borowskij begraben.«

»Glaubst du wirklich, daß er für die Beerdigung bleibt?« fragte Stuart verwundert.

»Natürlich. Der Boss einer Organisation wie der seinen kann es sich nicht erlauben, bei der Beisetzung eines

Freundes zu fehlen. Er würde das Gesicht verlieren. Das ist in diesen Kreisen nun einmal so.«

»Dann bleibt uns also noch ein bißchen Zeit in Paris.«

»Ja, aber wir müssen vorsichtig sein, und es muß auf jeden Fall wie ein Unfall aussehen. Ein Mann seiner Intelligenz und seiner Macht, der alle russischen Mafiakartelle kontrolliert, und nicht nur die russischen, ist mit Sicherheit auf die Vermutung gekommen, daß Sablin hinter alledem stecken könnte. Er wird sich ausgezeichnet schützen, und wir müssen achtgeben, nicht aus der Deckung zu geraten. Ich will nicht, daß er durch seine Schlußfolgerungen auf den Dienst stößt.«

»Wenn es nicht möglich ist, hier in Paris tätig zu werden, folgen wir ihm nach Moskau. Immer noch besser als Tschetschenien«, meinte Stuart.

»Das kannst du laut sagen. Auf jeden Fall kontaktieren wir aber Albert, seinen Diener, um einen Informanten im Haus zu haben. Damit können wir das Abhören der Telefone zum Teil ausgleichen.«

»Sehr gut. Halte mich weiter auf dem laufenden.«

Ogden sah auf die Uhr. Es war sechs. Die Kontaktaufnahme zu Albert war nur verschoben worden. Als sie von der orthodoxen Kirche in die Rue St. Honoré zurückgekehrt waren, hatten Franz und Ogden von Jimmy erfahren, daß ein am Morgen an Alberts Auto angebrachter Sender auf dem GPS seine Rückkehr nach Paris meldete. Albert würde am Abend nicht in Kachalows Wohnung zurückkommen, sondern in seiner kleinen Wohnung in der Nähe der Porte Maillot schlafen.

»Behalte ihn weiter im Auge und gib mir Bescheid,

wenn er bei sich zu Hause angekommen ist«, sagte Ogden zu Jimmy und wies auf den Monitor, der mit Blinkzeichen auf einer Karte die Bewegungen von Alberts Auto anzeigte. Dann verließ er den Technikraum und ging ins Wohnzimmer, wo Karl, der das Crillon nach Borowskijs Tod in aller Eile verlassen hatte, gerade mit Burt ein Bier trank, während Franz die Fenster von Kachalows Wohnung beobachtete.

»Unser Freund wird am Telefon nichts mehr sagen. Von jetzt an können wir nur auf die Richtmikrofone bauen«, sagte Ogden und trat näher ans Fenster.

»Schöne Neuigkeit«, kommentierte Franz ärgerlich.

»Wer überwacht das Haus von außen?«

»Kurt und Ryan sind unten, während Karl und Alex sich im anderen Zimmer abwechselnd um die Richtmikrofone kümmern. Zum Glück hat er kein Abschirmglas«, antwortete Franz.

»Ich glaube, daß Kachalow heute abend nichts anderes tut als seine Wohnung von Wanzen säubern und Wache bei dem teuren Verblichenen halten.«

In diesem Augenblick trat Jimmy ein. »Albert ist bei sich zu Hause angekommen.«

»Gut. Gehen wir, Franz. Burt, du kommst mit uns, du fährst den Audi. Haltet mich über jede Bewegung, die ihr innerhalb und außerhalb von Kachalows Wohnung registrieren könnt, auf dem laufenden. Doch keine Handys, nur über Funk.«

Sie verließen das *safe house*. Als sie unten in der Rue St. Honoré waren, sahen sie nicht weit von sich entfernt Kurt, jedoch nicht Ryan.

»Überprüfe Ryan«, sagte Ogden.

Franz stellte den Sender ein, rief Ryan, und der Agent antwortete sofort.

»Alles in Ordnung«, sagte Franz. »Wenn nicht mal wir ihn sehen, dann diese Mafiatrottel erst recht nicht.«

»Unterschätze sie nicht, Franz«, warnte Ogden und stieg ins Auto. »Sie gehören zu den gefährlichsten Gegnern, die wir je hatten. Das kannst du mir glauben.«

Albert Sarrazin war gerade erst in seine Wohnung zurückgekommen und machte sich einen Kaffee. Die Besuche bei seiner Tochter deprimierten ihn zutiefst. Auf gewisse Art warf er ihr vor, sein Leben zerstört zu haben, auch wenn er sich für diese Gefühle schämte. Seine Frau war gestorben, als das Mädchen kaum acht Jahre alt gewesen war, und er hatte versucht, es ihr an nichts fehlen zu lassen. Sicher, wegen seiner Arbeit hatte er sie der Großmutter anvertrauen müssen, doch er glaubte nicht, daß dies das Schicksal seiner Tochter bestimmt hatte. Der Sozialarbeiter und die Psychologin hatten ihm jedoch zu verstehen gegeben, daß Sara die Mutter vermißt habe und auch darunter litt, daß er so oft weg war. Aber was hätte er denn tun sollen? Er war gezwungen, zu arbeiten und immer außer Haus zu sein. Was seine Mutter anging, konnte man sicherlich nicht behaupten, daß sie eine liebevolle Großmutter gewesen sei. Sie war keine schlechte Frau, doch er konnte sich auch nicht daran erinnern, daß sie ihm selbst gegenüber je Zärtlichkeit gezeigt hätte. Vielleicht war sie mit Sara zu streng gewesen, wer konnte das wissen. Jedenfalls war Albert davon überzeugt, ein elendes Leben zu führen; er arbeitete von morgens bis abends, und wenn er ein bißchen freie Zeit hatte, verbrachte er sie in dieser unglaublich teuren Klinik in Versailles bei seiner Tochter. Doch Sara war beinahe katatonisch, durch eine zu hohe Dosis LSD oder irgendein anderes Teufelszeug, das sie zwei Jahre zuvor geschluckt hatte. Die Ärzte hatten gesagt, daß sie nur geringe Chancen habe, sich wieder zu erholen. Bestenfalls hätte sie dann den Verstand eines dreijährigen Kindes.

Albert ließ sich in den Sessel fallen und schaltete den Fernseher ein. Seit er eine Satellitenschüssel hatte, konnte er ein paar anspruchsvollere Programme empfangen. Er sah sich gerade einen Schwarzweißfilm mit Orson Welles und Joseph Cotten an, als es an der Tür klingelte.

Er fragte sich, wer das sein könnte. Er hatte keinen großen Bekanntenkreis, und seine wenigen Freunde waren um diese Zeit alle daheim bei ihren Familien.

Durch den Türspion sah er draußen zwei Männer stehen.

»Wer ist da?« rief er mißtrauisch.

»Albert Sarrazin?« fragte einer der beiden.

»Das bin ich. Was wollen Sie?«

»Dein Leben verbessern«, sagte Franz. Dann fuhr er monoton fort: »Deine Tochter heißt Sara, sie ist zur Behandlung in der Klinik von Dr. Serat. Ihre Blutgruppe ist 0 positiv, und die letzten Untersuchungen, die drei Tage zurückliegen, zeigen einen Anstieg von Zucker im Blut. Deine Kontonummer beim Crédit Lyonnais lautet 40678, und das Guthaben auf dem Konto beträgt dreißigtausend Francs. Mit achtzehn Jahren hattest du eine beginnende Tuberkulose, die dich gezwungen hat, dich ein halbes Jahr in einem Sanatorium aufzuhalten. Willst du aufmachen, oder muß ich dir dein ganzes Leben erzählen?«

»Gehen Sie weg, oder ich rufe die Polizei«, drohte Albert, während er langsam Angst bekam.

»Wir sind die Polizei«, sagte Franz und verzog das Gesicht. Ogden sah ihn an und schüttelte den Kopf.

»Hör zu, Sarrazin«, fuhr Ogden mit freundlicherer Stimme fort. »Der Mann, für den du arbeitest, Konstantin Kachalow, ist in Schwierigkeiten. Wenn du nicht mit hineingezogen werden willst, ist es besser, du zeigst dich kooperativ.«

Das letzte Argument überzeugte ihn. Er hatte immer den Verdacht gehabt, daß sein steinreicher Arbeitgeber irgendwelche illegalen Geschäfte betrieb. Diese Männer, die so viele Informationen über ihn hatten, mußten vom Geheimdienst sein, und mit dem Deuxième Bureau war nicht zu spaßen.

Albert öffnete die Tür und sah die beiden Agenten an. Der größere ähnelte einem Schauspieler, an dessen Namen er sich jedoch nicht erinnern konnte. Er trug einen hervorragend geschnittenen Anzug, vermutlich italienisch. Albert verstand sich darauf, weil er, bevor er begonnen hatte, für Kachalow zu arbeiten, viele Jahre in einer der wichtigsten Familien Frankreichs gedient hatte. Doch was ihn beeindruckte, war der Blick, mit dem er ihn musterte, als er eintrat: Obwohl er von einem Lächeln begleitet war, gab er ihm das Gefühl, durchleuchtet worden zu sein. Der kleinere Mann trug einen Trenchcoat, hatte ein eckiges Gesicht und wirkte freundlicher.

Er bat sie ins Wohnzimmer, das mit hochwertigen Möbeln eingerichtet war. Die Lampe eines berühmten italienischen Designers kam auf einer Kommode sehr gut zur Geltung, und an der Wand hingen einige recht beachtliche Bilder. Doch die Prunkstücke des Zimmers waren eine Couch und zwei Sessel von Frau, die davon zeugten, wie großzügig Alberts Chef war.

»Kachalow muß dich gut bezahlen. Das ist eine sehr nette Wohnung«, bemerkte Franz und sah sich dabei um.

»Wer sind Sie denn nun eigentlich?« fragte Albert, der immer angespannter wirkte.

»Wir sind nicht von der Polizei, da kannst du ganz beruhigt sein, und auch nicht vom Geheimdienst«, antwortete Ogden. »Also bleib ganz locker und hör gut zu.«

Er setzte sich in einen Sessel und gab Albert ein Zeichen, es ihm nachzutun. Der Diener gehorchte und sah Ogden weiter erwartungsvoll an, während Franz stehenblieb.

»Weißt du, wer dein Chef ist?« fragte Ogden.

»Natürlich. Ein wichtiger russischer Geschäftsmann«, antwortete Albert unsicher.

Ogden lächelte. »Er ist ein wichtiger russischer *Mafioso*«, verbesserte er ihn.

Sarrazin zuckte mit den Schultern. »Das weiß ich nicht. Ich tu meine Arbeit, das ist alles.«

»Natürlich«, stimmte Ogden ihm bei und verzog dabei sein Gesicht zu einer Grimasse, daß es den anderen schauderte.

»Ein Mafioso zu sein, und dann noch ein russischer, bedeutet, daß man zu den schlimmsten Verbrechern gehört, die es auf der Welt gibt«, fuhr Ogden fort. »Vielleicht möchtest du gerne aufhören, für ihn zu arbeiten, nicht wahr, Albert? Doch Kachalow bezahlt dich sehr gut, und du hast einige Ausgaben wegen deiner Tochter. Ist es nicht so?«

Albert nickte, ohne daß es ihm gelang, seinen Blick von dem Ogdens zu lösen, fast so, als wäre er hypnotisiert.

»Wir bieten dir die Möglichkeit, von ihm loszukommen. Wir werden dir viel Geld für ein paar Informationen zahlen, die du uns in den nächsten Tagen lieferst. Danach, wenn Kachalow nach Moskau zurückkehrt, kündigst du. Mit dem, was wir dir geben, kannst du deine Tochter eine Weile behandeln lassen, ohne daß du arbeiten mußt. Was sagst du dazu?«

Albert antwortete nicht gleich, er war wie gelähmt vor Angst. Diese beiden waren vermutlich Gangster, die Monsieur Kachalow schaden oder ihn sogar umbringen wollten. Er schluckte mühsam, ohne sprechen zu können.

Ogden konnte seine Gedanken lesen. »Beruhige dich, wir sind keine Mafiosi. Doch wir wissen mit Sicherheit, daß Kachalow nicht mehr lange lebt, also würdest du deine Arbeit sowieso verlieren. Du sagst ihm, daß sich der Zustand deiner Tochter verschlechtert hat und daß du nicht mehr in seinen Diensten bleiben kannst. Auf diese Weise wird Kachalow dich entlassen, bevor er abreist. Gleichgültig, was danach geschieht, wirst du dein Geld nicht verlieren.«

»Aber warum sagen Sie, daß Monsieur Konstantin sterben wird?«

»Er ist verurteilt worden. In diesem Milieu kommt so etwas vor. Das solltest du wissen, die Zeitungen schreiben doch dauernd über diese Verbrecher, die sich gegenseitig umbringen. Ich wundere mich, daß ein Mann wie du so lange in seinen Diensten bleiben konnte«, fügte Ogden hinzu und schüttelte mit vorwurfsvoller Miene den Kopf. »Auf jeden Fall hast du keine Wahl«, fuhr er nach kurzer Pause fort, »überleg dir nur, was passieren würde, wenn Kachalow getötet wird und du noch für ihn arbeitest. Die Polizei würde dich endlos verhören, und dein Ruf wäre dahin. Du fändest keine Arbeit mehr, jedenfalls nicht in den Kreisen, die du gewohnt bist. Und wer sollte sich dann um deine Tochter kümmern?«

Ogden holte ein Bündel Banknoten aus der Tasche und legte sie auf den Tisch. Albert starrte erschrocken auf diese Menge Geld.

»Das ist eine kleine Anzahlung in Höhe deines jetzigen Jahresgehalts. Nach Abschluß der Arbeit wirst du die dreifache Summe auf einem Schweizer Konto haben. Doch von morgen an mußt du mir alles berichten, was in Kachalows Wohnung vor sich geht.« Ogden wandte sich Franz zu und gab ihm ein Zeichen. Franz reichte Albert ein Handy.

»Über dieses Telefon bleiben wir miteinander in Verbindung«, sagte Ogden. »Du mußt sehr vorsichtig sein. Wenn Kachalow dich entdecken sollte, würdest du ein schlimmes Ende nehmen. Du mußt mich alle zwei Stunden anrufen, falls nicht in der Zwischenzeit etwas passiert. Also, was hältst du davon?«

Albert besah sich das Telefon in seiner Hand. Sollte er nicht akzeptieren, würde dieser Mann ihn töten, dessen war er sich sicher. Dann stellte er sich vor, wie sich sein Leben mit all diesem Geld verändern würde. Also seufzte er und nickte.

»Glückwunsch, Albert, du hast die richtige Entscheidung getroffen. Mit diesem Telefon kannst du ausschließlich mich anrufen, die Nummer ist gespeichert, du mußt nur *Verbinden* drücken. Es läutet nicht, also achte immer auf Körperkontakt. Wenn du spürst, daß es vibriert, richte es so ein, daß du mir ohne Zeugen antworten kannst. Dann also bis morgen, falls du uns nicht schon vorher Neuigkeiten zu berichten hast. Natürlich stehst du unter Überwachung«, fügte Ogden hinzu, erhob sich aus dem Sessel und sah Albert von oben bis unten an. »Wenn du uns verraten solltest, töten wir dich«, sagte er schließlich mit einem Lächeln, daß einem das Blut in den Adern gefror.

Ogden und Franz verließen die Wohnung. Wie versteinert blieb Albert zurück, hörte nur noch das Klacken der Tür, die ins Schloß fiel.

18

Am Morgen danach bereitete sich Anatolij Tarskij in Moskau darauf vor, ins Hotel National zu gehen. Er war mit der Dichterin aus Zürich verabredet, sie bei einem Besuch im Puschkinhaus zu begleiten. Angesichts der Sorgen, die er sich gerade um seinen Sohn machte, hätte er gern darauf verzichtet, auch wenn die Dame sehr reizend war. Doch er hatte Hans versprochen, sich während ihres gesamten Aufenthalts in Moskau um sie zu kümmern und zu versuchen, ein freundschaftliches Verhältnis zu ihr aufzubauen, wenigstens so lange, bis er selbst den Mut finden würde, aus der Deckung zu kommen.

Hans erwartete diesen Gefallen von ihm, und er würde ihn in einem so heiklen Moment gewiß nicht enttäuschen. Seit einigen Jahren waren der Schweizer und er Gesellschafter eines sehr einträglichen Unternehmens, das ihnen ein Vermögen eingebracht hatte. Ein legales Unternehmen, auch wenn Kachalows gute Dienste vieles erleichtert hatten. Doch das wußte Hans nicht, und Tarskij hatte ihm seinen Freund nie vorgestellt.

In diesem Augenblick läutete das Handy, das ihm Kostja zwei Tage zuvor hatte zukommen lassen. Tarskij verabscheute diese Apparate, drückte auf eine Taste und hoffte, daß es die richtige war. Dann hörte er die Stimme Kachalows, angespannt und besorgt.

»Borowskij ist tot«, sagte er, ohne Zeit mit einer Begrüßung zu verlieren.

Tarskij stockte der Atem. »Was ist passiert?«

»Ein Infarkt. Doch irgend jemand war kurz davor, ihn umzubringen. In den letzten Stunden war er vollkommen außer sich, hat sich mit Tabletten vollgestopft und Alkohol dazu getrunken. Sie sind ihm bis zur Kirche St. Alexandre Newskij gefolgt, wohin dieser Trottel sich von seinen zwei Leibwächtern hatte begleiten lassen. Doch es hat ihn erwischt, bevor sie ihn ausschalten konnten.«

»Wer ist ihm gefolgt?«

»Ich weiß es nicht. Aber ich bin mir sicher, daß es sich um dieselben Leute handelt, die deinen Sohn und Irina Kogan entführt haben. Jetzt werden sie versuchen, mich umzubringen.«

»Du mußt sofort nach Moskau zurückkehren.«

»Allerdings. Doch zuerst muß ich Borowskij beerdigen, das geht nicht anders. Morgen früh ist die Beisetzung, ich reise sofort danach ab.«

»Glaubst du, der Auftraggeber ist –«

»Da bin ich mir jetzt sicher«, unterbrach ihn Kachalow. »Niemand hätte den Mut gehabt, Pawel umzubringen. Außerdem weißt du gut, daß nichts geschieht, ohne daß ich es erfahre. Und keiner der Unseren ist in diese Geschichte verwickelt.«

»Dimitri ist in ihren Händen. Wer sind sie bloß?« entfuhr es Tarskij mit angstvoller Stimme.

»Ich weiß es noch nicht«, wiederholte Kachalow. »Doch ich glaube, sie haben keinerlei Interesse daran, Dimitri umzubringen. Sie haben nicht einmal Pawels Leibwächter in dieser verdammten Kirche getötet, sondern sich darauf beschränkt, ihn außer Gefecht zu setzen. Wer weiß, vielleicht wollten sie die Ikonen nicht beschädigen«, fügte er sarkastisch hinzu.

»Aber sie könnten mich erpressen«, sagte Tarskij.

Kachalow antwortete nicht gleich. Das war vorstellbar, angesichts der Beziehungen zwischen ihm und Anatolij, über die diese Leute sicherlich Bescheid wußten.

»Vielleicht«, meinte er. »Doch das Motiv, warum sie deinen Sohn und Kirow entführt haben, muß ein anderes sein. Auch wenn es mir zugegebenermaßen vollkommen unklar ist. Wie dem auch sei«, fügte er hinzu, »wenn das geschehen sollte, behalte es nicht für dich. Du weißt gut, daß sie bei einer Erpressung deinen Sohn auch dann töten würden, wenn du dich mit ihnen einigen solltest.«

»Du beleidigst mich!« erwiderte Tarskij in einem gekränkten Ton.

»Du hast recht, Anatolij, entschuldige. Doch wir müssen praktisch denken: Diese Leute werden alles tun, um mich zu vernichten. Jetzt, nach dem Tode Pawels, ist offensichtlich, daß es einen solchen Plan gibt.«

»Schon gut. Aber du darfst nie wieder an meiner Intelligenz oder an meiner Treue zu dir zweifeln«, wies Tarskij ihn kühl zurecht. »Außerdem: Was könnte ich diesen Leuten sagen, was sie nicht schon wissen? Wenn wahr ist, was du vermutest, sind es ehemalige Kollegen Sablins, eine Art Privatarmee. Also haben sie alle Dossiers des Ex-KGB und des FSB zu ihrer Verfügung.«

»Genau. Unser Präsident hat sich seinen privaten Geheimdienst geschaffen. Aber auch das überzeugt mich nicht; ich weiß alles über die ehemaligen KGB-Leute, und keiner von ihnen scheint in die Sache verwickelt. Sicher, da gibt es noch die Freelancer, doch die Leute, mit denen wir es zu tun haben, verfügen über einen Apparat, der dem eines Regierungsgeheimdienstes in nichts nachsteht. Ich habe da eine vage Idee, doch darüber sprechen wir in Moskau. Jetzt muß ich aufhören, Anatolij. Wir müssen Ruhe bewahren, morgen komme ich zu dir, und wir reden über alles.«

»Sei vorsichtig, Kostja«, schärfte Tarskij ihm ein.

»Mach dir keine Sorgen, ich bin besser geschützt als der Präsident der Vereinigten Staaten.«

Doch Kachalow wußte, daß er, bevor er Paris verließ, die dringendsten Angelegenheiten regeln mußte, und Borowskijs Tod vereinfachte die Lage mit Sicherheit nicht.

Er zündete sich eine Zigarette an und ließ den Blick über die Wände des Arbeitszimmers schweifen, an denen zwei Ölbilder von Manet hingen, außerdem ein großes Gemälde, das ihn ein Vermögen gekostet hatte und das er als das wichtigste Symbol seiner Macht betrachtete.

Alle, die das Zimmer betraten, lächelten nachsichtig, wenn sie dieses Bild sahen, das sie für eine Kopie von Leonardos *Johannes der Täufer* hielten. In Wirklichkeit war es das Original, die Kopie hing, gut bewacht, im Louvre. Er betrachtete diesen strahlend schönen Jüngling mit dem erhobenen Arm und dem zum Himmel weisenden Zeigefinger und war wie immer tief bewegt.

Er verdankte es Pawel, daß er dieses Bild besaß. Ein Geschäft, vor einigen Jahren unter Dach und Fach gebracht, vielleicht die Operation, die ihn mit dem größten Stolz erfüllte, auch wenn er in diesem Fall kein Vermögen verdient, sondern eins ausgegeben hatte.

Er schüttelte diese Gedanken ab und kehrte in die Gegenwart zurück. Borowskij lag in einem Sarg, vielleicht von Gewissensbissen umgebracht, deren er sich nie bewußt gewesen war. Ihm fielen die Worte ein, die er vor Jahren gesagt hatte, am Ende des ersten Tschetschenienkriegs. Ein Krieg, der größtenteils dazu gedient hatte zu verschleiern, daß rivalisierende Mafiaclans miteinander abrechneten, denn dies war ein Territorium, auf dem es um enorme finanzielle Interessen ging. In einem streng privaten Gespräch hatte Borowskij es einem General in aller Schärfe vorgeworfen. »Du hast uns um ein höchst einträgliches Business gebracht, meinen Glückwunsch!« hatte er voller Verachtung zu ihm gesagt. Und als der General den

Versuch unternahm zu protestieren und ihn an die Toten erinnerte, die dieser Krieg gekostet hatte, zuckte Borowskij mit den Schultern. »Tote? Was für eine Bedeutung können die haben? Die wird es immer geben. Ein paar mehr, ein paar weniger, was soll das ändern?«

Wenige Jahre darauf war es Borowskij gelungen, einen weiteren Krieg auszulösen, zum Schaden Sablins und Rußlands. Das Öl garantierte der Mafia außerordentliche Gewinne; außerdem verliefen nicht nur die Öl- und Gasleitungen durch den Kaukasus, sondern auch die Wege, die Afghanistan mit Rußland verbanden und über die, dank der Feindseligkeiten, die Drogen in aller Ruhe nach Westeuropa und in die Vereinigten Staaten gelangen konnten. Jedenfalls war es sein Verdienst und das Borowskijs, wenn mehr als fünfzig Prozent des durch Öl erzeugten Bruttosozialprodukts den Kartellen zur Verfügung stand.

Am nächsten Tag, auf dem Friedhof Père Lachaise, würden eine Menge White-collar-Geschäftsleute, neue Magnaten aus allen Bereichen, die ihre Vermögen dem »Boss« Konstantin Kachalow und dem großen Pawel Borowskij verdankten, zusammenströmen, um dem Mann, der sie reich gemacht hatte, die letzte Ehre zu erweisen.

Mit einer Handbewegung verscheuchte Kachalow diese Gedanken: Er hatte viel zu tun und mußte sich beeilen. Doch bei seiner einsamen Totenwache konnte er nicht anders als an die Jahre denken, da Borowskij und er wie Pech und Schwefel zusammenhielten. Er erinnerte sich an eine andere schwierige Situation, zwei Jahre zuvor, als ein Offizier des FSB der Presse mitgeschnittene Telefonate zwischen Borowskij und einigen wichtigen Führern der tschetschenischen Guerilla zugespielt hatte. Damit war allgemein bekannt geworden, daß es nicht nur die Islamisten aus Saudi-Arabien waren, die die neue Rebellion finanzierten, wie man glauben machen wollte, sondern auch Borowskij, der Bassajew einen Betrag von 25 Millionen Dollar gegeben hatte. Bei den aufgenommenen Telefonaten hatte Borowskij sich angesichts der Proteste seiner Gesprächspartner, die sich über das Eingreifen der Luftwaffe und die Bombenteppiche beklagten und darauf hinwiesen, daß Bassajew dem nicht lange standhalten könnte, darauf beschränkt, zu sagen, es sei nicht seine Schuld, jemand von der Regierung habe sich eingemischt und ihm Knüppel zwischen die Beine geworfen.

Doch die Situation war nun außer Kontrolle. Der Islamismus, quasi nur ein Vorwand im ersten Tschetschenienkrieg, hatte sich in eine politische Realität verwandelt. Die Pipelines aufzugeben kam für Rußland natürlich nicht in Frage. Die russischen Geheimdienste hatten tatsächlich begonnen, den Verdacht zu hegen, daß die tschetschenische Guerilla auch von westlichen Ländern gefördert werden könnte. Ohne die Erdölleitungen würde Rußland eine wichtige Quelle von Einnahmen verlieren, die statt dessen an das Natomitglied Türkei flössen. Was die Ölstaaten im Nahen Osten anging, würde die verzögerte Förderung von Öl in Aserbaidschan ihre Macht auf dem Markt nur stärken. Deshalb waren in Moskau viele davon überzeugt, daß Bassajew und Kattab nicht nur Geld von den fundamentalistischen Gruppen um Osama bin Laden erhielten, sondern auch von Saudi-Arabien und Kuwait, mit dem Segen der Vereinigten Staaten und Großbritanniens.

Und all dies stimmte. Borowskij hatte, als er dazu beitrug, diesen zweiten Krieg zu entfesseln, nicht nur seine Geschäfte ausgeweitet, sondern auch die Interessen des Westens zum Schaden seines Landes gestärkt.

Wenn er nur aufgehört hätte, dachte Kachalow und schüttelte den Kopf. Doch Pawel haßte Sablin, und als der Tschetschenienkrieg, statt ihn in Schwierigkeiten zu bringen, überraschenderweise die Zustimmung, die er beim Volk fand, noch vergrößert hatte, war Borowskij durchgedreht. Außerdem hatte Sablin den mit der politischen Klasse verflochtenen Oligarchen weiter Schwierigkeiten gemacht, indem er ihre Geschäfte und die der Mafia behinderte und sie mit legalen Mitteln verfolgte. Und Borowskij stand ganz oben auf der Liste.

Sablin hatte seine Karten gut ausgespielt, und Pawel war sich erst zu spät darüber klar geworden, die Wahl des falschen Mannes gefördert zu haben, der sich in der Folge als sein schlimmster Feind entpuppte. Angesichts dessen, was er als Verrat betrachtete, hatte Borowskij neuerlich Kontakt mit Bassajew aufgenommen und ihm den Auftrag zu einer Reihe blutiger Attentate in Moskau und dem ganzen Land gegeben, mit denen er Sablin zu erpressen hoffte. Bassajew hatte akzeptiert, das Geld diente ihm dazu, den Unabhängigkeitskrieg in Tschetschenien voranzubringen. Doch nicht einmal das hatte geholfen. An diesem Punkt hatte Borowskij seine gefährlichste Karte ausgespielt: die Versenkung der Charkow durch islamistische Terroristen. Fanatiker hatte Kattab so viele zur Verfügung, wie er wollte, und es war nicht schwierig für ihn, einige Männer davon zu überzeugen, daß diese Operation Rußland und den verhaßten Präsidenten, der ihre Erde mit Blut befleckt hatte, in die Knie zwingen würde. Im Namen des Islam hatte sich daher eine Gruppe von Männern in diesem stählernen Sarg aufgeopfert, gemeinsam mit 118 russischen Seeleuten. Denn tatsächlich waren drei Männer mehr an Bord der Charkow gegangen, deren Identität man auch heute noch nicht kannte.

Es war eine unter gewissen Aspekten außergewöhnliche Operation. In seinem Wahn wollte Borowskij, daß die ganze Welt erfuhr, daß es den Terroristen gelungen war, sich auf das strengstens bewachte Atom-U-Boot einzuschmuggeln und es mit einem Selbstmordattentat zu zerstören, ohne daß der Staat irgend etwas hatte tun können. Eine furchtbare Demütigung für Sablin und eine erneute Destabilisierung des Landes. Die Föderation hätte sich als den Terroristen ausgeliefert empfunden und den Präsidenten für das Geschehen verantwortlich gemacht. Dank einiger Komplizen bei der Armee war Sablin erst mit zwei Tagen Verspätung über die Ereignisse in der Barentssee informiert worden, und die Schritte, die er danach zu unternehmen gezwungen war, um die Wahrheit vor dem Land zu verbergen, hatten ihn in der öffentlichen Meinung in arge Bedrängnis gebracht; ein Unmut, der noch von ihm feindlich gesinnten Zeitungen, die im Besitz von Borowskij und anderen Oligarchen waren, geschürt wurde. Doch es war ihm gelungen, die wirkliche Ursache der Tragödie vor der Welt zu verheimlichen, und außerdem hatte er weder die Zustimmung des Landes noch die der Duma verloren.

Von dem Moment an war Borowskij nicht mehr er

selbst gewesen. Die physische Eliminierung Sablins war bei ihm zu einer Obsession geworden. Kachalow bedauerte, Borowskij damals nicht getötet zu haben.

Die Charkow war auch für diesen immens mächtigen Mann zum Grab geworden, und sein Haß auf Sablin hatte ihn das Leben gekostet. Kachalow mußte achtgeben, daß ihm nicht das gleiche geschah. Deshalb war er gezwungen, Borowskijs wahnsinnigen Plan fortzuführen und Sablin zu eliminieren.

Er zuckte mit den Schultern. Obwohl die Entscheidung, Sablin zu bekämpfen, ein schwerer Fehler gewesen war, in den auch er sich hatte hineinziehen lassen, hielt Kachalow Borowskij doch für einen großen Politiker und ein Finanzgenie, der auf seine Weise viel für Rußland getan hatte. Im Grunde war all das empörte Geschrei über das Vermögen der Oligarchen lächerlich und heuchlerisch. Männer wie Borowskij waren die Begründer von Finanzdynastien, die sich am Vorbild eines Rockefeller oder Morgan orientierten, die auf ähnliche Art und Weise reich geworden waren, indem sie dieselben Methoden anwandten. Heute, ein Jahrhundert später, interessierte sich niemand mehr für den Ursprung ihres Vermögens, das zum wirtschaftlichen Erfolg der Vereinigten Staaten beigetragen hatte.

Kachalow erlaubte sich eine Regung des Mitleids mit dem Freund. Pawel hatte Rußland in der Hand gehabt und war einer der mächtigsten Männer der Welt gewesen. Und doch lag er jetzt in einem Sarg und würde am nächsten Tag in fremder Erde beigesetzt. Ihm sollte so etwas nicht geschehen.

19

An jenem Morgen erwachte Verena bester Laune. Sie trat ans Fenster und betrachtete die in der Sonne glänzenden Türme des Kreml. Dieser zinnengekrönte Mauerring, der ihn umgab und auf dem sich Hunderte von Kuppeln erhoben, ähnlich den Hälsen und Schnäbeln goldener Vögel, wie Émile Verhaeren geschrieben hatte, bot ein magisches Bild. Verena sah auf die Uhr: Sie zeigte auf acht, ihre Verabredung mit Anatolij Tarskij war um zehn.

Sie ließ sich das Frühstück aufs Zimmer bringen und trank in Ruhe ihren Kaffee. Dann nahm sie vom Schreibtisch die Gedichte, die sie für die Lesung an diesem Tag ausgesucht hatte, sah sie noch einmal durch und änderte ein paar Kleinigkeiten.

Am Nachmittag sollte die erste Lesung in der Moscow's Collection stattfinden, dem neuen Kunstcenter im Inneren des Ermitage Parks, der ein wenig vernachlässigt, doch faszinierend war. So hatte ihn ihr wenigstens Marta Campo beschrieben, die vor Jahren schon einmal in Moskau gewesen war.

Während sie in kleinen Schlucken ihren zweiten Kaffee trank und dabei aus dem Fenster sah, läutete das Handy, das Ogden ihr vor der Abreise hatte zukommen lassen.

»Wie geht es dir?« fragte er.

»Sehr gut, danke. Wir haben hier einen strahlend schönen Tag.«

»Das freut mich. Du warst gestern sehr zurückhaltend mit Informationen«, sagte Ogden mit einem leicht polemischen Unterton. Tatsächlich hatte Verena sich tags zuvor, als sie ihn angerufen hatte, darauf beschränkt, ihm von Marta Campo und dem französischen Dichter zu erzählen, den sie auf dem Flug kennengelernt hatte.

»Es gab nicht viel zu berichten«, antwortete sie.

Ogden wußte, wie sehr Verena seine Sicherheitsmaßnahmen verabscheute, daher hatte er nicht nachgehakt. Aber jetzt wollte er mehr wissen.

»Wie sieht das Programm aus?« fuhr er fort.

»Heute nachmittag gibt es eine erste Lesung in der Moscow's Collection. Dann weiß ich nicht. Vermutlich werden wir irgendwo zu Abend essen.«

»Und heute vormittag?«

»Besuch im Puschkinhaus. Aber du kannst ganz beruhigt sein, einer aus der Gruppe begleitet mich, ein sehr sympathischer älterer Herr. Und Marta Campo, die italienische Dichterin, kommt auch mit.«

Ogden haßte es, ihr all diese Fragen zu stellen, als wäre sie in Gefahr. Und doch, in einem gewissen Sinn war sie es: Mit ihm zu tun zu haben war per se gefährlich. Verena hatte das bei der Affäre Kenneally erfahren müssen, als sie, nur weil sie ihn kannte, fast umgebracht worden wäre. Seit damals traf Ogden immer alle nur denkbaren Vorsichtsmaßnahmen, damit sie auf keinen Fall mit ihm und dem Dienst in Verbindung gebracht wurde. Das hatte natürlich ihre Beziehung entscheidend geprägt. Verena ertrug diese Situation schlecht, auch wenn sie so tat, als bemerkte sie nichts davon, und sich bisweilen so benahm, als wäre er kein Spion.

»Wie heißt der alte Herr?« fragte Ogden und versuchte, es möglichst beiläufig klingen zu lassen.

Verena spürte, wie sie ärgerlich wurde, doch sie nahm

sich zusammen. Wenn er wenigstens eifersüchtig gewesen wäre, dachte sie. Doch diese Fragen waren nichts weiter als die Folge seiner Berufskrankheit.

»Ich kann mich nicht erinnern«, log sie. »Es ist eine Katastrophe mit diesen russischen Namen. Wenn ich Dostojewskij lese, muß ich immer zurückblättern, um nicht durcheinanderzukommen. Aber wenn wir das nächste Mal telefonieren, sage ich dir Genaueres, das verspreche ich dir.«

»Verena«, sagte Ogden, »ich quäle dich nicht grundlos ...«

Sie freute sich über dieses Schuldeingeständnis, gab aber nicht nach. Es genügte wirklich, daß sie ihm den Namen Marta Campo genannt hatte, über die es nun beim Dienst mit Sicherheit ein dickes Dossier gab.

»Ich nehme an, daß ihr inzwischen alles über Marta wißt«, sagte sie ironisch.

»Sie ist in Ordnung, wenn auch ein wenig kindisch«, antwortete Ogden, ohne Verenas Sarkasmus zu bemerken.

»Und auch über Andrej Sokolow«, fuhr Verena fort, obwohl sie sich genau daran erinnerte, ihn bei dem Telefongespräch tags zuvor nicht erwähnt zu haben.

»Netter Kerl, guter Übersetzer, kommt aber im Alltag nur schwer zurecht. Elektrische Eisenbahnen sind seine Leidenschaft, hat er dir das erzählt?«

An diesem Punkt wurde Verena wirklich wütend. »Lieber Himmel, Ogden!« platzte sie gereizt heraus. »Laß meine Freunde in Ruhe, wenigstens eine Woche lang, willst du mir diesen Gefallen tun?«

Ogden seufzte. »In Ordnung, reden wir über etwas anderes. Gefällt dir das Hotel?«

»Ich habe ein Zimmer mit Blick auf den Kreml, ganz wundervoll«, antwortete sie begeistert.

Ogden hatte sich schon den Plan des National angesehen und wußte nicht nur, wo ihr Zimmer lag, sondern auch, welchen Weg sie nehmen mußte, um ins Kafé oder in irgendeinen anderen Teil des Hotels zu gelangen. Und natürlich kannte er ihre Zimmernummer und die Namen aller Kongreßteilnehmer.

»Was für einen Eindruck hast du von Moskau?« fuhr er fort, um das Gespräch nicht versanden zu lassen.

»Bisher habe ich noch nicht viel gesehen«, antwortete sie, froh, das Thema zu wechseln. »Doch ich spüre, daß diese Stadt mir sehr gefallen wird.«

Bei dieser Begeisterung mußte er lächeln. Verena war selten glücklich, doch wenn sie es war, dann mit der Hingabe eines Kindes.

»Gut, dann beenden wir jetzt das Gespräch, ich nehme an, du mußt dich für den Besuch im Puschkinhaus fertigmachen. Wenn ich nicht irre, liegt es am Arbat.«

»So ist es. Du bist einfach über alles informiert«, sagte sie mit einer gewissen Bewunderung.

»Deine Reise hat mich dazu gezwungen, meine Geographiekenntnisse ein wenig aufzufrischen. Auch ich habe vor Jahren das Puschkinhaus besucht. Es ist nichts Besonderes, doch du wirst sicher die Atmosphäre zu schätzen wissen.«

»Danke, du bist ein Schatz. Was macht der neue Fall?«

Ogden antwortete nicht sofort. Er sprach nur höchst ungern über seine Arbeit.

»Er hat etwas mit der Russenmafia zu tun. Deshalb wäre es mir lieber, dich in Zürich zu wissen. Doch jetzt geh, ich will dir mit meinen Angelegenheiten, über die ich dir sowieso nichts sagen darf, nicht den Tag verderben. Sei bei jedermann vorsichtig, versprichst du mir das?« Doch kaum hatte er diese Worte ausgesprochen, bereute er es. Die Rolle des ängstlichen Vaters lag ihm wirklich nicht sehr.

»Ich weiß, daß du recht hast und daß du dich um mich sorgst«, sagte Verena unerwartet. »Ich bin nicht dumm; das, was in Montségur und in Berlin geschehen ist, hat mich etwas gelehrt. Aber versuch zu verstehen, daß es auch ein Leben gibt, das aus normalen Dingen besteht, auf die ich nicht verzichten will. Wie ich auf dich nicht verzichten will.«

»Ich bin nicht normal, Verena, und das Leben, das ich führe, ist es auch nicht. Vergiß das nicht, wenn du nicht auf mich verzichten willst«, sagte Ogden ruhig.

Es folgten einige Augenblicke der Stille, dann räusperte sich Verena. Das war etwas, was sie immer tat, wenn sie Angst hatte, ein dummer Tick, der sie seit der Kindheit verfolgte. Doch Ogden sollte sie nicht in seine Welt der Intrigen und Komplotte mit hineinziehen, jedenfalls in dieser Woche nicht.

»In Ordnung, ich werde es nicht vergessen«, sagte sie freundlich, denn das letzte, was sie in diesem Moment wollte, war Streit. »Ich muß jetzt Schluß machen, der alte Herr holt mich in einer halben Stunde ab, ich will ihn nicht warten lassen. Ich küsse dich.«

»Ich küsse dich auch. Aber vergiß nicht, daß ich den Namen dieses Herrn wissen will. Es würde mir leid tun, wenn ich gezwungen wäre, die Methoden anzuwenden, die du so sehr mißbilligst.«

Sie begriff, daß er keinen Spaß machte, und der verdeckte Hinweis auf den Dienst und seine Möglichkeiten ärgerte sie, so daß sie beschloß, ihm Tarskijs Namen nicht zu nennen.

»In Ordnung, ich sage ihn dir morgen.«

»Heute abend wäre besser«, insistierte Ogden.

»Du bist wirklich unmöglich«, platzte sie heraus. »Ich muß jetzt gehen. Bis bald.«

Verena beendete die Verbindung, steckte das Handy in ihre Tasche und setzte sich aufs Bett. Dieses Telefonat hatte ihre Laune nicht gerade gehoben, doch sie nahm sich fest vor, es nicht dabei zu belassen. Sie wollte nicht, daß ihr der erste Tag in Moskau durch diesen Wortwechsel verdorben würde. Sie trat ans Fenster, genoß noch einmal kurz den wundervollen Blick, holte tief Luft und begann sich fertigzumachen.

Um zehn Uhr ging sie hinunter in das Kafé des Hotels, das sie an einen Wintergarten erinnerte. Dort war sie mit Tarskij verabredet. Er saß unter einer kleinen Palme und hatte einen Fruchtsaft vor sich stehen. Als sie zu ihm trat, erhob er sich mit einem strahlenden Lächeln und gab ihr die Hand. »Darf ich Ihnen irgend etwas anbieten, bevor wir zu unserer kleinen literarischen Exkursion aufbrechen?« fragte er sie und gab dem Kellner ein Zeichen.

Verena nickte. »Einen Tee, danke.«

»Moskau hat sich für Sie schöngemacht«, sagte Tarskij. »Ist es nicht ein wundervoller Tag?«

»Wirklich prächtig«, stimmte Verena ihm zu und nahm Platz. »Ich bin froh, das Puschkinhaus zu besuchen. Ich hoffe, daß es mir ein wenig Sicherheit für die Lesung heute einflößt. Ich bin nicht daran gewöhnt, vor Publikum zu lesen, und ich fürchte, daß ich es nicht allzugut kann.«

Tarskij sah sie voller Sympathie an. »Im Gegenteil: Sie werden sehr gut sein. Ihre Arbeit ist hervorragend, da bedarf es keiner großen Vortragskunst. Die Russen lieben die Poesie wirklich, deshalb können Sie ganz beruhigt sein.«

Verena lächelte verlegen, wie immer, wenn ihr jemand Komplimente für ihr Schreiben machte.

»Wir lassen uns von meinem Chauffeur am Arbatskaja-Platz absetzen, dann gehen wir zu Fuß den Arbat hinunter, bis zur Nummer 53, wo Puschkin wohnte«, fuhr Tarskij fort. »Die Ulitsa Arbat ist seit ein paar Jahren Fußgängerzone, doch täuschen Sie sich nicht, es ist trotzdem viel los«, fügte er mit einem Lachen hinzu. Verena fand diesen alten Herrn bezaubernd. Seine altmodische Liebenswürdigkeit und seine Eleganz machten ihn zum idealen Gefährten eines solchen Ausflugs, dachte sie, während sie die anderen Gäste im Kafé beobachtete.

An einem Tisch ganz in der Nähe, wandte ein nicht mehr ganz junger, doch eleganter und attraktiver Mann sich sofort ab, als ihre Blicke sich trafen. Sie betrachtete sein Profil und hatte das Gefühl, ihn zu kennen. Doch es gelang ihr nicht, sich zu erinnern, wo und wann sie ihn gesehen hatte. Sie konnte sich das Äußere von Menschen nur schlecht merken. Es war möglich, daß sie einen ganzen Abend in angenehmer Unterhaltung mit jemandem verbrachte und ihn dann eventuell am nächsten Tag in einer anderen Umgebung nicht wiedererkannte. Vielleicht hatte dieser Mann am Abend vorher an dem Diner zu Ehren der Dichter teilgenommen.

Während sie ihn noch beobachtete, stand der Mann vom Tisch auf und ging. Bevor er das Kafé verließ, warf er ihr einen letzten Blick zu.

»Der Arbat ist eine der ältesten Straßen der Stadt«, sagte Tarskij gerade. »Er ist eher eng, wenigstens wenn man ihn mit den anderen Straßen Moskaus vergleicht, die im allgemeinen sehr viel breiter sind. Ich kann mir vorstellen, daß eine solche Straße in Westeuropa groß genannt würde. Wissen Sie, in der Nummer 9 war in den zwanziger Jahren ein berühmtes Literatencafé, der Arbatskij podwal, also der Arbat-Keller. Dort verkehrten Majakowskij, Esenin und viele andere.«

Ein Duft von Mitsouko wehte heran, und Marta Campo tauchte neben ihnen auf. »Esenin las in jenem Lokal zum ersten Mal einige seiner Werke. Über den Arbat schrieb er: ›Wenn ich Widerwillen gegen alles empfinde, gehe ich in den Arbat und streife zwischen seinen Häusern umher.‹«

Nach diesem Zitat setzte sich die Dichterin mit einem strahlenden Lächeln zu ihnen. »Guten Morgen zusammen«, rief sie aus. »Entschuldigt die Darbietung, doch Esenin ist einer meiner Lieblingsdichter, außerdem bin ich eine Narzißtin. – Kann ich auch ein wenig Tee haben, bevor wir das Haus des Meisters besuchen?«

Tarskij winkte dem Kellner und bestellte. Verena war fasziniert von Marta Campos Erscheinung und konnte den Blick nicht von ihr lösen. Schließlich beugte sie sich zu ihr vor.

»Heute morgen siehst du Colette zum Verwechseln ähnlich«, flüsterte sie bewundernd.

Die italienische Dichterin riß die Augen auf. »Wirklich,

meine Liebe? Wenn du wüßtest, wie glücklich mich das macht! Mein ganzes Leben lang versuche ich ihr schon zu gleichen. Doch leider ist es mir weder gelungen, so tüchtig zu werden wie sie, noch einen jüngeren Mann zu heiraten.«

Tarskij sah die beiden Frauen an. »Apropos Heiraten«, sagte er, »in das Haus, das wir heute besichtigen, brachte Puschkin am 18. Februar 1831 seine junge Frau Natalija Goncharova. Sie hatten in der Christi-Himmelfahrt-Kirche beim Nikitskier Tor geheiratet. Bei der Zeremonie fiel einer der Ringe zu Boden, Puschkin erbleichte, und die Kerze, die er in der Hand hielt, ging aus. Als er die Kirche verließ, hörte ihn jemand murmeln: ›Tous ces mauvais augures‹ – all die schlechten Vorzeichen. Leider hatte er recht. Sie waren drei Monate lang glücklich, dann wurde Puschkin Moskaus überdrüssig, und sie zogen nach Sankt Petersburg, wo ihn sein trauriges Schicksal erwartete.«

Tarskij schwieg ein paar Sekunden, dann schüttelte er den Kopf. »Sankt Petersburg ist eine wundervolle Stadt, doch manchmal kann von ihr Gefahr ausgehen«, murmelte er geheimnisvoll, so als spräche er mit sich selbst.

»Euer neuer Präsident kommt aus Sankt Petersburg, nicht wahr?« fragte Marta Campo.

»So ist es«, antwortete Tarskij und nickte. »Doch wir wollen an einem so schönen Tag nicht über Politik reden. Sind Sie bereit, meine Damen? Können wir gehen?«

Verena und Marta erhoben sich, gefolgt von Tarskij. Als sie sich Richtung Eingangshalle wandten, trat ein großgewachsener, muskulöser Mann mit einer Narbe auf der rechten Wange an ihre Seite. Vor dem National erwartete sie ein sechstüriger schwarzer Mercedes mit Chauffeur.

Der Mann mit der Narbe öffnete die Wagentür und ließ sie einsteigen, dann setzte er sich neben den Chauffeur, und das Auto fuhr los. Die Fahrt war kurz. Als sie den Anfang des Arbat erreicht hatten, fuhr das Auto an die Seite und hielt an, und als sie ausgestiegen waren, verschwand es erneut im Verkehr des Arbatskaja-Platzes.

Verena war entzückt von dieser langen, gewundenen, von Menschen wimmelnden Straße mit ihrer doppelten Reihe Laternen und den Häusern unterschiedlichen Stils. Die Straße war unglaublich voll, es gab eine Vielzahl von Antiquitätengeschäften, Boutiquen, Souvenirständen, Restaurants, Pizzerien, Fastfoodläden und traditionellen russischen Gaststätten. Im neunzehnten Jahrhundert war der Arbat von Künstlern und Intellektuellen bewohnt gewesen; Straßenmusiker und Großstadtpoeten verliehen ihm auch heute noch das Flair der Boheme. Viele Häuser waren in Museen verwandelt worden, und die Restaurierung hatte ihnen die ursprünglichen Farben zurückgegeben: Blau, Grün und Ocker. Das bunte Pflaster wiederholte das charakteristische Muster der alten russischen Straßen.

Verena bewunderte die Fassade eines Hauses: ein Stilgemisch, in dem, auch bei den beeindruckenden schmiedeeisernen Balkonen, die russische Spielart des Jugendstils vorherrschte.

»Da sind wir«, sagte Tarskij, als sie vor der Nummer 53 standen, einem zweistöckigen breiten Haus mit einem dreieckigen Giebel. »Die Restaurierung hat ihm das Aussehen wiedergegeben, das es zu Beginn des zwanzigsten Jahrhunderts hatte, auch wenn die Farbe meiner Ansicht nach verglichen mit dem Original zu kalt ist.«

Marta Campo zeigte auf ein Schild und las mit lauter Stimme: »›In diesem Haus wohnte Puschkin von Anfang Februar bis Mitte Mai 1831.‹ Dann war es von hier, daß er zu seinem Schicksal aufbrach«, fügte sie hinzu und sah das Haus hingerissen an, als könnte der berühmte Bewohner sich jeden Moment am Fenster zeigen.

Sie stiegen hinauf in den ersten Stock, in die elegante Wohnung im Empirestil, wo nur wenige Gegenstände der ehemaligen Bewohner ausgestellt waren: Ein Pult, eine Feder und ein Manuskript erinnerten an den Dichter, ein wertvoller Nähtisch an Natalija. Unter den Porträts war ein Aquarell, das Puschkin in seiner Lieblingspose zeigte, die Arme vor der Brust verschränkt.

»Sehen Sie hier«, sagt Tarskij und wies auf einige sonderbare Wachsfiguren.

»Was stellen sie dar?« fragte Verena.

»Das ist das Sklavenorchester der Familie Gontscharow. Wie Sie wissen, wurde die Leibeigenschaft erst 1861 von Alexander II. abgeschafft.«

»Zur damaligen Zeit gab es Architekten-Sklaven, Musiker-Sklaven, Dichter-Sklaven«, sagte Marta Campo und trat näher. »Was hältst du davon, Verena? Zum Glück haben wir nicht damals gelebt! Wir wären gezwungen gewesen, auf Kommando zu deklamieren. Mein Gott, ich kann es mir wirklich nicht vorstellen, auf Befehl zu schreiben.«

»Warum nicht?« fragte Verena. »Es kann stimulierend sein, einen Auftraggeber zu haben.«

»Gewiß, meine Liebe«, gab Marta zu. »Doch ein Auftrag ist nicht dasselbe wie ein Befehl. Meinst du nicht?«

Tarskij, der still zugehört hatte, lächelte. »Die Zeiten haben sich zum Glück geändert. Doch jetzt möchte ich mit Ihnen einen Aperitif an einem Ort trinken, wo einst das Lokal war, das Signora Campo erwähnt hat.«

»Sie sprechen vom Arbatskij podwal«, rief die Dichterin aus. »Dort in der Nähe traf ich –«, begann sie mit einem träumerischen Ausdruck. Dann schüttelte sie den Kopf. »Doch lassen wir das. Gehen wir, gehen wir«, forderte sie die anderen mit einer theatralischen Geste auf und wandte sich zum Ausgang. Tarskij und Verena folgten ihr amüsiert.

Als sie zurück auf der Straße waren, bemerkte Verena, daß der Mann mit der Narbe wieder aufgetaucht war. Gewiß war er ihnen auch ins Haus gefolgt, doch ohne aufzufallen. Sie fragte sich, wer er wohl war, und betrachtete ihn verstohlen.

Tarskij bemerkte es. »Das ist mein Leibwächter«, erklärte er verlegen. »Ich bin ein recht vermögender und alter Mann, wenn jemand versuchen würde, mich auszurauben oder zu entführen, könnte ich mich allein nicht verteidigen. Leider geschehen diese Dinge in Moskau häufig. Ich hätte es nie gewagt, mit Ihnen, meine Damen, ohne den Schutz Nikolajs durch die Stadt zu spazieren. Er ist ein guter Mensch und seit vielen Jahren in meinen Diensten.«

Verena sah sich den Leibwächter noch einmal an, und er lächelte ihr zu. Er hatte absolut nichts von einem guten Menschen, sein Gesicht sah eher wie das eines Killers aus, vor allem mit diesem starren Lächeln auf den Lippen.

Bei der Nummer 9 angekommen, wo einst der Arbat-

Keller gewesen war, betraten sie den Hof, in dem sich ein Kafé befand, das »Die Unbekannte« hieß, nach einer Figur aus einem Gedicht von Blok. Tarskij, dem Nikolaj voranging, brachte sie auf die Terrasse beim Eingang. Sie wurden von großen schwarzen Katzen mit vergoldeten Halsbändern empfangen, offensichtlich eine der Attraktionen des Lokals. Verena blieb stehen, um sie zu streicheln, und folgte dann den anderen ins Innere des Lokals. Nikolaj ging nicht mit ihnen hinein, sondern blieb an der Tür stehen. Wahrscheinlich hält er Wache, dachte Verena, die sich langsam unbehaglich fühlte.

Es war schon nach Mittag, als sie ins National zurückkamen und Tarskij sie zum Essen in eines der Hotelrestaurants einlud. Marta Campo akzeptierte sofort. Verena, die vor der Lesung lieber ein wenig allein gewesen wäre, gab dem Drängen des Russen und ihrer Freundin schließlich nach.

Sie waren noch in der Halle und wollten gerade ins Restaurant gehen, als jemand mit einem Lächeln auf sie zukam. Sobald Tarskij ihn sah, breitete er die Arme aus.

»Lieber Freund, wie schön, dich zu sehen!« rief er auf englisch aus und gab dem Mann die Hand. »Wann bist du angekommen?«

»Gestern abend. Ich habe versucht, dich zu Hause anzurufen, doch du warst nicht da...«

Der Mann war groß, elegant und ein wenig jünger als Tarskij. Dieser wandte sich an die beiden Frauen. »Erlauben Sie mir, daß ich Ihnen Hans Kluver, meinen lieben Freund und Partner, vorstelle? Lieber Hans, du hast das Glück, zwei exzellente Dichterinnen kennenzulernen, die heute nachmittag in der Moscow's Collection ihre Verse lesen werden. Verena Mathis aus Zürich und Marta Campo aus Mailand.«

Hans Kluver gab beiden die Hand und sah dann Verena an. »Auch ich bin in Zürich geboren und habe viele Jahre dort gelebt, bevor ich in die Vereinigten Staaten gegangen bin.«

Verena schaute ihn genauer an und erkannte in ihm den Mann wieder, den sie am Morgen im Kafé des Hotels gesehen hatte. Sie wunderte sich, daß sie ihn wiedererkannte, sie, die sich doch nie an die Gesichter der Leute erinnerte. Aber an diesem Mann war etwas Vertrautes, das ihr aufgefallen war.

»Ich habe das Gefühl, Sie schon einmal gesehen zu haben«, sagte sie denn auch und sah ihm in die Augen. »Sind wir uns vielleicht in Zürich begegnet?«

Der Mann errötete. »Das glaube ich nicht, ich halte mich inzwischen selten in der Schweiz auf. Doch alles ist möglich. Sie können sich offensichtlich sehr gut Gesichter merken.«

»Ganz und gar nicht«, widersprach ihm Verena, diesmal auf deutsch.

Der Mann betrachtete sie immer noch, mit einem unbeweglichen Lächeln, das sie verlegen machte. Sie beschloß, daß es nun genug sei: Sie war müde und hielt es für besser, vor der Lesung etwas auf dem Zimmer zu essen.

»Sie müssen mich entschuldigen«, sagte sie, »ich habe schreckliche Kopfschmerzen und würde mich lieber ein wenig hinlegen. Ich hätte sehr gerne mit Ihnen zu Mittag gegessen, doch ich fühle mich wirklich nicht sehr wohl.«

»Sie müssen sich nicht entschuldigen«, griff Tarskij ein. »Ein wenig Aufregung ist normal. Ich werde Sie später abholen, gegen vier. Ist Ihnen das recht?«

»Einverstanden. Ich danke Ihnen noch einmal, daß Sie uns zum Puschkinhaus begleitet haben. Ohne Sie wäre der Besuch sicherlich nicht so interessant gewesen.« Verena wandte sich Marta Campo und Hans Kluver zu. »Bis bald«, sagte sie und gab dem Mann die Hand.

»Ich komme heute nachmittag zu Ihrer Lesung. Es war mir wirklich ein Vergnügen, Sie kennenzulernen«, sagte er und drückte ihre Hand.

Verena lächelte, verabschiedete sich mit einem Winken von Marta Campo und ging auf die Halle zu.

Tarskij und Kluver wechselten einen Blick, der der italienischen Dichterin nicht entging. Der Neuankömmling war sichtlich enttäuscht darüber, daß Verena sich zurückgezogen hatte. Er sagte etwas auf russisch, und Tarskij nickte und antwortete kurz. Marta Campo verstand, daß sie hier überflüssig war.

»Ich hoffe, Sie halten mich nicht für unhöflich«, sagte sie zu Tarskij, »meine Freundin hat mich daran erinnert, daß Schauspieler vor einem Auftritt niemals essen. Auf gewisse Art ähnelt eine Lesung ja einem Auftritt, nicht wahr? Dann folge ich wohl besser ihrem Beispiel und ruhe mich auch ein wenig aus, um so mehr, als ich nicht mehr so jung bin wie sie. Danke für Ihre Gesellschaft, es war eine wunderschöne Besichtigung. Es freut mich, Sie kennengelernt zu haben, Herr Kluver.«

Allein zurückgeblieben, sahen Tarskij und Kluver sich an. Der Russe zuckte mit resignierter Miene die Schultern.

»Es tut mir leid, alter Freund, ich hatte wirklich gehofft, daß sie mit uns zu Mittag ißt. Doch nun laß uns etwas trinken gehen, auch du bist zu alt für gewisse Aufregungen...«

Als sie an der Bar saßen, seufzte Kluver. »Heute morgen, als ihr im Kafé wart, hat sie mich bemerkt. Ich bin sicher, daß sie mich wiedererkannt hat.«

»Was ist schlimm daran? Das hier ist ein Hotel...«

»Sicher, aber aus welchem Grund sollte ich dann nicht zu dir gekommen sein, um dich zu begrüßen?« wandte Kluver ein.

Tarskij nickte. »Leider habe ich dich nicht gesehen, sonst hätte ich deinem Fehler vorgebeugt. Aber mach dir keine Sorgen, wir denken uns eine Entschuldigung aus. Wir sagen, du hättest mich nicht stören wollen, weil du dachtest, ich unterhielte mich mit meiner Tochter, oder etwas in dieser Art. Das ist wirklich nicht schlimm, Hans.«

Kluver winkte dem Kellner, bestellte einen Wodka und zündete sich nervös eine Zigarette an. »Vielleicht hast du recht«, sagte er. »Irgendwie werde ich es hinbekommen. Es ist sehr freundlich von dir, mir bei dieser heiklen Angelegenheit zu helfen.«

Tarskij lächelte. »Es ist mir ein Vergnügen, lieber Freund. Wer weiß, vielleicht werde auch ich eines Tages deiner Hilfe bedürfen, und ich bin mir sicher, daß du sie mir nicht verweigerst.«

Kluver betrachtete seinen Partner: Er hatte das Gefühl, daß der Tag, auf den er sich bezog, nicht so fern war. Ihm waren einige Gerüchte zu Ohren gekommen, daß Tarskij Geschäfte mit einem wichtigen Mann des organisierten Verbrechens mache. Alarmierende Gerüchte. Doch jetzt brauchte er Anatolij. Es war ihm zu danken, daß dieser internationale Kongreß für Poesie möglich geworden war. Gewiß, er hatte das Geld für die Begegnung gegeben, doch ohne die Beziehungen Tarskijs wäre es ihm niemals gelungen, eine Veranstaltung auf diesem Niveau zu realisieren.

Kluver hob sein Wodkaglas und prostete Tarskij zu. »Auf dein Wohl, Anatolij, und auf unser Unternehmen.«

Auch der Russe erhob sein Glas. »Mögen deine Träume in Erfüllung gehen!«

20

»Sablin hat uns gebeten, zum Père Lachaise zu gehen, um zu beobachten, wer an der Beisetzung teilnimmt. Er kann keinen von seinen Leuten schicken, weil sie von Kachalows kleiner Armee aus Ex-KGB-Agenten erkannt würden...«

»Das gefällt mir nicht«, erwiderte Ogden am Handy. »Es ist ein überflüssiges Risiko. Außerdem sind auch wir weder den ehemaligen Handlangern des KGB noch den heutigen Leuten unbekannt. Denk nur an Stresa.«

Stuart antwortete nicht sofort. Ogden hatte recht, doch Sablin hatte darauf bestanden, denn er wußte, daß alle, die mit Borowskij zu tun gehabt hatten, sich zur Beerdigung einfinden würden: Mafiosi, Finanziers, Unternehmer, ehrenwerte und nicht so ehrenwerte Männer, das ganze globale Heer, das mit Borowskij Geschäfte gemacht hatte und über das Netz aus Bestechung und Verbrechen, das er und Kachalow in Europa und in Übersee geknüpft hatten, mehr oder weniger gut Bescheid wußte.

Keiner dieser Leute würde sich der Pflicht, Pawel Borowskij die letzte Ehre zu erweisen, entziehen können, da sie weiter mit Konstantin Kachalow Geschäfte machen wollten und es diesem sicherlich auffallen würde, wenn einer nicht kam. Ein Risiko, das sie nicht eingehen konnten. Sablin stellte sich also vor, eine interessante Ausbeute an Namen und Gesichtern zu bekommen, die bisher noch nicht mit dem Oligarchen in Verbindung gebracht wurden. Das war ein normaler Vorgang: Beerdigungen dienten dazu, die Dossiers zu erweitern.

Stuart seufzte. »Das stimmt schon. Doch Wolodja besteht darauf, und ich kann ihm nicht unrecht geben. Es ist eine gute Gelegenheit, sich diejenigen zu angeln, die seinem Netz entgangen sind.«

»Das ist mir vollkommen egal«, entgegnete Ogden. »Ich habe nicht die Absicht, mein Leben und das meiner Männer nur wegen einer Beobachtungsaktion in Gefahr zu bringen. Wir wollen Kachalow töten, nicht uns töten lassen. Sag Sablin, er soll den Satelliten benutzen, dann bekommt er die Zeremonie auf Film und kann sogar die Tränen zählen, wenn er will.«

»Sablin kann die Regierungssatelliten nicht für so etwas einsetzen, seine Deckung würde zum Teufel gehen.«

»Dann benutzen wir unseren«, warf Ogden ein.

»Genau. Ich habe schon Anweisung gegeben, es zu veranlassen«, sagte Stuart.

»Sehr gut. Dann ist es ja nicht nötig, daß der Dienst dabei ist, wenn dieses Schwein unter die Erde kommt«, schloß Ogden.

Stuart räusperte sich. »Ich dachte, daß dir vielleicht,

wenn du dabei bist, eine spontane Idee kommt, wie man die Sache zu Ende bringen könnte«, äußerte er mit wenig Überzeugung.

»Drück dich bitte deutlicher aus! Willst du, daß ich versuche, ihn auf diesem verdammten Friedhof zu erledigen, während ihn ein ganzes Heer von Killern abschirmt?«

»Es wäre nicht schlecht. In Rußland wird alles schwieriger sein, denn dort hat er wirklich ein Heer, das ihn schützt – praktisch die halbe Föderation...«

Ogden antwortete nicht gleich, er überlegte. Um irgend etwas Akzeptables vorzubereiten, hatten sie nur diesen Abend und die Nacht zur Verfügung, denn am nächsten Tag um elf würde der Sarg von der Rue St. Honoré zum Friedhof gebracht, wie Albert ihm berichtet hatte.

»Ich werde sehen, was sich machen läßt, und rufe dich später zurück. Aber wenn ich es nicht schaffe, etwas zu organisieren, was zumindest gute Aussichten auf Erfolg hat, mußt du Sablin sagen, daß wir uns in Moskau wiedersehen. Einverstanden?«

»Einverstanden, bis später.«

Ogden sah auf die Uhr, es war halb sieben. Er nahm das Handy und rief Albert an. Nach dem mehrmaligen Summen des Freizeichens antwortete der Diener.

»Kannst du sprechen?« fragte Ogden.

»Ja, sicher«, sagte Albert mit bebender Stimme. Kaum hatte er das Vibrieren des Apparats bemerkt, hatte er sich eilig im Ankleideraum versteckt, in panischer Angst, obwohl er wußte, daß Kachalow sich mit Mademoiselle Blanche zurückgezogen hatte.

Das Verhalten seines Chefs hatte ihn geärgert. Die Leiche von Monsieur Borowskij war noch warm, und er vergnügte sich schon wieder mit einer Hure. Albert war so empört, daß der Verrat an Kachalow ihm geradezu als ein Akt der Gerechtigkeit erschien. Ein so furchtbarer Mann hatte es tatsächlich verdient, daß ihm jemand eine Lektion erteilte. So betrachtet war auch das Geld, das er für seinen Verrat erhalten würde, weniger schmutzig.

»Nimmst du morgen auch an der Beerdigung teil?« fragte Ogden.

»Natürlich. Monsieur Kachalow hat mich gebeten, ihn zu begleiten. Ich werde mit ihm zusammen in der Limousine fahren, ich bin der einzige vom Personal, dem diese Ehre zuteil wird.«

Ogden verdrehte die Augen zum Himmel. »Wer fährt den Wagen?«

»Iwan, wie immer.«

»Bist du sicher, daß nur ihr drei in der Limousine seid?«

»Vollkommen sicher, Monsieur.«

»Gut. Wer ist im Moment in der Wohnung?«

»In den vergangenen Stunden hat es ein wenig Unruhe gegeben«, sagte Albert, froh, daß er diesem Mann, vor dem er sich zu Tode fürchtete, etwas zu berichten hatte. »Leute, die russisch sprachen, wie Gangster gekleidet und mit komisch ausgebeulten Jacketts. Doch jetzt sind in der Wohnung außer Monsieur Kachalow, Mademoiselle Blanche und mir nur zwei Personen. Einer ist Iwan und der andere einer, den ich noch nie gesehen habe, ein gewisser Pjotr. Alles Russen«, schloß er mit einem Anflug von Mißbilligung in der Stimme.

»Wird Kachalow in der Wohnung zu Abend essen?«

»Wenn er Mademoiselle Blanche empfängt, ißt er immer auf dem Zimmer. Das wird er auch heute abend tun. Die Köchin hat alles vorbereitet, bevor sie gegangen ist.«

»Wer ist diese Blanche?«

Albert hüstelte. »Eine Freundin von Monsieur Kachalow...«

»Eine Nutte?«

»Aber Monsieur!« rief Albert entrüstet aus.

»Wie lange bleibt die Dame normalerweise?«

»Sie wird die Nacht hier verbringen, wie immer. Monsieur Kachalow hat mich angewiesen, eines der Gästezimmer vorzubereiten. Ich habe Order, Mademoiselle morgen früh um neun Uhr zu wecken und sie zur Tür zu begleiten. Mademoiselle Blanche wird nicht im Zimmer von Monsieur schlafen.«

»Wie lange bleibt sie im allgemeinen bei Kachalow?« fragte Ogden, langsam amüsiert.

»Ich habe keine Ahnung, ich spioniere meinem Herrn nicht nach!« antwortete Albert gekränkt.

»Hör auf damit!« unterbrach Ogden ihn schroff.

»Entschuldigen Sie, Monsieur. Wenn Mademoiselle Blanche bei uns zu Gast ist, bleibt sie bis in die späte Nacht bei Monsieur Kachalow im Zimmer.«

»Genauer: Bis zwei? Bis drei?«

»Manchmal auch bis vier«, erklärte Albert komplizenhaft.

»Was heißt das? Daß du sie morgen früh zur Tür begleiten sollst?«

»Monsieur Kachalow will Mademoiselle nicht mehr sehen, wenn sie sein Zimmer verlassen hat. Und morgen früh erst recht nicht. Verstehen Sie, mit der Beerdigung und allem anderen...«

»In Ordnung, Albert, ich rufe dich in Kürze wieder an.«

Er beendete die Verbindung, öffnete die Tür zum Vorzimmer und rief Franz, der zu ihm kam.

»Unser Russe vergnügt sich gerade ganz teuflisch mit der kleinen Französin. Die Richtmikrofone funktionieren hervorragend«, sagte Franz belustigt, trat ins Zimmer und schloß die Tür.

»Hör zu«, unterbrach ihn Ogden. »Stuart und ich haben beschlossen, die Sache hier in Paris zu regeln. Wir haben nur diese Nacht, um etwas zu organisieren. Du holst jetzt den Plan von Kachalows Apartment, heute abend mußt du dein Bestes geben und etwas aus dem alten Arsenal aktivieren, das dem KGB zu Zeiten des Kalten Kriegs so teuer war.«

Franz sah ihn erstaunt an. »Meinst du solchen Plunder wie den Schirm mit der Curare-Spitze und ähnliches Zeug?«

»Genau das. Bring deine ganze Ausrüstung hierher. Wenn ich mich recht erinnere, warst du immer ziemlich tüchtig darin, dir irgendein tödliches Spielzeug auszudenken, und ich weiß, daß du für den Notfall vorgesorgt hast. Aber vorher schick mir noch Mulligan und Karl, sie sollen zum Père Lachaise fahren und sich die Aufbahrungshalle von innen ansehen. Ich will, daß sie den Ort in Augenschein nehmen und Fotos machen. In der Zwischenzeit, wenn alles vorbereitet ist, gehen wir beide in Kachalows Wohnung und bringen dein Meisterwerk an Borowskijs Sarg an.«

»Wenn wir die Möglichkeit haben, in seine Wohnung zu

kommen, warum schalten wir ihn dann nicht heute nacht aus?« fragte Franz.

»Das wäre einfacher«, gab Ogden zu. »Aber dann müßten wir auch Albert und die Frau eliminieren. Sablin liegt aber daran, den Schein zu wahren. Und für uns ist es auch besser so. Jetzt geh, wir haben keine Zeit zu verlieren.«

Als Franz gegangen war, rief Ogden noch einmal den Chef des Dienstes an.

»Vielleicht habe ich eine Idee. Ich kann dir nachher sagen, ob es machbar ist. Nichts Neues vom Satelliten über das Gespräch, das Kachalow aus der Telefonzelle an der Place de la Madeleine geführt hat?« fragte er Stuart.

»Noch nicht, es sind technische Probleme aufgetreten. Doch ich müßte bis heute abend etwas erfahren.«

»Ruf mich sofort an, wenn du Neuigkeiten hast.«

»Irgend etwas nicht in Ordnung?«

»Nein, einfach nur Vorsicht. Ich will keine Grauzonen, das ist alles.«

»In Ordnung, bis nachher.«

Als Stuart aufgelegt hatte, versuchte Ogden erneut, sich mit Verena in Verbindung zu setzen. Doch ihr Handy war ausgeschaltet. Offensichtlich zog sich die Lesung der Gedichte länger hin.

Franz kam mit ein paar Aluminiumkoffern zurück. »Jetzt verrate mir, was für ein Teufelszeug ich vorbereiten soll«, sagte er und stellte sie auf den Tisch.

21

Kachalow betrachtete den Freund im Sarg. Auch jetzt noch schien Borowskij von seinen Dämonen besessen. Auf seinem Gesicht lag, trotz der geschlossenen Augen, ein Ausdruck von Furcht, als hätten die Ängste, die ihn in den letzten Stunden begleiteten, ihn auch im Tod nicht losgelassen. Einen Augenblick ging Kachalow der Gedanke durch den Kopf, daß Pawel für seine Verbrechen büßte, aber natürlich lächelte er über so etwas. Es gab nichts nach dem Tod, dessen war er sich sicher, und Pawels Ausdruck hatte ganz allein mit einer letzten Verkrampfung seiner Herzkranzgefäße zu tun.

Er ging ins Arbeitszimmer, tippte eine Nummer in sein neues Handy ein und gab einige Anweisungen. Als er damit fertig war, beendete er die Verbindung und sah mit einem zufriedenen Lächeln vor sich hin. Er hatte schon eine Ahnung, was die mögliche Identität von Pawels Killern anging. Mit ein bißchen Glück würde es ihm gelingen, seinen Verdacht vielleicht sogar schon bei der Beisetzungszeremonie Pawels bestätigt zu bekommen. Deshalb hatte er direkt in den Vereinigten Staaten angerufen und dem Direktor einer in seinem Besitz befindlichen Firma, der Sky Imaging, präzise Anweisungen erteilt.

Das war eine seiner amüsantesten Investitionen gewesen, auch wenn seine Identität natürlich hinter einer gewissen Zahl von vorgeschobenen Firmen verborgen blieb, die als Mehrheitseigner der Aktien auftraten. Die Sky Imaging war ein Unternehmen, das Privatleuten aus dem Weltraum aufgenommene Fotos lieferte. Die Kunden konnten sich so die Befriedigung verschaffen, die Arbeiten an ihrem Haus am Meer zu überwachen, oder den Swimmingpool, den der Nachbar ohne Genehmigung baute, oder, wenn sie Wert darauf legten, einen Blick auf die Residenz von Milosevic in Belgrad werfen.

Die Aufnahmen wurden aus einer Höhe von 650 Kilometern vom Satelliten Pegasus ausgeführt. Den Planeten auszuspionieren war zu einem Vergnügen der Reichen geworden und auch ein recht einträgliches Geschäft. Mit dieser legalen Tarnung war Kachalow in der Lage, die Welt und insbesondere seine Feinde auszukundschaften.

Inzwischen war es leicht, einen Auftrag für den Teil des Planeten zu erteilen, den man zu beobachten wünschte, und die Bilder quasi in Realzeit via Internet auf dem Schirm seines Computers zu empfangen. Um kein unerwünschtes Foto zugestellt zu bekommen, mußte der Kunde natürlich sehr genaue Angaben machen und Sky Imaging alle geographischen Koordinaten liefern, den gewünschten Ort und möglichst den Namen irgendeiner nahe gelegenen Straße oder eines Platzes. Der Service kostete tausend Dollar für eine Aufnahme auf dem Territorium der Vereinigten Staaten und zweitausend für den Rest der Welt.

Hinter Kachalows Gesellschaft stand nicht nur das nötige Kapital, sondern vor allem das Know-how aus der Satellitenspionage und der Luftfahrtindustrie. Die Kontrolle über das Unternehmen lag bei einer der weltweit wichtigsten Rüstungsfirmen, die eben Borowskij und Kachalow gehörte. Der momentane Direktor der Firma hatte jahrelang an der Spitze des National Reconnaissance

Office gestanden, der Organisation, welche die Spionagesatelliten der USA verwaltete. Die Sky Imaging lieferte ihrer Kundschaft Bilder, die bis zu drei Meter große Objekte erkennen ließen. Jetzt, da die hoch entwickelten amerikanischen Spionagesatelliten in der Lage waren, wenige Zentimeter große Objekte aufzunehmen, war die alte Technologie nicht mehr geheim, und man hatte ihre Kommerzialisierung erlaubt. Mit dieser Auflösung war es möglich, Gegenstände von der Größe eines mittelgroßen Autos, eines Motorboots oder zweier zusammengeschobener Pingpongtische klar zu erkennen. Einzelne Personen dagegen waren nicht deutlich zu sehen und nur Gruppen voneinander zu unterscheiden.

Soweit der Service für die Kundschaft. Doch Sky Imaging konnte auch, geheim und zu Kachalows alleinigem Vorteil, die neueste militärische Technologie nutzen, identisch mit jener der Spionagesatelliten der amerikanischen Regierung. Pegasus war einer von ihnen und konnte Objekte von wenigen Zentimetern Größe und Gesichter scharf filmen und dabei eine ausgezeichnete Auflösung erreichen. Die Firma war einer Bestimmung von 1996 unterworfen, die es verbot, Bilder einiger militärischer und ziviler Einrichtungen in den Vereinigten Staaten zu verbreiten, natürlich aus Gründen der nationalen Sicherheit oder der Außenpolitik. Die gleiche Verpflichtung war mit Israel unterschrieben worden, doch momentan galt sie für kein weiteres Land. Darüber hinaus bestand das Verbot, an einige Auftraggeber, die auf einer schwarzen Liste standen, Bilder zu verkaufen. Zum Beispiel durften keine Aufträge aus Bagdad, Belgrad, Pjöngjang oder aus anderen Ländern, über die Sanktionen verhängt waren, angenommen werden, und es war ein Verzeichnis aller angeforderten und archivierten Bilder zu führen.

Dies galt jedoch nicht für Kachalow, der die Einrichtung nutzen konnte, wie es ihm paßte, da er der Eigentümer war. Mit seinem Anruf hatte er bei Sky Imaging eine Foto- und eine Filmdokumentation der Beisetzung angefordert, die auf dem Père Lachaise stattfinden würde. Eine absolut harmlose Bitte, hatte Kachalow amüsiert gedacht. Doch er hoffte, auf diesem Film unter all denen, die sich am nächsten Tag auf dem Friedhof einfinden würden, auch die Männer zu sichten und zu erkennen, die von Sablin den Auftrag bekommen hatten, ihn zu töten.

Jemand klopfte an die Tür des Arbeitszimmers. Es war Albert, der die Ankunft von Blanche meldete. Kachalow blieb im allgemeinen nicht länger als zwei Tage ohne Frau, und momentan war das Bedürfnis, sich zu zerstreuen und nicht zu denken, stärker als gewöhnlich.

Blanche hielt Einzug wie eine Diva: ein strahlendes Lächeln auf den Lippen, die Arme ausgestreckt, in einem enganliegenden schwarzen Kleid, das ihre Figur betonte und die Beine frei ließ. Sie war ein blondes Callgirl, jung und gierig. Diese letzte Eigenschaft machte sie unwiderstehlich.

Kachalow lächelte ihr seinerseits zu, zog eine Schreibtischschublade auf und nahm eine schmale längliche Schachtel heraus. Am Nachmittag hatte er Albert, der schon andere Male bewiesen hatte, daß er über einen guten Geschmack verfügte, zu Tiffany geschickt, um ein Armband zu kaufen. Er hatte nicht die Zeit gehabt, das

Schmuckstück anzuschauen, und es interessierte ihn auch nicht. Er hatte einfach eine beachtliche Summe zur Verfügung gestellt und es Albert überlassen, etwas auszusuchen.

Als Blanche das Etui öffnete, sah Kachalow an dem hingerissenen Ausdruck auf ihrem Gesicht, daß der Diener eine gute Wahl getroffen hatte.

»Kostja, Schatz, es ist wundervoll!« rief sie aus, legte sich das Diamantarmband um und bestaunte es lange. Ihre Augen strahlten vor Zufriedenheit, doch in ihrem Blick entdeckte Kachalow auch dieses gierige Glänzen, das ihn so sehr erregte. Sie legte ihm die Arme um den Hals und küßte ihn. Kachalow reagierte auf den Kontakt mit ihrem geschmeidigen Körper und drückte sie fester an sich.

»Ich will, daß du mit mir zusammen zu Abend ißt und heute nacht hierbleibst«, sagte er und schob sie weg. »Doch morgen früh gehst du, wenn Albert es dir sagt. Und ohne dich anzustellen, verstanden?«

»Ich tue alles, was du willst, Kostja. Du weißt, daß jeder deiner Wünsche auch meiner ist«, sagte sie mit einem Blick, der keinen Zweifel an der Art der Wünsche ließ, die sie zu erfüllen gedachte. Dann schälte sie sich langsam aus ihrem Kleid.

22

Als Genadij Renko das *safe house* in Berlin betrat, wo Dimitri Tarskij und Kirow gefangengehalten wurden, spielten die beiden Schach. Auf Anordnung Stuarts besuchte

Renko sie jeden Tag, um möglichst viel über die Verbindung zwischen Kachalow und dem alten Anatolij Tarskij herauszufinden.

Renko hatte sofort begriffen, daß der junge Tarskij eine konfliktgeladene Beziehung zu seinem Vater und eine starke Abneigung gegenüber Konstantin Kachalow hatte, auf den er eifersüchtig zu sein schien. Kirow seinerseits war sich darüber im klaren, daß sie hier festsaßen, weil er unklugerweise Renko die Information über Stresa anvertraut hatte. Daher hatte er sich beim ersten Mal, als der ehemalige Mann der Force Alpha kam, um die beiden zu befragen, den Umstand zunutze gemacht, daß Dimitri Tarskij noch schlief, und Renko versichert, daß der Dienst auf seine uneingeschränkte Kooperation rechnen könne. Doch er hatte ihn beschworen, Tarskij nicht wissen zu lassen, warum sie sich in dieser Situation befanden.

»Dieser Mann ist noch immer sehr mächtig«, hatte Kirow gesagt. »Er war eine einflußreiche Figur des KGB und erfreut sich starker Protektion im Kreml. Sablin hat ihn nur wegen seines Alters und weil er nicht mehr aktiv ist, ungeschoren davonkommen lassen. Doch wenn diese Geschichte zu Ende ist und Anatolij die Wahrheit erfahren sollte, wäre ich verloren.«

Renko hatte ihn beruhigt. »Wenn diese Geschichte zu Ende ist, wird es Kachalow nicht mehr geben, und Tarskij wird heilfroh sein, dem Dienst einen Gefallen zu tun. Du brauchst dir keine Sorgen zu machen, wir werden dich schützen. Doch deine Aufgabe ist es, das Spiel zu lenken und diesen Dummkopf von Dimitri dazu zu bringen, mit uns zusammenzuarbeiten.«

»Darauf kannst du dich verlassen«, hatte Kirow gesagt. »Ihr müßt auf seine Rivalität mit Kachalow setzen. Dimitri haßt ihn und ist davon überzeugt, daß er ihm von seinem Vater vorgezogen wird.«

Renko hatte also darauf zählen können, daß Kirow Dimitri psychologisch bearbeitete. Und die Ergebnisse hatten nicht auf sich warten lassen.

»Wer gewinnt?« fragte Renko und trat an den Tisch, wo die beiden vor einem Schachbrett saßen.

»Ich natürlich«, antwortete Dimitri und sah zu ihm hoch.

Renko wußte, daß Kirow ausgezeichnet spielte und den anderen nur gewinnen ließ, damit sich dessen Laune bessere. Doch Dimitri Tarskij war einfach kein sehr kluger Kopf und glaubte deshalb, der Bessere zu sein.

Der Groll, ja fast Haß, den der Sohn Anatolij Tarskijs gegenüber dem Partner des Vaters hegte, war von einer Art, wie er im Lehrbuch der Psychoanalyse stand. Außerdem litt Dimitri auch unter einem starken Minderwertigkeitsgefühl gegenüber dem ›Boss‹, weshalb er viele Dinge über ihn ausgepackt hatte, ohne sich lange bitten zu lassen.

»Nun, Dimitri, bist du mit der Unterbringung zufrieden?« fragte Renko.

Dimitri hob den Blick vom Schachbrett. »Das Apartment ist nicht schlecht und die Küche ganz passabel. Aber wenn ihr mit allem fertig seid, egal, was ihr da eigentlich treibt, erwarte ich, daß mir der finanzielle Schaden ersetzt wird. Daß ich nicht arbeiten kann, kostet mich nämlich eine Kleinigkeit.«

Renko grinste. »Vielleicht hast du vergessen, daß du ohne uns schon eine Leiche wärst...«

Dimitri zuckte die Achseln. »Das stimmt. Aber ihr habt ja meine Killer eliminiert, also habe ich nichts mehr zu fürchten. Während es meinen Geschäften schadet, daß ich nicht aufzufinden bin«, fuhr er im Ton des großen Unternehmers fort.

Renko schüttelte den Kopf. Dimitri war wirklich ein Idiot, dachte er, auch wenn er ihm den mildernden Umstand zubilligte, daß er nur wegen Kirows Beobachtung in Stresa festgehalten wurde.

»Rasul Khamadow ist noch am Leben und ziemlich wütend über den Tod seiner Männer«, widersprach Renko und setzte sich neben sie. »Du solltest kooperieren, dann befreien wir dich auch von ihm«, fügte er mit einem nicht sehr sympathischen Lächeln hinzu.

»Mein Vater wird dafür sorgen, daß er wie ein Hund krepiert. In Rasul Khamadows Haut möchte ich nicht stecken.«

»Ich dagegen möchte nicht in der Haut deines Vaters stecken«, erwiderte Renko und tat so, als studiere er eifrig das Schachbrett.

In Dimitris Augen blitzte Angst auf, und Renko ließ sich diese Gelegenheit nicht entgehen. »Auf unsere Anweisung hin hast du deinem Vater gesagt, daß es Kachalow gewesen sei, der den Befehl gegeben habe, dich zu eliminieren, also denkt er, daß die Sache wirklich so gelaufen ist. Deshalb wird er sich gegen Kachalow stellen, und das wird ihn in Schwierigkeiten bringen. Hast du daran nicht gedacht? Du könntest ihn dazu überreden, mit uns zusammenzuarbeiten. Kachalow ist ein toter Mann, das ist nur eine Frage der Zeit. Wenn dein Vater sich auf unsere Seite stellt, kann er Rußland mit einem neuen Namen und seinem ganzen Kapital verlassen. Und für dich haben wir auch ein nettes Sümmchen zurückgelegt.«

Dies war Stuarts neueste Idee. Renko hatte nach seinen Besuchen im *safe house* dem Chef des Dienstes ein genaues psychologisches Profil des jungen Tarskij zeichnen können. Außerdem waren sie, nach den Informationen, die sie über ihn hatten, von seiner Geldgier überzeugt. Es würde genügen, ihm eine passende Summe anzubieten, um ihn dazu zu bringen, alles zu tun, was sie wollten.

»Wieviel?« fragte Dimitri denn auch, ohne seinen Blick vom Spiel zu wenden.

»Dreihunderttausend Dollar, fürs erste. Doch wenn du es schaffst, deinen Vater zu überreden, Kachalow zu verraten, bekommst du dreihunderttausend Dollar und das Geld, das du Rasul Khamadow schuldest, vorausgesetzt er ist noch am Leben. Du mußt allerdings sehr überzeugend spielen, dein Vater darf nicht argwöhnen, daß du mit uns gemeinsame Sache machst«, fügte Renko hinzu.

»Und wenn ich mich weigere, ihn da hineinzuziehen?« fragte Dimitri und sah endlich vom Schachspiel auf.

»Dann töten wir dich. Doch es wäre sehr dumm von dir. Wenn du uns dagegen hilfst, kannst du Kachalow loswerden und deinem Vater das Leben retten. Vielleicht hast du noch nicht verstanden, daß der ›Boss‹ verurteilt worden ist, und mit ihm alle, die ihm helfen.«

»Mein Vater wird Kachalow niemals verraten«, sagte er leise.

»Ich glaube, du unterschätzt die Zuneigung, die er für dich hegt. Auf jeden Fall ist dies die Gelegenheit, ihn auf die Probe zu stellen, meinst du nicht?« sagte Renko verführerisch.

Es war eine Weile still. Dimitri und Kirow wandten ihre Blicke nicht vom Schachbrett, während Renko vom Tisch weggegangen war und so tat, als betrachte er interessiert die Reproduktion eines Gemäldes von Velazquez, die über dem Kamin hing.

Schließlich schaute Dimitri hoch. »In Ordnung«, sagte er leise. »Der Handel gilt.«

Renko grinste und sah sich das Bild noch ein paar Sekunden an. Dann drehte er sich um, ging zu den beiden anderen zurück und setzte eine freundliche Miene auf, in die sich Bewunderung mischte.

Als er wieder neben Dimitri stand, klopfte er ihm auf die Schulter. »Ich wußte, daß ein schlauer Kopf wie du sich diese Gelegenheit nicht entgehen lassen würde«, sagte er und warf hinter seinem Rücken Kirow einen komplizenhaften Blick zu. »Dein Vater hätte, statt sich mit diesem Gauner zusammenzutun, seinem Sohn vertrauen sollen – und jetzt, Dimitri, erkläre ich dir, was du deinem Vater sagen wirst, wenn wir ihn anrufen. Aber denk daran, daß du überzeugend sein und ihm einen ordentlichen Schrecken einjagen mußt. Du bist in den Händen von skrupellosen Killern, vergiß das nicht«, schloß er mit einem Grinsen.

Obwohl Kirow den angeberischen, selbstgefälligen Tarskij noch nie gemocht hatte, fühlte er jetzt beinahe Mitleid mit ihm. Mit einer sanften Bewegung, fast schweren Herzens, setzte er den schwarzen König seines Gegners matt.

»Schachmatt«, sagte er und sah Dimitri an. Doch der bemerkte es nicht einmal.

23

Um zwei Uhr morgens waren Ogden und Franz soweit, in Kachalows Wohnung einzudringen. Den ganzen Abend hatte Franz sich mit seinem kleinen Kunstwerk beschäftigt, während Mulligan und Alex zum Père Lachaise gefahren waren, um die Halle zu fotografieren, wo Borowskij am nächsten Tag aufgebahrt werden sollte. Danach waren sie in die vom Dienst besetzte Wohnung in der Rue St. Honoré zurückgekehrt und hatten zusammen mit Ogden das fotografische Material studiert.

»Morgen auf dem Friedhof werden wir zu viert sein«, sagte Ogden. »Mulligan, Franz, ich. Und Alex, der den Wagen fährt. Franz hat ein kleines Gerät ausgetüftelt, ähnlich einer Waffe, die beim KGB in den sechziger Jahren in Gebrauch war. Mit einem vergleichbaren Mechanismus, doch sehr viel primitiver als der, den Franz heute abend konstruiert hat, wurde 1959 in Monaco Stephan Bandera getötet, der Führer der O.U.N., der von den Sowjets gefürchteten stärksten nationalistischen Organisation der Ukraine. Bandera wurde von Bogdan Stasinskij eliminiert, einem KGB-Spion, der sich später in die Vereinigten Staaten absetzte. Die Waffe nannte man ›Zyanid-Pistole‹, auch wenn sie nichts von einer Pistole hatte. Sie sah aus wie eine harmlose Röhre, achtzehn Zentimeter lang und mit einem Durchmesser von zwei Zentimetern. Das Innere der

Röhre enthielt eine kleine Menge Sprengstoff, einen Schlagbolzen und eine Kapsel mit Blausäure. Wenn der Sprengstoff explodierte, setzte er den Kolben in Bewegung, der die Kapsel zerbrach, wodurch giftige Gase frei wurden. Diese Waffe mußte, um wirksam zu sein, aus nächster Nähe abgefeuert werden und auf das Gesicht des Opfers zielen; von daher offenbar die Bezeichnung ›Zyanid-Pistole‹. Es war auch vorgesehen, daß der Schütze ein Gegengift zu sich nahm, damit er selbst durch die tödlichen Dämpfe nicht zu Schaden kam. Im allgemeinen wurde ein Herzinfarkt für den Tod verantwortlich gemacht. Mit diesem System eliminierte Stasinkij 1957 auch Lew Rebet, einen ukrainischen Journalisten. Erst nachdem Stasinskij übergelaufen war, erfuhr man, was Rebet und Bandera wirklich getötet hatte.«

Ogden zeigte den Agenten einen kleinen Gegenstand. »Heute abend«, fuhr er fort, »hat Franz, unser Herr über Giftschrank und Trickkiste, dank der Technologie, über die wir inzwischen verfügen, etwas Ähnliches, aber sehr viel Kleineres und Präziseres konstruiert. Ein Fernauslöser wird uns ermöglichen, das Freisetzen der Zyaniddämpfe im richtigen Moment zu bewerkstelligen. Jetzt dürft ihr euch diese altmodische Waffe aus der Nähe ansehen. Keine Angst, ihr könnt sie in aller Ruhe drehen und wenden, sie ist nicht geladen.«

Ogden gab Franz die zwei verbundenen Zylinder, nicht länger als drei Zentimeter und anderthalb Zentimeter dick, und dieser zeigte sie den anderen. »Wie ihr seht«, fuhr er fort, während die Männer die Waffe studierten, »ist sie viel kleiner, doch der Mechanismus im Inneren ist mehr oder weniger der gleiche. Wir werden sie am äußeren Rand des Sargs anbringen, auf der Höhe von Borowskijs Gesicht. Der Sarg, wie er mir von Albert beschrieben worden ist, wird nur im oberen Teil aufgeklappt, und zwar von rechts nach links. Über diese beiden kleinen Zylinder wird ein dichtes dunkles Netz gelegt, das sie tarnt, ohne jedoch das Austreten von Gas zu verhindern. So, wie der Sarg aufgeklappt ist, kann man sich ihm nur von einer Seite nähern, und genau auf dieser Seite werden wir die Zyanid-Pistole verstecken. Wir betreten, zusammen mit allen anderen, die Aufbahrungshalle des Friedhofs und tun so, als wollten wir Borowskij die letzte Ehre erweisen. Wir richten es so ein, daß wir immer ziemlich nahe bei Kachalow sind, und wenn er am Sarg steht, handeln wir. Durch den Fernauslöser geben wir den Impuls, worauf das Zyanid ausströmt und ihn niederstreckt. Wir brauchen nicht einmal ein Gegengift, da wir, im Unterschied zu Stasinskij, aus der Entfernung agieren. Alles klar?«

Mulligan schüttelte den Kopf. »Es ist unglaublich, ich hätte nie gedacht, daß wir noch einmal diese mittelalterlichen Gerätschaften gebrauchen müßten.«

»Mittelalterlich, aber wirksam«, entgegnete Franz.

»Die Sache sollte funktionieren. Ich werde dem Zielobjekt am nächsten stehen. Wenn sicher ist, daß Kachalow sich in der richtigen Position befindet, gebe ich Franz das vereinbarte Zeichen, und er betätigt den Fernauslöser. Ihr beiden seid vom Sarg weiter entfernt, doch nah genug, um zu reagieren, wenn es Probleme geben sollte. Es ist eine Aktion vom Typ A, also mit doppelter Bezahlung. Seid ihr alle einverstanden?«

Die Männer nickten. »Gut, dann machen wir weiter«, fuhr Ogden fort. »Natürlich müssen wir berücksichtigen, daß Kachalow von Bodyguards umringt sein wird, die an ein Unglück denken werden, wenn er zusammensackt. In diesem Moment wird ein großes Durcheinander herrschen, und wir können uns aus dem Staub machen. Deshalb werden wir sehr aufmerksam den Plan des Friedhofs studieren. Wenn die Operation beendet ist, müssen wir alle drei, aber jeder für sich, zum Haupteingang hinaus. Dort wartet Alex im Wagen auf uns. Der Père Lachaise liegt auf einem Hügel, nur wenige Wege sind schachbrettartig angelegt, ansonsten ist es ein echtes Chaos gewundener Pfade, also ist es lebenswichtig, sich den Plan genau anzusehen. Im Technikraum zeigt euch Jimmy außerdem noch ein Video vom Einsatzort.«

»Wie wollt ihr in Kachalows Wohnung kommen? Im Moment sind zwei Leibwächter bei ihm«, sagte Mulligan.

»Albert gibt ihnen ein Schlafmittel zu trinken, das sie für eine Stunde außer Gefecht setzt. Wenn sie wieder aufwachen, werden sie keinerlei Anzeichen von Betäubung spüren und denken, sie seien einfach nur eingedöst, sonst nichts.«

Ogden sah auf die Uhr. »Albert läßt mein Handy einmal läuten, wenn die Bodyguards eingeschlafen sind. Kachalow ist mit einer Frau in seinem Zimmer aufs angenehmste abgelenkt. Wenn wir also Glück haben, können wir unser kleines Gerät ohne Probleme in den Sarg einbauen. Andernfalls kommt ihr uns zu Hilfe. Wir bleiben über Funk immer miteinander in Verbindung.«

In diesem Augenblick läutete das Handy einmal. »Das

ist das Signal, gehen wir«, sagte Ogden zu Franz. »Wenn wir zurück sind, treffen wir die letzten Absprachen für morgen.«

Sie gingen hinunter in die Rue St. Honoré, überquerten die Straße und betraten das Haus, in dem Kachalow wohnte, mit dem Schlüssel, den Albert ihnen gegeben hatte. Sie stiegen hinauf in den dritten Stock, wo der Diener an der Tür auf sie wartete.

»Die beiden sind im Salon eingeschlafen«, murmelte er mit unsicherer Stimme.

»Und Kachalow?« fragte Ogden.

»Er ist mit Mademoiselle Blanche in seinem Zimmer. Sie sind noch wach, doch Sie müssen sich beeilen, er könnte jeden Moment beschließen, Mademoiselle aus dem Zimmer zu schicken. Zum Glück liegt der Raum mit dem Sarg des armen Monsieur Borowskij im anderen Flügel. Kommen Sie!«

Auch Kachalows Wohnung hatte keinen Dienstboteneingang, wodurch die Zugänge beschränkt waren. Franz und Ogden waren direkt ins Entree gelangt: einen großzügigen Raum mit beachtlichen Gobelins an den Wänden und einem dicken Teppich. In der Mitte stand ein Louisseize-Tisch, das war alles.

Albert gab ihnen ein Zeichen, ihm zu folgen, und öffnete eine Tür, die in einen langen Korridor führte. Ogden kannte den Grundriß der Wohnung und wußte, daß dieser Korridor in dem Teil lag, der Gästen und Personal vorbehalten war, während sich Kachalows Schlafzimmer auf der gegenüberliegenden Seite befand.

Sie gingen den Korridor entlang, bis Albert vor einer

Tür stehenblieb. »Wir sind da«, flüsterte er, »hier drinnen ist er.«

»Du bleibst im Vorzimmer auf Posten«, befahl ihm Ogden. »Du überwachst die beiden Männer im Salon und meldest uns, wenn Kachalow oder die Frau das Zimmer verlassen. In diesem Fall rufst du mich über Funk. Hast du verstanden?«

»Ja, Monsieur, machen Sie sich keine Sorgen«, stammelte Albert, der immer ängstlicher wirkte.

»Dann verschwinde jetzt«, sagte Ogden und folgte Franz, der schon hineingegangen war.

Sie traten an den Sarg, der so geöffnet war, wie Albert es beschrieben hatte.

»Schöner Sarkophag«, murmelte Franz, ging mit seiner kleinen Tasche näher heran und machte sich gleich an die Arbeit. Der Sarg war in der Tat elegant, fein gearbeitet und mit einem dicken gewölbten Rand, der das Einsetzen der Zyanid-Pistole ohne große Schwierigkeiten ermöglichen würde.

Mit einem kleinen Laserbohrer schnitt Franz leise ein Stückchen aus dem Rand, bohrte ins Holz und schuf damit eine kleine Vertiefung für die beiden Zylinder, genau bei Borowskijs Gesicht. Dann steckte er die Zylinder in diese Auskehlung, deckte sie mit einem durchlöcherten Plastikmaterial ab und befestigte es am Holz. Schließlich zog er aus der Tasche zwei kleine Döschen, die einen speziellen Lack enthielten, mischte zwei Farben und übermalte mit einem Pinsel das netzartige Einsatzstück, so daß kein Unterschied mehr zwischen der Oberfläche des Holzes und der Stelle, wo er die Vorrichtung eingefügt hatte, zu erkennen war. Zum Schluß betrachtete er zufrieden sein Werk und gab Ogden ein Zeichen, es zu kontrollieren. Dieser begutachtete den Sarg und klopfte Franz als Zeichen seiner Anerkennung auf die Schulter. Franz verstaute das Material wieder in der Tasche, und die beiden verließen den Raum.

Der kreidebleiche Albert erwartete sie im Entree. Als er sie eintreten sah, zuckte er zusammen und blickte sie fragend an, ohne einen Laut von sich zu geben.

»Alles in Ordnung, Albert, du kannst schlafen gehen«, flüsterte Ogden, als er neben ihm stand. »Es kann sein, daß ich dich morgen noch einmal brauche; deshalb behalte das Handy immer in Reichweite. Klar?« fügte er hinzu und drückte seinen Arm.

Albert nickte, immer noch still. Seinem Blick war anzusehen, daß er gehorchen würde.

Sie verließen Kachalows Apartment und gingen zurück in die Wohnung des Dienstes. Die Operation hatte weniger als eine halbe Stunde gedauert.

24

Die Veranstaltung in der Moscow's Collection hatte gerade erst begonnen. Verena betrachtete die Menge, die den großen Konferenzsaal füllte. Noch nie hatte sie einen solchen Publikumsandrang zu einer Lesung von Gedichten erlebt. In den ersten Reihen sah sie Leute, deren Kleidung eher zu einer großen Gala als zu einem literarischen Treffen paßte. Stark vertreten waren die *kuptsi*, was man ungefähr mit »Neureiche« übersetzen könnte. Ein Wort, das, vor allem bei Gogol und seinen Zeitgenossen, »Händler« bedeutete, die arrogant, gemeinhin ungebildet und vulgär ihren Reichtum zur Schau stellten. Das in Moskau häufig verwendete jiddische Wort *geschafti*, das »spekulative Geschäfte« bezeichnete, diente hingegen dazu, die Quelle ihrer plötzlich erworbenen Vermögen zu bezeichnen.

Doch die *kuptsi*, im Unterschied zu den *torgaschtschie*, den kleinen Schiebern der unteren Etage, lebten in einer Welt, die Lichtjahre von der des Großteils ihrer Landsleute entfernt war. Von ausschweifendem Luxus umgeben, der noch zehn Jahre zuvor unvorstellbar gewesen wäre, bevölkerten sie die Kasinos, die neuen Prachtbauten und die Moderestaurants und gaben Vermögen in den westlichen Boutiquen aus. Verena fiel auf, daß alle Frauen dieser Gruppe Designerkleider trugen und mit Juwelen behängt waren.

Kurz vor Beginn der Lesung trat Anatolij Tarskij zu ihr. »Es wird ein wenig später anfangen, damit keiner der Gäste den Beginn der Veranstaltung verpaßt. Leider sind wir Russen nicht so pünktlich wie die Schweizer, und unsere VIPs halten es für vornehm, auf sich warten zu lassen«, schloß er mit einem Ausdruck, der zu verstehen gab, wie sehr er dieses Verhalten mißbilligte.

In Wirklichkeit war die Verspätung durch Hans Kluver verursacht, der ihn angerufen hatte, um ihn zu bitten, den Anfang der Veranstaltung hinauszuzögern. Der Schweizer fürchtete, nicht rechtzeitig dasein zu können, weil er noch ein wichtiges Treffen mit einem Politiker hatte. Tarskij hatte ihm den Gefallen getan, weil er wußte, daß sein Freund Angst hatte, die Lesung von Verena Mathis zu versäumen.

Als Wassilij Adamow sich am Mikrofon beim Publikum für die kleine Verspätung entschuldigte, verließ Verena den Konferenzsaal und ging im Park spazieren. Im Ermitage-Park lagen neben der neuen Moscow's Collection auch noch drei Theater. Es war ein Park, der schon bessere Zeiten gesehen hatte.

Verena spazierte seit einigen Minuten um ein großes Beet herum und fragte sich zum x-ten Mal, ob sie die richtigen Gedichte für die Lesung ausgesucht hatte, als sie ihren Namen hörte. Sie wandte sich um: Es war Hans Kluver.

»Zum Glück hat die Lesung noch nicht begonnen«, rief er, ein wenig aufgeregt, aus. »Die Arbeit hat mich aufgehalten, aber jetzt bin ich da.«

Er verstummte und wirkte verlegen. Verena hatte den Eindruck, die Worte seien ihm im Hals stecken geblieben. Sie verstand nicht, wieso er so ängstlich war und den Eindruck machte, als fühlte er sich unbehaglich.

»Geht es Ihnen gut?« fragte sie ihn.

Er nickte. »Ja, danke, ich bin nur müde. In Moskau habe ich immer tausend Verpflichtungen, und ich habe Mühe, sie alle zu erfüllen. Ich bin nicht mehr jung genug für ein hektisches Leben.«

»Dann setzen Sie sich doch«, sagte Verena und zeigte auf eine Bank. »Wir haben Zeit, Adamow hat den Beginn der Lesung um eine Viertelstunde verschoben.«

»Um so besser«, meinte Kluver zufrieden.

Sie setzten sich auf eine Bank. Es war fast fünf Uhr nachmittags, und die Luft war beißend kalt, auch wenn die Sonne hoch am Himmel stand.

»Lebt es sich noch immer gut in Zürich?« fragte Kluver.

»Ich glaube schon. Haben Sie lange Zeit dort gelebt?«
»Fast vierzig Jahre.«
»Und warum sind Sie weggegangen?«

Kluver antwortete nicht gleich, und Verena bemerkte, daß er mühsam atmete. »Geht es Ihnen wirklich gut?« fragte sie erneut besorgt.

Er machte eine Geste, als wollte er ein Insekt verscheuchen. »Machen Sie sich keine Sorgen, daran ist das Alter schuld. Ich bin über siebzig und will noch immer das Leben eines Vierzigjährigen führen. Doch lassen Sie uns von Ihnen sprechen: Schreiben Sie schon lange?«

Dies war eine Frage, die Verena irritierte. Sie hatte schon immer geschrieben, es war das einzige, was sie gern tat. Wenn sie sich mit etwas anderem beschäftigt hatte, war es nur aus Notwendigkeit geschehen, ohne Interesse, wie man durch einen Ort geht und es vermeidet, sich umzusehen.

»Sie wollen wissen, ob ich schon lange Gedichte schreibe?« fragte sie nach.

Kluver schlug sich mit der Hand an die Stirn. »Sie haben recht, Sie müssen mir verzeihen! Sie befassen sich ja auch mit Kunstkritik. Ich habe einige Ihrer Artikel gelesen, nach einer positiven Kritik von Ihnen sogar das Bild eines jungen Malers gekauft. Es hängt jetzt in meinem New Yorker Büro.«

Verena sah ihn verwundert an. Kluver sprach von ihrem Freund Werner, für den sie eine Kritik geschrieben hatte. Sie fragte sich, wie dieser Mann, der in Amerika lebte, etwas von ihr gelesen haben könne. Verena beschäftigte sich bisweilen mit Kunstkritik, doch ihre Artikel waren immer in eher unbedeutenden Fachzeitschriften erschienen. Sie hatte einige Kataloge herausgegeben, aber sie wußte gut, daß sie nicht bekannt war, schon gar nicht in Übersee. Deshalb war es wirklich seltsam, daß dieser Mann, halb Schweizer, halb Amerikaner, nicht nur ihren einzigen Gedichtband gelesen hatte, wie sie von Tarskij wußte, sondern auch ihre Artikel. Mit einem Mal machte sie Kluvers Interesse an ihr mißtrauisch. Sie nahm sich vor, mit Ogden nicht nur über Tarskij, sondern auch über ihn zu sprechen.

Wassilij Adamow kam beinahe im Laufschritt auf sie zu. Er war ein eher kleiner und rundlicher Mann mit einem freundlichen Gesicht, das immer fröhlich schien. Auch jetzt lag auf seinen Lippen ein Lächeln: Das Ergebnis war, daß sein Gesicht zweigeteilt schien, der untere Teil heiter und der obere besorgt.

»Frau Mathis, ich bitte Sie, kommen Sie, die Lesung fängt an!« rief er atemlos aus, als er sie erreicht hatte.

Verena und Kluver standen auf und folgten ihm zum Pavillon. Als sie im Saal waren, wurde sie freundlich zur Bühne geschoben, wo die anderen Dichter schon an einem langen Tisch saßen.

Als erster las ein junger Schwede seine Arbeiten. Nachdem er ein Gedicht vorgetragen hatte, rezitierte der Übersetzer es auf russisch, und es gab viel Beifall. Doch Verena konnte es nicht würdigen, da sie keine der beiden Sprachen verstand.

Eine Weile ging es so weiter, bis der französische und der deutsche Dichter an die Reihe kamen. Verena beeindruckten ihre Werke nicht besonders, während ihr jedoch das Gedicht einer jungen Frau aus Dublin sehr gut gefiel.

Als sie an der Reihe war, las Verena sehr ruhig und wunderte sich über die vollkommene Gelassenheit, die über sie gekommen war. Sie fühlte sich überhaupt nicht aufgeregt, empfand auch keine Scheu, zum ersten Mal in der Öffentlichkeit ein eigenes Gedicht vorzulesen. Vielleicht, sagte sie sich, hatte sie zum Schluß doch etwas von der unstillbaren Lust ihrer Mutter an der Selbstdarstellung geerbt.

Die Veranstaltung war ein Erfolg und ein neuerlicher Beweis dafür, daß die Russen die Dichtkunst tatsächlich liebten. Es hatte kein Gedicht gegeben, das nicht begeistert beklatscht worden wäre. Zum Schluß wurden die Dichter von Leuten aus dem Publikum bedrängt, die ein Autogramm wollten oder ihnen Blumensträuße überreichten. Verena war zutiefst gerührt, als eine einfache Frau aus der letzten Reihe auf sie zukam und ihr einen Strauß Feldblumen gab, die sie auf irgendeiner Wiese gepflückt hatte. Als der Saal sich am Ende leerte und nur die Dichter und die Organisatoren zurückblieben, kamen Wassilij Adamow und der Übersetzer auf Verena und Marta Campo zu, die sich gerade über den Verlauf des Abends unterhielten.

»Wir sind alle zum Essen eingeladen«, sagte Adamow. »Anatolij Tarskij und sein Freund, der Mäzen, wollen, daß wir ihre Gäste im Central House of Writers sind. Das ist eines der exklusivsten Restaurants in Moskau«, fügte er augenzwinkernd hinzu.

Marta Campo sah Verena amüsiert an. »Dann stimmt es also, was Anatolij gesagt hat: Es gibt einen Mäzen. Stellt ihn mir vor, ich bitte euch, es ist eine aussterbende Rasse, sie muß geschützt werden wie die Pandas!«

Verena lachte, und die anderen ebenso, während Tarskij

und Hans Kluver auf sie zukamen. Bevor die beiden sie erreichten, beugte sich Adamow mit verschwörerischer Miene zu Verena und Marta Campo vor. »Der Mäzen, der diese außergewöhnliche Begegnung finanziert hat, ist Ihr Landsmann Hans Kluver«, flüsterte er ihnen zu und schien glücklich, daß er es war, der dieses Geheimnis enthüllte.

Andrej Sokolow nickte mit wissendem Gesicht. »Er hat eine spezielle Vorliebe für Ihre Arbeit, Frau Mathis«, sagte er. Dann beeilte er sich, mit hochrotem Kopf hinzuzufügen: »Wie natürlich auch für die Gedichte von Signora Campo.«

Verena betrachtete die beiden Männer, die sie inzwischen erreicht hatten, und meinte so etwas wie Gefahr zu wittern. Nachdem sie nun wußte, daß Kluver die Veranstaltung finanziert hatte, erschien ihr das Interesse dieses Mannes noch beunruhigender. Einen Augenblick überlegte sie, ob sie sich davonmachen und ins Hotel zurückgehen sollte. Doch das war unmöglich. Wenn sie sich abgesetzt hätte, wären die Gastgeber sicher beleidigt gewesen. Daran war nicht einmal zu denken.

»Heute abend«, sagte Tarskij, als er vor ihnen stand, »gehen wir in ein Restaurant, das Bulgakow durch sein Buch, das Sie alle kennen, *Der Meister und Margarita*, berühmt gemacht hat. Ich versichere Ihnen, das Restaurant bietet ein kulinarisches Erlebnis, das ebenso unvergeßlich ist wie das im Buch beschriebene.«

Es gab eine Reihe zufriedener Kommentare, dann wandte sich die vielköpfige Gruppe dem Ausgang zu. Außerhalb des Ermitage-Parks warteten einige repräsentative Wagen auf die Gäste.

»Donnerwetter!« rief Marta Campo aus. »Wir werden ja wirklich wie VIPs behandelt! Wer mag wohl dieser Mäzen sein?«

»Es ist ein Schweizer, der seit vielen Jahren in den Vereinigten Staaten lebt!« sagte Verena, die neben ihr ging.

»Nun, er muß eine Menge Geld haben. Hauptsache, er ist kein Mafioso…«

Die Worte Marta Campos konfrontierten Verena mit ihren Befürchtungen. Doch sofort fand sie sich selbst albern und sagte sich, daß sie, seit sie Ogden kannte, überall Komplotte sehe.

»Wo denkst du hin!« rief sie aus. »Und außerdem ist er ein enger Freund Anatolij Tarskijs«, fügte sie hinzu, mehr um sich selbst zu überzeugen als die Freundin.

Marta Campo drehte sich um, um zu sehen, ob Tarskij noch weit genug weg war und sie nicht hören konnte. Dann trat sie näher an Verena heran.

»Willst du wissen, was ich denke?« flüsterte sie. »Dieser Tarskij erinnert mich eher an einen ehemaligen Spitzenmann des KGB als an einen Diplomaten! Vor Jahren, als ich mit einer Delegation der italienischen KP zu einem Kulturaustausch in Moskau war, sind mir solche Typen wie er begegnet! Und außerdem: Hast du denn nicht bemerkt, daß dieser Hans Kluver dich nicht aus den Augen läßt? Als du heute auf dein Zimmer gegangen bist, wirkte er wie ein geprügelter Hund.«

»Aber ich habe ihn noch nie zuvor gesehen«, protestierte Verena.

»Nun ja, du magst ihn nie gesehen haben, aber mit Sicherheit hat er dich gesehen.«

Tarskij und Kluver waren inzwischen herangekommen. Der Russe gab den beiden Frauen ein Zeichen, in die Limousine einzusteigen, neben der, kerzengerade wie ein Bleisoldat, Nikolaj, sein Leibwächter mit der Narbe, stand.

Die Wagenkolonne setzte sich in Richtung Ulitsa Powarskaja in Bewegung, wo sich das Restaurant befand. Auf der Fahrt überschütteten Tarskij und Kluver Verena Mathis und Marta Campo mit Komplimenten für ihre Lesung und kommentierten auch die Arbeit der anderen Dichter. Tarskij war der gesprächigere und kompetentere von beiden, und Verena konnte sich diesen so eleganten und gebildeten älteren Herrn nicht als Mitglied des berüchtigten KGB vorstellen.

Dann erinnerte sie sich an eines der wenigen Male, als Ogden mit ihr über seine Arbeit gesprochen hatte. Bei dieser Gelegenheit hatte er ihr erklärt, daß die Angehörigen des sowjetischen Geheimdienstes fast immer kultivierte Leute gewesen seien, mehrsprachig, aus den besten Studenten der verschiedenen Universitäten ausgewählt und jahrelang für die Aufgabe, die sie erfüllen sollten, geschult. In gewisser Hinsicht stellten sie die Elite des Landes dar. Und noch heute ist es so, hatte Ogden hinzugefügt und damit das Thema abgeschlossen. Also, sagte sie sich, gab es keinen Grund, sich zu wundern, wenn Tarskij Lermontow aus dem Gedächtnis zitierte und über die Dichtkunst zu sprechen wußte, obwohl er zum KGB gehört hatte, wie Marta Campo vermutete. Offensichtlich schloß das eine das andere nicht aus.

»Es stimmt wirklich, daß Kultur in Rußland große

Achtung genießt. Heute abend haben wir ein phantastisches Publikum gehabt!« sagte Marta Campo begeistert.

»Doch die Dinge ändern sich auch hier«, warf Tarskij ein. »Heutzutage hat die neue russische Elite aus Unternehmern und Bankiers jene der Intellektuellen ersetzt, die als ›Reiche‹ des alten Regimes galten. Die Wissenschaftler, die Universitätsdozenten und die Schriftsteller, die einst im Wohlstand lebten, die Importwaren bekamen und ihre Datscha auf dem Land hatten, sind auf die letzte Stufe der sozialen Leiter abgestürzt. Die Privatisierungen und die drastischen Einschnitte im Haushalt habe eine massive Flucht von Spitzenwissenschaftlern zur Folge gehabt; viele der besten Physiker, Nuklearingenieure und Mathematiker haben das Land verlassen und sind, Ironie des Schicksals, von amerikanischen Universitäten und Firmen aufgenommen worden.«

»Und doch war heute abend das Interesse des Publikums wirklich spürbar«, fuhr Marta Campo fort.

»Es gibt noch immer viele Russen, die an Kultur interessiert sind, jedenfalls im Moment noch, doch es ist nicht mehr wir früher«, antwortete Tarskij. »Im Durchschnitt liest ein Russe immer noch dreimal so viel wie ein Amerikaner, aber es hat sich, trotz der überreichen russischen Literatur, der Geschmack gewandelt. Die Leser wenden sich heute mit Vorliebe Werken über Alltagspsychologie, Sexualität, Astrologie oder Business zu. Einer der letzten Bestseller war ein Buch mit dem Titel KGB-*Führer zu den Städten der Welt*, ein wirklich fragwürdiges Werk, entstanden durch die Mitarbeit einiger angeblicher Ex-Agenten des Geheimdienstes, voller falscher Geschichten über Spionage und geheime Missionen. Wie Sie sehen, sind wir gezwungen, dem alten Regime manchmal ein wenig nachzutrauern. Einst war für die Russen die Kultur lebenswichtig, trotz der Säuberungen und Verfolgungen, oder gerade deswegen. Das scheint sich im Kapitalismus nicht groß geändert zu haben.«

»Und doch wissen wir aber nur allzugut, welches Ende viele Schriftsteller genommen haben, ganz zu schweigen von der Zensur«, wandte Verena ein.

»Das ist wahr. Für all dies ist die Zeche zu zahlen«, sagte Tarskij und beendete damit die Diskussion.

Hans Kluver schwieg die meiste Zeit, beschränkte sich darauf, das Allernötigste zu sagen, und sprach überhaupt nur, wenn Tarskij ihn mit ins Gespräch zog. Er wirkte traurig oder war vielleicht besorgt.

Das lange Gedicht der jungen Irin hatte allen gefallen. Verena, die geradezu begeistert davon war, hatte sich das Buch gekauft.

»Man hat mir gesagt, daß viele Bücher verkauft worden sind«, sagte Tarskij. »Ein Verkaufserfolg, der sich in den nächsten Tagen gewiß fortsetzt.«

»Wir könnten hierher ziehen, Verena«, sagte Marta Campo. »Dann wären wir wenigstens nicht mehr frustriert über die miserablen Verkaufszahlen, die Lyrikbände in allen anderen Ländern der Welt erreichen.«

»Sie sind immer willkommen«, sagte Tarskij und neigte liebenswürdig den Kopf.

Als sie das House of Writers betraten, war Verena von den hohen Decken und den prächtigen Schnitzereien beeindruckt. Ihr kamen die Worte Bulgakows aus *Der Meister und Margarita* in den Sinn: »Die ganze untere Etage des

Gribojedow-Hauses nahm ein Restaurant ein; aber was für eins! Völlig zu recht galt es als das beste in ganz Moskau. Und nicht nur, weil es in zwei großen Sälen mit Tonnengewölbe untergebracht war, an deren Decken lilafarbene Pferde mit wilder Mähne prangten, nicht nur weil auf allen Tischen mit einem Tuch umhüllte Lampen standen, nicht nur, weil hier nicht jeder x-beliebige hereinspazieren konnte, sondern vor allem, weil das Gribojedow mit der Qualität seiner zugeteilten Lebensmittelration jedes andere Restaurant in Moskau übertraf und sie zu erschwinglichen, ja geradezu anständigen Preisen weitergab.«

Verena hob den Blick zur Decke und suchte die lila Pferde, als sie spürte, daß jemand sanft ihren Arm nahm.

Es war Kluver, der sie behutsam zu einem der für sie reservierten Tische führte.

»Kommen Sie, setzen Sie sich zu Anatolij und mir, ich bitte Sie.«

Er sprach, als hinge sein Leben davon ab, und Verena brachte es nicht übers Herz, nein zu sagen. Sie gab Marta, die mit dem französischen Dichter und der jungen Frau aus Dublin auf einen anderen Tisch zusteuerte, ein Zeichen und setzte sich notgedrungen neben den Schweizer.

Tarskij gesellte sich gleich darauf zu ihnen, und auch Wassilij Adamow und Andrej Sokolow setzten sich an den runden Tisch. Ihr junger Übersetzer war offensichtlich sehr stolz darauf, in Gesellschaft so wichtiger Leute an diesem Ort zu sein. Man konnte es an seinem angespannten, ein wenig verwirrten Gesichtsausdruck erkennen, mit Mühe von dem eigenartigen Lächeln eines Lebemannes verdeckt, das auf seinen Lippen blieb, gleichgültig, was gesagt wurde.

Andrej saß links von Verena, und als sie bemerkte, wie unbehaglich er sich fühlte, lächelte sie und legte ihm eine Hand auf den Arm. »Ich bin wirklich froh, daß Sie meine Gedichte übersetzt haben. Leider kann ich kein Russisch und bin nicht in der Lage, die Übersetzung zu beurteilen, doch mir hat es genügt zu sehen, wie die Gedichte heute abend vom Publikum aufgenommen worden sind, um mich zu überzeugen, daß Sie ausgezeichnete Arbeit geleistet haben. Ich danke Ihnen vielmals.«

Andrej wurde rot bis über die Ohren. »Das ist zu freundlich«, antwortete er ein wenig nuschelnd. »Ihre Arbeit gefällt mir sehr. Es ist mir eine Ehre gewesen, Ihre wundervollen Verse in meine Sprache zu übersetzen.«

Inzwischen war Champagner serviert worden, und nach einem Trinkspruch, dem sich auch die Gäste an den anderen Tischen angeschlossen hatten, zog Tarskij das Veranstaltungsprogramm aus der Tasche.

»Morgen wird die Lesung in der Alten Universität stattfinden. Sie wurde von Zarin Elisabeth gegründet, unter Führung des größten russischen Gelehrten des achtzehnten Jahrhunderts, Michail Lomonossow. Es ist unsere älteste Universität. Das Publikum wird weniger mondän sein, eher studentisch, doch sehr sachverständig. Ich bin sicher, es wird ein Erfolg.«

»Ohne Zweifel!« rief Adamow aus. »Einige der wichtigsten Leute aus Universitätskreisen haben mir ihre Teilnahme zugesichert. Sicher kennen Sie dem Ruf nach Professor Boris Zemedew«, sagte er stolz zu Tarskij.

Tarskij begnügte sich mit einem Nicken und setzte dabei eine Miene auf, die Verena ein wenig herablassend vorkam. Doch der Direktor des Literaturhauses, der im siebten Himmel schien, empfand dies wohl nicht so. Inzwischen hatten sich zwei Kellner mit Servierplatten genähert und begannen die Vorspeisen aufzutragen.

Verena sah sich um: Weitere fünf Tische im Saal waren von Dichtern und einigen Organisatoren besetzt, und es herrschte eine wirklich angenehme und herzliche Atmosphäre. Alle schienen sich ohne große Schwierigkeiten zu unterhalten, denn an jedem Tisch saß zwischen den Kongreßteilnehmern ein Dolmetscher. So konnten die Dichter miteinander sprechen und die Verlegenheit vermeiden, die entstanden wäre, wenn sie sich nicht hätten verstehen können. An den Tischen ging man wie selbstverständlich von Deutsch zu Französisch, von Russisch zu Englisch oder auch Italienisch über, denn jeder Dolmetscher sprach mehrere Sprachen.

Verena wandte sich an Tarskij. »Sie haben diese Begegnung wirklich hervorragend organisiert. Die Idee, an jeden Tisch einen Dolmetscher zu setzen, ist genial.«

»Das stimmt, doch die Idee ist nicht von mir, sondern von Kluver«, sagte Tarskij. »Wie immer hat er auf bestmögliche Weise ein schwieriges Problem gelöst.«

»Nun übertreibe nicht«, wehrte der Schweizer ab.

Tarskij wandte sich Verena zu. »Wissen Sie, was Hans zu mir gesagt hat, als er mich bat, ihm professionelle Dolmetscher zu besorgen, die die Sprache unserer Gäste sprechen?« fragte er in einem Ton, als erwarte er eine Antwort.

Verena schüttelte den Kopf.

»Er sagte zu mir: ›Lieber Anatolij, es gibt schon so viel Unverständnis auf dieser Welt, daß es wirklich unverzeihlich wäre, unseren Gästen nicht zu helfen, sich gegenseitig zu verstehen. Die Poesie ist universal, wie die Musik und die Wissenschaft.‹«

Nachdem er die Worte des Freundes zitiert hatte, machte er eine erwartungsvolle Pause und sah seine Tischgenossen an. Der erste, der reagierte, war Adamow. »Große und weise Worte. Sie sprechen eher wie ein Dichter als wie ein Geschäftsmann«, sagte er, an den Schweizer gewandt.

Hans Kluver neigte verlegen den Kopf. Er hätte sich nie träumen lassen, diese Worte auszusprechen, war jedoch Tarskij dankbar, daß er sie ihm zugeschrieben hatte. Vielleicht würde ihn Verena dadurch mit größerem Interesse betrachten.

Er sah sie verstohlen an, erkannte aber an ihrem Gesichtsausdruck, daß ihr diese Lobrede nicht gefallen hatte. Also sagte er sich, daß der Moment gekommen sei, selbst hervorzutreten. Er räusperte sich und deklamierte.

Zarteste Tochter
Erblühte Wahrheit weniger Augenblicke
Anfang der Liebe ohne Zeit
Leuchtender Same.

Verena wäre fast von ihrem Stuhl aufgesprungen. Dies war eines der Gedichte, die sie in der Moscow's Collection vorgelesen hatte, doch es war unveröffentlicht. Wie zum Teufel konnte dieser Mann es auswendig vortragen? War er eine Art Genie oder war er gar auf irgendeine verquere Weise in den Besitz ihres Manuskripts gelangt?

»Dies ist eines meiner Lieblingsgedichte von Ihnen«, sagte Kluver zurückhaltend, als fürchte er, Urteile auszusprechen, weil er wußte, daß ihm die Kompetenz dazu fehlte. Sie wollte ihn gerade um Erklärungen bitten, doch wie immer kam Tarskij seinem Freund zu Hilfe.

»Vielleicht habe ich Ihnen noch nicht gesagt, daß das Literaturhaus an die Zuschauer eine kleine Broschüre mit den Texten der Gedichte verteilt hat, die bei dem Kongreß gelesen wurden. Wirklich etwas sehr Einfaches«, fügte er hinzu, »nur Fotokopien. Doch sehr schön gemacht, das muß ich zugeben. In Kürze wird die Technologie es uns ermöglichen, Bücher zu Hause zu drucken.«

Dann wandte er sich in einem Ton, der keine Widerrede zuließ, an den Direktor: »Kommen Sie, Adamow. Und Sie auch, Andrej. Lassen Sie uns die Pause zwischen den Gängen nutzen, um einen kleinen Rundgang zu machen. Ich möchte nicht, daß die anderen Dichter sich vernachlässigt fühlen.«

Andrej Sokolow und Wassilij Adamow sprangen auf, als hätte er ihnen einen Befehl gegeben, und folgten ihm. Kluver und Verena blieben allein am Tisch zurück.

»Sie müssen wirklich ein erstaunliches Gedächtnis haben«, sagte Verena und sah ihm in die Augen. »Offensichtlich genügt es, daß Sie irgend etwas lesen, und schon prägen Sie es sich ein«, fügte sie hinzu.

Kluver schien ebenso verlegen wie sie. Eine Weile sagte er nichts und starrte auf das Tischtuch. Dann seufzte er tief und hob den Blick wieder.

»Ich kenne Ihre Arbeit gut. Und ich weiß auch alles über Sie«, sagte er leise.

Verena sah ihn gereizt an. »Das habe ich schon bemerkt. Wie ich auch bemerkt habe, daß unser mächtiger Freund Tarskij gegangen ist und Andrej und Adamow befohlen hat, ihm zu folgen, um uns allein zu lassen. Ich verlange eine Erklärung, und zwar sofort.«

»Es ist sehr schwierig für mich –«, begann Kluver, doch brach gleich wieder ab. Verena betrachtete ihn und bemerkte, daß er in den letzten Minuten gealtert schien. Sie erinnerte sich, daß er ihr gesagt hatte, er sei über siebzig, doch er wäre schwer zu schätzen gewesen. Als junger Mann hatte er sicher gut ausgesehen, und da war immer noch etwas, in dem Gesicht mit den regelmäßigen Zügen und in den blauen Augen, das ihn faszinierend machte. Außerdem gab das Privileg des Reichtums auch Kluver diese unverwechselbare, aus Eleganz und Sorgfalt bestehende Ausstrahlung. Es fehlte ihm keines der Stereotype seiner Klasse, dachte Verena. Die leichte Bräune, die das silbergraue, perfekt geschnittene Haar hervorhob, zeugte von langen Ferien an Bord einer Yacht in exotischen Gewässern oder von Bergtouren in gewissen paradiesischen Hochgebirgsregionen, die bevorzugt von Reichen frequentiert wurden.

Es würde genügen, dachte Verena, in den Dokumenten über diesen Mann in die Spalte »Besondere Kennzeichen« einfach nur »reich« zu schreiben. Die goldene, ultraflache Patek Philippe, der Anzug aus kostbarer Grisaille, die Krawatte von Hermès und das blaue Hemd aus leichter Baumwolle sagten bereits alles über ihn aus. Doch sie irrte sich.

Nach einigen Minuten peinlichen Schweigens räusperte

sich Verena. »Nun, Herr Kluver? Ich warte. Warum bin ich so interessant für Sie?«

»Ich heiße nicht Kluver«, unterbrach er sie, bevor sie weitersprechen konnte.

»Ach wirklich? Und wie heißen Sie dann? Wenn ich nicht zu indiskret bin«, sagte sie gereizt, weil sie langsam genug hatte.

»Ich bin Hans Mathis, Ihr Vater.«

Es war eine Eröffnung ohne Dramatik. Verenas erste Reaktion war, dankbar zu registrieren, daß er sie weiter siezte. Doch es gelang ihr nicht, so schlagfertig zu sein, wie sie es sich gewünscht hätte. Sie betrachtete den Mann, der da vor ihr saß und den sie seit dreißig Jahren nicht gesehen hatte, entdeckte vertraute Züge und verstand, warum sie das Gefühl gehabt hatte, ihn zu kennen.

Doch sie hatte so gut wie keine Erinnerung an ihn. Hans Mathis war weggegangen, als sie noch nicht einmal zehn Jahre alt war, und auch bis dahin hatten sie sich wenig gesehen. Ihr Vater war immer im Ausland gewesen, um zu arbeiten, wenigstens wurde ihr das gesagt. Bis ihre Mutter eines Tages die Scheidung einreichte und ihr sagte, daß sie ihn nicht wiedersehen würde. Verena hatte eine Weile gewartet und gehofft, etwas von ihm zu hören, doch bald hatte sie begriffen, daß er endgültig aus ihrem Leben verschwunden war, und sich damit abgefunden. Jedenfalls glaubte sie das. Ihre Mutter hatte sich bald getröstet. Bis sie, zusammen mit Verenas Tante, bei einem Verkehrsunfall an der Côte d'Azur umgekommen war, hatte sie eine ganze Anzahl stürmischer Affären gehabt. Verena erinnerte sich noch an die lange Reihe von Verlobten, die sie nach und nach bei den Besuchen in den verschiedenen Internaten begleitet hatten, wo sie und ihre Cousine Alice groß geworden waren.

»Ich nehme an, Sie können beweisen, was Sie da behaupten«, sagte Verena und zündete sich eine Zigarette an.

»Natürlich.« Kluver gab ihr einen Umschlag.

Er enthielt die Heiratsurkunde von ihm und ihrer Mutter, eine Kopie ihrer Geburtsurkunde und das Scheidungsurteil.

»Sie wissen, wie Ihre Frau gestorben ist?« fragte Verena, steckte die Dokumente wieder in den Umschlag und gab ihn zurück.

»Ja, es hat mir sehr leid getan. Sie war noch so jung...«

Verena schien es, daß seine Stimme für einen Moment versagte. Doch Hans Mathis fing sich gleich wieder. »Auch Ihre Tante, die Arme. Wie geht es Ihrer Cousine Alice?«

Verena sah ihn überrascht an. Sie konnte es nicht glauben, daß er nichts von dem tragischen Tod ihrer Cousine erfahren hatte. »Wie, Sie wissen es nicht?« fragte sie und fuhr fort, ihn zu siezen.

»Was?« fragte er, Schlimmstes ahnend.

»Sie ist vor zwei Jahren in Zürich ermordet worden. Es hat in allen Zeitungen gestanden.«

Hans Mathis schüttelte den Kopf. »Ermordet? Um Himmels willen, von wem denn?«

Verena hatte keinerlei Absicht, ihm von dem schrecklichen Komplott zu erzählen, das in Montségur sein Nachspiel hatte, wo ihr Neffe Willy, den man beinahe ebenso wie seinen Vater und seine Mutter ermordet hätte, von Ogden und dem Dienst gerettet worden war.

»Ein Raubüberfall«, antwortete sie vage.

»Zu jener Zeit lag ich auf der Intensivstation, weil ich einen Infarkt erlitten hatte. Ich habe eine ganze Weile keine Zeitungen gelesen«, sagte er und schüttelte den Kopf.

»Das tut mir leid«, sagte Verena, nur aus Höflichkeit. In Wirklichkeit war es ihr gleichgültig, und sie wunderte sich, daß dieser Vater, der so theatralisch aus der Vergangenheit aufgetaucht war, bei ihr keinerlei Gefühl auslöste.

»Das ist nett von dir, danke«, sagte er leise.

Jetzt waren sie also doch zum Du übergegangen, dachte Verena verärgert. Es war ihr immer lächerlich vorgekommen, wenn sich im Film ein Mann und eine Frau, die einander so gut wie fremd waren, in einer sentimentalen Szene einen Kuß gaben, nur weil das Drehbuch es erforderte, und danach anfingen, sich zu duzen. Und doch, dachte sie, würde sie sich anpassen müssen, und sei es nur, um nicht lächerlich zu erscheinen. Denn dieser Mann war nun einmal, wenn auch nur biologisch, ihr Vater.

»Das tut mir wirklich sehr leid. Die arme Alice, sie war ein so liebes Mädchen«, sagte Mathis nun gerührt.

Verena versuchte, ein Gesicht zu machen, das der Situation angemessen war, und eine Frage zurückzuhalten, die ihr auf der Zunge lag. Wenn sie ihm so lieb gewesen war, warum zum Teufel hatte er sich dann dreißig Jahre lang nicht darum gekümmert, wie es ihr ging? Jetzt war es zu spät, Alice war tot. Doch dieser alte Mann hatte die Dreistigkeit, sie zu bedauern.

»Von dem Infarkt vor zwei Jahren habe ich mich erholt. Doch jetzt bin ich sehr krank, deshalb wollte ich dich wiedersehen«, sagte Mathis.

Verena fand die Situation immer bedrückender. Sie mußte an Ogden denken und verspürte allein bei der Vorstellung, ihm diese Geschichte zu erzählen, Widerwillen. Sie seufzte und setzte eine teilnahmsvolle Miene auf. »Worum handelt es sich?« fragte sie schließlich.

»Leukämie. Doch es kann sein, daß ich noch recht lange lebe. Es gibt neue Therapien...«

Schön für dich, Alice dagegen hat nicht so viel Glück gehabt, dachte sie und versuchte, die Wut, die sie in sich spürte, zu verbergen. Doch es gelang ihr nicht. Trotz ihrer Anstrengungen lag auf ihrem Gesicht nur ein Ausdruck kalter Aufmerksamkeit.

»Wie ist dein Leben, bist du glücklich?« fragte er sie und sah ihr in die Augen.

Das war wirklich zu viel, sagte sich Verena. Dieser Mann war nicht nur krank, sondern auch dumm. Verlangte er vielleicht, daß sie ihm einen detaillierten Bericht der letzten dreißig Jahre gab, gewürzt mit einigen rührseligen Vertraulichkeiten?

Sie versuchte sich zu beruhigen und setzte ein schwaches Lächeln auf, das eher maskenhaft wirkte. »Ich nehme an, du weißt schon alles über mich, jedenfalls im großen und ganzen«, sagte sie.

Das stimmte. Dank einer amerikanischen Detektei hatte Mathis beinahe alles über das Leben seiner Tochter erfahren, auch wenn er über Alices Tod nicht informiert worden war. Auf diese Weise war ihm auch ihre literarische Arbeit bekannt geworden.

Mathis nickte. »Ja, ich habe Informationen über dich eingeholt. Ich konnte dir ja nicht gegenübertreten, ohne irgend etwas zu wissen. So habe ich, nachdem ich erfahren hatte, daß du dich mit Literatur beschäftigst, mit Hilfe meines Freundes Tarskij diesen Kongreß organisiert.«

»Phantastisch«, sagte Verena. »Dann ist unsere unnütze Beziehung wenigstens endlich für etwas gut gewesen. Sag mir, was willst du von mir?«

Mathis sah sie ängstlich an. »Nur dich wiedersehen. Letzten Endes bist du ja meine Tochter…«

»Sehr letzten Endes. So letzten Endes, daß sich niemand mehr daran erinnert, nicht einmal ich. Und ich wundere mich, daß du dich nach dreißig Jahren daran erinnern kannst. Ich nehme an, du hast dir ein neues Leben aufgebaut, vielleicht habe ich Brüder und Schwestern. Offen gesagt kann ich nicht erkennen, welchen Nutzen unsere Begegnung für irgend jemanden haben kann.«

»Ich verstehe deine Gefühle«, sagte Mathis traurig. »Das habe ich erwartet, und es ist richtig, daß es so ist. Es war wirklich egoistisch von mir, dich wiedersehen zu wollen, bevor ich sterbe.«

»Vor allen Dingen von zweifelhaftem Geschmack«, unterbrach ihn Verena und stand auf. »Jetzt wirst du mich entschuldigen, dieser Abend ist unangenehm geworden. Ich bitte dich, mich von nun an in Ruhe zu lassen. Auch wenn du es gewesen bist, der mit Hilfe dieses alten KGB-Manns unseren Kongreß organisiert hat, würde es mir doch leid tun, darauf zu verzichten und vor Ende der Veranstaltungen nach Zürich zurückzukehren. Wenn du mir also wenigstens einmal nützlich sein willst, dann laß dich nicht mehr sehen. Gute Nacht.«

Verena drehte ihm den Rücken zu und wandte sich zum

Ausgang, ging rasch zwischen den Tischen durch, ohne irgend jemanden eines Blickes zu würdigen. Sie bat den Oberkellner, ihr ein Taxi zu rufen. Sie mußte nicht warten, denn vor dem Restaurant standen sie in einer langen Reihe.

Als sie im Wagen saß, wies sie den Fahrer an, sie zum National zu bringen, dann ließ sie sich erschöpft zurückfallen. Vor Wut pochte ihr das Blut in den Schläfen, sie fühlte sich gedemütigt wie nie zuvor. Unter dem erschrockenen Blick des Taxifahrers, der sie im Rückspiegel beobachtete, begann Verena heiße Tränen des Zorns zu weinen.

25

Ogden versuchte Verena noch einmal telefonisch zu erreichen, bevor er die Wohnung in der Rue St. Honoré verließ. Doch sie hatte ihr Handy ausgeschaltet, wie schon in der Nacht zuvor. Er rief im Hotel National an, und man sagte ihm, Frau Mathis habe Anweisung gegeben, nicht gestört zu werden. Also fragte er, ob er den Direktor sprechen könne, um sicher zu sein, daß sie in ihrem Zimmer war. Als man ihm den Direktor gab, erklärte er, er müsse Verena Mathis Dokumente von höchster Wichtigkeit übergeben und wolle deshalb wissen, ob sie im Hotel sei.

Der Direktor beruhigte ihn: Frau Mathis sei nicht nur in ihrem Zimmer, sondern habe sogar wenige Minuten zuvor Frühstück bestellt. Er solle den Umschlag mit den Dokumenten ruhig schicken, er werde sich der Sache persönlich annehmen.

Ogden war erleichtert und versuchte, den Gedanken an Verena aus seinem Kopf zu verdrängen, wenigstens bis nach der Aktion auf dem Père Lachaise.

Die Mannschaft, die sich zum Friedhof begeben würde, bestand aus ihm, Franz, Peter Mulligan und Alex. Als Albert ihn anrief, um ihm mitzuteilen, daß Kachalow im Begriff sei, das Haus zu verlassen, brachen auch die Agenten auf.

Es war ein sonniger und recht warmer Vormittag. Die Männer des Dienstes stiegen in den gepanzerten Mercedes, ließen das Zentrum hinter sich und fuhren Richtung 20. Arrondissement. Auf dem Boulevard Ménilmontant angekommen, parkten sie nicht weit vom Haupteingang. Alex würde im Wagen bleiben, über die winzigen Empfänger im Ohr in ständigem Kontakt mit den anderen.

Albert hatte sie darüber informiert, daß der Sarg morgens um sieben in die Aufbahrungshalle des Friedhofs gebracht würde. Es sollte keine religiöse Zeremonie geben, nur eine Ehrung des Toten, gefolgt von der Beisetzung. Mehr als ausreichend für Ogden, der vorhatte, die Operation in der Aufbahrungshalle zu erledigen.

Ogden, Franz und Peter Mulligan blieben vor dem Haupteingang und warteten darauf, daß Kachalow in seinem Wagen ankommen würde. In der Zwischenzeit hatten sich viele Trauergäste vor dem Gittertor eingefunden.

Einige Minuten später fuhr der Bentley des Russen vor. Kachalow stieg aus, gefolgt von seinem Diener, und wandte sich dem Eingang zu. Ein paar elegant in Schwarz gekleidete Männer eilten auf ihn zu, gaben ihm die Hand und gingen mit ihm durch das Gittertor.

Als gehorchten sie einem stillen Signal, schlossen sich die anderen an. Auch Ogden und die Seinen, die sich zwar unter die Menge mischten, aber versuchten, sich nicht allzuweit von dem Russen zu entfernen. In dem Zug entdeckte Ogden wenigstes fünf Bodyguards, von denen zwei links und rechts von Kachalow gingen, ohne ihn auch nur einen Augenblick allein zu lassen.

Sie blieben für ein kurzes Stück auf der Hauptallee, einem langen Boulevard, beherrscht von dem pompösen Monument für die Toten. Dann bogen sie nach links ab und machten vor dem Eingang eines Gebäudes aus grauem Stein direkt an der Einfriedungsmauer halt. Kachalow sprach mit einem Mann in einer blauen Uniform, vermutlich ein Friedhofsangestellter, während an der Mauer entlang weiter große Blumenkränze niedergelegt wurden. Inzwischen war der kleine Platz vor dem Gebäude übervoll mit Menschen und Blumen. Dunkel gekleidete Männer und Frauen näherten sich Kachalow, um ihm die Hand zu geben, und zogen sich dann zurück, in der Erwartung, daß jemand ihnen die Erlaubnis gäbe, die Halle zu betreten.

Kachalow hatte beschlossen, die Beisetzung wegen der besonderen örtlichen Gegebenheiten des Père Lachaise auf diese Weise zu organisieren. Der auf einem Hügel oberhalb von Paris gelegene Friedhof war ein Labyrinth aus Wegen, Pfaden, Gräbern und Monumenten, mit einer üppigen Vegetation. Es waren viele Restaurierungsarbeiten im Gange, und die Grabstätte Borowskijs befand sich an einem kleinen, von Gerüsten verstellten Weg. Ein Platz, der zu eng war, als daß er allen Anwesenden erlaubt hätte, an der Beisetzung teilzunehmen.

Endlich wandte sich Kachalow dem Eingang der Aufbahrungshalle zu. Ogden sah zwei Männer, die ganz und gar nicht wie Friedhofsangestellte wirkten, als Wachen links und rechts vom Eingang stehen.

Seltsamerweise ging Kachalow nicht sofort hinein, sondern gab einem Paar, dann einer Gruppe ein Zeichen, vor ihm einzutreten, während er darauf beharrte, an der Tür zu bleiben.

»Dieser Typ verwechselt die Aufbahrungshalle mit seinem Eßzimmer und die Beerdigung mit einem mondänen Empfang«, flüsterte Peter Mulligan Ogden ins Ohr.

Franz, der ganz in ihrer Nähe stand, sah sie fragend an, und Ogden gab ihm ein Zeichen zu warten.

Als er sicher war, daß mindestens ein Dutzend Leute in der Halle waren, gab er das Signal, und Franz setzte sich in Bewegung.

Im selben Augenblick bewegte sich auch Kachalow, direkt gefolgt von Ogden, während Peter stehenblieb, um die Außenüberwachung zu sichern.

Ogden trat ein und hatte zuerst den Eindruck vollkommener Dunkelheit. Dann gewöhnten sich seine Augen an die Lichtverhältnisse, und im Halbdunkel sah er, wie sich eine Frau über Borowskij beugte und sein Gesicht küßte. Kachalow hielt sich weiterhin abseits, neben dem Eingang, wie ein Hausherr, der seine Gäste beobachtet.

Den Sarg hatte man in der Mitte des Raums aufgestellt. Einige Leute blieben, nachdem sie seitlich daran vorbeigegangen waren, andächtig an der Wand stehen, und die beiden Agenten konnten sich unter sie mischen. Doch Ogden wußte, daß sie nicht lange dort bleiben könnten, ohne Verdacht zu erregen, da ja der größte Teil der Trauergäste an den Sarg trat, dort kurz verharrte und dann rasch wieder wegging. Kachalow dagegen rührte sich nicht von der Stelle.

Ogden, der nicht allzu lange regungslos an der Wand stehenbleiben mochte, beschloß, seinen Teil zu diesem Schauspiel beizutragen. Er wollte gerade an den Sarg treten, als er sah, daß Kachalow, flankiert von seinen Leibwächtern, das gleiche tat. Also blieb er auf seinem Platz und warf Franz, der am Eingang stand, einen schnellen Blick zu. Der Fernauslöser hatte eine Reichweite von zwanzig Metern, daher mußte er nicht näher herankommen.

Als er neben dem Sarg stand, murmelte Kachalow einem seiner Männer etwas zu, worauf sich dieser entfernte, während der andere an seiner Seite blieb. Jetzt stand Kachalow regungslos da, in nächster Nähe zur Zyanid-Pistole.

Ogden sah zu Franz und berührte seine Augenbraue. Das war das vereinbarte Zeichen. Franz steckte eine Hand in die Tasche und drückte den Auslöser. Doch genau in diesem Moment bückte Kachalow sich plötzlich, und der einzige, der sich über den Zyaniddämpfen befand, wenn auch nicht so nah, um getötet zu werden, war der Leibwächter.

Ogden wußte, daß der Mann in wenigen Augenblicken zu Boden sinken würde. Er sah zur Tür und gab Franz zu verstehen, daß er gehen solle, wandte sich dann selbst ruhig zum Ausgang. Kachalow, dem noch nichts aufgefallen war, legte die Blume, die er aufgehoben hatte, auf die Brust des Freundes.

Als die beiden Agenten draußen vor der Aufbahrungshalle auf Peter Mulligan trafen, konnte der Amerikaner aus Ogdens Blick sofort ableiten, daß etwas schiefgegangen war. Ohne ein Wort zu wechseln, wandten sie sich der Hauptallee des Friedhofs zu, um zum Ausgang zu gelangen.

Nach wenigen Augenblicken hörten sie Schreie. Eine Frau erschien in der Tür der Aufbahrungshalle und rief laut nach einem Arzt.

Als Ogden sah, daß einige Männer Kachalows sofort an den Toren Posten bezogen hatten, wurde ihm klar, daß sie Anweisungen über Funk erhielten. Sie würden niemandem mehr erlauben, den Friedhof zu verlassen.

»Umkehren!« sagte er zu den anderen. »Wir müssen einen anderen Ausgang finden. Bewegt euch ganz ruhig, als wären wir Friedhofsbesucher.«

Die drei Männer gingen langsam auf der breiten Allee zurück. Ogden drehte sich um, hinter ihnen herrschte ein großes Durcheinander, doch die Aufmerksamkeit von Kachalows Leuten war, wie er vorhergesehen hatte, auf den Haupteingang gerichtet. Vermutlich würde der Russe seine Männer nicht über den ganzen Friedhof hetzen, weil dies bedeutet hätte, eine Nadel in einem Heuhaufen zu suchen. Er hatte mit Sicherheit einen Satelliten aktiviert und würde sich seiner bedienen.

Als sie den höchsten Punkt der Allee erreicht hatten, blieben sie am Monument für die Toten stehen und machten dann erneut kehrt. In der Ferne sahen sie einen Krankenwagen an den Toren vorbeifahren, während sich am Haupteingang zahllose kleine schwarze Figuren zusammendrängten.

»Hier entlang«, sagte Ogden, ging um das Monument herum und nahm einen Pfad zur Linken.

Sie gingen den Hügel wieder hinunter, zwischen Denkmälern und Gräbern durch, großen und kleinen Familiengrabstätten, manche in gutem Zustand, manche verwildert. Einige der älteren Gräber sahen erbärmlich aus.

Ogden blieb stehen, holte den Plan des Père Lachaise aus der Tasche und studierte ihn. Dann rief er über Funk Alex.

»Die Aktion ist fehlgeschlagen. Wir sitzen auf dem Friedhof fest. Wie sieht es bei dir aus?«

»Allgemeine Flucht«, antwortete Alex, der bei Ankunft des Krankenwagens das Auto woanders hingefahren hatte.

»Für wen ist der Arzt?« fragte er.

»Für einen der Leibwächter. Hast du Kachalow gesehen?«

»Er wirkte, als wären alle Friedhofsgespenster hinter ihm her. Er ist mit seinem Diener ins Auto gestiegen, und sie sind mit Vollgas los. Die Zeremonie war offenbar kein Erfolg.«

»So ist es. Fahr du jetzt in die Avenue Gambetta. Wir versuchen auf dieser Seite hinauszukommen. Wenn wir da sind, melde ich mich. Halt die Augen offen. Kachalow hat ein ganzes Heer von Bodyguards mitgebracht, vielleicht suchen sie uns.«

Die drei Männer liefen weiter über den Friedhof. Oft konnten sie sich nicht an den Plan halten, weil ein Weg wegen Baugruben, Absperrungen oder Baggern unpassierbar war.

»Wie der Friedhof von Prag nach den Bombenangriffen«, sagte Franz und ging um einen Sandhaufen und eine Schubkarre herum.

»Was für ein Chaos!« rief Mulligan aus. »Da sind mir amerikanische Friedhöfe lieber: eine Wiese, ein Grabstein und sonst nichts. Das hier sieht aus wie eine verfallene Stadt.«

»Tatsächlich ist es eine Totenstadt, eine posthume Versammlung von großen Genies und ein paar Schauspielerinnen. Also versuche ein bißchen respektvoller zu sein«, sagte Franz.

»Also dann sollte man sie aber besser behandeln«, brummte Mulligan.

Inzwischen gingen sie in westlicher Richtung und erneut den Hügel hinunter. Sie kamen an den Gräbern von Yves Montand und Simone Signoret vorbei, und dann an dem Columbarium, fast eine Zitadelle, mit seinen imposanten bogenförmigen Außenmauern.

»Wir gehen hier links«, sagte Ogden und nahm einen Weg mit dem Namen Avenue des Thuyas. Doch sie wurden erneut zu einer Umleitung gezwungen, da auch hier der Durchgang von eingezäunten Erdhaufen versperrt war. Zum Schluß fanden sie sich auf einem schmaleren Pfad wieder.

»Laßt uns versuchen, hier rauszukommen«, murmelte Franz. »Ich werde langsam nervös.«

»Wenn wir dort entlanggehen, falls der Schutt es erlaubt, müßten wir schließlich die Einfriedungsmauer zur Avenue Gambetta erreichen«, sagte Ogden.

Auf halber Strecke des Wegs, den sie nun nahmen, sahen sie zwei Frauen an einem Grab. Sie sprachen miteinander, die jüngere machte Fotos, während die andere sich bückte, um etwas auf das Grab zu legen.

»Es sieht so aus, als hätten wir noch eine Berühmtheit gefunden«, sagte Franz.

Als sie die beiden erreicht hatten, traten das Mädchen und die Frau, weil sie die Neuankömmlinge für weitere Verehrer des illustren Toten hielten, beiseite, um ihnen zu gestatten, ebenfalls andächtig am Grab zu verharren. Die Frau hatte einen kleinen ovalen Kuchen auf die glänzende Marmorplatte gelegt. Ogden betrachtete die eingemeißelten, golden nachgezogenen Lettern auf dem Grabstein und verstand den Sinn der bizarren Gabe. Es war dies die letzte Ruhestätte von Marcel Proust, und der Kuchen auf dem Grab war eine Madeleine.

»Großer Schriftsteller«, sagte er zu der Frau, als er an ihr vorbeikam.

»Der größte«, antwortete sie mit einem Lächeln.

Nach einer Reihe weiterer Umleitungen erreichten sie schließlich die Einfriedungsmauer. Ogden rief über Funk noch einmal Alex und sagte ihm, wo sie sich befanden. Irgendwo in der Mauer war ein verschlossenes Tor, Franz machte sich an die Arbeit, und es dauerte nicht lange, bis das Schloß nachgab. Die drei Agenten traten auf die Avenue Gambetta, wo der Mercedes auf sie wartete.

26

Am Nachmittag stieg Kachalow in seinen Privatjet. Er hatte den Friedhof überstürzt verlassen, als sein Leibwächter am Sarg Borowskijs plötzlich zu röcheln begann und ihm der Speichel aus dem Mund lief.

Iwan war noch einmal davongekommen: Zum Glück war er weit genug von den Zyaniddämpfen entfernt gewesen. Doch Kachalow wußte, daß er ohne jene Rose, die vom Sarg gefallen war, jetzt nicht mehr am Leben gewesen wäre.

Daß es den Killern gelungen war, so nahe an ihn heranzukommen, hatte ihn für einen kurzen Augenblick in Panik versetzt. Doch die Angst war schnell einer furchtbaren Wut gewichen. Diese verdammten Kerle würden teuer dafür bezahlen müssen, und zwar sehr bald. Er hatte schon Anweisungen gegeben, in Moskau alles so vorzubereiten, daß er noch am Abend die über Satellit von Sky Imaging empfangenen Bilder ansehen könnte; mit ein bißchen Glück würde es ihm gelingen, den Killern, deren Sablin sich bediente, ins Gesicht zu sehen. Wenn dieser Punkt geklärt war, würde er Borowskijs Plan bis zum Ende durchführen, und die Russen müßten sich einen neuen Präsidenten suchen. Diesmal jedoch würde er den Kandidaten bestimmen und Pawels Fehler nicht wiederholen. Er hatte ein paar Namen im Kopf, und es ging nur noch darum, sich ihrer absoluten Loyalität zu versichern.

Blieb das ungelöste Problem Tarskij. Anatolij war in schrecklicher Angst um seinen Sohn, der nichts mehr von sich hatte hören lassen. Das Motiv für seine Entführung wie für die von Irina Kogan war nicht klar. Doch wer immer es gewesen war, würde sich Dimitris bedienen, um den Alten zu erpressen, und er fürchtete, daß Tarskij in die Falle gehen könnte.

Kachalow hatte einen Verdacht, der sich im Laufe der Stunden zur Gewißheit verdichtete. Die einzige von einer Regierung unabhängige Organisation, die in der Lage war, mit einem derartigen Aufwand an Mitteln zu agieren, und der die besten Agenten der Welt zur Verfügung standen, war der Dienst. Eine mächtige Organisation, die viele Regierungen zu ihren Auftraggebern zählte. Kachalow hielt es für wahrscheinlich, daß Sablin sie beauftragt hatte, Borowskij und ihn zu eliminieren. Bei Pawel, könnte man sagen, war es ihnen gelungen: Auch ohne Infarkt wäre Borowskij auf jeden Fall in dieser verdammten Kirche gestorben. Igor hatte ihm erzählt, daß er von einem echten Profi niedergeschlagen worden sei, der perfekt Russisch sprach.

Doch Kachalow wollte absolut sicher sein; es wäre dumm, sich diese mächtige Organisation zum Feind zu machen, wo sie ihm später vielleicht einmal nützlich sein konnte. Wenn sich sein Verdacht allerdings als begründet erweisen sollte, würde er diesem eingebildeten Dandy, der den Dienst leitete, eine Überraschung bereiten.

Er sah aus dem Fenster und betrachtete die weißen Wolken, dick wie Schlagsahne, die das Flugzeug zu halten schienen. Manchmal fragte er sich, ob es nicht an der Zeit sei, sich zurückzuziehen. Er könnte sich ein ganzes Land kaufen und dort ungestört leben. Er war dieses Lebens und der Verantwortung, die damit verbunden war, ein Reich zu verwalten, langsam überdrüssig, vor allen Dingen jetzt, da zu seiner allgemeinen Belastung noch das Erbe Borowskijs hinzugekommen war.

Doch er wußte, daß es ihm nicht gelingen würde, etwas zu verändern. Er würde so sterben, wie er gelebt hatte: unermeßlich reich und gefürchtet, doch, im Unterschied zu Pawel, ohne jemanden, dem er sein riesiges Vermögen hinterlassen könnte.

Er trank den eisgekühlten Wodka, den Nadja, die Stewardess, ihm gerade serviert hatte. Der Alkohol wärmte ihn und ließ ihn wieder Mut fassen. Es war zu früh, an den Tod zu denken, sagte er sich mit einem zufriedenen Grinsen. Da war noch jemand, der ihm ins Jenseits vorangehen würde, immer angenommen, daß es so etwas gab. Und er würde mit großer Befriedigung sein Staatsbegräbnis verfolgen.

Der Jet Kachalows stand der amerikanischen Air Force One in nichts nach. Er war zwar kleiner, doch ebenso luxuriös, und man hatte ihn in Kenntnis der Gewohnheiten seines Besitzers gebaut, wobei auch die schlechten Gewohnheiten berücksichtigt wurden.

Die Kabine verfügte neben einem normalen Passagierbereich über einen eleganten Salon sowie ein Schlafzimmer, das Kachalow oft benutzte, und zwar nicht, um darin zu schlafen.

Kachalow stand von seinem Platz auf, rief die Stewardess und gab ihr ein Zeichen, ihm zu folgen.

Nadja lächelte und gehorchte. Sie warf einen Blick auf die Uhr: Es waren noch zwei Stunden bis zur Landung, und sie würde diese Zeit mit Kachalow im Bett verbringen. Trotz seines Alters hatte er immer noch den sexuellen Appetit eines jungen Mannes. Zum Glück waren seine Vorlieben nicht besonders kompliziert, und die Tatsache, daß sie dreißig Jahre jünger war als er, schien auszureichen, um ihn zu erregen.

Nadja war eine intelligente und ehrgeizige junge Frau aus Sankt Petersburg. Ein paar Jahre lang hatte sie als Stewardess bei der Fluglinie gearbeitet, die Kachalow gehörte, bevor sie zu seinem privaten Dienst gewechselt hatte.

In ihrer Kindheit hatte Nadja erlebt, wie ihre Eltern sich in der Fabrik abarbeiteten und doch nur mit Mühe und Not über Wasser halten konnten. Schon damals hatte sie sich geschworen, daß ihr Leben anders werden sollte. Während ihres letzten Schuljahrs war ihre Mutter gestorben, und bald darauf war ihr Vater an einer schweren Form von Bronchialasthma erkrankt, die ihn gezwungen hatte, seine Arbeit aufzugeben. Nadja, gerade einmal zwanzig, hatte den Lebensunterhalt für sie beide verdienen müssen. Über einige Jahre hatte sie sich mit Hilfsarbeiten durchgeschlagen; düstere Jahre, in denen sie und ihr Vater häufig Hunger leiden mußten. Dann schließlich hatte sie durch ihr Fremdsprachendiplom die Chance bekommen, Stewardess zu werden, auch dank der Fürsprache eines alten Freundes ihres Vaters, der nach dem Zusammenbruch der Sowjetunion zum Buchhalter eines aufsteigenden kleinen Mafioso geworden war. Von ihm war sie dem Direktor der Fluglinie Kachalows empfohlen worden, und man hatte sie eingestellt.

Doch das war ihr nicht genug gewesen. Nadja hatte die Not und das Elend satt. Sie wollte aus Moskau weggehen und ihren Vater mit sich in den Westen nehmen. Sie hatte Zeit genug gehabt, um festzustellen, daß sich die Lage der Frauen im neuen Rußland, verglichen mit den Zuständen im alten sowjetischen Regime, noch verschlechtert hatte, falls das überhaupt möglich war. Trotz der groß herausgestellten, in gewisser Hinsicht auch realen Gleichberechtigung von Mann und Frau nach der bolschewistischen Revolution war Rußland immer eine chauvinistische Gesellschaft gewesen, und die blieb es auch weiterhin. Waren früher, neben den vierzig Stunden Arbeit im Büro und in der Fabrik, die Belastungen durch Haushalt und Familie fast gänzlich von den Frauen zu tragen, während die Männer nur fünf Stunden in der Woche dafür aufbrachten, hatte sich die Lage nach dem Sieg des Kapitalismus noch einmal deutlich verschlechtert. Nadja wußte, daß sie Glück gehabt hatte, denn 70% der registrierten Arbeitslosen waren Frauen, die Hälfte von ihnen mit abgeschlossenem Studium oder Doktortitel. Die niedrigen Preise und die Beihilfen zur Kindererziehung, die es früher den Frauen, vor allem den alleinstehenden, erlaubt hatten, anständig zu leben, waren abgeschafft worden, und auch die einstigen Aufstiegsmöglichkeiten für Frauen in der Arbeitswelt gab es nicht mehr.

Nadja erinnerte sich noch voller Wut an die Demütigungen, die sie erleben mußte, als sie vor ihrer Einstellung bei der Fluglinie Kachalows versucht hatte, eine Stelle in einem Büro zu finden. Weibliche Angestellte wurden nur noch als Köder betrachtet, um neue Kunden anzulocken, und außerdem als potentielle Geliebte des Führungspersonals. In den Stellenanzeigen, in denen Sekretärinnen gesucht wurden, sprach man offen aus, worauf es ankam: lange Beine, Alter unter fünfundzwanzig und gutes Aussehen. Man betonte auch, daß die Kandidatinnen die Bereitschaft mitbringen müßten, »jede Art von Aufgaben wahrzunehmen, um die Kunden zu unterhalten«.

Nadja hatte schnell begriffen, daß sie, wenn sie sich schon prostituieren mußte, es auch auf eine Art und Weise tun konnte, daß es etwas einbrachte. Daher hatte sie sich, als sie Kachalow auf einem Linienflug begegnete, diese Gelegenheit nicht entgehen lassen. Sie kannte seinen Ruf, doch sie hatte von einer Kollegin gehört, die mit ihm ins Bett gegangen war und nach kurzer Zeit über eine Wohnung und eine Garderobe aus den besten Boutiquen Moskaus verfügte. Schon eine ganze Weile hatte sie sich gesagt, daß Moral etwas sei, was ihrem Vater keine angemessene medizinische Behandlung und ihr selbst keine anständige Zukunft verschaffen konnte.

Sicher war es nicht leicht gewesen, diese Entscheidung zu treffen, denn im Grunde war sie nach gesunden Prinzipien erzogen worden. Doch Nadja, die Statistiken liebte, hatte gelesen, daß in Rußland 40% der Frauen über vierzig keine Arbeit finden konnten. Folglich würde, wenn Jugend und Schönheit erst einmal dahin wären, ihr Leben immer elender werden.

Es war nicht schwierig gewesen, die Geliebte des mächtigsten Mafioso im Lande zu werden. Eines Tages war Kachalow wegen eines Schadens an seinem Privatjet in ein Flugzeug seiner Gesellschaft gestiegen. Während des Flugs hatte sie alles getan, um ihm aufzufallen, und das war ihr gelungen. Kachalow war gleich zur Sache gekommen und hatte ihr über den Po gestreichelt, als sie ihm einen Drink servierte. Und statt ihn mit einem wütenden Blick zurechtzuweisen, hatte Nadja ihn angelächelt. Kurz vor der Landung hatte er ihr angeboten, in seinem Privatjet zu arbeiten. Das übrige war dann sehr schnell gegangen: Kachalow hatte keine Zeit damit verloren, ihr den Hof zu machen.

In den kaum anderthalb Jahren, die sie zu seinem Harem gehörte, hatte Nadja viel verdient, und ihr Leben war anders geworden. Sie und ihr Vater lebten jetzt in einer schönen Wohnung, und er konnte sich im amerikanischen Ärztezentrum behandeln lassen. Noch ein paar Monate, und sie würden genug Geld haben, um Rußland für immer zu verlassen.

Nadja ging mit Kachalow in das Schlafzimmer. Es war geräumig, mit einem kitschigen runden Bett, auf dem ein Guanako-Fell lag. Kachalow rief den Kapitän an, um ihm zu sagen, daß er bis zur Ankunft in Moskau nicht gestört werden wolle. Dann wandte er sich Nadja zu und lächelte sie an. Er hatte die Absicht, sie zu bitten, für eine Weile zu ihm in seine Moskauer Wohnung zu ziehen. In unruhigen Zeiten wie diesen würde er keine Zeit haben, jeden Abend eine neue Frau zu finden, wie es sonst seine Gewohnheit war. Nadja war eine seiner festen Geliebten, und er war ihrer noch nicht überdrüssig. Er würde sich mit ihr zufriedengeben, bis diese verdammte Geschichte vorüber war.

»Du wirst eine Zeitlang bei mir wohnen«, sagte er zu ihr. »Wenn wir in Moskau angekommen sind, lasse ich dich in deine Wohnung begleiten, und du kannst dir holen, was du brauchst.«

Nadja hatte keinerlei Lust, diesem Mann für unbestimmte Zeit von morgens bis abends ausgeliefert zu sein. Außerdem war es ihrem Vater unlängst schlechtgegangen, und die Ärzte hatten ihr unmißverständlich gesagt, daß sein Zustand ernst sei.

»Aber Kostja, mein Vater hat neulich eine schwere Attacke gehabt, das weißt du doch. Es ist besser, ich kümmere mich eine Weile um ihn.«

»Dafür gibt es Krankenschwestern. Such dir eine...«, sagte Kachalow gereizt. »Natürlich auf meine Kosten. Ich brauche dich, Nadja, es täte mir leid, dich ersetzen zu müssen«, fügte er hinzu.

Er erpreßte sie. Wenn sie ihn nicht zufriedenstellen sollte, würde sie ihre privilegierte Stellung verlieren, und vielleicht auch die Arbeit. Wenn Kachalow um etwas bat, war es ein Befehl.

»Ich weiß nicht«, sagte sie unsicher. »Es ist ihm sehr schlecht gegangen. Du weißt ja, daß er außer mir niemanden hat...«

Er zog sein Scheckheft aus der Tasche, füllte einen Scheck aus, riß ihn ab und gab ihn ihr. Nadja warf einen flüchtigen Blick darauf, und als sie sah, auf welchen Betrag er ihn ausgestellt hatte, konnte sie einen Ausruf des Erstaunens nicht unterdrücken.

Das gefiel Kachalow am besten: die Frauen zu überraschen, zu sehen, was sie für wieviel Geld taten. Doch im Augenblick war ihm danach, seine Lust schnell zu befriedigen, also hatte er darauf verzichtet, das Spiel in die Länge zu ziehen. Nadja gefiel ihm, und sie war auch in der Lage, ihm Vergnügen zu bereiten; dafür bezahlte er sie. Er hatte aber nicht die Absicht, ihre rührseligen Familiengeschichten über sich ergehen zu lassen, sie verdarben ihm den Spaß.

»Bezahle jemanden, der sich um ihn kümmert«, sagte er mit einem Blick, der keinen Zweifel ließ. »Du kannst ihn besuchen, aber ich will, daß du mir zur Verfügung stehst. Ist das klar?«

»In Ordnung, Kostja. Papa wird Verständnis dafür haben«, sagte Nadja, zog den kurzen Unterrock aus und näherte sich ihm.

»Zieh ihn wieder an«, befahl er ihr.

Sie verstand, daß das Spiel heute härter als gewöhnlich sein würde. Er packte sie und warf sie aufs Bett. Dann zog er die Schublade eines Schränkchens auf und holte Handschellen heraus, zwang ihr die Hände auf den Rücken und fesselte sie. Danach nahm er das Telefon und rief Pjotr. Nadja wußte, was nun geschehen würde. Zum Glück gefiel ihr Pjotr, und es würde weniger unangenehm sein als andere Male, als Kachalow irgendeinen Mann geholt hatte, den sie nicht einmal kannte.

Pjotr kam mit einem Tablett herein: Kaviar, Eiskübel und eine Flasche Veuve Clicquot.

»Fang du an. Ich habe es noch nicht einmal geschafft, nach dieser verdammten Beerdigung etwas zu essen«, sagte Kachalow und setzte sich dem Bett gegenüber hin.

Pjotr war ein dreißigjähriger Georgier, groß und muskulös, mit einem narbigen, brutalen Gesicht. Er war schon andere Male bei diesen Begegnungen im Flugzeug dabeigewesen. Sie erregten ihn sehr, und es gefiel ihm, mit seinem Boss etwas so Intimes zu teilen. Er würde alles für ihn tun. Und das tat er auch wirklich.

Er zog langsam den Gürtel aus seiner Hose und näherte sich dem Bett. Nach einem Seufzen bereitete Nadja sich darauf vor, ihre Rolle zu spielen, und tat so, als würde sie vor Angst und Lust stöhnen.

27

In die Rue St. Honoré zurückgekehrt, setzte Ogden sich sofort mit Stuart in Verbindung, um ihm das Scheitern der Mission mitzuteilen.

»Schade, jetzt kehrt Kachalow natürlich sofort nach Rußland zurück, und es wird schwieriger sein, ihn zu eliminieren«, sagte der Chef des Dienstes mit Bedauern. »Aber ihr habt getan, was ihr konntet.«

»Allerdings. Einmal abgesehen davon, daß unsere Gesichter wohl von irgendeinem Satelliten aufgenommen worden sind ...«

»Das ist wahrscheinlich. Doch wir mußten einfach versuchen, ihn in Paris zu liquidieren. Leider ist das nicht die einzige schlechte Nachricht des Tages«, fügte Stuart hinzu.

»Großartig, was gibt es denn noch?«

»Kachalow hat aus dieser Telefonzelle an der Place de la Madeleine Anatolij Tarskij angerufen. Ihre Beziehungen sind enger, als wir dachten, sie sind nicht nur Geschäftspartner, sondern auch Freunde. Ich lasse dir den Text des Telefonats zukommen, aber ich gebe dir schon einmal eine Zusammenfassung. Tarskij glaubt nicht, daß Dimitri von Kachalow entführt worden ist, und versichert ihn seines Vertrauens. Außerdem haben die beiden den Verdacht, daß hinter alldem Sablin steckt. Und von Wolodja zu uns ist es nur ein kleiner Schritt ...«

»So ist es, vor allem nach heute vormittag. Doch wir haben Dimitri; ich glaube, das kann uns trotz Tarskijs Loyalität gegenüber Kachalow vielleicht noch sehr nützlich sein ...«

»Stimmt. Renko ist es gelungen, Dimitri zu überreden, gegenüber seinem Vater die Rolle der Geisel zu spielen. Hoffen wir, daß der Alte sich entschließt, mit uns zu kooperieren.«

»Ihr könntet Dimitri immer noch ein Ohr abschneiden und es ihm mit Eilpost zuschicken. Wir haben es mit Mafiosi zu tun, und es wäre von Vorteil, wenn wir uns anpassen und die guten Manieren vergessen würden.«

Stuart lachte. »Im Augenblick beschränken wir uns darauf, ihm zu verstehen zu geben, daß wir zu allem bereit sind, dann wird man sehen. – Was gibt es Neues von Verena?« fragte er plötzlich.

»Was ist denn das für ein Gedankensprung!« kommentierte Ogden, der gleich auf der Hut war. »Seit gestern gelingt es mir nicht, sie zu erreichen, doch ich weiß, daß sie im Hotel ist. Zumindest war sie es bis acht Uhr heute morgen. Warum fragst du?«

Stuart seufzte. »Ich habe die Information erhalten, daß Anatolij Tarskij einer der Initiatoren des Poesie-Kongresses ist, an dem Verena teilnimmt. Die Veranstaltung ist allerdings von einem Amerikaner finanziert worden, dessen Namen ich noch nicht kenne. Es kann Zufall sein, doch es ist besser, sich vorzusehen. Meinst du, du schaffst es, sie zu überreden, nach Zürich zurückzukehren?«

»Nein«, antwortete Ogden knapp, »doch ich werde es versuchen. Albert hat mich eben angerufen: Kachalow reist in einer halben Stunde nach Moskau ab, und wir werden ihm folgen: die ganze Mannschaft. Sieh zu, daß du uns im National unterbringst. Jimmy, der Techniker, kommt auch mit.«

»Einverstanden. Doch wir wollen uns nicht schon im voraus Sorgen machen. Es ist möglich, daß der alte KGB-Offizier sich jetzt philanthropischen Werken widmet und Kachalow mit alledem rein gar nichts zu tun hat«, sagte Stuart und versuchte, überzeugend zu klingen.

»Mag sein, doch von jetzt an wird er etwas damit zu tun haben, das scheint mir klar. Versuch so bald wie möglich zu erfahren, wer dieser amerikanische Mäzen ist, und lege über alle, die mit dem Kongreß zu tun haben, Dossiers an. Wir fahren in einer Stunde zum Flughafen. In der Zwischenzeit ruf Sablin an und teile ihm mit, daß wir kommen. Sag ihm, ich will eine Leitung, um jederzeit mit ihm sprechen zu können. Wir hören später voneinander.«

Gleich nachdem er aufgelegt hatte, rief Ogden erneut Verena an. Diesmal meldete sie sich.

»Guten Tag. Du hast lange geschlafen, heute morgen«, sagte Ogden und versuchte, neutral zu klingen. »Wie war deine erste Lesung?«

»Gut, danke«, antwortete sie nur und klang ganz und gar nicht begeistert. Ogden begriff sofort, daß irgend etwas nicht in Ordnung war.

»Was ist los? Bist du schlecht gelaunt?«

»Nein, überhaupt nicht. Ich habe nur schlecht geschlafen.«

»Und wie sieht das Programm für heute aus? Weitere Lesungen, nehme ich an...«

»Ja, am Nachmittag, in der alten Universität. Aber ich weiß nicht, ob ich daran teilnehmen werde, ich habe schreckliche Kopfschmerzen.«

»Nimm ein Aspirin, du wirst deshalb doch nicht darauf

verzichten wollen«, sagte er im Ton eines versteckten Vorwurfs. Er wußte inzwischen, wann sie beunruhigt war, und versuchte sie zu provozieren, in der Hoffnung, sie zum Sprechen zu bringen.

»Gute Idee«, sagte sie, ohne sich ködern zu lassen.

»Ich komme gegen sechs Uhr in Moskau an.«

»Was?« rief Verena besorgt aus. »Und warum?«

»Arbeit.«

Diese Nachricht richtete sie auf, auch wenn sie den Grund dafür nicht verstand. Sie hatte zwar nicht die Absicht, ihm zu offenbaren, was geschehen war. Und doch half ihr der Gedanke an seine Ankunft, den Raum um sich herum wieder zusammenzusetzen, der durch das plötzliche Auftauchen ihres Vaters in Stücke gebrochen war.

»Ich freue mich«, sagte sie leise.

»Ich steige im National ab. Es ist eines meiner Lieblingshotels«, sagte Ogden.

»Wirklich? Ich glaube eher, daß du mich kontrollieren willst«, widersprach sie ohne Umstände, und er war ihr dankbar für ihre Offenheit.

»Du hast recht. Dieser Alte heißt Tarskij, richtig?«

»Ja«, gab Verena ein wenig überrascht zu. »Doch was hat er damit zu tun?«

»Du darfst nicht mehr allein mit ihm bleiben, auf keinen Fall. Habe ich mich klar ausgedrückt?«

»Nein«, sagte sie aufgeregt. »Sag mir wenigstens, warum…«

»Er steht in enger Verbindung zur Mafia. Es wäre eigentlich besser, du würdest nach Zürich zurückkehren«, versuchte es Ogden.

»Natürlich ist das nur ein Teil der Wahrheit«, sagte sie.
»Natürlich. Doch tu, was ich dir sage.«
Eine Vielzahl Gedanken gingen in Verenas Kopf durcheinander. Sie konnte es nicht glauben: Ein Mann wie Anatolij Tarskij sollte mit dem organisierten Verbrechen zu tun haben. Dann erinnerte sie sich an Nikolaj, den Leibwächter mit der Narbe, und die anderen Bodyguards, die um ihn herumschwirrten wie Fliegen um den Honig. Marta Campo hatte recht. Und ihr Vater? Machte er vielleicht Geschäfte mit einem Gangster? Das hätte gerade noch gefehlt, dachte sie gereizt.

»Ist Tarskij in die Angelegenheit verwickelt, mit der du dich gerade beschäftigst?« fragte sie, obwohl sie wußte, daß er ihr nicht viel erzählen würde.

»Scheint so. Also: Wenn du wirklich nicht zurück nach Zürich willst, dann halte dich von diesem Mann fern. Keine Spaziergänge zu Schriftstellerhäusern oder irgendwo anders hin. Habe ich mich deutlich ausgedrückt?«

»Vollkommen«, antwortete sie. »Haben noch andere Leute bei dem Kongreß etwas mit der Mafia zu tun?«

»Das wissen wir noch nicht. Deshalb habe ich dich gebeten, nach Hause zu fahren.«

»Nein, ich kann nicht. Wenigstens im Moment nicht«, entfuhr es ihr.

»Was ist los, Verena?« fragte er in sanfterem Ton. »Du scheinst mir besorgt, und ich glaube, nicht nur wegen der Russenmafia.«

Sie seufzte, bevor sie antwortete. »Es ist etwas geschehen«, sagte sie schließlich, »doch ich werde es dir erzählen, wenn du hier bist.«

»Kannst du keine Andeutung machen?«

»Es ist zu kompliziert«, antwortete sie kurz angebunden. »Ich habe keine Lust, am Telefon darüber zu reden.«

»In Ordnung, ich werde gegen Abend da sein.«

Verena legte auf und starrte ein paar Minuten vor sich hin. Krampfartige Magenschmerzen ließen es ihr angeraten erscheinen, eine Beruhigungspille zu nehmen. Vielleicht hatte Ogden recht, und sie sollte zum Flughafen fahren und den ersten Flug nach Zürich nehmen. Doch was ging es sie an, was der Dienst hier in Moskau zu tun hatte? Dieser aufdringliche Vater, der zu nichts nütze war, er war nur wiedergekommen, um ihr neue Schwierigkeiten zu machen und ihr eine wichtige Chance zu ruinieren. Er sollte zum Teufel gehen, dachte sie, schleuderte die Zigarettenschachtel aufs Bett, und plötzlich wurde ihr bewußt, daß der Kongreß eigens organisiert worden war, um sie in diese Falle zu locken. Die Einladung verlor also all ihren Wert, jetzt, da sie die Wahrheit wußte. Im Grunde war es das, was sie am meisten schmerzte.

In diesem Augenblick läutete das Zimmertelefon. Verena bedachte es mit einem verärgerten Blick. Sie hatte gesagt, sie wolle nicht gestört werden, wenigstens bis Mittag. Doch dann schaute sie auf die Uhr und sah, daß es eins war. Also meldete sie sich.

»Verena?« Hans Mathis' Stimme war unsicher.

»Ja?« sagte sie und versuchte ihren Zorn im Zaum zu halten.

»Entschuldige, wenn ich dich störe, doch ich muß unbedingt mit dir sprechen. Es ist wichtig, ich bitte dich!«

Verena verdrehte die Augen zum Himmel. Sie wollte

das Gespräch abbrechen, doch sie hielt sich zurück. Nach all dem, was Ogden ihr gesagt hatte, wäre es vielleicht nützlich, mit ihm zu reden.

»In Ordnung«, sagte sie. »Gib mir zehn Minuten, wir sehen uns in der Bar.«

28

Als Anatolij Tarskij die Stimme seines Sohns am Telefon hörte, hatte er eine ungute Ahnung. Dimitri wirkte vollkommen verängstigt, und seine Stimme zitterte.

»Hallo, Papa. Endlich haben sie mir erlaubt, dich anzurufen. Sie wollen mich umbringen, du mußt mir helfen«, setzte Dimitri an, begleitet von Renkos Nicken.

»Es war nicht Konstantin, der mich entführt hat. Sie haben mich gezwungen, dich anzulügen«, fuhr er fort.

Tarskij schluckte mühsam. »Das habe ich mir gedacht. Wer sind sie?«

»Eine mächtige Organisation, die Kostja töten will. Wenn du tust, was sie dir sagen, wird mir nichts geschehen, aber sonst...« Dimitri machte eine effektvolle Pause.

Renko dachte, daß der junge Tarskij durch seine Beschäftigung mit Telenovelas ein gewisses Talent entwickelt hatte. Er gab ihm ein Zeichen fortzufahren, und Dimitri räusperte sich.

»Papa, du mußt mir zuhören, Kachalow ist am Ende, sie werden ihn auf jeden Fall töten. Aber wenn du kooperierst, tun sie mir nichts, und du kannst Rußland mit deinem gesamten Vermögen verlassen, und noch mehr

Geld dazu. Du mußt annehmen!« flehte er ihn verzweifelt an.

Renko gab ihm ein Zeichen, ihm das abgeschirmte Telefon zu reichen, und Dimitri gehorchte.

»Guten Tag, Tarskij. Wie Sie sehen, ist Ihr Sohn in unserer Hand, und wir werden ihn fertigmachen, wenn Sie nicht mit uns zusammenarbeiten. Das wäre schade, wo wir ihm in Paris, als er von Rasul Khamadows Leuten getötet werden sollte, doch die Haut gerettet haben. Sie stehen also in unserer Schuld, und ich bin mir sicher, daß Sie Ihre Dankbarkeit zeigen werden. Dimitri ist ein tüchtiger Kerl, spielen Sie nicht mit seinem Leben. Außerdem, wie Ihr Sohn schon gesagt hat, werden Sie am Ende noch reicher sein. Ich gebe Ihnen vierundzwanzig Stunden Zeit, um sich zu entscheiden. Einen schönen Tag.«

Renko beendete die Verbindung und sah Dimitri an. »Sehr gut gemacht, du hättest Schauspieler werden können.«

»Danke«, murmelte Dimitri. Man sah, daß das Kompliment ihn freute. »Und was geschieht jetzt?« fragte er zögernd.

»Nichts, sei ganz ruhig. Wir haben deinem Vater ein bißchen Zeit gegeben, das ist alles. Es ist außerdem nicht so wichtig, daß er kooperiert. Es wäre nützlich, doch wir werden Kachalow mit oder ohne seine Hilfe ausschalten. Auch wenn ein Verbündeter wie Anatolij Tarskij uns immer gelegen kommt.«

Es war die Wahrheit, doch Stuart hatte Renko angewiesen, diesen Punkt zu betonen, damit Dimitri sich noch stärker gefährdet fühlte.

»Und jetzt spielt eine schöne Partie Schach«, sagte Renko und wandte sich zur Tür. »Wir sehen uns später.«

Tarskij hatte mit zitternder Hand den Hörer aufgelegt. Es war eingetroffen, was er befürchtet hatte, seit Beginn dieser Geschichte. Jetzt war er sicher, daß es der Dienst war, der diese Ereignisse steuerte. Und das änderte vieles, denn der Dienst und Sablin waren zu stark, um sich ihnen entgegenzustellen, vielleicht auch für Kachalow. Jedenfalls waren es Gegner, die er zu sehr fürchtete, und er wollte sie nicht als Feinde.

Er begann im Zimmer auf und ab zu gehen und dachte nach. Er erinnerte sich daran, wie der Dienst zu Breschnews Zeiten, als er noch von Casparius geleitet wurde, einige heikle Fälle gelöst hatte und mit horrenden Summen dafür bezahlt worden war. Doch es hatte sich immer gelohnt. Auch Jelzin hatte sich bei dem fehlgeschlagenen Putsch von 1991 dieser Leute bedient.

Tarskij setzte sich erneut in den Sessel und klingelte, um die Haushälterin zu bitten, ihm einen Tee zu bringen. Nie zuvor hatte er sich so alt und müde gefühlt. Er versuchte zu reagieren, sagte sich, daß er im Grunde ebenfalls ein Spion sei, wenn auch im Ruhestand. Trotz seines Alters konnte er immer noch sehr klar denken, und das würde ihm helfen, eine Lösung zu finden.

Tarskij trank seinen Tee in kleinen Schlucken. Erinnerungen überkamen ihn. Er hegte freundschaftliche Gefühle für Kostja, doch er konnte Dimitri nicht im Stich lassen, trotz allem, was er Kachalow versichert hatte. Solange er geglaubt hatte, die Entführung sei das Werk eines Kartells oder eine Inszenierung Dimitris, der mit irgendwelchen Gaunern unter einer Decke steckte, um ihm Geld abzuknöpfen, hatte er sich keine großen Sorgen gemacht. Kostja hätte das Problem gelöst; so war es immer gewesen. Doch mit dem Dienst sah die Sache anders aus. Wenn sie Kachalow eliminierten und er sich ihrer Erpressung nicht beugte, würden sie Dimitri umbringen und danach auch ihn selbst.

Tarskij nahm seinen Kopf in die Hände. Er mußte innerhalb weniger Stunden über sein Schicksal und das seines Sohnes entscheiden. Er stand aus dem Sessel auf, nahm das abgeschirmte Telefon und wählte Kachalows Nummer, doch niemand meldete sich. Wahrscheinlich war er schon im Flugzeug unterwegs nach Moskau.

Besser so, es wäre ein Fehler gewesen, ihm von Dimitris Anruf zu erzählen. Er beschloß, ein doppeltes Spiel zu spielen, sowohl mit dem Dienst als auch mit Kachalow, und abzuwarten, ob Kostja eine Chance hatte, lebend aus dieser Geschichte herauszukommen.

29

Verena traf Hans Mathis im Kafé des National. Sie fand ihn am Tisch unter der kleinen Palme, wo sie am Morgen zuvor von Tarskij erwartet worden war. Ihr Vater sah müde aus, als hätte er nicht geschlafen.

Als er sie kommen sah, stand er auf. »Willst du etwas trinken?« fragte er aufmerksam, als sie ihm gegenüber Platz genommen hatte.

Verena nickte. »Einen Portwein, vielen Dank.«

Mathis bestellte für sich das gleiche, dann sah er sie mit zerknirschter Miene an, ohne zu sprechen.

Verena ertrug keine Menschen, die gefügig wurden, wenn sie etwas erreichen wollten. Nicht daß sie ihren Vater so gut gekannt hätte, um sagen zu können, wie er gewöhnlich war, doch sie erinnerte sich vage an Szenen zwischen ihm und ihrer Mutter, nach denen sie ihn sich als einen wenig entgegenkommenden Menschen vorgestellt hatte. Und dieses Theater ärgerte sie nun um so mehr.

»Gestern habe ich dich angelogen«, sagte er schließlich und senkte den Blick.

»Wirklich? Und in welchem Punkt?«

»Ich bin nicht krank. Ich habe es in der Hoffnung gesagt, daß du auf diese Weise meine Rückkehr akzeptieren würdest. Ich bitte dich dafür um Entschuldigung.«

Verena lächelte verächtlich. »Wenn du nicht um deine Gesundheit besorgt bist, kannst du mir erklären, welchem Umstand ich also dein plötzliches Auftauchen verdanke?«

Verena unterbrach sich und dachte nach. Schließlich sah sie ihn befriedigt an – sie war auf die Antwort gekommen.

»Du bist allein, nehme ich an. Einsamkeit ertragen die Menschen gewöhnlich nicht.«

Hans Mathis nickte überrascht. »Du bist nicht nur intelligent, sondern hast auch Intuition. Wahrscheinlich hast du recht: Meine Frau ist vor einem Jahr gestorben.«

»Deine Frau ist vor *fünfundzwanzig* Jahren gestorben«, korrigierte ihn Verena.

»Ich meinte meine zweite Frau, Sophie.«

»Mein Beileid. Hast du noch andere Kinder?«

»Ja, einen Sohn, Marc. Er ist fünfunddreißig und kümmert sich um die Lederwarenfabrik, die seine Mutter ihm hinterlassen hat.«

»Und er ist als Sohn eine Enttäuschung?«

»Aber nein, was sagst du denn«, protestierte er bestürzt.

Verena wartete, bis der Kellner den Portwein serviert hatte. Als er gegangen war, sah sie ihren Vater mitleidig an.

»Hör zu, wir wollen offen sprechen: Ich bin nicht glücklich darüber, dich getroffen zu haben. Sag mir, was genau du willst.«

»Nichts, ich wollte dich nur wiedersehen.«

»Nach dreißig Jahren?« entfuhr es ihr, und sie riß die Augen auf.

Dieser Mann war verrückt, dachte sie, wie ihre Mutter. Vielleicht hatten die beiden deshalb geheiratet. Sie fand sein Verhalten ebenso unmöglich wie den Egoismus, der sich dahinter verbarg. Vermutlich hatte der arme Marc seine Erwartungen nicht erfüllt, und da war ihm die Erstgeborene wieder eingefallen, in der Hoffnung, aus ihr mehr Gewinn ziehen zu können.

Sie seufzte und zündete sich eine Zigarette an. Sie hatte diese Schmonzette satt, die über alle Zutaten für einen Schundroman verfügte, als da waren: ein Vater, der aus der Vergangenheit zurückkehrt, um seine Fehler wiedergutzumachen, eine fremdländische Kulisse, eine Prise Kultur und Tarskij, der Bösewicht vom Dienst. Es fehlte nur die durch die Rückkehr des noch lebenden Elternteils vom Glück überwältigte Tochter. Das Gleichnis vom verlorenen Sohn mit umgekehrtem Vorzeichen. Doch sie war für diese Rolle nicht geschaffen, und sie wollte ihn möglichst rasch wieder loswerden.

»Verena, schließlich bin ich dein Vater!« sagte Mathis gerade. »Was ist so sonderbar daran, wenn ein Mann sich darüber klar wird, daß er einen Fehler begangen hat? Wir sind alle Menschen...«

Sie warf ihm einen undefinierbaren Blick zu, in dem sich Gleichgültigkeit und Mitleid mischten. Wieso, fragte sie sich, brachten Leute, die sich schändlich verhielten, immer ihre Zugehörigkeit zum menschlichen Geschlecht ins Spiel? Der Mann ihr gegenüber war offensichtlich ein heuchlerischer Konformist mit Seifenoperngefühlen, die er je nach Bedarf einsetzte. In seiner Wahlheimat war er mit Sicherheit ein republikanischer Hardliner. Es gab keinen Zweifel: Ihre Mutter hatte gut daran getan, sich von ihm zu befreien.

Mathis erkannte, daß er mit seiner letzten Bemerkung nicht den richtigen Ton getroffen hatte, und machte einen Rückzieher. »Früher oder später werde ich sterben. Ich wollte dich wiedersehen, das ist alles. Ich weiß, daß du keine Kinder hast, vielleicht kannst du es deshalb nur schwer verstehen...«

An dieser Stelle brach Verena gegen ihren Willen in unbändiges Lachen aus. Eine Frau am Nebentisch, angesteckt von dieser scheinbaren Heiterkeit, lächelte ebenfalls. Auch Mathis, unsicher, wie er reagieren sollte, tat das gleiche, weil er ihr Lachen mißverstand und dachte, es sei möglich, sich doch mit ihr zu verständigen. Doch als Verena zu lachen aufhörte und ihn erneut kalt und distanziert ansah, wußte er, daß er sich getäuscht hatte.

»Ich habe nicht den Eindruck, daß du ein akzeptabler Vater geworden bist, nur weil du Kinder gehabt hast.«

An diesem Punkt dachte Verena, es lohne vielleicht die Mühe, versuchsweise eine kleine Nachforschung anzustellen. Vielleicht könnte ihr Vater wenigstens für den Dienst nützlich sein.

»Um die Wahrheit zu sagen, bist du nicht einmal ein akzeptabler Mensch, wenn man es danach beurteilen will, mit was für Leuten du Umgang hast«, fügte sie bissig hinzu.

»Was willst du damit sagen?« fragte er besorgt.

»Dieser Tarskij zum Beispiel. Bist du sicher, daß er in Ordnung ist?«

Hans Mathis sah sie erschrocken an. »Aber gewiß! Anatolij ist mein Partner.«

»Was nicht notwendigerweise bedeutet, daß er ehrbar ist. Und du bist es übrigens auch nicht«, fügte sie unerbittlich hinzu, »sonst wärst du nicht für dreißig Jahre aus dem Leben deiner Tochter verschwunden. Meinst du nicht?«

»Nun bitte, Verena, was muß ich tun, um von dir akzeptiert zu werden?« fragte er ängstlich.

»Nichts. Wie ich seinerzeit nichts habe tun können. Es muß unser Karma sein, nur so ist zu erklären, warum du mein Vater geworden bist und ich deine Tochter. Lassen wir die Dinge, wie sie sind, Hans. Kehr zurück zu deinem Erben, ich glaube eigentlich nicht, daß er ein so schlechter Sohn ist. Du bist es, der als Vater nichts taugt.«

»Was weißt du denn über Tarskij?« fragte er mit wenig Gefühl für den richtigen Zeitpunkt nach.

Ich habe dir Angst gemacht, dachte Verena zufrieden. Wie erwartet hatte die Anspielung auf Tarskij seine familiären Sorgen in den Hintergrund rücken lassen.

»Ich habe gehört, daß er mit fragwürdigen Leuten verkehrt«, antwortete sie. »Hier in Rußland, das weißt du besser als ich, ist das ziemlich normal. Vielleicht warst du zu arglos...«

Mathis schüttelte energisch den Kopf. »Keineswegs! Unsere Firma ist durch und durch legal. Für wen hältst du mich?« fragte er entrüstet.

»Und für wen sollte ich dich halten?« sagte sie und hob die Stimme. »Ich kenne dich doch gar nicht. Du könntest ein Mafioso mit falschem Paß sein.«

Mathis sah ihr ernst in die Augen. »Ich bin in meinem Leben immer ehrlich gewesen, das schwöre ich dir.«

Verena zuckte die Achseln. »Wer weiß, vielleicht wäre ein Mafia-Vater, der sich besser auf Gefühle versteht, vorzuziehen gewesen...«

Mathis wischte sich mit einem Tuch den Schweiß von der Stirn. Er schien sprachlos, und zum ersten Mal tat er Verena ein wenig leid.

»Ich bin ein sehr reicher Mann, Verena. Ich will, daß du bei meinem Tod genauso viel erbst wie Marc.«

»Rührend«, erwiderte sie und verzog das Gesicht zu einer Grimasse. »Aber das ist nicht nötig. Du vergißt, daß, als du meine Mutter geheiratet hast, sie es war, die sehr reich war, und du warst nur ein junger Anwalt mit guten Aussichten. Wer weiß, vielleicht hast du sie des Geldes wegen geheiratet«, fügte sie hinzu und setzte eine zweifelnde Miene auf.

An dieser Stelle lehnte sich Mathis auf seinem Stuhl zurück.

»In Ordnung, Verena, du hast gewonnen. Ich werde

dafür sorgen, daß du nach meinem Tod bekommst, was dir zusteht. Und das ist nicht wenig, der junge Anwalt hat es zu etwas gebracht. Ich nehme zur Kenntnis, daß du nichts von mir wissen willst, und tadle dich nicht dafür. Doch du sollst wissen, daß ich deine Mutter geheiratet habe, weil ich sie liebte. Und sie mich.«

Verena stand auf. »Es tröstet mich, das zu erfahren, denn es ist demütigend, aus einer achtlosen Begegnung hervorgegangen zu sein. Doch *Liebe* ist ein großes Wort, ich bin davon überzeugt, daß niemand in unserer Familie seine Bedeutung kennt. Und ich am allerwenigsten. Ich glaube, Liebe ist ein Talent: Viele haben es, doch nur wenigen gelingt es, etwas daraus zu machen. Ich wünsche dir einen schönen Tag.«

Sie wandte ihm den Rücken zu und ging Richtung Ausgang.

30

In Moskau ließ Kachalow sich direkt in sein Büro bringen, das ganz in der Nähe von Tarskijs Haus lag. Der Iwanowskij-Hügel war eines der ruhigsten Wohnviertel der Stadt, benannt nach dem Iwanowskij-Kloster, von dem nur noch ein paar vernachlässigte Ruinen übrig waren, die man hinter dem Tor mit den zwei Türmen und den hohen Mauern sah. Das Kloster, das die Mutter Iwans des Schrecklichen hatte bauen lassen, um Gott für die Geburt ihres Sohnes zu danken, war später in ein Gefängnis umgewandelt worden. In diesen Mauern hatte die illegitime Tochter der Zarin Elisabeth II. und des Grafen Rusumowskij als Nonne gelebt. Die arme Awgusta Tarakanowa hatte ihr ganzes Leben dort drinnen verbracht, ohne je andere Besuche empfangen zu dürfen als die der Mutter und der Oberin.

Kachalow, der die Geschichte liebte, hatte es faszinierend gefunden, daß Iwan der Schreckliche und die bedauernswerte Tochter der Zarin mit diesem Viertel verbunden waren, in dem er dank eines Hinweises Tarskijs eine lukrative Immobilienspekulation gemacht hatte.

Kurz nach dem Kauf des Gebäudes hatte er beschlossen, selbst darin zu wohnen und auch den Sitz einer seiner Gesellschaften dorthin zu verlegen. Es war eine Gegend mit ruhigen Straßen und eleganten Häusern, wo sich hinter den Einfriedungsmauern weitläufige Gärten versteckten.

Die Limousine hielt vor dem Gittertor des Gebäudes in hellem Ocker, das mit weißen klassizistischen Säulen geschmückt und vom Laubwerk der Bäume umgeben war. Kachalow stieg aus dem Wagen und blieb einen Moment stehen, um das Haus zu bewundern. Kein Zweifel, es war das eleganteste des Viertels, fast fürstlich. Überall auf der Welt besaß er prächtige Häuser, doch dieses hier in Moskau mochte er am liebsten.

Schnell brach er diese abschweifenden Betrachtungen ab, denn er hatte andere Dinge zu tun. Er ließ Nadja von einem seiner Leibwächter nach oben in die Wohnung bringen und eilte ins Büro. Die Scheinfirma, eine der vielen, mit denen er seine Einnahmen wusch, nahm das ganze erste Stockwerk ein. Dort arbeiteten etliche Leute und eine Sekretärin, die von Anfang an mit dabeigewesen war: Jelena, der einzige Mensch, dem er vertraute.

Als er sein Arbeitszimmer betrat, kam sie lächelnd auf ihn zu. Kachalow bemerkte, daß sie älter geworden war, aber ihr eckiges Gesicht, in dem lebhafte blaue Augen funkelten, war immer noch schön. Ihr Haar dagegen war ganz weiß geworden; doch Jelena, seit geraumer Zeit Witwe, schien ihr Alter mit einer Anmut zu akzeptieren, die inzwischen selten geworden war.

»Herr Kachalow, die Sky Imaging hat eine dringende E-Mail geschickt. Mr. Stern aus den Vereinigten Staaten hat mich angerufen, um die Bestätigung zu erhalten, daß sie angekommen ist.«

»In Ordnung, Jelena, danke. Ich kümmere mich darum, gehen Sie nur.«

Als Jelena das Zimmer verlassen hatte, schaltete Kachalow den Computer auf seinem Schreibtisch ein und ging ins Internet. Nach wenigen Augenblicken hatte er die Satellitenaufnahmen auf seinem Bildschirm. Das Glück war auf seiner Seite: Der Satellit hatte sich tatsächlich am Morgen über Frankreich befunden. Auch wenn einige Bilder fehlten, gelang es ihm doch zu finden, was er suchte.

Er durchlebte diesen grauenhaften Vormittag noch einmal und spürte die gleiche Panik wieder, die ihn auf dem Père Lachaise ergriffen hatte, als er sich klarmachte, daß er dem Tod nur um Haaresbreite entgangen war. Wenn diese Blume nicht gewesen wäre... Wie immer folgte auf die Angst eine furchtbare Wut. Das würden sie ihm teuer bezahlen, sagte er sich, und zoomte auf die sich bewegenden Figuren. Danach ging er auf Standbild und nahm den Laptop, den er immer bei sich hatte. Er öffnete das Programm, dann die Datei mit den Dossiers, brachte den Cursor auf einen Namen und klickte ihn an. Als die Gesichter erschienen, die er überprüfen wollte, zog er eine zufriedene Grimasse.

Diese CD hatte ihm Tarskij besorgt, es war die Kopie eines in den Archiven des FSB verwahrten Dossiers. Kachalow nahm das Telefon und rief in Berlin an.

31

Auf dem Flug von Berlin nach Moskau im Jet des Dienstes erhielt Ogden einen Anruf von Stuart.

»Tarskijs Partner ist nicht Amerikaner, sondern Schweizer«, setzte der Chef des Dienstes an.

»Und weiter?«

»Er heißt Hans Mathis.«

»*Der* Mathis?«

»Genau der. Ich habe gerade den Bericht aus Zürich bekommen. Es gibt keinen Zweifel, es handelt sich tatsächlich um Verenas Vater. Er lebt seit dreißig Jahren in den Vereinigten Staaten und ist Tarskijs Partner. Sie betreiben in Rußland eine Schweizer Warenhauskette.«

»Lieber Himmel!« stieß Ogden gereizt aus.

»Du sagst es. Doch wenn es dich tröstet: Mathis scheint in keine illegalen Aktivitäten verwickelt zu sein und auch keine Kontakte zu Kachalow zu haben. Vielleicht ist er Tarskijs Deckung. Der Alte muß sich mit ihm zusammengetan haben, um wenigstens ein legales Geschäft zu betreiben. Tarskij hat den Poesie-Kongreß organisiert und Teilnehmer aus der halben Welt eingeladen, und Mathis hat ihn finanziert. Er ist tatsächlich sehr reich…«

»Und wir können uns denken, warum er es getan hat«, sagte Ogden.

»Allerdings. Wie die Dinge liegen, muß Verena in das erste Flugzeug nach Zürich steigen.«

»So ist es. Ob sie will oder nicht«, fügte Ogden lakonisch hinzu.

»Ich habe nicht gewagt, es vorzuschlagen, doch genau das denke ich auch. Falls es dich in Verlegenheit bringen sollte, kannst du jemand anderen damit beauftragen, sie nach Hause zu schicken«, sagte Stuart.

»Nein, das schaffe ich schon allein. Wo wohnt Mathis in Moskau?«

»Er hat eine Wohnung im Arbat. Du findest alle Daten bei Franz im Computer.«

»Ich versuche noch heute abend, eine Überwachung der Zimmer und der Telefone einzurichten.«

»Gut. Und jetzt die angenehme Nachricht: Wenn du ins National kommst, findest du dort Instruktionen, um dich jederzeit mit Sablin in Verbindung setzen zu können. Wolodja ist sehr zufrieden damit, wie die Dinge sich entwickeln, doch wir sollen auf der Hut sein. Kachalow ist der Boss von Moskau, er kann alle Spitzel der Stadt aktivieren. Und auch einige Leute vom FSB.«

»Ich weiß, es ist schade, daß wir es nicht geschafft haben, die Sache auf dem Père Lachaise zu Ende zu bringen. Jetzt wird ihm klar sein, daß wir es sind, die ihm auf die Pelle rücken.«

»Das fürchte ich auch. Aber daß es sich um eine extrem gefährliche Operation handelt, wußten wir von Anfang an.«

»Hast du Sablin gesagt, daß wir vielleicht auch seine Männer brauchen?« fragte Ogden.

»Ja. Er ist davon nicht gerade begeistert, erklärt sich aber dazu bereit. In Moskau findest du auch eine aktuelle Fassung von Kachalows Dossier. Der junge Tarskij hat sich entschlossen zu kooperieren und uns einiges über die Gewohnheiten des alten Mafioso verraten, was wir noch nicht wußten. Es könnte nützlich für uns sein.«

»Allerdings. Gleich nach meiner Ankunft rufe ich Sablin an. Dann werde ich versuchen, mit Verena zu klären, wie die Sache mit Hans Mathis steht. Wir hören später voneinander.«

Höchst beunruhigt kehrte Ogden auf seinen Platz zurück. Franz spürte, daß irgend etwas nicht in Ordnung war, und kam zu ihm.

»Probleme?« fragte er.

»Die Sache wird komplizierter. Doch zumindest hat sich der junge Tarskij entschlossen, mit uns zusammenzuarbeiten; hoffen wir, daß sein Vater sich nützlich macht.«

Franz, der einen Teil des Telefonats mitgehört hatte, drängte es, weitere Fragen zu stellen, doch er hielt sich zurück.

Ogden bemerkte es. »Los, frag nur«, ermutigte er ihn.

Franz räusperte sich. »Ist Frau Mathis irgend etwas geschehen?« fragte er zögernd.

»Sie nimmt in Moskau an einem literarischen Kongreß teil. Es wäre besser, wir könnten sie überzeugen, nach Zürich zurückzukehren«, sagte Ogden nur.

Franz nickte. »Hoffen wir, sie ist damit einverstanden abzureisen. Wo wohnt sie?«

»In unserem Hotel.«

»Ich freue mich sehr, sie wiederzusehen«, sagte Franz aufrichtig.

Der Flugkapitän kündigte die Landung an, und Ogden und Franz schlossen ihre Sicherheitsgurte.

Es war gegen Abend, als sie im National ankamen. Sie hatten vier Zimmer, zwei im ersten und zwei im zweiten Stockwerk. Als er in seinem Zimmer war, versuchte Ogden, Verena am Handy zu erreichen, doch ohne Erfolg. Dann erinnerte er sich, daß sie ihm von einer Lesung in der alten Universität erzählt hatte. Dadurch beruhigt, öffnete er den Brief, den Sablin ihm ins Hotel geschickt hatte. Er enthielt ein einziges Blatt, auf dem eine Nummer geschrieben stand. Ogden wählte sie sofort. Er hörte es ein paarmal läuten, dann ein Signal, danach eine metallische Stimme, die ihn bat zu warten. Nach ungefähr einer Minute meldete sich Sablin.

»Herzlich willkommen. Wir sollten uns sehen«, sagte der Präsident.

»So schnell wie möglich. Doch ich kann mir vorstellen, daß es nicht so einfach ist.«

»Aber auch nicht allzu kompliziert. Wie viele Leute hast du dabei?«

»Im Moment sind wir zu sechst, hier im National. Doch morgen treffen noch drei weitere Männer ein, die in das *safe house* ziehen, das du uns besorgt hast.«

»Sehr gut. In einer Stunde kommen zwei meiner Leibwächter, Georgij und Oleg, und holen dich ab. Sie bringen dich zu mir, und wir essen zusammen zu Abend. Geh hinunter in den Weinkeller des Hotels, sie werden dort auf dich warten. Bis später.«

Ogden legte auf. Ein geheimes Treffen mit dem Präsidenten der Russischen Föderation, zu diesem Zeitpunkt, brachte seine Pläne durcheinander, er hätte lieber zuerst Verena gesehen. Er versuchte sie noch einmal zu erreichen, doch sie meldete sich weder am Handy noch am Zimmertelefon. Wahrscheinlich war sie nach der Lesung mit den anderen essen gegangen.

Ogden sah auf die Uhr, es war kurz nach acht. Er verließ sein Zimmer und ging in das von Franz und Peter Mulligan.

»Nun, wie habt ihr euch eingerichtet?« fragte er.

»Heute nacht bleibe ich mit Peter in diesem Zimmer, und morgen zieht er ins *safe house*. Jimmy mit seinen elektronischen Apparaten ist allein in einem Zimmer im Stockwerk unter uns, neben dem von Karl und Alex. Morgen wechseln sie ebenfalls ins *safe house*.« Franz zeigte auf den Computer. »Aus Berlin habe ich alle Daten über die Unterkunft bekommen. Sablins Männer richten sie gerade ein. Eine schöne Wohnung ganz hier in der Nähe, wie es scheint. Kann man den Russen trauen?«

»Sablin hat seine eigene kleine Truppe innerhalb des Kreml«, antwortete Ogden. »Leute, die er noch aus seiner Zeit als Leiter des Geheimdienstes kennt, Männer, die offiziell nicht einmal existieren und die ausschließlich für ihn arbeiten.«

»Schattenmänner«, bemerkt Franz.

»Genau. Du wirst mich gleich in den Weinkeller begleiten«, fuhr er fort. »Ich habe dort unten eine Verabredung mit zwei Männern Sablins, die mich zum ihm bringen. Dann kehrst du hierher zurück und versuchst dich mit Frau Mathis in Verbindung zu setzen. Sie hat das Zimmer 224 auf unserem Stockwerk. Ich vermute, daß sie im Augenblick mit den anderen Teilnehmern des Kongresses beim Abendessen sitzt, doch du rufst sie hartnäckig alle fünf Minuten an, bis du sie erreicht hast. Dann bleibst du in ihrem Zimmer, bis ich zurückkomme. In der Zwischenzeit sollen die anderen den Plan des Hotels studieren und herausfinden, wo die Zimmer der eingeladenen Dichter und aller anderen, ich betone: aller anderen Personen sind, die mit der Veranstaltung zu tun haben und im National wohnen. Jetzt setz dich mit Jimmy und Alex in Verbindung, wir müssen dafür sorgen, daß die Wohnung von Hans Mathis hier in Moskau so schnell wie möglich überwacht wird, wenn möglich noch heute abend.«

Kurz darauf gingen Ogden und Franz hinunter in die Kellerräume. Im Weinkeller, einem großen Raum mit gewölbten Decken und Regalen voller Weinflaschen an den Wänden, trafen sie die beiden Russen. Franz kehrte zurück, während Ogden mit ihnen ging. Nachdem sie den Weinkeller verlassen hatten, bogen sie in einen engen langen Gang ein, der zu einer Tür führte. Oleg öffnete sie, und sie befanden sich in einer Gasse. Ganz in der Nähe parkte ein schwarzer BMW, in dem ein Fahrer wartete.

Sie stiegen ins Auto, der Chauffeur fuhr los und bog mit quietschenden Reifen in die Moskowskaja ulitsa ein. Sie befanden sich ganz in der Nähe des Kreml, und die Fahrt war sehr kurz. Die Stadt erstrahlte im Licht, und Ogden dachte, wie anders und wie viel lauter als vor ein paar Jahren sie doch war; die Zahl der Autos hatte sich seit 1991 vervielfacht, obwohl die meisten Leute für Hungerlöhne arbeiteten.

Sie näherten sich der Kremlmauer von der Seite der U-Bahn-Station des Borowetskaja-Platzes her, und das Auto hielt an. Insgesamt hatten sie nur wenige hundert Meter zurückgelegt. Nachdem sie ausgestiegen waren, fuhr der BMW sofort wieder los. Die ganze Aktion kam Ogden absurd und unvorsichtig vor, doch als sie auf die U-Bahn-Station zugingen, wurde ihm Sablins Plan langsam klar.

Sie stiegen die Treppe hinunter, mischten sich unter die Leute und folgten einem der Gänge, die zu den Zügen führten. In der Mitte des Gangs blieben sie vor einer Metalltür stehen. Georgij zog irgend etwas aus der Tasche: Man hörte ein Klacken, und die Tür sprang auf. Georgij ließ sie eintreten und schloß die Tür sofort wieder zu.

Sie befanden sich in einem beleuchteten, mit Backsteinen ausgemauerten Tunnel. Er war etwas mehr als zwei Meter hoch, weiß gestrichen und gepflastert.

»Gleich kommen wir unter den Alexandergärten durch«, erklärte ihm Oleg, »und danach unter dem Arsenal, bis wir schließlich, immer noch unterirdisch, den Senatspalast erreichen. Es ist ein alter Geheimgang aus den Zeiten Iwans des Schrecklichen.«

Nach einer Viertelstunde stiegen sie eine schmale, steile Treppe hoch, die an einer gepanzerten Tür endete. Georgij nahm wieder den Fernauslöser zur Hand, und die Stahlplatte öffnete sich. Dahinter lag ein enger, schwach beleuchteter Raum, ein kleines sechseckiges Vorzimmer, die Wände mit rotem Damast verkleidet. Als Georgij die Tür wieder schloß, sah Ogden, daß sie in der Wand praktisch nicht mehr zu erkennen war: mit demselben Stoff bezogen, paßte sie sich perfekt ein. Das Zimmer war winzig, eine Art damastene Abstellkammer, in der man sich kaum bewegen konnte, und augenscheinlich ohne Ausgang. Doch Georgij benutzte noch einmal den Auslöser, und eine der Wände öffnete sich.

Georgij ließ Ogden den Vortritt. »Gehen Sie den Gang hinunter und dann nach links. Dort ist eine Tür aus hellem Holz. Klopfen Sie dreimal, der Präsident erwartet Sie.«

Die beiden Männer Sablins entfernten sich in die andere Richtung, und Ogden folgte den Anweisungen. Es gab keinen Zweifel, daß er sich im Senatspalast befand. Er trat an ein Fenster, das von schweren blauen Samtvorhängen verdeckt war, und schob sie beiseite. Doch hinter den Scheiben war nur eine Ziegelsteinmauer. Ogden lächelte, auch Sablin hatte sein geheimes Gästehaus, und zwar mitten im Kreml.

Vor der Tür angekommen, klopfte er dreimal, und die Tür sprang auf. Ogden betrat ein geräumiges rundes Zimmer mit verputzten, schmucklosen Wänden. In der Mitte standen ein großer Eichenschreibtisch und zwei bequeme, altmodische Ledersessel.

Sablin stand auf und ging um den Schreibtisch herum. »Lieber Freund«, rief er aus und ging ihm mit ausgebreiteten Armen entgegen. »Wie schön, dich nach so langer Zeit wiederzusehen!«

Sablin hatte sich nicht verändert. Vielleicht hatte er ein

paar Falten mehr um die Augen herum, doch ansonsten sah er genauso aus wie der in Magdeburg stationierte KGB-Agent, den Ogden vor so vielen Jahren kennengelernt hatte.

»Auch ich bin froh, dich wiederzusehen, Wolodja«, sagte er, erwiderte die Umarmung und setzte sich in den Sessel, auf den Sablin deutete. »Ich wußte, daß der Kreml ein ähnliches Labyrinth wie die Lubjanka ist, aber dieser Geheimgang hat mich doch überrascht. Das ist ja fast wie bei Iwan dem Schrecklichen.«

Sablin nickte. »Es ist ein sehr alter Gang. Auch Stalin benutzte ihn oft. Zu Zeiten Chruschtschows wurde er zugemauert, vielleicht um die Erinnerung an den Diktator zu bannen, und blieb jahrzehntelang unbenutzt. Vor Jahren habe ich in der Lubjanka einige alte Dokumente durchgesehen und dabei von der Existenz des Gangs erfahren. Als ich dann Präsident wurde, habe ich gedacht, daß ein wenig mehr Privatleben nicht schaden könnte.«

»Ich muß zugeben, daß ich schon ziemlich verwundert war, als deine Leute mich in die U-Bahnstation gebracht haben. Doch dann war ich auf etwas in dieser Art gefaßt, wenn auch weniger archäologisch. Es ist genau dein Stil.«

»Unser Stil«, verbesserte ihn Sablin.

Ogden lächelte, wurde dann wieder ernst und sah Sablin an. »Wie dir Stuart sicher gesagt hat, wird die Sache komplizierter.«

»Ich habe dich da in einen schönen Schlamassel gebracht.« Sablin nahm neben ihm in dem zweiten Sessel Platz. »Doch es gab keine andere Möglichkeit.«

Ogden zuckte mit den Schultern. »Die Bezahlung ist

großzügig, und der Dienst kümmert sich nur um schwierige Fälle.«

»Und ihr löst sie eigentlich immer«, fügte der Russe hinzu und bot ihm eine Zigarette an.

»Vor einiger Zeit habe ich dich im Fernsehen als Teilnehmer am Gipfel von Genua gesehen«, sagte Ogden, nachdem er sie angezündet hatte.

Sablin nickte. »Drei Tage bei dieser überflüssigen Komödie der Mächtigen. Natürlich hat es zu nichts geführt, höchstens dazu, daß dieser arme Junge getötet worden ist. Auch diesmal hat jemand die Gelegenheit genutzt, seine Experimente auf Kosten von jemand anderem zu machen.«

Ogden zuckte mit den Schultern. »Italien hat einen sehr umstrittenen Ministerpräsidenten. Und der hat sich von seinem Vize, einem ungemein geschickten Faschisten, an der Nase herumführen lassen. Doch dank ihm hat jemand testen können, bis zu welchem Punkt man eine gewaltsame Repression in Europa treiben kann, indem man die internationale Antiglobalisierungsbewegung diskreditiert. Eine Aktion nach grobem Muster, die man jedoch als gelungen bezeichnen darf.«

Sablin nickte. »Sie haben die üblichen Mittel benutzt. Unter die Demonstranten mischt man Profis, um die Stadt zu verwüsten, und bei den Ordnungskräften schleust man sie ein, damit sie den anderen die Köpfe einschlagen. Und dann gibt es natürlich einen Toten...«

»So ist es. Auf diese Weise hat der Möchtegern-Mussolini herausbekommen, ob die Ordnungskräfte, wenigstens die Teile von ihnen, die seiner Partei nahestehen, bereit sind, seinen Anweisungen zu folgen, und rücksichtslos alles niederknüppeln«, meinte Ogden. »Und außerdem lenkt der Skandal, den all dies ausgelöst hat, nur Wasser auf seine Mühlen. Die durch die Kritik verbitterten Polizeikräfte werden nämlich zu einem guten Teil damit reagieren, daß sie immer weiter nach rechts rücken. Auf diese Weise ist er dabei, sich seine private Armee zur Unterstützung seines künftigen Aufstiegs zu schaffen.«

»Und so wiederholt sich die Geschichte«, kommentierte Sablin.

»Doch die Finanzen für diese Art von Destabilisierung kommen auch aus deinem Land«, fuhr Ogden fort. »Aber kehren wir zu unseren Problemen zurück: zu den wirtschaftlichen Machtgruppen, die mit der Mafia verbunden sind, der russischen insbesondere, und die sich der sogenannten Globalisierung bedienen, um ungestört ihre immensen Profite aus der organisierten Kriminalität in Umlauf zu bringen, das heißt achtzig Prozent der internationalen Finanzen. Letztlich haben sie die berühmte Globalisierung genau dafür erfunden…«

»Im Grunde sind wir alle in ihrer Hand. Wie könnte es anders sein? Sie sind die Reichsten«, meinte Sablin resigniert und zuckte die Achseln. »Das organisierte Verbrechen ist der verschärfte Kapitalismus. Dank der Schaffung des geeinten Weltmarkts und der neoliberalen Ideologie, die ihn rechtfertigt, werden wir bald den Tod der Gesellschaft erleben. Alain Touraine hat gesagt, daß sich zwischen dem globalisierten Markt und der Unzahl von Identitätsbewegungen, die sich an seinen Rändern entwickelt haben – wobei es sich um teils ethnische, teils religiöse

Splittergruppen handelt –, ein schwarzes Loch auftut. Und alles läuft Gefahr, in diesem schwarzen Loch zu verschwinden: der Gemeinwille, die Nation, der Staat, die Werte, die öffentliche Moral, die zwischenmenschlichen Beziehungen, kurz: die Gesellschaft. Ich will versuchen, mein Land von diesem Elend zu befreien.«

»Das wird dir schwerfallen, wenigstens wenn du nicht alle Borowskijs und Kachalows, die es gibt, umbringen läßt. Doch ich fürchte, auch das würde nicht genügen«, sagte Ogden. »Für das neoliberale Denken muß alles dort produziert werden, wo die Kosten niedriger sind. Der Planet ist ein gigantischer Markt geworden, auf dem Völker, soziale Klassen und Länder bis aufs Blut miteinander konkurrieren. Auch Europa ist in Nöten. Die europäischen Länder mit ihrer teuren sozialen Sicherheit, ihrer gewerkschaftlichen Freiheit und den relativ hohen Löhnen verlieren dabei. Doch auf dem globalisierten Markt wird das, was einer verliert – nämlich sichere Arbeitsplätze, ein bestimmtes Lohnniveau, soziale Sicherheit, hohe Kaufkraft –, nicht von einem anderen gewonnen. Die Situation des unterbezahlten Arbeiters in Südkorea oder Indonesien und aller Ausgebeuteten dieser Erde verbessert sich nur wenig, während der Maschinenbauer in Lille und der Textilarbeiter in Sankt Gallen arbeitslos werden. Killerkapitalismus ist die deutliche Bezeichnung einiger deutscher Wirtschaftswissenschaftler dafür. Ich wüßte keine bessere.«

»Ja, das ist der richtige Ausdruck«, unterbrach ihn Sablin. »Die Globalisierung der Finanzmärkte schwächt den Rechtsstaat, seine Souveränität und seine Reaktionsfähigkeit, während die neoliberale Ideologie, welche die Praktiken der internationalen Finanzoligarchien legitimiert oder, schlimmer noch, einbürgert, das Gesetz ignoriert, den kollektiven Willen schwächt und dem Menschen die Möglichkeit nimmt, frei über sein eigenes Leben zu bestimmen. Und wer hat den größten Nutzen davon? Die Kachalows und Borowskijs. Du wirst mir sicher zustimmen, daß der gute alte Marx dann doch wirklich besser war«, schloß er und bot Ogden noch eine Zigarette an.

»Dein Land ist immer von Ungerechtigkeit und Gewalt verwüstet worden, wie es in jeder Diktatur geschieht, die ihren Namen verdient. Stalin war ebenso schlimm wie die anderen Menschenschinder.« Ogden schüttelte den Kopf. »Der Mensch ist das mißratene Geschöpf Gottes. Man kann sich, in einer Aufwallung von Optimismus, fragen, ob es nicht irgendwo eine andere Kreatur gibt, die ihm besser gelungen ist. Wer weiß, vielleicht auf einem anderen Planeten…«

»Glaubst du wirklich, die Menschheit ist das Ergebnis eines göttlichen Fehlers?« fragte Sablin erstaunt.

Ogden lächelte. »Die Auffassung, daß es ein Gott gewesen sei, der dieses Durcheinander geschaffen hat, ist nur eine Art, die Verantwortung auf jemand abzuwälzen, und sei es auf ein göttliches Wesen. Ich weiß nicht, ob es einen Gott gibt, und es interessiert mich auch nicht. Aber ich finde auch die Evolutionstheorie nicht sehr glaubwürdig; da ist mir Akte X offen gesagt lieber. Es stimmt schon, daß es immer einen kleinen Teil der Menschheit gegeben hat, der sich dieses Namens würdig erwies. Doch da es immer eine abstoßende Mehrheit ist, die diesen Planeten beherrscht, scheint bei der Erschaffung des Menschen ein Fehler unterlaufen zu sein«, schloß Ogden, nicht ganz ernst. »Aber das sind müßige Gedankenspiele«, fügte er mit einer gelangweilten Geste hinzu. »Doch um beim Thema zu bleiben: Was sagt denn der amerikanische Präsident zu dem ganzen Theater?«

Sablin verzog das Gesicht zu einer Grimasse. »Alles, was sein Vater und der Vizepräsident ihm einflüstern. Er scheint vollkommen unfähig, selbst zu denken.«

»Ich habe ein Interview gelesen, das er in Genua gegeben hat und in dem er sagt, er habe gewußt, dir vertrauen zu können, nachdem er dir in die Augen gesehen hatte.«

»So ist es«, bemerkte Sablin angewidert.

»Tatsächlich würde nur ein gefährlicher Naiver einem KGB-Spion vertrauen. Eine diplomatische Lüge«, kommentierte Ogden belustigt. Dann fügte er, wieder ernst geworden, hinzu: »Vielleicht werde ich auch deine Männer brauchen.«

»Wenn es euch gelingen sollte, allein zurechtzukommen, wäre es besser. Doch im Notfall helfen wir euch natürlich.«

»Gut. Dann laß uns jetzt ein bißchen über Kachalow reden«, sagte Ogden.

»Gewiß, doch zuerst…« Sablin stand auf, ging zu einem dunklen Holzmöbel und öffnete es. Es war ein Kühlschrank, aus dem er ein Tablett mit einer Champagnerflasche, zwei Sektgläsern und einer mit Kaviar gefüllten Schale nahm.

»Laß uns anstoßen, um unser Wiedersehen zu feiern«, sagte er und wandte sich wieder Ogden zu. »Ich weiß, daß du keinen Wodka magst, doch das hier schon. Ich kann mir nicht vorstellen, daß du Zeit gehabt hast, etwas zu essen.«

Ogden nickte. »Ich habe tatsächlich einen ganz ordentlichen Appetit.«

32

Verena kam nach dem Abendessen ins Hotel zurück. Die Lesung war ein Erfolg gewesen, doch sie hatte weder ihren Vater noch Tarskij gesehen, und das hatte sie gewundert. Auch Adamow und Andrej, ihr Übersetzer, hatten dieses Fehlen nicht erklären können, da Tarskij allen versichert hatte, daß er kommen werde.

»Warte auf mich, ich fahre mit dir nach oben.«

Verena drehte sich um und sah Marta Campo, die auf sie zugelaufen kam. »Ein gelungener Abend, nicht wahr?« fragte die Dichterin, als sie im Aufzug hochfuhren.

»Sehr gelungen«, antwortete Verena lakonisch.

»Ich habe weder deinen Bewunderer noch Tarskij gesehen«, fuhr Marta Campo fort. »Das ist wirklich seltsam…«

»Sie werden zu tun gehabt haben…«

»Mag sein, doch seltsam ist es trotzdem.« Marta Campo schüttelte bedauernd den Kopf. »Kaum hast du einen Mäzen gefunden, verschwindet er schon wieder im Nichts…«

Als sich die Aufzugtüren öffneten, sah Verena Franz, der dort auf sie wartete. Er trat zur Seite, um sie vorbeizulassen.

»Guten Abend, Frau Mathis«, begrüßte er sie auf englisch mit einem Kopfnicken, das ein wenig militärisch ausfiel.

Verena, die nicht darauf gefaßt gewesen war, ihn zu sehen, lächelte unsicher. »Franz, was für eine Überraschung! Was tun Sie hier?«

»Ich habe auf Sie gewartet. Würden Sie mir bitte in Ihr Zimmer folgen.«

Marta Campo, die nicht gut Englisch sprach, sah sie mit fragender Miene an.

»Ein lieber Freund«, erklärte Verena rasch. »Wir sehen uns morgen, gute Nacht«, fügte sie hinzu und verabschiedete sich mit einem Lächeln von ihr.

Marta Campo nickte. »Gute Nacht, meine Liebe, bis morgen«, sagte sie und wandte sich ihrem Zimmer im anderen Teil des Flurs zu.

»Wo ist Ogden?« fragte Verena, als sie in ihrem Zimmer waren.

»Er hat den ganzen Nachmittag versucht, Sie telefonisch zu erreichen«, antwortete Franz mit einem versteckten Vorwurf. »Doch er wird in Kürze hier sein. Er hatte zu tun.«

Franz blieb unbeholfen stehen. Verena lächelte ihn an.

»So setzen Sie sich doch in den Sessel, Franz. Ich nehme an, Sie müssen mir Gesellschaft leisten, bis Ogden zurück ist. Stimmt's?«

Franz nickte verlegen und setzte sich hin.

»Habt ihr hier in Moskau zu tun?« fragte Verena.

Die Zimmer waren von Jimmy kontrolliert worden und nicht verwanzt, doch Franz wollte nicht das Risiko eingehen, daß ihm irgend etwas herausrutschte. Deshalb breitete er bedauernd die Arme aus. »Ich kann Ihnen nichts sagen...«

Verena nickte. »Natürlich, Franz, ich verstehe schon. Darf ich Ihnen etwas zu trinken anbieten?« fragte sie und wandte sich der Bar zu.

»Danke, eine Cola nehme ich gerne.«

Verena holte zwei Flaschen aus dem Kühlfach der Bar und stellte sie auf den Tisch. Franz sprang eilfertig auf, nahm ihr den Flaschenöffner aus der Hand, öffnete die beiden kleinen Flaschen und füllte die Gläser. Sie ließ ihn machen und setzte sich in einen der Sessel. Wenn Ogden Franz angewiesen hatte, bei ihr zu bleiben, konnte die Lage nicht so ganz ungefährlich sein, sagte sie sich, und nahm das Glas, das Franz ihr reichte.

Sie dankte ihm mit einem besonders netten Lächeln. »Wann seid ihr angekommen?«

»Gegen Abend«, lautete die lakonische Antwort von Franz, der neben ihr stehengeblieben war.

In diesem Moment klopfte es, und Franz ging eilig zur Tür. Nachdem er einen Blick durch den Türspion geworfen hatte, öffnete er, und Ogden trat ein.

»Danke, Franz, du kannst gehen«, sagte er im Hereinkommen. Franz verabschiedete sich mit einer Geste von Verena, schlüpfte nach draußen und schloß die Tür hinter sich.

»Herzlich willkommen«, sagte Verena und ging auf Ogden zu.

Ogden umarmte sie und küßte sie lange, dann löste er sich von ihr. »Setzen wir uns, wir müssen reden«, sagte er und ging auf den Sessel zu.

»Können wir das nicht später tun?« fragte sie in einem Ton, als schmollte sie.

Ogden lächelte. »Wir haben die ganze Nacht. Jetzt setz dich und sag mir, was passiert ist.«

Er sprach in dem Ton, den er bei wichtigen Gelegenheiten anschlug, und Verena wußte, daß sie ihn nicht umstimmen könnte, gleichgültig, was sie tun würde, selbst wenn sie jetzt einen Bauchtanz vorführte. Deshalb machte sie, was er sagte.

»Dieser Kongreß, den dein Mafioso organisiert hat, hat einen Mäzen«, sagte Verena. »Am Anfang hat er sich mir als Hans Kluver vorgestellt, ein Amerikaner schweizerischer Herkunft, doch er heißt Hans Mathis. Stell dir vor: Es ist mein Vater!« fügte sie hinzu.

Ogden sah in ihren Augen ein Licht, das nichts Gutes verhieß. »Hast du ihn nicht wiedererkannt?« fragte er freundlich.

»Wie hätte ich das gekonnt? Es sind mehr als dreißig Jahre vergangen! Meine Mutter hat alle Fotos von ihm vernichtet. Nur Alice hatte einen Schnappschuß von unseren Eltern, wie sie vor ewigen Zeiten auf irgendeiner Ferieninsel im Pazifik waren. Natürlich sieht er nicht mehr so aus wie damals. Die arme Alice hat immer ein bißchen Familienkult betrieben«, fügte sie hinzu, und in ihrer Stimme schwang ein wenig Rührung mit.

»Wie hast du erfahren, wer er wirklich ist?« fragte Ogden nach.

»Er hat es mir gestern abend in einem unangenehmen Gespräch beim Abendessen gesagt. Er scheint allerdings nichts von dem schlechten Ruf Tarskijs zu wissen.«

»Wieso? Was hast du ihm erzählt?« fragte Ogden.
»Daß sein Partner den Ruf hat, ein Mafioso zu sein.«
»Das hättest du nicht tun sollen...«
Verena sah ihn an. Mit einem Mal schien sie verstört. »Ich hatte gehofft, etwas zu erfahren, das euch nützlich sein könnte«, sagte sie leise.

Ogden stand auf. »Komm her«, sagte er und streckte seine Hand aus.

Verena nahm sie, und er zog sie aus dem Sessel hoch und drückte sie an sich. »Es tut mir leid, das war sicher nicht angenehm«, murmelte er, umarmte sie und streichelte ihr Haar.

Sie legte ihren Kopf auf seine Schulter und spürte, wie ihr Tränen in die Augen traten.

»Bekommt ihr dadurch Probleme?« fragte sie unsicher.
»Denk nicht daran. Wichtig ist, daß er dir keine macht.«
Verena löste sich ein wenig von ihm. »Du wußtest es schon, nicht wahr?«

Er nickte, und sie versuchte, die Tränen niederzukämpfen. »Dann weißt du sicher auch, ob er der Komplize dieses Mannes ist.«

»Nein, er ist sauber. Die Firma, die Tarskij mit deinem Vater hat, ist absolut legal.«

»Doch jetzt könnte er durch das, was ich gesagt habe, in Gefahr sein«, rief sie aus.

Das unzeitige Auftauchen von Hans Mathis hatte Verena zutiefst erschüttert und drohte ihr empfindliches inneres Gleichgewicht auf eine harte Probe zu stellen. Also mußte Ogden es so einrichten, daß sie die gesunde Wut, die sie gegenüber diesem Mann empfand, nicht aufgab.

»Hör zu, Verena«, sagte er, »du bist nicht für die falschen Entscheidungen deines Vaters verantwortlich. Wenn er sich mit einem Mafioso zusammengetan hat, ist das seine Sache. Dreißig Jahre lang hat er nichts von sich hören lassen. Der Mann ist ein Egoist, und diesen Kongreß abzuhalten war eine sehr schlechte Idee. Ein überflüssiger und angeberischer Akt, um sich wieder Zugang zu deinem Leben zu verschaffen, ein Versuch, leichter akzeptiert zu werden und deine Dankbarkeit zu erzwingen. Doch dein Buch hat dieses Tamtam nicht nötig.«

Mit den letzten Worten hatte Ogden den richtigen Ton getroffen. Verena räusperte sich. »Ich glaube, du hast recht; und deshalb ist das einzige Gefühl, das ich empfinde, Wut. Zum Glück hat er sich nicht wieder gemeldet. Heute morgen habe ich ihm unmißverständlich gesagt, er soll mich in Ruhe lassen. Er ist heute nicht einmal zur Lesung gekommen. Tarskij übrigens auch nicht.«

»Um so besser«, sagte Ogden, der diese Information aufmerksam registrierte, während er ihr weiter übers Haar strich. »Du darfst dir keine Sorgen wegen ihm machen oder dich schuldig fühlen, weil du mit ihm über Tarskij geredet hast. Du hast ihm einen Gefallen getan. Auf jeden Fall werde ich mich darum kümmern, und wenn diese Geschichte vorbei ist, kannst du ihn immer noch in den Vereinigten Staaten besuchen, falls du Lust dazu hast. Doch jetzt laß uns etwas trinken, auch wenn es sonst nicht deine Gewohnheit ist. Ich glaube, du kannst es brauchen.«

Ogden goß zwei Whisky ein. Er mußte Verena noch dazu überreden, morgen zurück nach Zürich zu fliegen. Und das würde nicht leicht werden.

Er brachte ihr den Whisky, und sie tranken schweigend. Dann sah Ogden sie an und lächelte, wie er es nur selten tat, dieses »herzliche Lächeln«, wie sie es nannte.

»Du hast mir sehr gefehlt«, sagte er und nahm ihre Hand. Und das war die Wahrheit.

Er zog sie an sich und ließ sie ihr Glas abstellen. »Jetzt denk nicht mehr an die Russen und an deinen Vater, in Ordnung?«

Sie sah ihn mit einem mißtrauischen Lächeln an. »Ich glaube, du willst mich bitten, nach Zürich zurückzukehren...«

Ogden legte ihr einen Finger auf den Mund. »Das stimmt, doch ich bitte dich nachher darum«, sagte er und drängte sie zum Bett.

33

Stuart sah auf die Uhr. Es war elf. Er schaltete die Schreibtischlampe aus und verließ sein Büro. Im Gebäude des Dienstes im Nikolaiviertel waren um diese Zeit nur noch die Wachmänner, abgesehen von Irina Kogan und Ken, der für ihren Schutz zuständige Agent, die sich im Gästehaus aufhielten. Auch Rosemarie war schon seit einer Weile gegangen.

Er wollte gerade in den Aufzug steigen, als sein Handy läutete. Es war Ken.

»Herr Stuart, können Sie bitte ins Gästehaus kommen? Frau Kogan ist sehr aufgeregt und möchte unbedingt mit Ihnen sprechen.«

»Gut, ich komme.«

Stuart machte kehrt und ging den Gang wieder hinunter. Als er in der Mitte war, schob er die Magnetkarte in den Schlitz der Täfelung, und das Nußbaumpaneel, hinter dem sich der kleine Aufzug verbarg, glitt zur Seite. Er betrat die Kabine, drückte auf den einzigen Knopf, und der Aufzug fuhr nach oben. Dort angekommen, trat er direkt in das Vorzimmer des Gästehauses, wo Ken auf ihn wartete.

»Guten Abend, Herr Stuart. Ich habe Sie gerufen, weil Frau Kogan sehr unruhig ist. Der Doktor war schon da und hat ihr ein Beruhigungsmittel gegeben. Jetzt geht es ihr besser, aber sie besteht darauf, mit Ihnen zu sprechen.«

»In Ordnung, gehen wir.«

Ken und Stuart durchquerten das geräumige Wohnzimmer und gelangten in den Gang, der zu den Schlafzimmern führte. Ken klopfte an die erste Tür und öffnete. Irina saß auf dem Bett, doch als die beiden eintraten, stand sie auf.

»Danke, daß Sie gekommen sind«, sagte sie und ging auf sie zu.

»Es freut mich, Sie zu sehen, Frau Kogan. Wie geht es Ihnen?« fragte Stuart und lächelte sie freundlich an.

»Danke, gut«, antwortete sie mit verlegener Miene.

»Ken hat mir gesagt, Sie wollten mich sprechen. Gehen wir doch ins Wohnzimmer und trinken etwas.«

Sie begaben sich in das andere Zimmer, und Irina nahm im Sessel Platz.

»Was möchten Sie trinken?« fragte er sie.

»Einen Whisky bitte.«

»Dann leiste ich Ihnen Gesellschaft«, sagte er in einem

so herzlichen Ton, daß sie ihre Befangenheit verlor. Sie lehnte sich im Sessel zurück und schloß die Augen halb.

»Mach uns bitte zwei Whisky und laß uns dann allein«, sagte Stuart zu Ken. Er zündete sich eine Zigarette an und blieb stehen.

Irina betrachtete den Mann, den sie vor sich hatte: groß, elegant, ungefähr vierzig oder wenig darüber, ein hageres, doch anziehendes Gesicht und graue, irgendwie orientalisch geschnittene Augen, das Haar braun, gelockt, an den Schläfen grau meliert. Ein faszinierender Mann, dachte sie, wenn auch kühl und distanziert. Obwohl: Mit diesem aufrichtigen Lächeln und seiner Freundlichkeit schien er wirklich um sie besorgt. Doch Irina spürte, daß er nur vordergründig teilnahmsvoll war.

Als Ken den Whisky gebracht hatte und gegangen war, nahm Stuart ihr gegenüber Platz und sah ihr in die Augen.

»Nun, Frau Kogan, was gibt es? Irgend etwas nicht in Ordnung?«

Sie knetete nervös ihre Finger. Jetzt, da sie den Chef des Dienstes vor sich hatte, war sie sich unsicher, ob sie reden oder ihre Vorahnungen für sich behalten sollte. Dieser Mann glaubte nicht an ihre Kräfte, und gleichgültig, was sie sagen würde, es fiele ins Leere. Doch es war ihre Pflicht zu sprechen, auch zu denen, die nicht glaubten. Sie nahm all ihren Mut zusammen, erwiderte seinen Blick mit Festigkeit und beschloß, ein wenig weiter auszuholen.

»Pawel ist gestorben?« fragte sie. Doch es war eher eine Feststellung als eine Frage.

Stuart nickte. »Ja, vor einigen Tagen, in Paris«, antwortete er. Er war überrascht, doch er ließ es sich nicht anmerken. Niemand hatte ihr den Tod Borowskijs mitgeteilt. Ken hatte genaue Anweisungen erhalten, und Stuart hielt es für undenkbar, daß ihm etwas herausgerutscht war.

Sie spürte sein Erstaunen. »Borowskij ist eines natürlichen Todes gestorben«, fügte sie hinzu und sah ihm fest in die Augen.

Stuart fand wenig Gefallen an dieser theatralischen Art, doch er lächelte immer noch. »Wer hat es Ihnen gesagt?« fragte er ruhig.

Irina schüttelte den Kopf. »Sie glauben nicht an meine Kräfte«, sagte sie traurig.

»Ehrlich gesagt, nein. Doch ich hoffe, Sie sind deshalb nicht beleidigt; ich glaube auch an viele andere Dinge nicht, die von den meisten Leuten für unbestreitbar gehalten werden.«

»Ich möchte Ihnen helfen«, sagte sie ängstlich.

»Aber das tun Sie doch schon, Frau Kogan. Sie haben uns viele interessante Dinge über Borowskij und Kachalow berichtet.«

»Das meine ich nicht.«

Stuart begann zu verstehen, worauf sie hinauswollte. »Nur Mut«, forderte er sie freundlich auf, »sagen Sie, was Sie auf dem Herzen haben.«

Irina nahm noch einen Schluck Whisky, dann räusperte sie sich. »Sie wissen alles über mich, nicht wahr?«

»Ja. Und wir beschützen Sie vor Ihren Feinden.«

»Warum?«

Gute Frage, sagte sich Stuart gereizt. Tatsächlich hatten sie sich hauptsächlich um sie gekümmert, weil Ogden es wollte...

»Weil Sie für uns sehr nützlich gewesen sind«, erklärte er mit einem diplomatischen Lächeln.

»Das stimmt nicht. Aber das ist ohne Bedeutung. Sie haben mir das Leben gerettet, und ich möchte mich revanchieren.«

»Das ist absolut nicht nötig, glauben Sie mir«, protestierte Stuart, weil er wußte, worauf sie hinauswollte. Irgendwelche Wahrsagereien und Unglücksprophezeiungen fehlten ihm jetzt gerade noch, dachte er entnervt. Doch er ließ sich nichts anmerken und sah sie weiter mit freundlich-verständnisvoller Miene an.

Irina war müde, und durch die Anspannung hatte sie furchtbares Kopfweh bekommen. »Hören Sie zu, es ist nicht wichtig, ob Sie an meine Kräfte glauben oder nicht. Borowskij hat mich wegen dieser Fähigkeiten bei sich behalten, und er war nicht dumm –« Sie unterbrach sich, vielleicht weil sie einen Kommentar erwartete, doch Stuart schwieg.

»Ich wollte Sie sehen, weil ich Sie warnen muß«, sagte sie.

Stuart seufzte, ohne seine Gereiztheit durchblicken zu lassen. Doch Irina nahm sie trotzdem wahr.

»Sie müssen mir glauben«, flehte sie ihn beinahe an. »Sie sind in großer Gefahr, und ich spüre, daß diese Gefahr sehr nahe ist. Hören Sie mir zu, es geht um Ihr Leben! Sie müssen sehr vorsichtig sein, Kachalow hat beschlossen, Ihnen etwas anzutun, und wenn dieser Mann bestimmt, daß jemand sterben muß, dann kommt es auch so.«

»Es ist normal, daß meine Männer und ich in Gefahr sind«, bemerkte Stuart skeptisch.

Irina schüttelte den Kopf. »Ich spreche nicht von Ihren

Männern, sondern von Ihnen. Ich sage Ihnen: Kachalow hat beschlossen, Sie zu vernichten.«

»Woher bekommen Sie solche Nachrichten?« fragte Stuart.

»Ich habe Visionen. Man wird Sie hier in Berlin angreifen.«

Stuart seufzte noch einmal. Er fand, daß diese Präkognition sehr wenig Paranormales hatte. Der ganze Dienst war jetzt im Visier Kachalows, das war keine Neuigkeit.

»Ich danke Ihnen«, sagte er und ergriff ihre Hand. »Ich werde an Ihre Warnung denken.«

Irina sah ihn traurig an. »Seien Sie vorsichtig, vor allem nachts.«

»Wollen Sie mir noch etwas anderes sagen?« fragte Stuart.

»Nein, das ist alles.«

Stuart stand auf. »Nun, dann danke ich Ihnen noch einmal. Ich hoffe, daß Ihr Aufenthalt hier einigermaßen angenehm ist.«

Sie nickte. »Sie sind alle sehr freundlich. Wenn diese Geschichte vorbei ist, bin ich dann frei?«

»Aber natürlich! Wenn wir Kachalow haben, können Sie gehen, wohin Sie wollen. Sie sind nur zu Ihrem eigenen Schutz hier.«

»Ich weiß. Danke.«

»Dann also gute Nacht, Frau Kogan. Und machen Sie sich keine Sorgen. Es wird alles gutgehen.«

Stuart verließ das Wohnzimmer und schloß die Tür hinter sich. Im Vorzimmer wartete Ken und sah ihn fragend an.

»Nichts Schlimmes, sie ist nur nervös«, sagte er zu ihm. »Gib ihr ein Sedativum und plaudere ein bißchen mit ihr, das genügt, um sie zu beruhigen. Gute Nacht.«

34

Genadij Renko verließ das Forum Hotel am Alexanderplatz, um sich zum Sitz des Dienstes zu begeben. Er mußte Stuart sehen, um sich mit ihm abzusprechen, wie es mit Dimitri Tarskij weitergehen sollte. An diesem Morgen nämlich lief das seinem Vater gestellte Ultimatum von vierundzwanzig Stunden ab.

Es regnete in Strömen, also beschloß er, ein Taxi zu nehmen, doch als er im Wagen saß und nur im Schritttempo vorwärts kam, bedauerte er es, nicht zu Fuß gegangen zu sein. Zu dieser Uhrzeit und bei dem Regen war der Verkehr furchtbar.

Er betrat das Gebäude des Dienstes, am anderen Ufer der Spree, gegenüber dem Ephraim-Palais. Zwei Wachmänner standen am Eingang zu den Büros. Sie nickten wortlos und ließen ihn passieren.

Verwundert stieg Renko in den Aufzug: Die beiden Wachmänner waren neu. Als er den obersten Stock erreichte, wo Stuarts Büro war, erwartete ihn Rosemarie. Er sah den Ausdruck auf ihrem Gesicht, und ihm war klar, daß etwas Schlimmes passiert sein mußte.

»Bitte, Herr Renko, folgen Sie mir«, sagte sie, freundlich wie immer. Doch ihre Stimme zitterte. Sie brachte ihn bis zur Tür, öffnete sie und entfernte sich eilig. An Stuarts

Schreibtisch saß jemand, den Renko nicht kannte: ein ungefähr sechzigjähriger Mann mit einem kantigen Gesicht und weißem Haar, der wie ein Manager oder ein erfolgreicher Anwalt aussah.

»Bitte setzen Sie sich«, sagte er zu ihm und zeigte auf den Sessel. Renko, immer mehr auf der Hut, tastete nach seiner Pistole unter der Jacke, ein alter Reflex.

»Bleiben Sie ganz ruhig. Es besteht keinerlei Gefahr«, sagte der Mann hinter dem Schreibtisch. »Ich bin sein Stellvertreter.«

»Wo ist Stuart?« fragte Renko schroff.

»Wenn Sie Geduld haben, werde ich Ihnen alles erklären«, antwortete der Mann und deutete zum ersten Mal ein Lächeln an. »Wollen Sie einen Kaffee?«

»Nein, ich will wissen, was hier vor sich geht.«

Der Mann zog seine Hand von der Sprechanlage zurück und nickte. »Ich heiße Stevens, und in gewisser Hinsicht ersetze ich Stuart.«

Renko machte den Mund auf, doch der andere gab ihm ein Zeichen, zu schweigen. »Bitte lassen Sie mich sprechen. Danach können Sie mich fragen, was Sie wollen, und ich werde Ihnen antworten, wenn ich dazu in der Lage bin.«

Renko nickte, und Stevens fuhr fort. »Stuart ist heute nacht entführt worden. Seine beiden Leibwächter hat man getötet. Es ist das erste Mal in der Geschichte des Dienstes, daß etwas Derartiges geschieht, also ist es auch das erste Mal, daß ich in dieser Funktion auftrete –«

»Was zum Teufel reden Sie denn da?« rief Renko gereizt aus.

»Haben Sie Geduld, ich bitte Sie. Wie Sie wissen, ist der

Dienst eine mächtige, doch sehr flexible Organisation. Der beträchtlichen Zahl von Agenten in aller Welt hat immer nur ein einziger Mann an der Spitze gegenübergestanden. Von seiner Gründung an und viele Jahre lang ist der Dienst von Casparius geleitet worden, nach seinem Tod ist Stuart sein Nachfolger geworden. Natürlich ist bereits bei Gründung dieser Organisation eine Strategie ausgearbeitet worden, um einem Notfall dieser Art zu begegnen, doch ist es in den vergangenen Jahrzehnten nie vorgekommen, daß der Chef des Dienstes angegriffen wurde. Ich bin Teil dieser Strategie. Mit wenigen Worten, Herr Renko, ich werde das Funktionieren des Dienstes sicherstellen, bis das Problem gelöst ist. Das bedeutet, daß ich dafür sorgen werde, daß die Organisation wenigstens technisch weiterhin perfekt arbeitet. Doch ich wiederhole: nur technisch. Meine Aufgabe sieht nämlich nicht die Koordinierung der Operationen vor, daher bin ich über nichts informiert und werde es auch in Zukunft nicht sein.«

»Wollen Sie damit sagen, Sie beschränken sich darauf, die Stromrechnungen zu bezahlen?« fragte Renko entsetzt.

Stevens nickte. »Meine Aufgaben sind komplexer, als Sie es nun darstellen. Doch ich verstehe, was Sie sagen wollen, und die Antwort ist ja. Die Agenten müssen im Moment allein zurechtkommen, auch wenn ich dafür sorgen werde, daß sie alles erhalten, was sie brauchen. Die Situation ist zum Glück nicht so dramatisch, wie sie es früher vielleicht gewesen wäre. Denn heute steht Stuart bei der Leitung des Dienstes ein Agent zur Seite, den Sie kennen: Ogden. Also wird, bis Stuart zurückkommt, er es sein, der die Operationen leitet.«

»Aber Ogden hat im Augenblick woanders zu tun.«

»Ich weiß, doch es gibt keine andere Lösung. Ich kann den Dienst am Leben erhalten, bis wieder Normalität eingekehrt ist. Außerdem können Sie leicht verstehen, warum Casparius seinerzeit diese Strategie beschlossen hat. Der Dienst muß seinen Auftraggebern absolute Diskretion garantieren, unter allen Umständen und um jeden Preis. Es ist dies die Besonderheit, die aus ihm den besten Geheimdienst der Welt gemacht hat, wenn auch einen Söldnerdienst. Also darf nur der Leiter des Dienstes über die laufenden Operationen informiert sein. Deshalb habe ich vorhin von beweglicher Organisation gesprochen. Weil wir das so handhaben, kennen wir die Probleme der Überbesetzung nicht, die unsere Regierungsdienste plagen, die deshalb ständig mit undichten Stellen und Verrat zu kämpfen haben. Die Kehrseite der Medaille ist das, was wir jetzt erleben.«

»Ich muß sofort mit Ogden sprechen.«

»Das können Sie später tun.«

»Und was machen wir mit Ihnen?« frage Renko sarkastisch.

»Sie meinen, worin ich Ihnen nützlich sein kann?«

»Allerdings, genau das«, knurrte das ehemalige Mitglied der Force Alpha.

»Ich fürchte, ich habe mich nicht klar ausgedrückt. Ich werde für alles Nötige sorgen, was die Aktion erfordert, technische Notwendigkeiten, wiederhole ich noch einmal. Keine Angst, ich verstehe mich auf meine Arbeit. Praktisch werde ich die Anweisungen umsetzen und ihre Ausführung gewährleisten. Doch das Strategische ist Ogdens

Aufgabe, und nur seine. Was mich angeht, so weiß ich im Moment nicht einmal, mit welcher Operation Sie beschäftigt sind.«

»Dann ist es besser, Sie machen zuerst einmal Ihre Hausaufgaben«, sagte Renko und stand auf. »Wo kann ich telefonieren?«

»Gehen Sie in Ogdens Büro und warten Sie. Ich werde Sie benachrichtigen, wenn Sie mit ihm sprechen können.«

Wütend ging Renko hinaus und schlug die Tür hinter sich zu.

Am Morgen war Ogden, um Verena nicht zu stören, sehr früh in sein Zimmer zurückgegangen. Nachdem er geduscht hatte, rief er Jimmy an, um das Problem der Überwachung der Wohnung von Hans Mathis zu lösen. Am Abend zuvor hatten Alex und der Techniker nämlich erfolglos versucht, in die Wohnung von Verenas Vater zu gelangen, um dort Mikrofone zu installieren. Mathis war zu Hause gewesen, und so hatten sie nur außen an der Telefonleitung arbeiten können.

»Wir können es heute noch einmal versuchen«, sagte Jimmy, »wenn wir ins *safe house* ziehen, wo ich einen anständigen Technikraum einrichten kann.«

In diesem Augenblick läutete das Handy. Es war Rosemarie, in Tränen aufgelöst.

»Es ist etwas Schreckliches geschehen«, setzte sie an. Sie klang verwirrt.

»Einen Augenblick, Rosemarie.« Ogden gab dem Agenten ein Zeichen, daß er gehen solle. »Bis nachher, Jimmy.«

Als er allein war, nahm er erneut das Handy. »Beruhigen Sie sich und erzählen Sie mir alles, eins nach dem anderen.«

Rosemarie seufzte. »Herr Stuart ist verschwunden, und seine Leibwächter sind vor seiner Wohnung getötet worden.«

»Ist Stevens schon da?«

»Er wird jeden Moment hier sein.«

»Hören Sie zu, Rosemarie«, sagte Ogden freundlich, »Sie müssen Ruhe bewahren. In diesem Augenblick sind wir mehr denn je auf Ihre Tüchtigkeit angewiesen. Ich weiß, was Sie empfinden, doch versuchen Sie, sich zu fassen.«

»Natürlich, entschuldigen Sie bitte«, murmelte sie mit festerer Stimme.

»Wer hat Alarm gegeben?«

»Die Agenten, die die Leibwächter heute morgen ablösen und Herrn Stuart ins Büro begleiten sollten.«

»Ist seine Wohnung schon untersucht worden?«

»Herr Green hat sich gleich dorthin begeben. Es gibt keine Zeichen eines Kampfes, vor dem Eingang lag nur ein Umschlag mit einer Blume darin. Herr Stuart ist sicherlich auf der Straße entführt worden.«

»Das glaube ich auch. Doch ich will, daß auf jeden Fall unsere wissenschaftliche Abteilung alle Spuren sichert, falls welche da sind; und jedes Indiz, das zur Identifikation der Tätern beitragen kann. Es sind Leute aus Berlin: Kachalow hätte nicht die Zeit gehabt, jemanden aus Moskau zu schicken. Wenn ihr etwas findet, gleicht die Daten mit unserem Archiv ab. Und das, so schnell es geht, habe ich mich klar ausgedrückt?«

»Gewiß, Herr Ogden. Ich kümmere mich sofort darum.«

»Rosemarie...«

»Ja, Herr Ogden?«

»Es wird alles gutgehen, das verspreche ich Ihnen. Jetzt machen Sie sich an die Arbeit, und wenn Stevens kommt, sagen Sie ihm bitte, daß er mich sofort anrufen soll.«

Ogden beendete das Gespräch und ging zu Franz, der gerade versuchte, eine Tasche zu schließen, deren Reißverschluß klemmte. Als Ogden eintrat, sah er auf.

»Wir ziehen ins *safe house* um«, sagte er, doch das Lächeln erstarb auf seinen Lippen, als er den Ausdruck auf Ogdens Gesicht sah.

»Ist irgend etwas passiert?«

Ogden schloß die Tür hinter sich. »Stuart ist entführt worden. Seine Leibwächter sind tot.«

Franz ließ die Tasche los, so daß sie mit einem dumpfen Geräusch zu Boden fiel. »Heiliger Himmel! Aber wie ist das möglich?«

»Stuart hat sich nie besonders um seine eigene Sicherheit gekümmert«, sagte Ogden gelassen. »Er ist jetzt bestimmt schon in Moskau, in Kachalows Gewalt.«

»Was willst du tun?« fragte Franz.

Ogden ignorierte die Frage. »Kurt und ich, wir bleiben im National«, sagte er. »Du ziehst mit allen anderen in das *safe house*. Informier sie im Augenblick nicht über das, was geschehen ist. Geh mit ihnen und kümmere dich um die Unterbringung, dann schick mir Kurt hierher. Bis später.«

Ogden ging zurück auf sein Zimmer, um auf Stevens, Anruf aus Berlin zu warten.

35

Eingeschlossen im Arbeitszimmer seines Hauses auf dem Iwanowskij-Hügel, ging Anatolij Tarskij verzweifelt auf und ab. Die Ereignisse hatten sich überstürzt, und er war sich sicher, daß Kachalow mit seiner Aktion das Urteil über seinen Sohn gesprochen hatte.

Am Abend zuvor, gleich nachdem Kostja zurück nach Moskau gekommen war, hatte er ihn zu Hause aufgesucht. Kachalow hatte ihm über das fehlgeschlagene Attentat auf dem Père Lachaise berichtet und ihm bestätigt, daß der Dienst, beauftragt von Sablin, verantwortlich für das Geschehene war.

Kachalow, der über diesen neuerlichen Angriff außer sich schien, hatte ihm seinen Plan dargelegt: den Kopf des Dienstes abschlagen, indem man Stuart, seinen Chef, eliminierte.

»Ich habe schon alles organisiert«, sagte er kalt zu ihm und schaute ihn mit diesem mitleidslosen Ausdruck an, den Tarskij schon früher bei ihm gesehen hatte. »In wenigen Stunden schnappen wir uns den Mann und bringen ihn nach Moskau. Danach können wir mit diesen Hurensöhnen aus der stärkeren Position verhandeln.«

Tarskij wurde schmerzlich klar, daß Kachalow, obwohl er wußte, daß sein Sohn in den Händen des Dienstes war, nicht mit ihm gesprochen hatte, bevor er seine Männer losschickte.

»Hast du denn nicht an Dimitri gedacht?« wandte er ein.

»Ja verstehst du denn nicht? Wenn wir Stuart haben, können wir über die Freilassung deines Sohnes wenigstens verhandeln, und dann besteht eine gewisse Wahrscheinlichkeit, ihn lebend wiederzusehen«, fertigte Kachalow ihn ab. Doch Tarskij hatte verstanden, daß das Schicksal Dimitris seine geringste Sorge war.

»Bist du dir da sicher?« fragte er nur.

Kachalow schüttelte verärgert den Kopf. »Es ist unsere einzige Chance, das weißt du doch besser als ich. Glaubst du etwa, daß sie uns Dimitri gesund und munter zurückschicken, wenn wir nicht etwas in der Hand haben? Oder haben sie dich schon erpreßt?« fragte er plötzlich argwöhnisch nach.

»Ich habe seit dem Anruf von vor einigen Tagen nichts mehr von Dimitri gehört«, log Tarskij.

»Na also, siehst du, daß ich recht habe? Es ist der Dienst, der ihn gefangenhält. Und dies hier ist die einzige Lösung. Sie werden sich bald melden. Aber sei vorsichtig, Anatolij«, fügte er hinzu und drohte ihm zum ersten Mal, seit sie sich kannten: »Ich dulde keinen Verrat, auch von dir nicht.«

Dann, als er bemerkte, daß er zu weit gegangen war, veränderte er seinen Ton und legte ihm eine Hand auf die Schulter. »Hab Vertrauen, es wird alles gutgehen. Ist mir jemals etwas mißlungen?«

Tarskij blieb nicht einmal zum Abendessen. Gedemütigt und wütend ging er: mit der Gewißheit, daß Kachalow auf ihn nicht mehr Rücksicht nehmen würde als auf irgend jemanden sonst. Also überhaupt keine. Nach diesem Treffen vollzog sich in ihm eine schnelle Wandlung, da er sich von diesem Mann, den er jahrelang als einen brüderlichen Freund betrachtet hatte, verraten fühlte. Und Dimitri, dieser nichtsnutzige Sohn, dem er Konstantin Kachalow so lange vorgezogen hatte, eroberte in seinem Herzen den angestammten Platz zurück. Kachalow hatte ihn im Stich gelassen und damit seiner verkümmerten väterlichen Liebe neuen Auftrieb gegeben.

Da er sich gegenüber dem Mann, den er nun als Feind betrachtete, keinerlei Zurückhaltung mehr auferlegen mußte, sagte er sich, daß er jetzt einzig und allein daran denken sollte, das Leben Dimitris und sein eigenes zu retten. Um die Situation zu verbessern, könnte er den Dienst darüber informieren, was Kachalow plante. Doch er wußte nicht, wie er sich mit diesen Leuten in Verbindung setzen sollte. Seit zu vielen Jahren war er nur ein Exoberst des untergegangenen KGB, wenn auch mit wichtigen Kontakten zum Kreml, und er wollte nicht auf sich aufmerksam machen, indem er irgend jemanden bat, ihm zu helfen. Deshalb war er dazu verurteilt, bis zum nächsten Morgen zu warten.

Der Morgen graute, und die Stadt erwachte. Tarskijs Angst war von Stunde zu Stunde schlimmer geworden, und er befand sich inzwischen in einem Zustand fast unkontrollierbarer Panik. Schließlich, als es vom Turm von St. Wladimir zehn schlug, läutete das Telefon.

»Guten Morgen, Tarskij«, sagte Renko mit einer Stimme, daß er eine Gänsehaut bekam.

»Wie geht es Dimitri?« fragte der Alte, der das Schlimmste befürchtete.

»Er wird im Moment gerade genäht und kann deshalb nicht ans Telefon kommen. Doch wenn die Wirkung der Narkose nachläßt, lasse ich ihn rufen...«

»Was habt ihr ihm angetan?« schrie Tarskij völlig außer sich.

»Seien Sie still und lassen Sie mich ausreden, sonst schneiden wir ihm noch was anderes ab«, knurrte Renko.

Als es am anderen Ende der Leitung ruhig war, fuhr Renko fort: »Nach dem, was in Berlin geschehen ist, haben wir beschlossen, eine harte Linie zu verfolgen. Sie werden in Kürze das rechte Ohr Ihres Sohns erhalten. Und wenn wir nicht Ihre volle Unterstützung bekommen, werden wir ihn nach und nach in Stücke schneiden. Habe ich mich klar ausgedrückt, Oberst Tarskij?«

Die Anspielung auf seine Vergangenheit verstärkte seine Unruhe noch.

»Wer sind Sie?« fragte er zu seiner eigenen Verwunderung.

»Einer von denen, die Sie in Afghanistan ruiniert haben. Aber das spielt jetzt keine Rolle. Machen Sie sich nicht mehr Sorgen um die Gesundheit Ihres Sohnes?« fragte Renko mit grausamer Ironie.

»Ich werde alles tun, was Sie wollen. Doch ich habe nichts mit dem zu schaffen, was in Berlin passiert ist«, protestierte er mit Nachdruck.

»Dann ist der Augenblick gekommen, uns Ihren guten Willen zu beweisen. Seien Sie jetzt still und hören Sie mir zu…«

36

Stuart wurde mit schrecklichen Kopfschmerzen wach. Er sah sich um: Das Zimmer war klein, die Wände gepolstert und ohne Fenster. Er konnte sich nicht rühren, er war mit Händen und Füßen an einen Stuhl aus Metall gefesselt. Sie hatten ihm die Schuhe und die Socken ausgezogen, und er trug nur Hemd und Hose. Er fror.

Er bedauerte vor allem seine Ungläubigkeit: Er hätte die Worte Irina Kogans wirklich ernster nehmen sollen. Er lächelte bitter, und seine geschwollene Lippe begann wieder zu bluten.

In der Nacht zuvor hatten ihn Kachalows Männer überrascht, als er und seine Leibwächter vor seinem Haus aus dem Wagen stiegen. Die beiden Bodyguards waren von einem Präzisionsgewehr niedergestreckt worden; der Schütze verstand sein Handwerk. Gleich darauf waren drei Männer aus dem Nichts aufgetaucht, und zwei von ihnen hatten sich auf ihn gestürzt, während der dritte ihm ein Schlafmittel injizierte. Danach zu urteilen, wie er sich im Augenblick fühlte, mußte es eine Dosis gewesen sein, die ein Pferd umgeworfen hätte. Vermutlich war er schon in Moskau, was bedeutete, daß er stundenlang geschlafen hatte.

Er hörte Geräusche hinter seinem Rücken und versuchte sich umzudrehen, doch es gelang ihm nicht.

»Ganz ruhig, du könntest dir weh tun.«

Der Mann, der gesprochen hatte, trat vor. Es war Kachalow. Er trug einen Zweireiher, der zu elegant war, als daß er nicht vulgär gewirkt hätte. Begleitet wurde er von zwei auffällig kräftig gebauten Männern.

Stuart sagte nichts und beschränkte sich darauf, ihn zu betrachten. Kachalow sah ihn mit zufriedener Miene an.

»Nun, wie fühlt man sich als Gefangener?« fragte er mit einem Grinsen, das die Hälfte seines Gesichts mit den asiatischen Zügen einnahm.

»Wie Patrick McGoohan in *Nummer sechs*. Doch ich glaube nicht, daß du weißt, wovon ich rede. Fernsehfilme über Spione waren im Sowjetreich ja nicht erlaubt«, antwortete Stuart mit einem gleichmütigen Ausdruck, der Kachalow zur Weißglut brachte. Doch er kontrollierte sich und lächelte weiter.

»Ich sehe, du läßt dich nicht kleinkriegen. Dann sollst du wissen, daß dir nicht mehr lange zu leben bleibt. Ich werde mich ein bißchen mit deinem Partner amüsieren, und wenn ich ihn eliminiert habe, töte ich dich mit meinen eigenen Händen.«

Stuart warf ihm einen skeptischen Blick zu. »Du wirst alle töten müssen, denn wenn nur einer von ihnen am Leben bleibt, kommst du nicht heil davon. Das gehört zu den Vorschriften des Dienstes: Alle Agenten sind verpflichtet, den Chef zu rächen. Dafür bezahlen wir sie so gut«, schloß er ironisch.

»Du vergißt meine Macht«, schrie Kachalow, weil ihm nichts Besseres einfiel.

»Wie könnte ich? Du bist der meistgefürchtete Gangster des Planeten.«

Kachalow brach in Lachen aus. »Wie es scheint, steht bei euch in den Eliteschulen Humor auf dem Stundenplan. Doch das wird dir nicht viel nützen. Du wirst bis zum Schluß hier drin bleiben.«

»Und die ganze Zeit auf dem Stuhl?«

Kachalow wandte sich an die beiden Bodyguards. »Bindet ihn los, er kann sowieso nirgendwohin.«

Die beiden Männer gehorchten und zogen ihm unsanft das Isolierband ab, mit dem er an Händen und Füßen gefesselt war.

»Wenn unser Freund Sablin erfährt, daß du in meinen Händen bist, wird ihm klarwerden, daß er sein Geld schlecht investiert hat«, provozierte ihn Kachalow.

Stuart massierte sich die Hand- und Fußgelenke, ohne sich um eine Antwort zu bemühen. Er stand auf, machte ein paar Bewegungen, damit das Blut wieder zirkulieren konnte, dann musterte er den Russen und schüttelte den Kopf. »Du langweilst mich.«

Kachalow platzte fast vor Wut und näherte sich drohend. Er war mindestens zehn Zentimeter kleiner als Stuart, und um ihm in die Augen zu schauen, mußte er hochsehen.

»Deine Allüren werden dir nichts helfen, du eingebildeter Schnösel. Bald wirst du tot sein«, sagte er voller Haß.

Stuart musterte ihn kalt von oben bis unten. »Bald wirst *du* tot sein, Genosse.«

37

Hans Mathis legte den Hörer auf. Das Telefongespräch, das er gerade mit Tarskij geführt hatte, beunruhigte ihn. Sein Freund hatte sich mit sterbensmatter Stimme gemeldet und darum gebeten, ihre Verabredung zum Mittagessen zu verschieben. Er fühle sich nicht gut, hatte er gesagt und das Gespräch unvermittelt beendet.

Mathis wußte, daß Tarskij herzkrank war und schon einen Infarkt gehabt hatte. Da er zwar eine Haushälterin hatte, aber ansonsten allein wohnte, beschloß Mathis, ihn zu besuchen, um sich zu vergewissern, ob er nicht Hilfe brauchte.

Er verließ seine Wohnung am Arbat und stieg in den Wagen mit Chauffeur, den er sich immer mietete, wenn er in Moskau war. Auf dem Iwanowskij-Hügel angekommen, wies er den Fahrer an, vor Tarskijs Haus auf ihn zu warten.

Als er an der Tür klingelte, wurde ihm nicht gleich geöffnet. Schließlich, als er schon wieder gehen wollte, machte Tarskij die Tür auf. Er wirkte verwirrt, und als er ihn sah, verzog er die Lippen zu einem gezwungenen Lächeln.

»Entschuldige, Anatolij, doch ich habe mir Sorgen um dich gemacht...«, rechtfertigte er sich, als ihm klar wurde, daß sein Besuch nicht willkommen war.

»Komm herein, Hans. Doch du hättest dich nicht bemühen müssen, ich fühle mich nur ein bißchen unpäßlich. Ich habe eine schlaflose Nacht hinter mir.«

Sie gingen in den Salon, und Tarskij lud ihn mit einer Handbewegung ein, Platz zu nehmen.

»Kann ich dir einen Tee anbieten?« fragte er.

»Nein, danke. Ich nehme an, du gehst nicht zu der Lesung heute nachmittag...«, sagte Matthis.

Tarskij schüttelte den Kopf. »Ich ruhe mich lieber aus. Aber erzähl doch: Wie haben sich die Dinge mit deiner Tochter entwickelt?« fragte er und setzte sich neben ihn.

»Schlecht. Doch ich kann es ihr nicht verdenken...«

»Die Kinder…«, murmelte Tarskij und starrte vor sich hin. Doch er fügte nichts weiter hinzu, als wären ihm die Worte in der Kehle steckengeblieben.

Mathis beobachtete ihn aufmerksam, er hatte ihn noch nie zuvor so gesehen. Es war ihm wohl etwas Schlimmes widerfahren, über das er nicht reden wollte.

Es klopfte an der Tür, und Tarskij sprang fast aus dem Sessel hoch. Dann sah er Mathis flehend an.

»Du mußt jetzt gehen, Hans…«, bat er ihn.

Die Haushälterin trat ein und brachte ein Päckchen. »Es ist gerade eben gekommen«, sagte sie, legte es auf den Tisch und verließ das Zimmer wieder.

Tarskij ging kreidebleich zum Tisch. Doch bevor er ihn erreicht hatte, wandte er sich wieder um.

»Ich bitte dich, Hans, laß mich allein!«

Sein Blick war so flehentlich, daß Mathis sofort aus dem Sessel aufstand.

»In Ordnung, Anatolij, ich will dich nicht stören. Doch laß von dir hören, bitte.«

Tarskij antwortete nicht. Er hielt das Päckchen in den Händen und starrte es mit versteinerter Miene an. Mathis verließ das Zimmer und machte die Tür hinter sich zu.

Statt sich der Haustür zuzuwenden, beschloß er jedoch, die Haushälterin zu suchen, um ihr seine Telefonnummer dazulassen. Er fürchtete um die Gesundheit seines Freundes und wollte, daß man ihn im Notfall erreichen konnte. Während er den Flur zur Küche hinunterging, hörte er einen entsetzlichen Schrei. Er machte auf dem Absatz kehrt, lief zurück und riß die Tür auf.

Tarskij lag auf dem Boden und regte sich nicht. Er

beugte sich über ihn und hob seinen Kopf hoch. Am Flattern seiner Lider erkannte er zu seiner Erleichterung, daß er nur ohnmächtig war.

Immer noch kniend, wandte sich Mathis dem Sessel zu, um ein Kissen zu nehmen, und sein Blick fiel auf die kleine Schachtel, die offen auf dem Boden stand. Nicht weit davon lag etwas Helles auf dem roten Bucharateppich. Mathis legte Tarskijs Kopf sanft auf das Kissen und kroch unter den Tisch, um erkennen zu können, was es war.

Als er begriff, um was es sich handelte, überkam ihn ein Brechreiz. Entsetzt sprang er wieder auf. Hinter ihm fing die Haushälterin an, wie eine Besessene zu schreien.

Es dauerte eine gute halbe Stunde, bis Tarskij wieder zu sich kam. Mathis rief einen Arzt, der ihm ein Kreislaufmittel injizierte und der Haushälterin ein Beruhigungsmittel gab, ohne eine Ahnung davon zu haben, was der armen Frau denn einen solchen Schrecken eingejagt hatte.

Als der Arzt gegangen war und sie allein waren, setzte sich Mathis an Tarskijs Bett.

»Was bedeutet all das?« fragte er ihn.

Tarskij, der langsam wieder einen kühlen Kopf bekam, sah ihn mit resignierter Miene an.

»Wir sind in Rußland, mein Freund. Mein Sohn hat Schwierigkeiten mit dem Boß eines tschetschenischen Kartells, und das kommt dabei raus. Ich werde erpreßt«, sagte er und dachte, daß die halbe Wahrheit ausreiche, um die Neugier seines Freundes zu befriedigen.

»Bist du auch in diese Angelegenheit verwickelt?«

»Nein, das versichere ich dir. Es geht nur um meinen Sohn, der in den Händen dieser Verbrecher ist.«

»Brauchst du Geld?«

Tarskij tat entrüstet. »Wo denkst du hin, das fehlte ja noch!«

»Was kann ich dann für dich tun?«

»Leider gar nichts. Ich werde das Lösegeld bezahlen und hoffen, daß sie ihn nicht töten. Doch ich danke dir, Hans, du bist ein echter Freund.«

»Meinst du nicht, es wäre besser, die Polizei zu benachrichtigen?«

Tarskij lächelte bitter. »Wir sind nicht in den Vereinigten Staaten. Mit diesen Leuten muß ich selbst fertig werden, wenn ich meinen Sohn lebend wiedersehen will.«

»Wie fühlst du dich jetzt?«

»Viel besser.« Tarskij setzte sich im Bett auf. »Sag bitte niemandem, was du gesehen hast. Schwörst du mir das?«

»Natürlich. Du kannst dich auf mich verlassen.«

»Danke. Jetzt möchte ich dich bitten zu gehen. Ich muß ein paar Telefonate führen. Ich halte dich über die Entwicklung dieser schrecklichen Geschichte auf dem laufenden.«

Hans Mathis stand auf und umarmte Tarskij. »Nur Mut, Anatolij. Gleichgültig, was du brauchst, denk daran, daß du auf meine Hilfe zählen kannst.«

Tarskij lächelte. »Ich weiß, Hans. Doch du darfst auf keinen Fall mit hineingezogen werden. Und das sage ich nicht nur wegen dir, sondern auch wegen unserer Geschäfte. Geh jetzt, ich rufe dich bald an.«

Hans Mathis verließ die Wohnung, verwirrt und bedrückt. Es fiel ihm schwer zu glauben, daß dies kein Film, sondern die Wirklichkeit war. Und doch, er hatte mit eigenen Augen gesehen, wozu diese Leute fähig waren.

Er erinnerte sich an die Worte Verenas. War es möglich, daß Tarskij tatsächlich etwas mit der Mafia zu tun hatte? Er würde gleich mit seinem Anwalt darüber sprechen, um zu erfahren, worauf er sich gefaßt machen müßte, wenn er in diese grauenhafte Geschichte verwickelt würde. Wenn selbst Verena davon wußte, konnte es nur bedeuten, daß die Sache allgemein bekannt war. Seine Tochter hatte recht, er war naiv gewesen. Er stieg ins Auto und wies den Fahrer an, ihn rasch ins National zu bringen.

38

»Du mußt sofort nach Zürich zurückkehren.«

Verena, die noch nicht ganz wach war, rieb sich die Augen und versuchte Ogden besser zu erkennen. Er stand am Fußende des Betts, und sein Gesicht zeigte nicht den Anflug eines Lächelns.

»Was ist passiert?« fragte sie und setzte sich auf.

»Stuart ist entführt worden. Die Lage ist sehr ernst. Du kannst nicht hierbleiben.«

Verena sprang aus dem Bett und schlüpfte in ihren seidenen Morgenrock. Sie wußte nicht, was sie sagen sollte, die Nachricht kam so überraschend, daß sie sprachlos war.

»Ich verstehe«, murmelte sie, auch wenn sie gar nichts verstand.

»Einer von uns begleitet dich zum Flughafen. Gegen Mittag geht der nächste Flug nach Zürich. Du mußt dich beeilen.«

Verena war verwirrt. Sie wußte nichts über die Mission,

die der Dienst in Moskau durchführte, doch es schien ihr offensichtlich, daß Tarskij darin verwickelt war. Dann war ihr Vater vielleicht in Gefahr.

Sie dachte an Stuart. Dieser kalte und gefühllose Mann war immerhin der Vater ihres Neffen, auch wenn Willy nichts davon wußte. Die Vorstellung, daß der Junge ein zweites Mal Waise werden könnte, erschien ihr unerträglich.

»Wer hat ihn entführt?«

»Kümmere dich nicht darum. Je weniger du weißt, desto besser für alle.« Ogden kam näher und fuhr streichelnd über ihre Wange. »Es tut mir leid.«

»Ist mein Vater in Schwierigkeiten?« fragte sie.

»Ich glaube nicht. Seine Geschäfte mit Tarskij sind legal. Doch ich habe dir ja versprochen, daß ich mich um ihn kümmere. Beeile dich bitte, wir haben keine Zeit zu verlieren.«

Verena nickte und eilte ins Bad. Während sie unter der Dusche war, ging ihr noch einmal durch den Kopf, was Hans Mathis und sie sich nach dreißig Jahren gesagt hatten. Sie machte sich bewußt, daß sie weder Groll noch Zuneigung empfand. Nur eine gewisse Neugierde, in die sich jetzt Sorge mischte, doch nicht mehr, als sie für einen Fremden gefühlt hätte, der in etwas Außergewöhnliches und Gefährliches verwickelt war.

Als sie ins Zimmer zurückkam, war Ogden nicht mehr da. Er hatte ein paar Zeilen auf ein Kärtchen gekritzelt und es hinter den Spiegel gesteckt: »Verlasse das Zimmer nicht und öffne nur uns.«

Verena begann den Koffer zu packen.

39

Konstantin Kachalow hatte die Fotos vor sich, die von den Satelliten gemacht worden waren. Er betrachtete die Gesichter Ogdens und der Agenten, die zusammen mit ihm auf dem Père Lachaise gewesen waren, und grinste. Er hatte das Material schon seinen Männern übergeben und sie auf die Jagd geschickt. Die Agenten des Dienstes würden dem außerordentlichen Netz aus Killern und Informanten, über die der Boss in ganz Rußland verfügte, nicht entkommen.

Auf jeden Fall würde dieser Ogden sehr bald Kontakt zu ihm aufnehmen, um die Haut seines Chefs zu retten. Falls nicht, würde er beim Sitz des Dienstes in Berlin anrufen. Es bestand kein Grund zur Eile, jetzt, wo er Stuart in der Hand hatte, konnte er endlich Luft holen und sich damit vergnügen, Katz und Maus zu spielen.

Die Tür des Arbeitszimmers öffnete sich, und Nadja erschien in einem kurzen Seidenunterrock. Sie lächelte ihn an und näherte sich dem Schreibtisch.

»Guten Morgen, Kostja. Hast du gut geschlafen?«

Zufrieden sah er sie an: Sie war wirklich schön. Sie halb nackt zu sehen, hob seine Stimmung noch weiter. Er winkte sie näher zu sich heran.

»Was möchtest du?« fragte er sie und zündete sich eine Zigarette an.

Sie war verwundert, ließ es sich aber nicht anmerken. Die Summe, die sie tags zuvor erhalten hatte, war wirklich ansehnlich, und dieser Anfall von Großzügigkeit kam ihr seltsam vor. Offensichtlich liefen seine Geschäfte besser als gewöhnlich; vielleicht konnte sie ihn bitten, ausgehen zu dürfen, um ihren Vater zu besuchen.

»Du wirkst sehr zufrieden«, sagte sie, um nicht gleich dieses Thema anzusprechen. »Gute Neuigkeiten?«

Kachalow lächelte. Nadja hatte recht, er hatte ausgesprochen gute Laune. Es gab nichts, was ihn so erregte wie Rache.

»So ist es, meine Liebe. Ein Geschäft ist unter Dach und Fach. Das müssen wir feiern. Heute abend führe ich dich in das beste Restaurant von Moskau aus, wo noch eine andere Überraschung auf dich wartet. Was hältst du davon?«

»Du bist wirklich unglaublich, Kostja!« sagte sie. »Aber darf ich dich bitten, etwas für mich zu tun?«

»Was denn, Liebes?«

»Ich möchte auf einen Sprung zu Hause vorbei. Heute kommt die neue Krankenschwester zu meinem Vater, und ich möchte sie sehen. Ich habe vorhin mit ihm telefoniert, es geht ihm sehr schlecht.«

Kachalow lächelte, auch wenn er verärgert war. Vielleicht hatte er sich doch das falsche Mädchen ausgesucht, dieser kranke Vater ging ihm auf die Nerven.

»Du solltest ihn in ein Heim bringen, das wäre besser für ihn und für dich.«

Dann, als er bemerkte, daß er zu hart gewesen war, lächelte er. »Na gut, meine Süße, dann geh ihn besuchen.«

Nadja begriff, daß sie sich anstrengen mußte, ihn zu besänftigen, und ihn nicht mehr mit ihren Problemen belästigen sollte. Sie unterdrückte ihre Wut und überlegte, daß sie, wenn sie ihre Karten gut ausspielte, viel dabei gewinnen könnte, die Dinge auseinanderzuhalten. Sie stand auf, ging um den Schreibtisch herum und setzte sich auf seine Knie.

»Danke, Kostja, du bist wirklich ein Schatz«, sagte sie und begann ihn zu streicheln. Kachalow riß ihr keuchend den Slip herunter, während sie sich auf ihn schob.

40

Nachdem sie von der Entführung Stuarts erfahren hatten, waren die Männer des Dienstes sofort vom Hotel National in das von Sablin besorgte *safe house* umgezogen. Nur Ogden und Kurt waren im Hotel geblieben, um Verenas Abreise zu organisieren.

Ogden war sich sicher, daß Kachalow inzwischen sowohl ihn als auch Franz und Peter Mulligan identifiziert hatte und seine Leute auf der Suche nach ihnen bereits die ganze Stadt durchkämmten. Es würde nicht lange dauern, bis sie im National auftauchten.

Allein zurückgeblieben, ging Ogden wieder in Verenas Zimmer. Sie saß auf dem Bett und legte gerade den Hörer auf.

»Mit wem hast du gesprochen?« fragte er.

Verena zuckte zusammen, da sie nicht gehört hatte, daß er ins Zimmer gekommen war. Sie verzog die Lippen zu einem Lächeln. »Ich habe mit Marta Campo gesprochen und ihr gesagt, daß ich sofort abreisen müsse, weil meine Mutter einen Infarkt erlitten habe. Sie kümmert sich darum, die anderen zu benachrichtigen. Ich konnte ja nicht einfach so verschwinden…«

»Das hast du gut gemacht. Jetzt ruf in der Rezeption an und laß dein Gepäck abholen. Kurt bringt dich zum Flughafen.«

Sie tat, was er gesagt hatte. Dann stand sie auf und ging auf ihn zu. »Versuche, ein Auge auf meinen Vater zu haben«, murmelte sie.

»Das habe ich dir versprochen, keine Sorge.«

»Ich empfinde nichts Besonderes für ihn, doch wenn ihm irgend etwas passieren sollte, würde ich mich verantwortlich fühlen.«

Ogden schüttelte den Kopf. »Das müßtest du nicht, doch darüber haben wir ja schon gesprochen. Es ist allein seine Sache, ob er mit einem solchen Mann eine Firma gründet. Und du hast jetzt wirklich andere Probleme...«

Sie nickte. »Du hast recht, entschuldige. Ich mache mir Sorgen um alle, besonders um dich.«

»Du solltest dich um dich selbst sorgen. Du bist zum falschen Zeitpunkt am falschen Ort. Denk ein einziges Mal an dich, das ist das Beste, was du tun kannst.«

Es klopfte an der Tür. Kurt betrat das Zimmer, gefolgt von einem Hoteldiener. Während dieser die Koffer auf den Karren lud, stellte Ogden Verena den Agenten vor.

»Kurt wird dich begleiten und sich vergewissern, daß du in die Mittagsmaschine nach Zürich steigst, also komm nicht auf sonderbare Ideen. Okay?«

Sie nickte. »Ich sehe, daß du mir vertraust.«

»Ich kenne deine Unternehmungslust«, sagte er mit einem Lächeln. »Wir beide verabschieden uns jetzt; man darf uns nicht zusammen sehen.«

Ogden umarmte sie und gab ihr einen langen Kuß. Dann

sah er sie mit einem liebevollen Blick an. »Mach bitte, was ich dir gesagt habe«, schärfte er ihr noch einmal ein.

»Und du laß mich bitte nicht ohne Nachricht.«

»In Ordnung, jetzt geh.«

Als Kurt und Verena in den Aufzug gestiegen waren, ging Ogden zurück in sein Zimmer und wählte Sablins Nummer. Nach der schon bekannten metallischen Stimme und einer langen Wartezeit meldete sich schließlich der Präsident. Ogden unterrichtete ihn über das, was geschehen war.

In Berlin erhielt Dimitri Tarskij, noch immer im Besitz beider Ohren, Besuch von Renko. Der Agent hatte sich daran erinnert, in Kachalows Dossier gelesen zu haben, daß der Mafioso eine für sein Alter erstaunliche Zahl von Frauenbekanntschaften pflegte und sexuell hoch aktiv war. Davon überzeugt, daß das Motto »cherchez la femme« immer noch galt, hatte er den jungen Tarskij ausgequetscht und dabei bemerkt, daß er auf einen empfindlichen Punkt gestoßen war.

»Dieser verdammte Killer behandelt Frauen wie Objekte«, platzte es, nicht gerade sehr originell, aus Dimitri heraus.

Renko, durch diese Reaktion neugierig geworden, bearbeitete ihn und erfuhr, daß Kachalow vor ein paar Jahren Dimitri eine Eroberung ausgespannt hatte, an der er sehr hing. Er hatte später versucht, diese Frau zurückzugewinnen, doch ohne Erfolg. Sie war Stewardess in Kachalows Privatjet geworden und hatte nichts mehr von ihm wissen wollen.

»Sie ist eine seiner festen Frauen«, fuhr Dimitri bleich vor Wut fort. »Sie gehört zu dem, was man in Moskau Kachalows Harem nennt: eine gewisse Anzahl von Frauen, die er länger behält als die anderen. Die meisten will das alte Schwein nicht mehr um sich haben, wenn er sie einmal gebumst hat, aber auch die haben was in der Tasche, wenn sie aus seinem Bett kommen, darauf kannst du Gift nehmen«, fügte er voller Verachtung hinzu.

Dimitri schien die Geschichte wirklich nicht verkraftet zu haben, und er vertraute Renko an, daß er wegen dieser enttäuschten Liebe nach Paris gezogen war. Der Arme war nicht nur wegen seines Vaters auf Kachalow eifersüchtig, sondern er haßte ihn auch, weil er ihm die Freundin abspenstig gemacht hatte.

Renko ließ sich Name und Adresse der schönen Nadja geben, denn in Kachalows Dossier fand sich seltsamerweise keine Spur von ihr. Ins Nikolaiviertel zurückgekehrt, rief er Ogden an und erzählte ihm alles.

41

Nachdem er mit Sablin gesprochen hatte, rief Ogden Franz im *safe house* an und sagte ihm, er solle nicht ins National zurückkommen und ihm sofort Alex schicken. Dann nahm er die Tasche, in der alles Notwendige zum Schminken und ein paar Perücken waren. Er ging zum Spiegel und dachte darüber nach, wie er sein Gesicht verändern könnte.

Für die Ausführung brauchte er eine Stunde. Am Ende

betrachtete er sein Werk: Mit dieser Goldrandbrille und dem glatten dunklen Haar hätte er ein Professor sein können, oder ein White-collar-Mafioso.

Er ging in die Halle hinunter und passierte die Rezeption; die Rechnungen waren am Morgen von Franz beglichen worden. Er sah sich um: zwei Männer, die ihm verdächtig vorkamen, rührten sich nicht, als er an ihnen vorbeiging und das Hotel verließ.

Alex erwartete ihn neben dem gepanzerten BMW, den Sablin ihm zur Verfügung gestellt hatte. Als er sich ihm näherte, zog er aus der erstaunten Miene des Agenten den Schluß, daß der Trick funktionieren könnte. Sie stiegen ins Auto, verließen die Moskovskaja ulitsa, ohne verfolgt zu werden, und fuhren zum Haus von Anatolij Tarskij.

Auf dem Iwanowskij-Hügel angekommen, hielt Ogden, der am Steuer war, nicht vor dem Haus an, sondern parkte das Auto in einer Parallelstraße, weil er wußte, daß Tarskijs Wohnung von Kachalows Männern überwacht wurde.

Sie läuteten an der Tür. Die Haushälterin ließ sie eintreten und begleitete sie ins Arbeitszimmer. Nachdem sie gegangen war, stellte Ogden einen Scrambler auf den Schreibtisch, ein Gerät, das jede Wanze, die sich eventuell im Zimmer befand, neutralisieren konnte. Kurz darauf kam Tarskij herein, und Ogden trat vor.

Tarskij musterte ihn haßerfüllt. »Heute morgen hat man mir das Ohr meines Sohnes geschickt. Ihr seid verdammte Hurensöhne.«

»Dann sind wir ja Kollegen«, gab Ogden gelassen zurück. »Sie können aufhören, die Rolle des Ehrenmanns zu spielen, ich weiß alles über die Verbrechen, die Sie damals im Direktorium 15 begangen haben. Sie, Tarskij, sind genauso kriminell wie Kachalow. Dimitri hat allerdings seine beiden Ohren noch am Kopf, jedenfalls für den Augenblick. Im Gegensatz zum KGB töten wir nicht ohne Grund, und wir foltern nicht einfach so. Das ist eure Spezialität. Aber wenn Sie nicht tun, was wir wollen –«

Tarskij unterbrach ihn erregt. »Das war nicht das Ohr meines Sohnes?«

Ogden schüttelte den Kopf. »Moskau ist voller Leichen, es war nicht schwierig, sich ein Ohr zu beschaffen. Normalerweise wird dieser Körperteil nicht sehr beachtet, nicht einmal bei den eigenen Kindern. Aber mißverstehen Sie es nicht als Schwäche. Dimitri wird zerstückelt, wenn Sie sich nicht an die Verabredungen halten.«

Tarskij musterte den Agenten. Sein Gesicht ließ keinerlei Emotion erkennen, und er hatte diese furchtbaren Worte ganz gelassen ausgesprochen, als redete er übers Wetter. Der zweite Mann, der unbeweglich an der Tür stand, wirkte nicht weniger kaltblütig.

»Mir bleibt keine Wahl«, murmelte er.

»So ist es. Jetzt, wo Sie sich beruhigt haben, werde ich Ihnen unseren Plan erklären.«

Tarskijs Anruf erreichte Kachalow am Nachmittag. Seinen Männern war es noch nicht gelungen, die Agenten des Dienstes aufzuspüren, was den Mafioso nervös machte. Er war nicht in der Stimmung, den Ängsten des Alten Gehör zu schenken.

»Sprich, Anatolij«, sagte er hastig. Er ertrug es nicht,

Zeit damit zu verlieren, sich um das Schicksal dieses Kerls zu kümmern. Dimitri war so dumm, daß er früher oder später sowieso umgebracht würde.

»Ich muß mit dir sprechen, Kostja«, sagte Tarskij.

»Gibt es Neuigkeiten?«

»Mein Sohn wird sterben, wenn du Stuart nicht freiläßt...«

Kachalow antwortete nicht gleich. Sie waren verrückt, wenn sie dachten, er würde den Chef des Dienstes gegen diesen Trottel austauschen. Offensichtlich bildeten sie sich ein, daß seine Freundschaft mit dem alten Tarskij ihn dazu bringen könnte, etwas so Idiotisches zu tun.

»Wir müssen in Ruhe darüber reden, Anatolij. Das ist kein Gespräch, das man am Telefon führen kann. Komm später zu mir nach Hause.«

»Ich fühle mich nicht danach, Kostja. Heute morgen habe ich einen Herzanfall gehabt. Du müßtest schon zu mir kommen«, flehte Tarskij ihn unter Ogdens wachsamem Blick an.

Kachalow hob die Augen zum Himmel, doch er kontrollierte sich. »Geht es dir so schlecht? Du hättest mich sofort anrufen müssen, Anatolij!« rief er mit geheuchelter Sorge aus.

»Jetzt geht es mir schon besser, der Arzt war da. So schnell sterbe ich nicht.«

»Dann komme ich also in ein paar Stunden zu dir. Vorher muß ich noch jemanden vom Stadtrat treffen. Bis später«, sagt er und legte auf.

»Ausgezeichnet«, beglückwünschte Ogden Tarskij, der sich erschöpft in den Sessel zurückfallen ließ.

In diesem Augenblick trillerte das Handy. Es war Franz aus dem *safe house*.

»Ein Anruf aus Berlin. Kachalow will sich mit dir in Verbindung setzen; sie haben ihm wie abgesprochen deine Nummer gegeben. Er wird sich bald bei dir melden.«

»Perfekt. Kachalow kommt in ein paar Stunden zu Tarskij. Ich will, daß Burt und Ryan in der Zwischenzeit die beiden Typen, die das Haus überwachen, außer Gefecht setzen. Sie sitzen in einem schwarzen ZIL. Burt und Ryan sollen mich benachrichtigen, wenn sie die Sache erledigt haben. Beeilt euch.«

Er hatte kaum aufgelegt, als das Telefon erneut läutete. Diesmal war es Kachalow.

»Ich habe gedacht, ihr ruft mich an«, begann der Russe in einem arroganten Ton. »Euer Chef liegt euch offenbar nicht besonders am Herzen. Hast du jetzt das Sagen?«

Ogden ignorierte die Frage. »Wie lautet dein Vorschlag?«

Kachalow lachte dreist. »Ich habe keine Vorschläge«, antwortete er, wieder in ernstem Ton. »Höchstens daß ihr Sablin überzeugt, mich in Ruhe zu lassen. Aber ich würde mich wundern, wenn er das täte.«

»Ist dir der Sohn Tarskijs gar nichts wert?« fragte Ogden und hielt das Handy Anatolij Tarskij ans Ohr.

»Heiliger Himmel!« rief Kachalow belustigt aus. »Dachtet ihr wirklich, daß ich euch Stuart im Tausch gegen diesen Jungen wiedergeben würde? Von mir aus könnt ihr mit ihm machen, was ihr wollt!«

Ogden nahm das Handy wieder an sich, während Tarskij sich die Hände vors Gesicht hielt.

»Dann haben wir uns nichts mehr zu sagen«, meinte er eisig.

Erstaunt hob Kachalow eine Augenbraue. Er hatte nicht erwartet, daß der andere die Verhandlungen so schnell abbrechen würde.

»Ich werde deinen Chef töten«, drohte er.

»Wenn ich du wäre, hätte ich damit nicht so eine Eile. Es könnte sein, du brauchst ihn noch, um sein Leben gegen deins zu tauschen.«

»Du bist in Moskau, mein Freund«, erwiderte der Russe sarkastisch. »In Kürze habe ich euch alle in der Hand.«

»Dann viel Vergnügen«, sagte Ogden kurz angebunden und beendete das Gespräch.

Kachalow legte das Handy beiseite und sah nachdenklich vor sich hin. Dieser Mann hatte ihn überrascht, er schien nicht an seine Drohungen zu glauben. Vielleicht hatte er noch ein As im Ärmel. Er mußte sich so schnell wie möglich vom Dienst befreien, doch er würde seinem Rat folgen: Stuart sollte als letzter sterben.

Er wollte gerade hinausgehen, da erhielt er einen Anruf von einem seiner Leute, der die Aufgabe hatte, ihn über die Suche nach den Männern des Dienstes auf dem laufenden zu halten. Als er erfuhr, daß einige Verdächtige das National am Vormittag verlassen hatten, wenige Minuten bevor seine Mannschaft dort eintraf, überkam ihn blinde Wut. Diese entscheidenden Minuten verloren zu haben machte alles viel schwieriger. Sicherlich verbargen sich die Agenten jetzt dank der Hilfe Sablins an einem sicheren Ort.

Mit hochrotem Gesicht schleuderte er das Telefon zu Boden und rief Pjotr. Der alte Tarskij und sein trotteliger

Sohn hatten ihm gerade noch gefehlt, um ihm das Leben schwerzumachen, dachte er, hob das Handy auf und steckte es wieder in die Tasche. Bevor er zu Tarskij ging, würde er sich noch mit einem Mitglied des Stadtrats treffen müssen. Es war eine Untersuchung gegen den Direktor einer seiner zahlreichen Firmen eingeleitet worden, und die Sache war heikel. Trotz des Privatkriegs zwischen ihm und dem Präsidenten der Föderation gingen die Geschäfte weiter, und er mußte sich darum kümmern, vor allen Dingen jetzt, wo Borowskij nicht mehr da war.

Während er in Begleitung von Pjotr und einem anderen Leibwächter die Wohnung verließ, läutete eines der beiden Handys, die er immer bei sich trug. In der Hoffnung, endlich gute Neuigkeiten zu erhalten, meldete er sich sofort. Doch es war Nadja, die herumschrie und irgend etwas stammelte.

»Beruhige dich!« schrie Kachalow seinerseits. »Ich verstehe kein Wort.«

Nadja fing noch einmal von vorn an. »Meinem Vater geht es schlecht«, sagte sie keuchend. »Schick mir jemanden mit einem Auto, schnell!«

Kachalow war gereizt und wollte kein Wort mehr hören. »Ruf einen Krankenwagen und laß mich in Ruhe. Ich habe zu tun!« fertigte er sie ab und beendete das Gespräch.

Nadja, die schon eine halbe Stunde zuvor ohne Erfolg die Ambulanz gerufen hatte, versuchte noch einmal, ihn zu erreichen, doch er hatte das Handy ausgeschaltet. Sie wandte sich dem Bett zu. Ihr Vater war schon blau im Gesicht und bekam keine Luft mehr.

Verzweifelt schaute sie sich um, als gäbe es in dem Zimmer irgend etwas, das ihr helfen könnte. Alles kam ihr mit einem Mal feindlich und fremd vor: diese Wohnung voller teurer Dinge, eingerichtet mit eleganten Möbeln, die bis zu diesem Augenblick das Symbol ihres Erfolgs gewesen war, hatte sich in ein tödliches Gefängnis verwandelt. Alles hier drin war mit dem Geld erkauft, für das sie sich prostituiert hatte. Auch die beträchtliche Summe auf der Bank, die es ihrem Vater und ihr ermöglichen sollte, das Land zu verlassen, war so zusammengekommen. Doch dieser verfluchte Kerl weigerte sich nun, ihr zu helfen.

Nadja verstand erst jetzt, daß die Großzügigkeit Kachalows nichts als ein erotisches Spiel gewesen war, außerhalb dessen sie nichts verlangen konnte.

Sie versuchte ihr Schluchzen zurückzuhalten und hob den Kopf ihres Vaters an, damit er besser atmen konnte. Er hatte die Augen halb geschlossen. Aus dem Mund sickerte Blut. Panik ergriff sie.

Sie lief zum Telefon und rief noch einmal beim amerikanischen medizinischen Zentrum an. Man sagte ihr, der Krankenwagen stecke im Stau wegen der Eskorte des Präsidenten, die aus dem Kreml herausfuhr, um ihn zu seiner Staatsdatscha zu begleiten.

Obwohl Sablin eine wunderschöne Wohnung im Inneren der Kremlmauern zur Verfügung stand, zog er es vor, in einer Villa außerhalb Moskaus zu wohnen. Wenigstens zweimal täglich wurden die Straßen teilweise gesperrt, damit er die Strecke vom Haus zum Büro zurücklegen konnte, und das verursachte entsetzliche Staus, die den Verkehr für Stunden lahmlegten. Der Mann von der Notfallstation riet ihr, Assist.24 anzurufen: Vielleicht waren sie schneller.

Der russische Notdienst war nicht dafür ausgerüstet, einem Schwerkranken wie ihrem Vater beizustehen; das wußte Nadja, trotzdem wählte sie die Nummer. Man sagte ihr, der Wagen würde so schnell wie möglich kommen. Doch die Zeit verging, und Angst, Schmerz und Wut ließen Nadja langsam hysterisch werden.

Sie begann, wie ein wildes Tier im Käfig im Zimmer auf und ab zu gehen, und schimpfte auf Kachalow. Doch worüber wunderte sie sich? Sie hatte immer gewußt, daß dieses elende Schwein ein rücksichtsloser Verbrecher war.

Ihr Vater röchelte, und sie eilte zu ihm. Seine Augen waren aufgerissen, aber sein Blick war leer, und er atmete nicht mehr. Nadja legte ihm eine Hand aufs Herz, sie spürte es nicht schlagen. Sie tastete seinen Hals ab und konnte keinen Puls fühlen. Ihr Vater war tot.

Sie schloß ihm die Augen und fing an zu weinen, liebkoste dabei seine Stirn. Sie blieb einige Minuten so, vom Schmerz niedergeschmettert. Doch der Gedanke an Kachalow und die damit verbundene Wut begannen sie wieder zu quälen. Wenn er ihr jemanden geschickt hätte, wären sie rechtzeitig im Krankenhaus angekommen, dessen war sie sich sicher. All die Demütigungen und all die Brutalität, die sie ertragen hatte, hatten das Leben ihres Vaters nicht retten können.

42

Als er seine Angelegenheiten erledigt hatte, machte Kachalow sich auf den Weg zu Tarskij. Er brauchte dazu länger als vorgesehen, da genau um diese Zeit der verdammte Präsident den Kreml verließ und das Zentrum von Moskau lahmlegte. Ein Umstand, den er ausnutzen könnte, sagte sich Kachalow, wenn der Moment gekommen wäre, ihn zu eliminieren.

Vor einem Monat, bei einem Besuch Sablins in Sankt Petersburg, waren Dutzende von Leuten gezwungen gewesen, die Nacht im Auto zu verbringen. Die Polizei hatte nämlich alle Straßen an der Newa gesperrt. Als man sie dann wieder freigegeben hatte, war es zu spät gewesen, denn um eine bestimmte Zeit wurden die Brücken hochgezogen, um den Schiffen die Durchfahrt zu ermöglichen. Dies hatte dazu geführt, daß diejenigen, die auf die andere Seite des Flusses gelangen mußten, bis zum nächsten Morgen warten durften.

Alle diese Vorsichtsmaßnahmen würden ihn nicht schützen, dachte Kachalow haßerfüllt. Sehr bald würde er ihn in die Luft jagen, samt seiner ganzen Eskorte gepanzerter Wagen. Dieser Gedanke ließ ihn das entnervende Warten besser ertragen.

Endlich vor Tarskijs Haus angekommen, bemerkte er in etwa fünfzig Meter Entfernung den ZIL mit den beiden Männern darin. Er nickte befriedigt, weil er dachte, daß es seine Leute seien.

Als er, begleitet von Pjotr, im Haus verschwunden war, stiegen die Agenten des Dienstes, die die beiden Russen ausgeschaltet hatten, aus dem ZIL und näherten sich getrennt dem Mercedes. Burt ging auf dem Bürgersteig. Als er an Kachalows Auto vorbei war, drehte er sich ruckartig um und lenkte damit die Aufmerksamkeit des Mannes hinter dem Steuer auf sich. Der Russe reagierte sofort und zog die Pistole. Doch Ryan, der sich inzwischen seitlich an den Mercedes herangeschlichen hatte, stieg hinten ein und stürzte sich auf ihn, packte ihn am Hals und drückte zu, bis er die Besinnung verlor. Dann fesselte er ihn mit den Händen ans Lenkrad und brachte ihn in die gleiche Haltung wie zuvor, den Kopf ein wenig geneigt, als schliefe er.

In der Zwischenzeit stieg Kachalow, der prinzipiell nie einen Aufzug benutzte, die Treppen zum dritten Stock hoch, gefolgt von Pjotr. Als sie die Tür erreicht hatten, klingelte er, und die Haushälterin öffnete ihnen.

Vielleicht war es der Blick der alten Ljuba, der ihn mißtrauisch machte. Sie, die immer mitteilsam und zu einem Schwätzchen aufgelegt war und ihn bei jedem Besuch herzlich begrüßte, schien ihm an diesem Tag angespannt und verängstigt.

»Guten Abend, Ljuba, ist dein Chef im Arbeitszimmer?« fragte er.

Die Frau nickte stumm und ließ ihn eintreten. Kachalow, der die Sinne eines Raubtiers besaß, witterte, daß Gefahr in der Luft lag. Seit den Tagen, als er nichts weiter als ein junger Gangster gewesen war, hatte sein Instinkt ihm viele Male das Leben gerettet, und er hatte gelernt, ihm zu folgen.

Er wandte sich Pjotr zu und gab ihm ein Zeichen, indem er auf die Frau zeigte, die auf dem Flur vorangegangen war und ihnen den Rücken zuwandte. Sein Leibwächter schien nicht zu verstehen, woraufhin Kachalow energisch nickte und ihm vormachte, was er tun sollte.

Pjotr begriff. Er zog die Pistole, stürzte sich auf die Frau und hielt sie fest, drückte ihr die Waffe in den Rücken und flüsterte ihr ins Ohr, sie solle ruhig sein.

Kachalow blieb am Anfang des Flurs stehen, gleich hinter der Tür und noch vor den Zimmern, um nicht das Risiko einzugehen, von hinten angegriffen zu werden. Das Arbeitszimmer war das letzte vom Gang aus. Schnell faßte er einen Plan, nahm sein Handy und rief den Mann im Mercedes an, um ihn und die beiden aus dem ZIL herzubeordern. Doch das Handy läutete lange, bis jemand es ausmachte, ohne sich zu melden. Da wußte er, daß er in eine Falle gegangen war und daß es keinen Rückzug gab. Er hatte keine Wahl: Er konnte der Auseinandersetzung nicht ausweichen, gleichgültig, wer in der Wohnung war.

»Wir haben die Haushälterin, und wir pusten ihr das Gehirn aus dem Kopf, wenn ihr nicht sofort aus diesem Zimmer kommt«, schrie er.

Ogden, der mit Tarskij im Arbeitszimmer war, rief Burt und Ryan auf der Straße an.

»Kommt sofort hoch! Sie sind gleich hinter der Wohnungstür und haben die Haushälterin als Geisel genommen.«

Dann rief er über Funk Alex. Der Agent war im Wohnzimmer postiert, auf halber Höhe zwischen dem Eingang und dem Arbeitszimmer.

»Rühr dich nicht von der Stelle; warte, bis ich dir ein Zeichen gebe«, befahl er.

Tarskij sah ihn erschrocken an. »Dieser Mann ist ein Teufel. Er hat gespürt, daß ihr hier seid«, sagte er mit einem Anflug von Bewunderung.

»Gehen Sie nicht aus dem Zimmer«, herrschte Ogden ihn an und schob sich mit der Pistole in der Hand auf die Tür zu.

»Soll ich sie töten, oder kommt ihr da raus?« schrie Kachalow noch einmal.

Ogden verließ das Arbeitszimmer, trat auf den Flur und stellte sich dem Russen. »Was für ein Schauspiel!« sagte er und sah ihn verächtlich an. »Der große Boss, der sich hinter den Röcken einer Babuschka versteckt!«

Kachalow bekam einen roten Kopf. »Wirf die Pistole weg. Dir wird die Lust auf Witzchen noch vergehen. Ich fange mit dir an und höre mit deinem Chef auf«, sagte er, die Waffe auf ihn gerichtet.

Plötzlich tauchte Alex aus dem Wohnzimmer auf und trat zwischen Ogden und den Russen. Er schoß und traf Pjotr mitten in die Stirn. Der Leibwächter ließ die Haushälterin los und fiel Kachalow zu Füßen, während die Frau sich schreiend an die Flurwand drückte.

Der ›Boss‹ beantwortete das Feuer und traf Alex in der Schulter. Der Agent fiel nach hinten, gegen die Glastür des Wohnzimmers, die in Scherben ging.

Jetzt, da er nicht mehr fürchten mußte, Alex zu treffen, schoß Ogden auf Kachalow, doch Tarskij stürzte sich auf ihn, ließ ihn das Ziel verfehlen und riß ihn mit sich zusammen zu Boden, so daß die Waffe aus seiner Hand rutschte.

Ogden befreite sich rasch von ihm, doch Kachalow war schon über ihm und hielt ihm die Pistole an die Schläfe.

»Gut gemacht, Anatolij«, sagte er, ohne die Augen von Ogden zu wenden. »Dann endet unser Abenteuer hier...«, rief er mit einem zufriedenen Grinsen aus.

»Scheint so«, entgegnete Ogden, um Zeit zu gewinnen, bis Burt und Ryan heraufkämen. Kachalow verzog das Gesicht zu einer selbstgefälligen Grimasse. »Du bist tot, genauso wie dein Chef. Doch vorher will ich mich noch ein bißchen amüsieren. Steh auf!«

Als er wieder hochkam, war Ogden der erste, der die junge Frau hinter Kachalow sah. Sie näherte sich ihnen langsam, wie in Trance.

»Kostja!« rief Nadja ihn mit rauher Stimme an.

Kachalow ließ sich für den Bruchteil einer Sekunde ablenken, doch das genügte: Ogden versetzte ihm einen Handkantenschlag ins Genick, während Burt und Ryan in die Wohnung einbrachen und Ogden zu Hilfe eilten. Im Nu war Kachalow außer Gefecht gesetzt.

Was nun geschah, ging ungeheuer schnell. Während sich die Agenten noch neben Kachalow befanden, näherte sich Nadja mit einer kleinen Pistole in den Händen und feuerte das ganze Magazin auf ihn ab. Entsetzt starrten alle sie an. Sie hätte auch die anderen treffen können, doch sie wußte mit der Waffe umzugehen und hatte direkt auf Kachalow gezielt. Burt beugte sich über den Mafioso, um ganz sicher zu sein, dann hob er den Blick zu den anderen und schüttelte den Kopf.

Ogden ging langsam auf Nadja zu. Das Gesicht fahl, schien sie wie hypnotisiert von dem großen Blutfleck, der sich auf Kachalows Brust ausbreitete. Dann schüttelte sie sich, sah den Agenten an und hielt ihm die Pistole hin.

»Ist er tot?« fragte sie.

Ogden nahm die Waffe und nickte. »Ja, er ist tot.«

»Gott, ich danke dir!« rief sie erleichtert aus. »Ich fürchtete, ich würde es nicht schaffen.«

Ogden wandte sich an Burt und Ryan. »Sehen wir zu, daß wir von hier wegkommen. Laßt uns die Männer aus dem ZIL holen; wir nehmen sie mit ins *safe house*.«

Dann ging er ins Wohnzimmer, wo Alex, der noch immer am Boden lag, sich die Hand auf die Schulter preßte.

»Danke. Doch du hättest kein Risiko eingehen sollen. Schaffst du es aufzustehen?«

Alex nickte und verzog das Gesicht vor Schmerz. »Zum Glück ist es nur ein Streifschuß.«

»Burt benachrichtigt gerade das *safe house*. Ein Arzt wird sich um dich kümmern.«

Als er in den Vorraum zurückkehrte, sah Nadja ihn verwirrt an. »Ruft ihr nicht die Miliz?«

Ogden lächelte sie an: »Warum?«

»Ich habe ihn doch umgebracht!«

»Sehr lobenswert. Kommen Sie mit uns, und Sie werden belohnt für das, was Sie getan haben, glauben Sie mir.«

Während sie ihn ungläubig anstarrte, wandte er sich an die Männer.

»Los, laßt uns gehen. Legt Tarskij Handschellen an, das ist ein kleines Zusatzgeschenk für Sablin.« Dann sah er Tarskij an. »Du hast einen fatalen Fehler begangen. Doch wenn du uns sagst, wo Kachalow Stuart versteckt hat, lasse ich dich vielleicht am Leben.«

Tarskij antwortete nicht. An die Wand gelehnt, hielt er voller Haß Ogdens Blick stand.

43

Auf einem Strohlager ausgestreckt, versuchte Stuart vergebens zu schlafen. Seine Bewacher waren nicht wieder aufgetaucht, seit sie ihm, vermutlich am Morgen, durch eine Klappe in der Tür eine Tasse mit einer schwarzen Brühe gereicht hatten, die sie hartnäckig Kaffee nannten.

Er wußte nicht, wo sich dieses Zimmer befand, in das man ihn eingesperrt hatte; er war nicht herausgekommen aus diesem quadratischen Raum mit den gepolsterten Wänden, an denen sich dunkle Spuren von Blut fanden. Nicht nur ein Ort der Gefangenschaft, auch ein Ort der Folter.

Bisher hatte man ihn nicht mißhandelt, doch das bedeutete nur, daß Kachalow seine Rache auskosten wollte oder ihn als Geisel behielt, falls sich die Dinge für ihn schlecht entwickeln sollten. Sein psychologisches Profil war klar: Der Boss liebte die Gewalt um ihrer selbst willen; und er war berühmt und gefürchtet für seine Rache.

Kachalow hatte sich seit seinem ersten und einzigen Auftritt nicht wieder sehen lassen, was bedeuten konnte, daß Ogden ihm zu schaffen machte. Seit Stuart hier war, hatte sich nur ein anderer Mann gezeigt, um ihm die Strohmatratze zu bringen, doch dabei handelte es sich um einen kleinen *raketir*, einen aus der Schar der niedrigsten Handlanger in der Hierarchie der Mafia.

Stuart machte sich Sorgen um seine Leute, auch wenn keiner besser als Ogden in der Lage war, mit der Situation fertig zu werden. Doch ohne eine gehörige Portion Glück würden sie nicht lebend aus der Sache herauskommen. Falls es Ogden nicht gelingen sollte, Kachalow zu töten.

Er hatte das Zeitgefühl verloren und hätte nicht sagen können, wie lange er sich schon in diesem Zimmer befand. Er war hungrig und durstig, denn abgesehen von dem Kaffee und einem Stück Brot hatte er den ganzen Tag nichts bekommen.

Er hätte jetzt meditieren können, ging ihm durch den Kopf, wenn er dazu in der Lage gewesen wäre. Stephan Lange, der Schauspieler, der die Vipassana-Meditation praktizierte, hatte ihm, als er beim Fall Kenneally im Gästehaus des Dienstes wohnte, diese Technik gezeigt. Vielleicht hätte Meditieren ihm nützlich sein können, die Zeit auszufüllen und sich auf den Tod vorzubereiten. Doch das paßte nicht zu ihm.

Alles, was man Stuart dagelassen hatte, war eine Schachtel Zigaretten. Er zündete sich eine an und atmete den Rauch mit einer gewissen Lust ein. Seltsamerweise löste die Vorstellung des Todes bei ihm keine besonderen Gefühle aus. Doch Gefühle paßten auch nicht zu ihm.

Knapp über vierzig, das war wirklich zu früh zum Sterben. Doch viele bessere Menschen als er waren früher gestorben, man sollte es also nicht dramatisieren.

Er dachte zurück an sein Leben. Er hatte seit frühester Jugend für den Dienst gearbeitet. In einem englischen Internat, das als Talentschmiede für Spione galt, hatte Casparius ihn, als er zwölf war, entdeckt, und er war – zusammen mit Ogden – ein Geschöpf des Alten geworden.

An seine Kindheit hatte er nur bruchstückhafte Erinnerungen. Sein Vater, ein kalter Engländer an der Spitze eines pharmazeutischen Unternehmens, hatte Bankrott gemacht, was das sowieso schon labile psychische Gleichgewicht seiner Mutter zerstört hatte. Sie nahm sich auf banale Art das Leben, indem sie das Gas in ihrem Landhaus aufdrehte: Es war explodiert und hatte seinen Vater auch noch um das Geld gebracht, das der Verkauf hätte erbringen können. Seine Mutter war eine Französin aus dem Süden gewesen, die das Londoner Klima schlecht ertragen hatte, neblig und kalt wie ihr Mann. Der Bankrott hatte sie endgültig zugrunde gerichtet.

Sein Vater war, nachdem er den doppelten Verlust verwunden hatte, Opfer einer Krebserkrankung geworden. Doch nicht, bevor er alle Schulden beglichen hatte – schließlich war er ein Gentleman.

Das »furchtbare Familiendrama«, wie es in London genannt wurde, hatte Stuart mit zwölf zur Waise gemacht, vor allem aber bettelarm. Seine Eltern vermißte er nicht, da er sie nie viel zu Gesicht bekommen hatte. Mit sechs Jahren war er in ein Internat gesteckt und danach nur an den gebotenen Feiertagen nach Hause geholt worden.

Auch im Sommer wurde er jeweils fortgeschickt, in spartanische Zeltlager, wo er nach dem Willen seines Vaters seinen Geist und seinen Körper abhärten sollte. Seinem Vater war wohl nicht bekannt, daß fast alle Jungen dort Qualen litten, oder es war ihm gleichgültig. Jedenfalls hatte er sich schließlich so gut abgehärtet, daß er keinerlei Schmerz empfunden hatte, als sein Vater und seine Mutter gestorben waren. In Wirklichkeit hatte er ihnen nie verziehen, ihn mit solcher Gleichgültigkeit behandelt zu haben.

Auch später war er nicht empfindsamer geworden. Er wußte, daß er unfähig war zu lieben, und er hatte sich damit abgefunden.

Diese Besonderheit hatte das Interesse von Casparius erregt. Der Chef des Dienstes, ein Freund des Rektors, hatte kurze Zeit nach dem Tod von Stuarts Vater die Schule besucht. Sir Archibald hatte Stuart rufen lassen und ihm Casparius als einen alten Freund vorgestellt, kinderlos und sehr großzügig.

Casparius hatte lange mit Stuart gesprochen. Zum Schluß hatte er zum Rektor gesagt, daß ein so vielversprechender Junge, nur weil er Waise und ohne Vermögen sei, nicht gezwungen sein sollte, aus Geldmangel von der Schule abzugehen. Er verdiene etwas Besseres. Da er keine Kinder habe, werde er sich gern um seine Erziehung kümmern und das Schulgeld bezahlen.

Lange Zeit hatte Stuart an die selbstlose Großzügigkeit von Casparius geglaubt, bis der Alte ihn für den Dienst angeworben hatte.

Auch Ogden war auf ganz ähnliche Art einem unsicheren Schicksal als Waise entzogen worden. Über Jahre war Casparius ihr Vormund gewesen und hatte ein Experiment durchgeführt, nach dem es ihn schon immer verlangte: durch eine adäquate und frühzeitige Erziehung einen Spion zu schaffen, der diesen Namen verdiente. Es schien ihm gelungen zu sein.

Jetzt jedoch drehte er sich wohl im Grabe um. Dieser vulgäre Russe war schuld daran, daß der Dienst, dem er sein ganzes Leben gewidmet hatte, kurz vor der Vernichtung stand. Wie seine Söhne, die sich sehr bald zu ihrem zweifelhaften Adoptivvater im Jenseits gesellen würden.

Stuart zündete sich noch eine Zigarette an und fragte sich, wem er fehlen würde. Vielleicht würde manch ein

Agent seinen Tod bedauern, weil keiner so gut zahlte wie der Dienst. Doch sie würden bald neue Arbeitgeber finden: Die Regierungen warteten nur darauf, sich diese Agenten mit ihrer hervorragenden Ausbildung zu sichern. Vielleicht würde ihn nur Ogden betrauern, falls er überlebte. Im Grunde waren sie Castor und Pollux, wie der alte Zeus Casparius sie nannte, wenn er einmal Gefühle zeigte.

Wer weiß, ob auch ihnen, wie den Dioskuren, zustand, nach dem Tod noch einen Tag auf der Erde zu verbringen. Was würden sie dann tun? Ein Tag wäre zuwenig, um die Leitung des Dienstes wieder zu übernehmen, also…

Stuart bedauerte nur, daß er nichts wirklich Eigenes geschaffen hatte. Auch wenn der Dienst, wenigstens ein paarmal, das Schicksal der Welt bestimmt hatte, fühlte er sich nicht als Schöpfer von irgend etwas. Dies war das einzige, was ihm leid tat. Sicher, er hatte einen Sohn. Doch der Junge wußte nicht, daß er sein Vater war, und er hatte auch nicht den Wunsch gehabt, es ihm zu sagen. Was die Liebe anging, so hatte dieses Gefühl keinen Platz in seinem Leben gefunden. Das einzige, worin er sich mit einem gewissen Stolz wiedererkannte, war die unbedingte Hingabe an die Arbeit, die er auf bestmögliche Art zu tun meinte. Im Grunde gab es nicht viele, die das sagen konnten.

Er dachte an die Worte im Hagakure, dem alten geheimen Buch der Samurai: »Den Feind besiegen ist eine Frage von Glauben und Schicksal.«

Er konnte nur eines tun: Ogden vertrauen und auf ein günstiges Geschick hoffen.

44

Tarskij wußte nicht, wo sich Stuarts Versteck befand, doch es war nicht schwer gewesen, die Männer Kachalows, die sie gefaßt hatten, zum Reden zu bringen. Franz verstand sich auf einige verfeinerte Foltermethoden, denen sie nicht lange Widerstand boten. Als sie ausgeplaudert hatten, wo Stuart gefangengehalten wurde, rief Ogden Sablin an, um ihn über Kachalows Tod zu informieren.

»Glückwunsch«, sagte der Präsident.

»Nicht wir haben ihn getötet, sondern seine Geliebte«, erläuterte Ogden und erklärte ihm den Ablauf der Ereignisse und wie Nadja dazu gekommen war, sich auf diese Art zu rächen.

»Wenn ihr nicht eingegriffen hättet, wären weder Borowskij noch Kachalow tot«, sagte Sablin entschlossen. »Der Dienst hat also den Auftrag erledigt. Jetzt werde ich euch helfen, Stuart zu befreien.«

»Das wäre gut. Ein Eingreifen der Miliz, um einen Schlupfwinkel der Mafia auszuheben, würde weniger ins Auge fallen. Wir bieten dir Tarskij und die Handlanger, die der ›Boss‹ heute bei sich hatte. Außerdem Kachalows Leiche.«

»Ich schicke meine Leute. Die werden euch die Ware abnehmen. In zehn Minuten bekommst du die nötigen Hinweise für Stuarts Befreiung. Geht danach ins National zurück. Das *safe house* muß sofort geräumt werden. Ruf mich an, wenn alles erledigt ist.«

Inzwischen war es Nacht geworden. Ogden und Franz verließen das *safe house* in einem Wagen der Miliz, zusammen mit Viktor Schabanow, Chefinspektor der Moskauer Kriminalpolizei, und dem Inspektor Michail Minojew. Hinter ihrem Auto fuhren zwei weitere und ein Transporter. Insgesamt waren sie etwa zwanzig Männer.

Schabanow hatte keine Fragen gestellt. Er hatte den Auftrag bekommen, ein Nest von *raketiri* auszuheben, die der Lösegelderpressung und des Handels mit Heroin beschuldigt wurden. Der Befehl kam von oben, doch diese beiden Westler bewiesen, daß die Sache ganz anders lag, als sie sich darstellte.

Kachalows Leute hatten gesagt, das Versteck Stuarts befinde sich nicht weit außerhalb Moskaus, in einer verlassenen Werkhalle. Sie fuhren aus der Stadt hinaus und wandten sich Richtung Osten. Die Scheinwerfer zerschnitten die Dunkelheit und den Nebel, die Nacht war feuchtkalt. Im Schein der wenigen Straßenlampen erkannte man verstreute Häuser in einer armen, heruntergekommenen Gegend, umgestürzte Zäune und baufällige Höfe.

Am Ende einer Asphaltstraße voller Schlaglöcher erreichten sie die Fabrik. Zu Zeiten der Sowjetunion hatte sie Kunstdünger produziert, doch jetzt war sie vollkommen verlassen.

Franz und Ogden stiegen zusammen mit den beiden Polizisten aus dem Auto. Schabanow gab leise Anordnungen, und ein Teil der Männer umstellte das Gebäude, während der Rest der Truppe mit Minojew in die Fabrik eindrang, gefolgt von Schabanow und den Agenten des Dienstes.

Es kam zu einem kurzen Schußwechsel, bei dem die drei Männer Kachalows, die das Gebäude bewachten, den kürzeren zogen. Die Milizsoldaten verwundeten zwei von ihnen und faßten den dritten, als er zu fliehen versuchte.

Außer diesen dreien war niemand da, und mehr Leute hätte man normalerweise auch nicht zur Bewachung gebraucht, da es ohne einen Hinweis nicht möglich gewesen wäre, Stuart zu finden.

Von den Polizisten gestoßen und weiter mit der Waffe bedroht, führte der *raketir* sie zu der Zelle. Sie durchquerten eine Halle, deren Boden voller Schutt lag und wo es so ätzend roch, als wären die giftigen chemischen Dämpfe zwischen den bröckelnden Mauern hängengeblieben.

Als nächstes betraten sie die einstigen Büros: verrostete Metallschreibtische, kaputte Stühle und umgestürzte Karteikästen. Der Mann, der sie führte, zeigte auf einen Schlüssel an einem Nagel, und einer der Polizisten öffnete die einzige Tür.

Stuart hörte, wie sich der Schlüssel im Schlüsselloch drehte, und dachte, daß seine Stunde geschlagen habe. Er stand von seinem Strohlager auf und stellte sich in die Mitte des Zimmers, gegenüber der Tür, die sich öffnete. Als er die Männer in Uniform eintreten sah, hielt er sie für die Schergen Kachalows. Dann sah er Ogden und stieß einen Seufzer der Erleichterung aus.

»Ich hatte die Hoffnung schon aufgegeben«, sagte er und ging auf ihn zu. »Ihr habt die Miliz bemüht, meinen Glückwunsch!«

»Das war doch das mindeste«, sagte Ogden und umarmte ihn.

»Sperrt die Festgenommenen in den Wagen und durchsucht das Gebäude«, wies Schabanow seine Männer an.

Dann wandte er sich an Ogden: »Ich werde Sie nach Moskau zurückbringen lassen. Wir haben hier noch zu tun.«

Die Agenten gaben ihm und Minojew die Hand. »Danke für die Hilfe«, sagte Stuart.

Schabanow verzog das Gesicht. »Wir haben uns nie gesehen, und hier ist nichts geschehen. Auch wenn ich gerne mehr darüber wüßte. Doch wie es scheint, haben Sie Freunde sehr weit oben«, sagte er und sah sie dabei nicht gerade freundlich an.

»Denen ich berichten werde, wie souverän Sie die Operation geleitet haben«, ergänzte Ogden und zwinkerte ihm zu.

Schabanow nickte und wandte sich an Minojew. »Bring sie zurück nach Moskau. Wir haben Befehl, sie zu begleiten, wohin sie wollen.«

45

Nachdem Hans Mathis am Vormittag Tarskijs Wohnung verlassen hatte, fuhr er eilig ins National. Das abgeschnittene Ohr von Tarskijs Sohn zu sehen hatte bei ihm, mit dreißigjähriger Verspätung, eine quälende Angst um Verena ausgelöst.

Doch an der Rezeption sagte man ihm, sie habe das Hotel verlassen. Also informierte er sich bei der Swissair darüber, wann ihr Flugzeug aus Moskau in Zürich landen werde. Nachdem er die entsprechende Zeit abgewartet hatte, rief er immer wieder in Verenas Wohnung an, doch vergebens. Kurz nach sechs Uhr beschloß er, ins National zu gehen, um Marta Campo zu suchen, in der Hoffnung, sie könne ihm etwas erklären.

Im Hotel erfuhr er, daß Verena am frühen Nachmittag zurückgekommen sei, woraufhin er sich beeilte, an ihrer Tür zu klopfen.

Kurt öffnete ihm. Verena, die hinter ihm stand, schaute Mathis erstaunt an.

»Was tust du hier?« fragte sie ihn.

»Man hat mir gesagt, du seist abgereist«, setzte Mathis verlegen an.

»Schon richtig, aber ich habe es mir noch einmal überlegt. Was willst du?« fragte sie und forderte ihn mit einer Geste auf einzutreten.

»Ich habe mir Sorgen um dich gemacht. Die Fluggesellschaft hat mir die Information gegeben, die Ankunft deines Flugs sei für vier Uhr vorgesehen. Bis eben habe ich ununterbrochen in Zürich angerufen. Aber natürlich hast du das Telefon nicht abgenommen.«

»Wie du siehst, ist mir nichts passiert«

Mathis lächelte. »Jetzt bin ich beruhigt. Warum hast du es dir anders überlegt, wenn ich fragen darf?«

»Tut mir leid, das darfst du nicht. Hast du Neuigkeiten von Tarskij?«

Mathis zuckte zusammen. »Warum?«

»Halt dich von ihm fern«, sagte Verena nur.

Nun erschrak Mathis tatsächlich. »Heiliger Himmel, jetzt sag mir bitte, was du weißt.«

Kurt hatte in der Wartezeit am Nachmittag einen interessanten Film gesehen, *Arlington Road* mit Tim Robbins.

Jetzt saß er in einem Sessel und zappte sich durchs Programm.

»Vielleicht hätte ich nicht kommen sollen«, sagte Mathis mit einem Blick auf Kurt.

»Rede keinen Unsinn«, unterbrach ihn Verena. »Kurt ist ein Freund, und wir warten auf jemanden.«

Am Vormittag, während der ganzen Fahrt nach Scheremetjewo, hatte Verena es bereut, auf Ogden gehört zu haben. Ihr Gefühl sagte ihr, daß sie in Moskau bleiben sollte: Sie war zu besorgt um Ogden, um Stuart und auch um ihren Vater. Nach Zürich zurückzukehren hätte bedeutet, sich von der Angst ganz auffressen zu lassen. Dann konnte sie genausogut bleiben.

Als das Taxi vor dem Flughafen angekommen war, hatte sie sich geweigert auszusteigen und zu Kurt gesagt, er solle sie nach Moskau zurückbringen. Andernfalls würde sie schreien wie am Spieß und die Aufmerksamkeit aller Polizisten im Umkreis von einem Kilometer auf sich lenken.

Kein Argument hatte sie umstimmen können, und als Kurt versucht hatte, Ogden zu benachrichtigen, hatte sie erneut gedroht. Wenn sie irgend jemand anderes gewesen wäre, hätte Kurt keine Probleme gehabt, sie nach Zürich zu schaffen: betäubt und an Bord eines Privatflugzeugs. Doch da es sich um Verena Mathis handelte, war die Sache nicht so einfach.

Bei ihrer Rückkehr ins National hatten die Männer des Dienstes das Hotel schon verlassen.

Daraufhin hatte Kurt im *safe house* angerufen und mit Franz gesprochen. Franz hatte ihn, da er Ogden, der mit Tarskij beschäftigt war, nicht damit belasten wollte, angewiesen, bei Verena zu bleiben, bis neue Befehle kämen. Doch inzwischen war es schon später Nachmittag, und Franz hatte sich nicht mehr gemeldet.

»Willst du etwas zu trinken?« fragte Verena ihren Vater und wandte sich der Bar zu.

»Einen kleinen Whisky, vielen Dank«, antwortete er und setzte sich in den Sessel neben Kurt.

Als Verena sich wieder umdrehte, mit dem Glas in der Hand, waren Kurt und ihr Vater aufgesprungen und starrten auf den Bildschirm. Auch Verena wandte den Blick zum Fernseher. Einen Augenblick lang dachte sie, es laufe einer dieser Katastrophenfilme à la Bruce Willis.

Doch es war kein Film: Die Twin Towers im Herzen von New York waren wirklich zerstört worden.

Ein paar Sekunden lang waren alle drei sprachlos und konnten die Augen nicht vom Bildschirm wenden. Dann stieß Hans Mathis einen Schrei aus, zog sein Handy aus der Tasche und versuchte mit zitternden Fingern, eine Nummer einzutippen. Verena ging zu ihm und nahm ihm das Telefon aus der Hand.

»Diktier mir die Nummer«, sagte sie.

Mathis sah sie an, er war vollkommen aufgewühlt. »Marc, mein Sohn... Sein Büro war im zweiten Turm...«

Verena tippte die Handynummer ein, die er ihr sagte, aber sie bekam keine Verbindung. Während ihr Vater sie wie versteinert anstarrte, versuchte sie es noch einmal, doch vergebens. Mathis nahm einen Stift und ein Blatt aus der Tasche, schrieb eine weitere Nummer auf und gab sie ihr.

»Versuch, ihn zu Hause anzurufen«, sagte er.

Verena tippte die Nummer ein, doch es war besetzt. Sie

gab Kurt das Blatt. »Versuche du, diese Nummer zu erreichen, ich probiere die andere.«

Ihr Vater ließ sich auf die Couch fallen und verbarg sein Gesicht in den Händen. Verena sah, wie seine Schultern zuckten, und begriff, daß er schluchzte. Sie betete, daß ihr unbekannter Bruder noch lebte, und weinte um die Männer und Frauen, die Opfer dieses Horrors geworden waren. Doch gleichzeitig wurde ihr bewußt, in welchem Widerspruch die Verzweiflung von Hans Mathis, so menschlich und bewegend, zu den dreißig Jahren der Gleichgültigkeit stand, mit denen er sie bedacht hatte.

Während sie seine Angst teilte und versuchte, ihm Mut zuzusprechen, begriff sie, daß die Distanz zwischen ihnen nicht zu überwinden war: Zu lange hatten sie sich nicht umeinander gekümmert. Hans Mathis hatte nichts mit dem jungen arroganten Mann zu tun, der sie vor so vielen Jahren verlassen hatte. Und doch war dieser junge Mann, der in der Vergangenheit verschwunden war, ihr einziger wirklicher Bezugspunkt.

Kurt sprach plötzlich in schnellem Englisch. Er ging zu Mathis und gab ihm das Telefon. »Ihr Sohn«, sagte er mit einem Lächeln.

Hans Mathis packte den Apparat und sprach, weinte und lachte gleichzeitig. Sogar Kurt schien gerührt, wandte den Blick ab und trat beiseite.

Als er zu Ende gesprochen hatte, gab Mathis Kurt das Handy zurück. »Er ist wie durch ein Wunder gerettet«, erklärte er und hatte Mühe, seine Stimme zu kontrollieren. »Er hatte heute einen Termin in New Jersey, er war nicht im Büro.«

»Ich freue mich für dich und für ihn«, sagte Verena. »Wie fühlst du dich?«

»Einigermaßen, danke. Was für eine schreckliche Sache. Mein Gott, die armen Menschen, was für eine Tragödie!«

Sie setzten sich schweigend hin. Niemand konnte sprechen. Ein paar Minuten lang starrten sie auf den Fernseher und verfolgten die Nachrichten.

Dann stand Hans Mathis auf. »Ich muß versuchen, so schnell wie möglich nach New York zurückzukehren.«

»Das wird nicht leicht sein«, meinte Kurt.

»Schon richtig... Aber ich muß unbedingt mit Marc sprechen!«

Diese entsetzliche Tragödie hatte die Emotionen der letzten Tage verdrängt. Jetzt war das einzige, was für ihn zählte, erneut die Stimme seines Sohnes zu hören. Er mußte es schaffen, trotz allem, was in New York geschehen war. Doch gleichzeitig wußte er nicht, wie er sich von Verena verabschieden sollte.

»Du hast eben etwas zu Tarskij bemerkt«, sagte er, weil ihm nichts Besseres einfiel.

»Ich habe dir nur geraten, dich von ihm fernzuhalten«, antwortete Verena.

»Du mußt mir sagen, was du weißt, du mußt es mir erklären. Ich habe entdeckt, daß er im Visier der Russenmafia ist!«

»Genau.«

»Woher weißt du das? Wer hat dir das gesagt?« hakte er nach.

Verena lächelte. »Das ist mein Leben, Hans, ich schulde dir keine Erklärung. Verzeih, ich bin nicht wütend auf dich. Ich kann dich nur einfach nicht wiedererkennen. Ich freue mich, daß dein Sohn noch lebt, glaube mir. Gib dich mit diesem außergewöhnlichen Glück zufrieden und tilge mich zum zweiten Mal aus deinem Leben. Ich habe es mit dir schon getan.«

Mathis sah sie wie versteinert an. Sein krankes Herz mußte zu viele Emotionen in zu kurzer Zeit aushalten. Er holte tief Luft, und ein Gefühl der Erleichterung begann sich in ihm auszubreiten. Vielleicht war es besser so, es war eine verrückte Idee gewesen, den Bruch der Vergangenheit wieder kitten zu wollen.

»Bist du sicher, daß es das ist, was du willst?« meinte er denn doch noch fragen zu müssen.

Verena nickte gelassen. Ihre Geschichte endete hier, zum zweiten Mal.

»Dann gehe ich also«, sagte er mit einem schwachen Lächeln. »Vielleicht gelingt es mir, Marc anzurufen.«

Verena begleitete ihn zur Tür. Im Hinausgehen wandte Mathis sich zum letzten Mal um. »Kann ich irgend etwas für dich tun?«

»Nein, ich glaube wirklich nicht. Viel Glück«, antwortete Verena und verabschiedete sich mit einem kurzen Winken.

46

Mitten in der Nacht, als die Agenten des Dienstes ins National zurückkehrten, nachdem sie das *safe house* geräumt hatten, überwand sich Franz, Ogden mitzuteilen, daß Verena noch in Moskau war. Entgegen seinen Befürchtungen nahm Ogden es nicht schlecht auf.

»Es war richtig, daß du es mir nicht früher gesagt hast«, beruhigte er ihn.

»Kurt sitzt wie auf glühenden Kohlen«, fügte Franz hinzu.

»Dafür gibt es keinen Grund. Er hat sich auf die einzig mögliche Art verhalten.«

»Diese Frau ist unglaublich!« bemerkte Stuart bewundernd.

Ogden nickte. »Und dickköpfig wie ein Maulesel. Jetzt, da alles vorbei ist, kann man sogar sagen, daß sie recht gehabt hat zu bleiben.«

Im Hotel angekommen, gingen Stuart und Ogden zu Verena. Als sie klopften, öffnete ihnen Kurt.

»Schön, daß Sie wieder da sind«, sagte er. Und er meinte es aufrichtig.

»Danke, Kurt, ich freue mich wirklich, euch wiederzusehen…«

»Es ging nicht anders«, sagte der Agent, an Ogden gewandt.

»Ich weiß. Sie kann sehr stur sein.«

Verena kam ihnen entgegen und umarmte zuerst Ogden, dann Stuart, der die Umarmung erwiderte, ohne seine Verlegenheit verbergen zu können.

»Mein Gott, wie schön, daß ihr am Leben seid!« sagte sie und begann zu weinen.

Ogden, der wußte, daß sie zu Tränen neigte, sah sie an und hob ihr Kinn hoch. »Beruhige dich. Es ist alles vorbei…«

Sie schüttelte den Kopf. »Nichts ist vorbei! Wißt ihr denn nicht, was geschehen ist?«

Stuart und Ogden wechselten einen Blick. »Abgesehen von dem, was uns geschehen ist, und das ist nicht wenig: Was ist sonst noch geschehen?«

»Sie haben den südlichen Teil von Manhattan zerstört, das World Trade Center ist eingestürzt. Das Pentagon wurde ebenfalls getroffen«, sagte Kurt und schaltete den Fernseher ein.

Auch mitten in der Nacht zeigten die russischen Nachrichtensendungen weiterhin die Bilder der Katastrophe. Kommentare und Interviews folgten unaufhörlich aufeinander. Während sie näher zum Fernseher gingen, läutete Ogdens Handy. Es war Sablin.

»Alles in Ordnung?«

»Ja.«

»Habt ihr den Fernseher an?«

»Allerdings.«

»Heute nachmittag habe ich euch nichts gesagt, es war nicht der richtige Moment. Wie es scheint, hat irgend jemand beschlossen, diesen schmutzigen verborgenen Krieg auf die ganze Welt auszudehnen. Man kann sich unschwer denken, wer dahintersteckt, doch jetzt, da die Feindseligkeiten offiziell eröffnet worden sind, werden wir anders vorgehen müssen. Ich möchte euch so schnell wie möglich sehen…«

»Bleib am Apparat…«, sagte Ogden und wandte sich Stuart zu.

»Er will uns sehen…«

Der Chef des Dienstes nickte. »Gebt mir die Zeit zu

duschen«, sagte er, ohne den Blick vom Fernseher zu wenden.

»Einverstanden«, antwortete Ogden Sablin.

»Gut. Ihr werdet in zwei Stunden abgeholt, ich nehme an, ihr müßt erst einmal Atem holen. Bis später. Und sag Stuart, daß ich wirklich froh bin, daß er noch am Leben ist.«

Auf dem Bildschirm flog das Flugzeug noch einmal auf einen der Türme zu und verschwand darin. Noch einmal breitete sich die Feuermasse der Explosion aus und brach aus dem Gebäude in den Himmel von New York. Noch einmal stürzten die beiden Türme im Herzen der Stadt in sich zusammen. Noch einmal flohen die terrorisierten Menschen, verfolgt von der Staubwolke, die die Straßen von Manhattan verschluckte. Auf dem Fernsehschirm wiederholten sich die Bilder wie in einem Hollywoodfilm. Doch es war die Realität: Der schlimmste aller Alpträume war Wirklichkeit geworden, von den *Breaking News* ins Leben gebracht.

Eric Ambler
im Diogenes Verlag

Seit 1996 erscheint eine Neuedition der Werke Eric Amblers in neuen oder revidierten Übersetzungen.

»Die Neuübersetzungen, stilistisch viel näher am Original, offenbaren viel deutlicher die Meisterschaft von Eric Ambler, der nicht nur politisch denkt, klar analysiert, präzise schreibt, sondern bei alledem auch noch glänzend unterhält.«
Karin Oehmigen/SonntagsZeitung, Zürich

»Eric Amblers Romane sind außergewöhnlich, weil sie Spannung und literarische Qualität verbinden. Die neuen und überarbeiteten Übersetzungen im Taschenbuch sind vorbehaltlos zu begrüßen.«
Bayerisches Fernsehen, München

Der Levantiner
Roman. Aus dem Englischen von Tom Knoth

Die Maske des Dimitrios
Roman. Deutsch von Matthias Fienbork

Eine Art von Zorn
Roman. Deutsch von Malte Krutzsch

Topkapi
Roman. Deutsch von Elsbeth Herlin und Nikolaus Stingl

Der Fall Deltschev
Roman. Deutsch von Mary Brand und Walter Hertenstein

Die Angst reist mit
Roman. Deutsch von Matthias Fienbork

Schmutzige Geschichte
Roman. Deutsch von Günter Eichel

Der dunkle Grenzbezirk
Roman. Deutsch von Walter Hertenstein und Ute Haffmans

Bitte keine Rosen mehr
Roman. Deutsch von Tom Knoth

Anlaß zur Unruhe
Roman. Deutsch von Dirk van Gunsteren

Besuch bei Nacht
Roman. Deutsch von Wulf Teichmann

Waffenschmuggel
Roman. Deutsch von Tom Knoth

Ungewöhnliche Gefahr
Roman. Deutsch von Matthias Fienbork

Mit der Zeit
Roman. Deutsch von Matthias Fienbork

Das Intercom-Komplott
Roman. Deutsch von Dirk van Gunsteren

Doktor Frigo
Roman. Deutsch von Matthias Fienbork

Schirmers Erbschaft
Roman. Deutsch von Nikolaus Stingl

Nachruf auf einen Spion
Roman. Deutsch von Matthias Fienbork

Außerdem lieferbar:

Ambler by Ambler
Eric Amblers Autobiographie
Deutsch von Matthias Fienbork

Die Begabung zu töten
Deutsch von Matthias Fienbork

Wer hat Blagden Cole umgebracht?
Lebens- und Kriminalgeschichten.
Deutsch von Matthias Fienbork

Über Eric Ambler
Zeugnisse von Alfred Hitchcock bis Helmut Heißenbüttel. Herausgegeben von Gerd Haffmans unter Mitarbeit von Franz Cavigelli. Mit Chronik und Bibliographie. Erweiterte Neuausgabe

Anna Dankowtsewa
So helle Augen
Roman. Aus dem Russischen
von Christa Vogel

Ein Serienkiller geht um in Moskau. Seine ›Spezialität‹ sind kleine, dunkelhaarige Frauen mit hellblauen Augen. Der pensionierte Polizist Pjotr Gurko kommt dem Psychopathen auf die Spur. Doch der umgarnt bereits mit Charme und Intelligenz sein nächstes Opfer. Ein Wettlauf mit der Zeit beginnt.

»Ein wunderbar frisches Krimi-Debüt. Anregend, aufregend, spannend. Wie geht's weiter mit Vera und Marina?« *Journal für die Frau, Hamburg*

»Die charakterbezogene Herangehensweise verleiht dem Roman eine angenehme Wärme und Glaubwürdigkeit, die mitten im gnadenlosen Moskauer Winter wunderbar in Szene gesetzt ist.« *Brigitte, Hamburg*

»Ein Gänsehaut-Thriller!« *Cosmopolitan, München*

»Dieser Roman ist das Debüt der Autorin, und ich erwarte schon mit Ungeduld den nächsten.«
Kay Hoffman, Ab 40/München

»Ein psychologischer Frauenroman aus dem neuen Moskau fernab von allen Klischees. Ein lesenswertes Buch.« *Eva Gerberding/Radio Bremen*

Giuseppe Genna
Im Namen von Ismael

Roman
Aus dem Italienischen von Friederike Hausmann
und Maja Pflug

Mailand im Oktober 1962: Bei einem Gedenkstein für ermordete Partisanen wird eine Kinderleiche gefunden. Dann stürzt der legendäre Enrico Mattei mit dem Flugzeug ab, jener Ölmagnat, der Italiens Unabhängigkeit von den Vereinigten Staaten anstrebte. Die Fälle bleiben ungeklärt, vierzig Jahre lang, auch die Geheimdienste scheitern.

Im März 2001 sollen sich die ehemals Mächtigen der Welt am Comer See treffen: Bush sen., Gorbatschow und Kissinger sind geladen. Abermals droht ein Attentat. Da verdichten sich plötzlich die Spuren. Verbindungen treten zutage, die bis zu Herrhausen und in den Hamburger Hafen führen…

Ein spannendes Ineinander aus Facts und Fiction – *Im Namen von Ismael* ist ein rasanter Politthriller mit hochliterarischen Dimensionen: Wo die Logik von Angst und Terror herrscht, kommt nur derjenige dem Verbrechen auf die Spur, der eine Vision von der Welt hat.

»Das Wesen des Verbrechens, von innen.«
Publishers Weekly, New York

»Ein Erzähltalent, das den internationalen Großmeistern des Spionageromans in nichts nachsteht. Voller Spannung, aber auch voller Einfühlung; psychologisch und atmosphärisch genau. Ein lebendiger, umwerfender Roman.« *La Stampa, Turin*

»Adrenalin!« *Fruttero & Lucentini*

»Eine Sprache, die man nicht vergißt.«
Alberto Bevilacqua

Anton Čechov
im Diogenes Verlag

»Er hat seine Erzählungen mit vollkommener Kunstfertigkeit gestaltet: *Die Bauern* zum Beispiel sind ebenso vollkommen wie Flauberts *Madame Bovary*. Er bemühte sich, einfach, klar und knapp zu schreiben. Seine drastischste Forderung war, daß der Schriftsteller Anfang und Ende seiner Erzählung weglassen sollte. Er selbst hat das getan, und zwar so rigoros, daß seine Freunde sagten, man solle ihm die Manuskripte wegschnappen, bevor er die Möglichkeit habe, sie zu verstümmeln: ›Sonst beschränken sich am Ende die Erzählungen darauf, daß sie jung waren, sich verliebten, heirateten und unglücklich wurden.‹ Als man das Čechov erzählte, sagte er: ›Aber so ist es doch tatsächlich.‹« *W. Somerset Maugham*

»Welche Schriftsteller mich als jungen Menschen beeinflußt haben? Čechov! Als Dramatiker? Čechov! Als Erzähler? Čechov!« *Tennessee Williams*

● **Das dramatische Werk**
Neu übersetzt, transkribiert und herausgegeben von Peter Urban. Jeder Band bringt den unzensurierten Text mit sämtlichen Varianten und Lesearten, Auszüge aus Čechovs Notizbüchern, Anmerkungen und einen editorischen Bericht

Der Kirschgarten
Komödie in vier Akten

Der Waldschrat
Komödie in vier Akten

Die Möwe
Komödie in vier Akten

Onkel Vanja
Szenen aus dem Landleben in vier Akten

Ivanov
Drama in vier Akten

Drei Schwestern
Drama in vier Akten

Die Vaterlosen
[Platonov]. Das ›Stück ohne Titel‹

Sämtliche Einakter

● **Das erzählende Werk**
Deutsch von Gerhard Dick, Wolf Düwel, Ada Knipper, Georg Schwarz, Hertha von Schulz und Michael Pfeiffer. Gesamtredaktion, Anmerkungen und Nachweise von Peter Urban

Ein unbedeutender Mensch
Erzählungen 1883–1885

Gespräch eines Betrunkenen mit einem nüchternen Teufel
Erzählungen 1886

Die Steppe
Erzählungen 1887–1888

Flattergeist
Erzählungen 1888–1892

Rothschilds Geige
Erzählungen 1893–1896

Die Dame mit dem Hündchen
Erzählungen 1897–1903

Eine langweilige Geschichte/ Das Duell
Kleine Romane I

Krankenzimmer Nr. 6/ Erzählung eines Unbekannten
Kleine Romane II

Drei Jahre/Mein Leben
Kleine Romane III

Die Insel Sachalin
Reisebericht

Ein unnötiger Sieg
Frühe Novellen und Kleine Romane. Deutsch von Beate Rausch und Peter Urban. Herausgegeben, mit Anmerkungen und einem Nachwort von Peter Urban

Die Dame mit dem Hündchen/Herzchen
Zwei Erzählungen

Meistererzählungen
Ausgewählt von Franz Sutter

● **Frühe Erzählungen**
in zwei Bänden. Übersetzt und herausgegeben von Peter Urban

Er und sie
Frühe Erzählungen 1880–1885

Ende gut
Frühe Erzählungen 1886–1887

● **Gesammelte Humoresken und Satiren**
in zwei Bänden. Übersetzt und herausgegeben von Peter Urban

Das Leben in Fragen und Ausrufen
Humoresken und Satiren 1880–1884

Aus den Erinnerungen eines Idealisten
Humoresken und Satiren 1885–1892

● **Briefe**
in 5 Bänden. Die größte nicht-russische Briefausgabe in der Neuübersetzung und -edition von Peter Urban. Jeder Band enthält Faksimiles, einen umfangreichen Anhang mit editorischem Bericht, Anmerkungen und einer Chronik; im letzten Band zusätzlich ein Personen- und Werkregister

● **Freiheit von Gewalt und Lüge**
Gedanken über Aufklärung, Fortschritt, Kunst, Liebe, Müßiggang und Politik. Zusammengestellt von Peter Urban. Mit fünf Porträts und einer Selbstkarikatur von Doktor Čechov

● **Das Čechov Lesebuch**
Herausgegeben, kommentiert und mit einem Vorwort von Peter Urban

● **Wie soll man leben?**
Anton Čechov liest Marc Aurel
Herausgegeben, übersetzt und mit einem Vorwort von Peter Urban